Zum Buch:

Für Daniel ist Erica die Frau seines Lebens. Er weiß, dass sie etwas ganz Besonderes ist, wie besonders, ahnt er jedoch nicht. Als sie ihm erzählt, dass sie zu entscheidenden Momenten in ihrem Leben zurückreisen und erleben kann, wie ihre alternative Zukunft aussieht, fällt er aus allen Wolken. Aber Erica vermag diese Gabe nicht immer zu kontrollieren und ist manchmal für Tage einfach verschwunden. Daniels größte Angst ist, dass sie vielleicht irgendwann nicht mehr zu ihm zurückkehrt und er sie verliert. Denn weder er noch Erica können sagen, welche Pläne das Schicksal für sie beide bereithält.

Zur Autorin:

Hannah Emery hat Englisch an der Universität von Chester studiert. Seit sie denken kann, schreibt sie Geschichten. Am liebsten verbringt sie Zeit mit ihrer Familie und ihrem Freundeskreis, liest, backt an Samstagen, geht aus oder macht sich ein gemütliches Wochenende. Zusammen mit ihrem Ehemann und ihrer Tochter lebt sie in Blackpool.

HANNAH EMERY

Wir zwei für alle Zeit

ROMAN

Aus dem Englischen von
Tess Martin

HarperCollins

Die Originalausgabe erschien 2020 unter dem Titel
The Start of Us bei One More Chapter,
a division of HarperCollins*Publishers* Ltd, London.

1. Auflage 2022

Deutsche Erstausgabe

Published by arrangement with
HarperCollins*Publishers* Ltd, London
Umschlaggestaltung von www.buerosued.de unter Verwendung von Tithi
Luadthong / Shutterstock, Michael H / Getty Images
Umschlagabbildung von www.buerosued.de
Gesetzt aus der Stempel Garamond
von GGP Media GmbH, Pößneck
Druck und Bindung von CPI books GmbH, Leck
Printed in Germany
ISBN 978-3-7499-0254-5
www.harpercollins.de

Für Hayley

Prolog

7. September 2017

Ich habe eine andere Version von mir selbst gesehen.

Was wohl aus mir geworden wäre, denken die Leute manchmal, wenn ich diese eine bestimmte Person nicht kennengelernt, jene besondere Party verpasst oder einen Zug früher oder später oder gar nicht gefahren wäre. Wer wäre ich, wenn ich diesen Job nicht angenommen hätte, wenn ich an dem Tag verreist oder zu Hause geblieben wäre?

All das muss ich mich nicht fragen, weil ich mein anderes Ich gesehen habe. Ich konnte beobachten, wie es zwischen verschiedenen Ländern herumreiste, während ich an Ort und Stelle blieb, wie es den Job ignorierte, den ich annahm, wie es an dem Tag lachte, an dem ich vor Trauer in tausend Stücke zerbrach.

Und jetzt stehe ich vor der Wahl.

Durchs Küchenfenster starre ich in unseren verwilderten Garten. Die ledrig grünen Blätter verkeilen sich ineinander, einige sind an den Rändern bereits herbstlich golden gefärbt. Obwohl erst September ist, weht ein kühler Wind heulend durch den Spalt zwischen der Fensterscheibe und dem kaputten Holzrahmen. Seufzend schalte ich das Radio an.

Noch immer ist die Spannung im Raum zu spüren, schwebt über mir wie flirrende Hitze. Unser Streit – einer von vielen – hat sich in Schleifen gewunden, bis die Knoten nicht mehr zu entwirren waren.

Ich schließe die Augen und spüre, wie das andere Leben nach mir ruft, mir Antworten und einen Ausweg verheißt. Ich stelle mir vor, wie er bei *Luigi's* auf mich wartet. Obwohl wir schon lange nicht mehr dort waren, weiß ich genau, wo er sitzt: am dritten Tisch rechts neben der Wand unter dem Bild von Charlie Chaplin. Das Gesicht der Eingangstür zugewandt. Er spielt mit dem Besteck, seine Kiefermuskeln sind angespannt. Falls ich nicht komme, wird er den Kopf in die Hände stützen, einige Haarsträhnen quellen zwischen seinen Fingern hervor. Dann steht er seufzend auf und nickt dem Personal zum Abschied zu, ohne etwas zu erklären.

Was er danach tun oder was passieren wird, weiß ich nicht, weil ich mir kein Leben ohne ihn vorstellen kann, ein Leben, in dem er mich noch nicht getroffen hat und noch nicht vor Traurigkeit grau geworden ist. Aber vielleicht ist genau das das Problem. Vielleicht sind wir zu eng miteinander verbunden, und der geteilte Schmerz lässt uns beide verwittern, so wie das Meer unser Haus verwittern lässt: Wir zersplittern, die wundervolle Kraft unserer Anfangszeit bekommt Risse.

Teil eins

Kapitel 1

September 2013

Als Mike mich zu der Verlobungsfeier abholt, bin ich zerstreut und mit Dingen beschäftigt, die mir zu diesem Zeitpunkt wichtig erscheinen. Ich habe keine Ahnung, dass sich bald alles ändern wird, dass die Zeit im Begriff ist, mein Leben in eines dieser für mich typischen Vorher-Nachher-Teile zu zerschneiden.

Mike fährt die Promenade entlang, und wir reden nicht viel. Was nicht ungewöhnlich ist, da er die Musik immer so laut aufdreht, dass der hart wummernde Beat unsere Worte wegspült. Ich lehne den Kopf an die Fensterscheibe und betrachte den blassblauen Himmel. Auf der Feier werde ich nicht viele Leute kennen. Überhaupt gehe ich nur ungern auf Partys, mir ist es lieber, wenn Mike allein geht, doch heute hat er mich überredet, mitzukommen. So ist das mit Mike. Er kann mich dazu überreden, seine vielen Bekannten zu treffen und zu lange aufzubleiben, obwohl ich am nächsten Tag arbeiten muss. Seinetwegen esse ich zu viel und gebe mein Geld für Sachen aus, die ich nicht brauche. Ich lasse mich leicht überreden und bleibe gern in seinem Schatten. Das ist es, was ich besonders an ihm mag: dass er das Ruder übernimmt und ich einfach in der Menge, die sich von ihm unterhalten lässt, untertauchen kann.

Heute Abend allerdings ist Mike beim Aussteigen ungewöhnlich still. Im Hausflur ziehe ich die Stiefel aus, und herzförmige Konfettischnipsel bleiben an meinen Füßen kleben. Riesige silberne, herzförmige Luftballons schweben in der Luft wie zusätzliche Gäste, ich sehe Mike an und schneide eine Grimasse. Er nickt unbehaglich, und einen Moment lang frage ich mich, ob er so verkrampft wirkt, weil er erwägt, mir demnächst auch einen Heiratsantrag zu machen. Über diesen lächerlichen Gedanken muss ich laut lachen, denn hier geht es schließlich um *Mike*, wahrscheinlich habe ich das Glas Champagner, das mir jemand an der Haustür in die Hand gedrückt hat, zu schnell getrunken.

»Was ist so lustig?«, fragt Mike.

»Ach, na ja, ich … nichts.« Ein großer Mann, den ich nicht kenne, füllt mein Glas auf, ich bedanke mich lächelnd und trinke einen Schluck. Der Mann grinst mich an, dann wendet er sich ab, und ich schaue wieder zu Mike.

»Stimmt was nicht?« Normalerweise ist er als Erster zur Stelle, wenn es um Alkohol geht, im Unterschied zu mir ist Mike ein wahrer Partylöwe, der es genießt, wenn alle Augen auf ihn gerichtet sind. Nie will er aufhören zu trinken oder zu tanzen, und immer lässt er gleich nach der Ankunft amüsante Anekdoten und Witze auf Kosten anderer vom Stapel. Doch heute Abend ist alles anders, er nickt den Leuten lediglich zu und lächelt, statt zu lachen.

Die Hände tief in die Hosentaschen gestopft, schüttelt er den Kopf.

»Ich verstehe immer noch nicht, warum wir mit dem Auto gekommen sind«, sage ich, doch er zuckt nur mit den Schultern. »Willst du wirklich nichts trinken?«

»Mike!« Kevin, der Gastgeber der Party, lallt schon ein bisschen, als er Mike auf den Rücken klopft. »Später gibt's Jägerbomben. Gut?«

Wieder nickt Mike, sagt aber nichts. Kevin läuft an uns vorbei in die Küche, zu beschäftigt, um zu bemerken, dass mit Mike offensichtlich etwas nicht stimmt.

»Ich habe mich gefragt, ob du mir vielleicht einen Heiratsantrag machen willst.« Ich versuche, die Stimmung mit einem Witz aufzulockern, so wie Mike es sonst immer tut. Und es ist nicht irgendein Scherz, sondern unser ganz eigener, uralter Witz. Denn alle unsere Freunde machen das plötzlich: Verlobungspartys schmeißen, Hochzeiten planen und breit lächelnd und mit haufenweise Heliumballons großartige Dinge verkünden. Mike und ich wollen mit so etwas nichts zu tun haben, und das funktioniert auch bestens für uns.

Oder vielleicht nicht.

Er wird bleich, schluckt und schaut weg.

»Oh Gott, Mike? Du willst mir doch nicht wirklich einen Antrag machen, oder?« Ich versuche, meine panischen Gedanken zu ordnen. Ich will nicht heiraten. Das weiß er. Und er will auch nicht heiraten. Dachte ich jedenfalls. Ich darf Mike nicht verletzen, und das würde ihn *unendlich* verletzen, nicht wahr? Es einfach als Scherz darzustellen und Nein zu sagen?

Sanft berühre ich seine Schulter, und er steht auf.

»Ich kann jetzt nicht darüber reden«, erwidert er mit tonloser Stimme. »Nicht hier.«

Er blickt in meine Richtung, aber nicht ganz in meine Augen. Also stehe ich auf, streiche mir die Haare aus dem Gesicht und nehme seine rechte Hand. Ist er krank? Hat er Schulden? Warum weiß ich nichts davon? Ich ziehe ihn nach oben in ein extrem violett gestrichenes Schlafzimmer. Das Haus ist ein Labyrinth. Ich weiß nicht einmal, wem das Zimmer gehört oder ob es die betreffende Person stört, wenn wir uns auf die ebenfalls lilafarbene Bettdecke setzen, die als zerknitterter Haufen in der Mitte der Matratze liegt.

»Mike?«

Dann begreife ich, dass es um etwas ganz anderes geht. Er hat keinen Diamantring in seiner Tasche versteckt, und er war auch nicht nervös, weil er mir einen Antrag machen will. Weder geht es um eine Krankheit noch um Schulden oder sonst etwas, bei dem ich ihm helfen könnte, indem ich einfach weiter die Frau bin, die immer über seine Witze lacht. Es geht um etwas anderes, und als ich Mikes Gesicht betrachte und sehe, wie seine Augen sich röten, dämmert es mir auch, was das sein könnte.

In dem Moment, in dem ich begreife, spricht er es aus, was den Schmerz verdoppelt.

»Ich will nicht länger mit dir zusammen sein, Erica.«

Mir droht der Champagner hochzukommen, den ich getrunken habe, als alles noch in Ordnung zu sein schien und ich einfach nur Gast auf einer Party war. Ich schlage eine Hand vor den Mund. Ein Herzkonfetti klebt glitzernd am Rand meiner Handfläche.

»Es tut mir leid. Ich habe es versucht. Aber ich kann es nicht.«

Das war's. Drei Sätze, und alles ist vorbei.

Er öffnet die Tür, und Geräusche von der Feier dringen herein. Ein silberner Luftballon schwebt an der Tür vorbei.

»Du kannst mich nicht einfach hier sitzen lassen«, sage ich. Ich sehe, wie er in seiner Tasche nach etwas sucht. Nach seinem Autoschlüssel.

»Du wusstest es! Du wusstest, dass du vor mir die Party verlassen wirst, und deshalb wolltest du mit dem Auto fahren! Warum hast du mich überhaupt mitgenommen?«

Er zuckt die Achseln. Er ist blass, und mir wird klar, dass er mir das lieber erspart hätte. Und doch kann er es nicht. »Es tut mir leid, Erica.«

»Aber wir müssen reden!« Meine Stimme klingt nicht nach meiner Stimme, vage bin ich mir bewusst, dass ich irgendwie meinen Tonfall korrigieren muss, um nicht zu verzweifelt zu klingen. »Fahren wir zu mir und reden.«

»Das möchte ich nicht, Erica.«

Vor ein paar Monaten haben wir ein Wochenende in London verbracht. Wusste er da schon Bescheid? Hat er eine andere? Das dumpfe Dröhnen der Musik von draußen verursacht mir Kopfschmerzen und Schwindel. Ich presse eine Hand an die Schläfe, um den Schmerz zu lindern und das Gefühl, dass ich zu Boden fallen könnte, in den Griff zu bekommen. »Warum jetzt?«

Erneut zuckt er mit den Schultern. »Mir reicht es einfach. Wir hatten eine gute Zeit. Aber wir sind zu verschieden.«

»Das ist doch gut! Gegensätze ziehen sich an!« Allerdings, schon während ich es ausspreche, frage ich mich, ob das wirklich stimmt.

»Eben nicht. Du bist glücklich hier, du redest gern über diesen ganzen alten Kram und das Museum und so … Wie auch immer, ich ziehe weg«, verkündet Mike abrupt, den Blick noch immer auf etwas hinter mir fixiert. »Kath von der Niederlassung in Cardiff hat mir eine Stelle angeboten. Es handelt sich nur um eine Vertretung für ein paar Wochen. Danach werde ich eine Zeit lang reisen«, fährt er fort und unterstreicht mit einer lächerlichen Geste seinen Flug, seine Reise, sein Verschwinden aus meinem Leben. Das lenkt mich so ab, dass ich beinahe das Flackern in seinen Augen nicht bemerkt hätte. Doch nur beinahe, und nun wird mir auch der Grund klar.

Kath.

Kath, die Leiterin der Bank, in der Mike arbeitet, war letztes Jahr längere Zeit in Blackpool, um die Filiale zu retten, und bei Betriebsfeiern hat sie mich immer von oben bis unten gemustert und ihren makellosen Kopf ständig zu laut lachend zurückgeworfen.

Ich starre ihn an, sein blondes Haar, die winzige Aknenarbe auf seiner Stirn und die goldfarbenen Bartstoppeln am

Kinn. Ich dachte, er gehörte mir, aber das ist nicht der Fall. Der Gedanke schneidet sich tief in mein Herz, zugleich fühle ich mich seltsam betäubt.

»Kath redet also nicht über alten Kram? Sie ist nicht so langweilig wie ich?« Ich versuche, spitz zu klingen, überlegen, meine Stimme ist jedoch belegt vor Schmerz.

»Es tut mir leid«, sagt er. »Aber du warst diejenige, die den Job im Museum angenommen und dadurch eine Reise verhindert hat. Erst dachte ich, ich könnte noch länger warten, aber das kann ich nicht. Ich möchte mal was anderes erleben, Erica. Ich habe es hier so satt. Mir ist langweilig.«

»Langweilig? Aber ich habe den Job im Museum doch nur für drei Monate angenommen. Und danach, ich …«

»Ja, klar«, unterbricht er mich, und vage erinnere ich mich daran, dass mich seine Unterbrecherei schon früher irritiert hat, aber nur ein bisschen, daher habe ich es nie richtig registriert. Jetzt ist es bedeutungslos: eine Seifenblase, die vor mir schwebt und in dem Moment zerplatzt, in dem ich die Hand nach ihr ausstrecke. »Danach findest du sicher einen anderen Grund. Und das ist ja in Ordnung, aber eben nichts für mich. Ich will mehr, Erica. Ich kann hier keine Sekunde länger bleiben.« Er senkt den Blick und rückt von mir ab, als ich versuche, seine Hand zu nehmen. »Lass mich gehen.«

Und dann ist er weg, hat schlüsselklimpernd das Zimmer verlassen, auf nach Cardiff und zu Kath und in eine Welt, in der er von einer Ex erzählen wird, die er nicht mehr liebt und die ihn zu sehr gelangweilt hat, um auch nur eine Sekunde länger bei ihr zu bleiben.

Die Taubheit in meinem Kopf greift auf meinen ganzen Körper über, ich renne ihm nicht hinterher, versuche nicht, ihn umzustimmen oder ihn zum Bleiben zu bewegen. Regungslos hocke ich auf dem Bett und denke über seine Worte nach, die ich immer und immer wieder höre. Nach einigen Minuten lässt die Betäubung nach, und plötzlich und unschön beginnen die Tränen zu fließen, mein Atem kommt nicht mehr hinterher.

Ich habe keine Ahnung, wie lange ich schon in diesem Raum bin, heulend und schluchzend auf der lilafarbenen Bettdecke zusammengekauert, als die Tür aufgeht und jemand hereinkommt. Es ist der Mann, der vorhin mein Glas aufgefüllt hat. Ich betrachte ihn. Vielleicht Anfang dreißig, groß, dunkle Haare, eine schwarz umrandete Brille und große, gerade Zähne … Als er die Augenbrauen hebt, erwache ich aus meiner Trance und lege eine Hand an meine laufende Nase.

»Entschuldigung. Ich wollte nur meinen Mantel holen. Aber ich kann auch in ein paar Minuten wiederkommen«, bietet er an.

Ich wische mir über die pochenden Augen. »Es macht mir nichts aus.«

Er steht in der Tür und schaut besorgt drein. »Möchtest du was trinken?«

»Eigentlich könnte ich ein paar Taschentücher gebrauchen.«

Er lächelt und verlässt den Raum, die Tür leise hinter sich schließend, um einige Minuten später mit einem Bündel Toilettenpapier zurückzukommen. Dann setzt er sich auf die Bettkante und trommelt mit den Händen auf seine Knie.

»Ich habe nichts geahnt«, sage ich. Ich müsste konkreter werden, aber dazu fehlen mir die Worte oder die Energie.

»Der Typ, mit dem du gekommen bist, ist gerade gegangen. Mike, richtig? Ich nehme mal an, dass er nicht zurückkommt?«

Ich schüttle den Kopf. »Warum bringt er mich hierher, um dann so was zu tun?«

»Das weiß ich wirklich nicht«, behauptet er, dabei steht die Antwort doch unausgesprochen im Raum. Mike ist ein Feigling, und wenn er in meiner Wohnung mit mir Schluss gemacht hätte, hätte er darüber reden müssen, ich hätte geschrien und mich an ihn geklammert und ihn nicht gehen lassen. Ich hätte von unseren Plänen angefangen, gemeinsam die Welt zu bereisen, und ihn gebeten, so lange zu warten, bis die drei Monate im Museum vorüber sind. Und genau das wollte er vermeiden.

»Er geht weg«, meine ich. »Erst nach Cardiff, und dann will er herumreisen. Ich glaube, er hat eine andere.« Als ich mich das sagen höre, zucke ich zusammen, denn normalerweise würde ich einem Fremden gegenüber niemals so etwas Persönliches preisgeben. Vielleicht bin ich jetzt ja eine andere Version meiner selbst.

Der Mann schüttelt den Kopf. »Tut mir wirklich leid. Schlechter Stil, so was auf einer Party zu machen. Und auch, wenn es wie ein Klischee klingt, du bist ohne ihn bestimmt besser dran.«

Ich blicke an ihm vorbei, um nachzudenken, doch jeder einzelne verworrene Gedanke führt zurück zu Mike. Eine vage Angst aus meiner Kindheit steigt in mir hoch. Allein zu sein und sich hinter niemandem verstecken zu können. So wird es jetzt wieder sein. »Ich dachte, wir würden für immer zusammenbleiben.« So wie meine Stimme zittert, überrascht es mich, dass er meine Worte überhaupt versteht. Zugleich wird mir klar, dass ich mit Mike zusammen sein wollte, ohne dass es wirklich um ihn ging, und dass meine Worte mehr über mich verraten, als ich selbst wusste – was der Mann aber nicht zu bemerken scheint.

Er steht auf, und kurz glaube ich, dass er den Raum verlassen wird, aber das tut er nicht. Er ist offenbar nur einfach nicht dazu fähig, länger als ein paar Sekunden still zu sitzen.

»Tja, es bleibt dir dann wohl nichts anderes übrig, als ein neues Leben zu beginnen. Herauszufinden, was es außer ihm noch gibt.«

Ich schließe die Augen. »Wir wollten zusammen reisen. Abenteuer erleben. Warum konnte er damit nicht noch ein bisschen warten?«

»Das alles kannst du noch immer machen. Nur eben nicht mit ihm.«

»Du scheinst dir da ziemlich sicher zu sein.« Ich ziehe die Nase hoch, was ich wegen des hässlichen Geräusches sofort bereue. Seine Worte klingen irgendwie überzeugend, und ich frage mich, ob er aus eigener Erfahrung spricht.

»Bin ich mir auch. Ich bin Architekt, und es ist mein Job, über das große Ganze nachzudenken. Ob Gebäude oder das Leben, spielt dabei keine Rolle. Jedes winzige Detail wirkt sich auf ein anderes aus, und das kann manchmal echte Probleme verursachen. Man beginnt damit, ein Gebäude zu zeichnen, findet dabei aber etwas heraus, das ein kleines Detail in dem Plan verändert. Und dann muss sich das Gebäude in etwas anderes verwandeln. Man kann nicht einfach so weitermachen, als ob nichts gewesen wäre.«

»Weil das Gebäude sonst einstürzt.« Ich atme nun ruhiger, meine Tränen versiegen.

»Entweder das, oder das Gebäude wird einfach nicht die beste Version werden, von dem, was man geplant hat. Man muss sich Veränderungen anpassen und etwas anderes bauen.«

»Das leuchtet mir ein«, erwidere ich langsam. »Aber es ist schon ganz schön beängstigend, wenn sich der komplette Plan ändert.«

Er nickt. »Ich weiß. Vor allem, wenn man viel investiert hat. Er jedenfalls macht einen großen Fehler.«

»Du kennst mich doch gar nicht.«

»Ich weiß. Ich spreche auch von Cardiff.«

Ich bringe ein Lächeln zustande, während ich versuche, die nicht langweilige Kath aus meinem Kopf zu verbannen.

»Du musst nicht hierbleiben«, sage ich. »Du wolltest doch eigentlich nach Hause gehen, schließlich bist du hier hereingekommen, um deinen Mantel zu holen.«

»Ich muss morgen zwar arbeiten und wollte mich deswegen auf den Weg machen, aber ich kann noch ein bisschen bleiben. Was hast du vor? Das hier ist Ems Zimmer, glaube ich, und die liegt bewusstlos im Wohnzimmer. Sie wird es kaum ins Bett schaffen, also kannst du dich noch eine Weile hier verkriechen, wenn du willst.«

Ich nicke. Noch kann ich mich dieser Party nicht stellen, den Leuten, die meine verheulten Augen und die verschmierte Wimperntusche sehen und sich fragen werden, was passiert ist. Und wenn ich an meine Wohnung denke, fühlt es sich an, als gehörte sie einer anderen, einer, die weiß, wie das Leben funktioniert, und die alles im Griff hat. Dahin will ich auch nicht zurück. Am liebsten würde ich auf *Pause* drücken.

»Willst du wirklich nichts trinken?«

Laut seufze ich. »Am Freitag habe ich Geburtstag«, antworte ich, ohne den blassesten Schimmer zu haben, warum.

»Nun, das ist auch eine Antwort«, erwidert er. »Hör zu, ich bleibe noch etwas hier, bringe dir einen Drink, und wenn du ihn nicht willst, trinke ich ihn.« Er ist weg, bevor ich protestieren kann.

Wenige Minuten später kehrt er mit einem Glas Champagner zurück.

»Danke. Ich weiß nicht einmal deinen Namen. Ich heiße Erica. Hier kenne ich eigentlich niemanden. Mike ist mit Kevin befreundet, deshalb sind wir gekommen.«

Er grinst. »Daniel.« Er nippt an seinem Wein, rot, und macht dann ein Gesicht, als wollte er sagen, dass das Zeug besser schmeckt als vermutet. »Ich habe vor Jahren mit Em gearbeitet, und sie wohnt mit Kevin und Sophie zusammen. Ich kenne sonst auch kaum jemanden und wollte eigentlich gar nicht kommen.«

»Ich auch nicht. Aber ich bin froh, dass du es dir anders überlegt hast.« Ich trinke einen Schluck Champagner. »Allerdings habe ich keine Ahnung, ob ich froh bin, hier zu sein. Und ich weiß auch nicht, ob ich Champagner trinken sollte. Ich habe nichts zu feiern.«

»Und ob. Du beginnst schließlich ein neues Leben, vergiss das nicht. Du baust dein neues Gebäude. Das ist ein Anfang.« Er stößt mit mir an, das Geräusch dröhnt in meinen Ohren, und mir wird etwas schwindlig.

»Dann Prost«, sage ich. Neue Tränen drohen aufzusteigen, deswegen stürze ich hastig das Getränk hinunter. Daniel nimmt mir das Glas ab und verschwindet wieder in die Küche. Nachdem er mehr Champagner gebracht hat, sagt er, dass er gleich wieder zurückkehrt, um zu sehen, wie es mir geht. Ich trinke und schließe die Augen, aber wieder wird mir schwindlig, deswegen setze ich mich auf und gehe in die Küche, wo ich mir Limonade nehme, die ich so lange trinke, bis mein Mund von lauter Zucker ganz klebrig ist. Hier ist kaum noch jemand wach: zusammengedrängte Körper, ineinander verwickelte Gliedmaßen, schweres und gleichmäßiges Atmen. Ich gehe zurück in das Zimmer, das Em gehört, einer Frau, die ich nicht einmal kenne, die eine lilafarbene Bettdecke besitzt und ihr Bett nicht macht, und lege mich hin.

Da passiert es. Ich verliere die Kontrolle. Ich bin nicht stark genug, es aufzuhalten, zumal es mir seit so vielen Jahren nicht mehr passiert ist, dass es mich vollkommen überrascht. Die Bettdecke fällt unter mir weg, die violetten Wände stürzen ein, und die Welt, wie ich sie kenne, wirbelt um mich herum.

Kapitel 2

Ich werde so heftig in die andere Welt geschleudert, dass ich spüren kann, wie mein Inneres gegen meine Haut prallt. Es ist wie in einer Achterbahn, nur eine Million Mal schlimmer. Mein Atem geht scharf, hastig und schmerzhaft.

Kaum angekommen, bin ich wie festgefroren. Ich zwinge meine Sinne, zum Rest von mir aufzuschließen, damit ich herausfinden kann, wo ich bin. Hochglanzbroschüren reihen sich in Regalen aneinander, es duftet süßlich nach künstlicher Kokosnuss, und an den Wänden hängen Plakate mit goldenem Sand und grünen Palmen und Flugzeugen, die an blauen Himmeln schweben.

Ich wurde schon viele Jahre nicht mehr in eine andere Zeit und an einen anderen Ort geschleudert. Zum ersten Mal passierte es in meiner Kindheit, es war ein Furcht einflößender Besuch in einer Vergangenheit, in der ich Menschen reden hörte und ihr Parfüm roch, sie mich allerdings nicht sehen konnten. Damals versuchte ich mir einzureden, dass es nur ein Traum war, wurde aber eines Besseren belehrt, weil meine Mum stinksauer wegen meines Verschwindens war. Deswegen weiß ich jetzt, dass ich mich nicht länger in diesem Schlafzimmer befinde und das violette Bett so wirken muss, als hätte ich niemals darauf gesessen. Der starke Schwindel, den ich gespürt hatte, hätte mir eine Warnung sein sollen, denn so fing es damals immer an, aber die Trennung von Mike, der Alkohol und die Angst vor einem Leben ohne Partner hatten dieses ganz besondere Gefühl, das ich früher binnen Sekunden zu erkennen pflegte, vollständig überdeckt.

Doch nun ist es auch irgendwie anders als früher. Damals als Kind beobachtete ich immer Szenen, die in der Vergangenheit lagen. Die Menschen sahen anders aus, sie trugen Kleider und Farben, die ich nur von Fotos kannte. Alles wirkte wie in ein schwaches Licht getaucht, als würde ich einen Film sehen, der nicht richtig belichtet war. Jetzt allerdings ist die Umgebung hell, modern und klar. Sollte ich mich tatsächlich erneut in der Vergangenheit befinden, dann diesmal in einer, die noch nicht lange zurückliegt.

Die Frau am Schreibtisch direkt vor mir tippt seufzend auf einer Tastatur herum. Ihre Acrylnägel klacken auf den Tasten. Sie blickt auf das silberne Mobiltelefon, das neben ihr auf dem Schreibtisch liegt. Mich kann sie offensichtlich nicht sehen. Ich überlege, wer sie sein könnte und warum ich hier bin und sie beobachte, doch mein Verstand spielt nicht mit: Er ist klebrig und langsam wegen des Schocks, hier zu sein und weil Mike mich verlassen hat.

Ich konnte mich schon früher nie bewegen oder die Menschen berühren, und auch jetzt stecke ich fest, aber es gelingt mir zumindest, den Kopf leicht zu drehen und aus dem Fenster des Reisebüros auf eine gepflasterte Straße zu blicken. Das sieht nicht nach Blackpool aus, was mir allerdings lediglich sagt, wo ich mich nicht befinde.

Und dann sehe ich noch jemanden, und mir bleibt schier das Herz stehen.

Sie lehnt an etwas, das wie der Schalter einer Bank aussieht, sie blättert durch eine Broschüre, ihr Blick huscht über die Worte und konzentriert sich dann auf glänzende Fotos von cremefarbenen Stränden und fluoreszierend blauen Ozeanen.

Das bin ich. Oder jemand, der genauso aussieht wie ich.

Eine andere Erica, die den gleichen Knochenbau hat, das

gleiche feine dunkle Haar mit dem langen Pony, der ihr ins Gesicht fällt, sie hat wie ich grüne Augen und eine einzige verirrte Sommersprosse auf der linken Wange. Wobei in das Haar dieser Erica ein farbiger Zopf geflochten ist, was auf eine noch nicht lange zurückliegende Auslandsreise hindeutet und auf den Drang, sein Aussehen zu verändern, um zu demonstrieren, wie viel Spaß man hatte. Ihr Gesicht ist entspannt, ihre Haut leuchtet. Ihre Nasenspitze ist leicht rosa, als ob sie, genau wie ich immer, vergisst, diese Stelle einzucremen.

»Suchst du dir schon die nächste Reise aus, Erica?«, fragt die Frau, die noch immer auf ihrem Computer herumtippt. Zu hören, wie jemand meinen Namen sagt, lässt mich zusammenzucken. Ich möchte rufen, etwas sagen, doch kein Ton dringt aus meinem Mund. Ich bin stumm, nicht wirklich hier.

Die andere Erica schaut ihre Kollegin an und zuckt, ein schiefes Lächeln auf den Lippen, mit den Schultern. Lächle ich auch so? Unbehaglich registriere ich ihre Eigenheiten, die auch meine sein müssen. Es ist schwer zu ertragen, mich selbst so von außen betrachten zu können, aber gleichzeitig kann ich nicht damit aufhören. Wie kommt es, dass man sich selbst so genau und doch so wenig kennt?

»Vielleicht«, antwortet sie ihrer Kollegin, und ihre Stimme lässt mich mit einer so intensiven Selbstwahrnehmung erschauern, dass ich es fast nicht aushalte. Der Klang ist mir so fremd und so vertraut zugleich. »Vielleicht Australien. Oder Thailand. Nur ich und mein Rucksack.«

»Du bist doch gerade erst nach Yorkshire zurückgekommen.« Die Frau schüttelt den Kopf und schaut wieder auf ihr Handy.

Yorkshire. Die Erwähnung der Stadt, die ich vor so langer Zeit verlassen habe, lässt meinen Puls schneller schlagen, ich atme tief durch. Es gibt so vieles, was ich nicht verstehe, aber Erica sagt wieder etwas, und ich darf nichts verpassen.

»Na und? Nächste Woche ist mein achtundzwanzigster Geburtstag.« Erica kräuselt die Nase, woraufhin ich meine eigene etwas befangen berühre. »Und das schenke ich mir selbst. Darauf habe ich jahrelang gespart. Ich habe mir geschworen, bis ich dreißig bin, so viel wie möglich von der Welt gesehen zu haben. Das bin ich mir selbst schuldig.« Beim Sprechen schaut sie mich direkt an, als wüsste sie, dass ich sie beobachte, als wüsste sie, dass ich keine dieser Reisen gemacht habe, die alle anderen für so wichtig erachten. Ich versuche zurückzuweichen, erschrocken bei der Vorstellung, dass sich unsere Blicke treffen könnten. Mein Körper wird sich nicht bewegen, das weiß ich aus Erfahrung, dennoch versuche ich es, kneife die Augen fest zu und konzentriere all meine Energie darauf, rückwärts zu gehen, und in diesem Moment zieht mich ein überwältigender Schwindel nach unten und ich falle. Während ich durch verschiedene Welten tauche, bemüht, mit den Füßen irgendwo festen Tritt zu finden, blitzt eine andere Szene vor mir auf. Eine Straße. Ein Autobahnschild.

Und dann werde ich zurück in Ems Schlafzimmer geschleudert, auf das weiche Gewirr aus Violett, das ich vorhin zurückgelassen habe.

Ich setze mich auf und drücke eine Hand an meine Brust, um meine Atmung zu beruhigen. Mir ist schlecht, ich stolpere zum Fenster und schiebe die schweren, gemusterten Vorhänge zur Seite. Es ist zwar noch immer dunkel, doch das hilft mir nicht weiter: Ich kann Stunden weg gewesen sein oder Minuten, denn von früheren Ausflügen weiß ich, dass aus Sekunden der einen Welt Stunden in der anderen werden können.

Ich lasse meinen Blick über den Hinterhof und die vielen Reihen viktorianischer Häuser, Mülltonnen, Tore, Kinderrutschen und Autos schweifen – alles in blaue Dunkelheit getaucht – und denke über das nach, was ich gerade gesehen habe. Wieder und wieder höre ich die Worte, die gesprochen wurden, bis sie eine ganz eigene Form und Bedeutung annehmen.

Aus Yorkshire sind wir weggezogen, als ich zwölf war, und ich bin nie wieder zurückgekehrt, doch die andere Erica, die dort lebt, sagte, dass sie nächste Woche ihren achtundzwanzigsten Geburtstag feiert. Und das bedeutet, ich war, ganz gleich, welche Welt ich eben gesehen, in welches Paralleluniversum ich mich verirrt habe, nicht in der Vergangenheit oder in der Zukunft. Sondern im *Jetzt.*

Ich kneife die Augen zusammen, um mein Spiegelbild in dem Schiebefenster zu mustern, sehe meine geschwollenen Augen und meine blasse Haut. Die Verzweiflung darüber, dass Mike mit mir Schluss gemacht hat, hat sich irgendwie in meine Gesichtszüge eingegraben. Ich dachte, die Zeiten, in denen ich, zumindest, wenn ich allein bin, jederzeit verschwinden kann, lägen hinter mir, ebenso die hämmernden Kopfschmerzen und Schwindelgefühle, gefolgt von dem panischen Gefühl, dass der Boden unter mir wegbricht. Das letzte Mal ist Jahre her, und meine Erinnerungen sind vage geworden, sie haben keinen Anfang und kein Ende, und es gibt auch keine Beweise dafür. Von heißer Furcht gepackt, frage ich mich, warum es jetzt auf einmal wieder passiert. Zugleich frage ich mich, wann das Leben der anderen Erica endete und dieses Leben, das ich lebe, begann.

Kapitel 3

Am nächsten Tag werde ich von der Türklingel geweckt. Mein Kopf ist schwer, mein Mund trocken. Kurz überkommt mich das Gefühl, dass dieses seltsame andere Ich und die Art und Weise, wie Mike unsere Beziehung beendet hat, nur ein Traum waren. Ein Albtraum, genauer gesagt. Langsam schlurfe ich den kurzen Weg von meinem Schlafzimmer zur Haustür. Meine Augen tun vom Weinen weh, und langsam breiten sich wieder Angst und Schmerz in meinem Bauch aus. Mir wird klar, dass das mit Mike tatsächlich geschehen ist.

Wohingegen mein Verschwinden nicht real gewesen sein kann. Es ist einfach nicht möglich, dass ich das alles noch einmal erlebe. Ich bin dem Ganzen längst entwachsen. Hastig schiebe ich die Bilder der anderen Erica im Reisebüro, die immer noch in meinem Kopf herumschweben, zur Seite. Um mich von ihrem gebräunten Gesicht abzulenken, dessen vereinzelte Falten und Linien mir so vertraut sind, versuche ich mir Schritt für Schritt zu erklären, was passiert sein muss. Wahrscheinlich habe ich einfach ein paar Stunden geschlafen, denn Daniel kam in Ems Zimmer zurück, als ich am Fenster stand. Das war ungefähr um drei Uhr morgens, und er rief ein Taxi, das mich nach Hause brachte. Ich fiel vollständig bekleidet aufs Bett, zerrte mir die Stiefel herunter und schleuderte sie quer durch den Raum. Dann schlief ich noch ein wenig, wodurch die Ereignisse der vergangenen Nacht noch surrealer wirkten. Und während ich jetzt den silbernen Türriegel zur Seite schiebe, erscheint es mir ziemlich wahrscheinlich, dass ich auf der Party einfach zu viel getrunken und einen seltsamen Traum gehabt habe. Mehr ist nicht geschehen.

»Lange Nacht?«, fragt meine Freundin Zoe und schiebt sich an mir vorbei in die Wohnung. Da ich nur reglos dastehe, anstatt ihr zu folgen, dreht sie sich zu mir um, die Stirn gerunzelt. »Warum hast du dasselbe an wie gestern?« Jetzt mustert sie mich genauer: das zerknitterte schwarze Kleid, mein altes, von Tränen verschmiertes Make-up.

»Lieber Gott, Erica. Was ist passiert?«

Mein Körper wird von schmerzhaftem Schluchzen geschüttelt, als ich grob umreiße, was Mike gesagt hat. Dass ich ihn gehen lassen muss. Dass er es schon eine Weile weiß. Kath.

Zoe wird bleich. Niemand hätte mit so etwas gerechnet. Ich weiß jetzt schon, dass jeder wie Zoe überrascht nach Luft schnappen wird, die Augen geweitet und das Gesicht aschfahl, wenn ich erzähle, was ich jetzt ihr erzählt habe: Mike hat beschlossen, ohne mich zu leben, er hat sich in eine andere verliebt, die ihn nicht damit langweilen wird, zu lange an einem Ort bleiben zu wollen.

Zoe macht sich daran, Tee zu kochen. »Ich hätte wirklich niemals gedacht, dass er zu so etwas fähig ist. Was für ein Mistkerl.« Sie schüttelt den Kopf. »Gut, betrachte es mal so: Jetzt kannst du dich auf deine Arbeit konzentrieren. Und vielleicht findest du noch einmal einen ähnlichen Job, wenn dein Vertrag ausläuft. Du musst nicht weg. Es war Mike, der dich immer dazu gedrängt hat.«

Mir kommt meine andere Version in den Sinn, die ich entweder gesehen oder geträumt habe – bestimmt geträumt –, und was sie über das Reisen sagte, und ich versuche, die Übelkeit zu ignorieren, die mit der Erinnerung einhergeht. *Ich habe mir geschworen, bis ich dreißig bin so viel wie möglich von der Welt gesehen zu haben. Das bin ich mir selbst schul-*

dig. Dann fällt mir Daniel ein, der Mann von der Party, der mit mir auf meine neue Zukunft angestoßen hat … Gestern Abend ist so viel passiert, dass vieles davon verschwommen ist, doch seine Worte über Gebäude und Planänderungen habe ich nicht vergessen.

»Nun, vielleicht reise ich ein bisschen herum, vielleicht wollte ich das nämlich nicht nur Mike zuliebe. Ich kann es auch allein machen.«

Zoe, die nicht überzeugt wirkt, trinkt einen Schluck. »Glaubst du wirklich, das ist das Richtige für dich? Nichts für ungut, Erica, aber du bist erst vor wenigen Jahren bei deiner Mum ausgezogen. Du kommst mir nicht wie jemand vor, der allein verreist. Du hast Mike einfach nur zugestimmt, oder nicht?«

»Vielleicht. Um ganz ehrlich zu sein …« Ich starre in meine Tasse, weil ich das Gefühl habe, nie *vollkommen* ehrlich zu Zoe zu sein. »Ich habe immer vermieden, umzuziehen, weil ich es als Kind so schrecklich fand.« Und weil ich mich unsicher fühle, wenn ich allein an einem fremden Ort bin, füge ich stumm hinzu.

Bevor ich Mike kennenlernte, verschwand ich viel zu oft, und dieses Verschwinden war so unberechenbar und beängstigend, dass ich niemals allein sein wollte. Solange mich jemand sah, verschwand ich nämlich nicht. Doch als es dann immer seltener passierte und schließlich überhaupt nicht mehr, traute ich mich, endlich in eine eigene Wohnung zu ziehen. Ich schlucke die Furcht hinunter. Es war nur ein *Traum.* »Aber jetzt«, fahre ich schnell fort, »habe ich das Gefühl, mein Leben zu verpassen. Ich glaube, es ist an der Zeit, mutiger zu sein. Das bin ich mir selbst schuldig.« Mir ist klar, dass ich meiner anderen Version nachplappere und befürchte, dass unsere beiden Welten aufeinanderprallen und einen Stromstoß, einen Ruck oder einen Energieschwall verursachen könnten. Aber das passiert nicht. Zoe, die nichts bemerkt hat, beugt sich vor und knallt ihre Tasse auf den Kaffeetisch.

»Du musst dich nicht verändern, nur weil Mike es wollte. Ihr zwei wart sehr verschieden.«

»Das hat er auch gesagt. Und ich dachte immer, das sei eine gute Sache.«

»Nun, ganz egal, du bist in Ordnung, so wie du bist.«

Ich lächle. »Danke. Aber es liegt nicht an Mike, dass ich darüber nachdenke, zu reisen. Es geht um mich. Ich glaube, in gewisser Weise bin ich dazu bestimmt, woanders zu sein.«

Zoe verdreht die Augen. »Oh nein, jetzt fang bloß nicht mit dem *Sinn des Lebens* an. Aber wenn du dir wirklich sicher bist ...« Sie überlegt kurz, zieht dann ihr Telefon aus der Tasche und tippt kurz darauf herum, bevor sie es mir reicht. »Bitte schön. Das ist Ninas Nummer.«

»Nina?«

»Ja, Nina. Du weißt schon, die Freundin meiner Cousine Jen?«

Ich durchforste meinen schmerzenden Kopf nach einer Erinnerung an Nina: weißblondes Haar, noch weißere Zähne, irgendwelche Piercings.

»Sie geht demnächst nach Thailand. Jen erzählte neulich, dass Nina sie überreden will, ihre Ausbildung zur Krankenschwester ein Jahr lang aufzuschieben, weil sie nicht allein verreisen will. Aber Jen wird hierbleiben. Vielleicht kannst du dich Nina ja anschließen, wenn es das ist, was du wirklich willst.«

Ich nicke und drücke auf *Anruf*.

Das Gespräch mit Nina verläuft anfangs leicht gestelzt, eine unangenehme Mischung aus Schweigen und Momenten, in denen wir beide gleichzeitig losreden, sodass wir kein einziges Wort verstehen.

»Ich habe gehört, dass du gern eine Reisegefährtin …«

»Wie läuft's im Museu…«

»Oh, tut mir leid!«

»Sorry, sag du.«

So geht es einige Minuten lang weiter, bis Nina von unserem Small Talk gelangweilt ist.

»Hast du ihre Reise erwähnt?«, mischt sich Zoe ein.

»Zoe ist gerade bei mir, und sie sagt, du suchst jemanden, um zusammen auf Reisen zu gehen?«

»Jepp«, antwortet sie nur.

»Okay, die Vorstellung, allein zu verreisen, macht mir ehrlich gesagt auch ein bisschen Angst. Bisher habe ich mich allerdings noch nicht allzu sehr damit beschäftigt. Ich wollte mit, äh, Mike gehen, meinem, ähm … Na ja, jedenfalls bin ich jetzt nicht mehr mit ihm zusammen und weiß daher nicht so recht, wo ich anfangen soll.«

»Ihr habt euch getrennt? Das tut mir leid. Warum?«

»Ach.« Ich gestikuliere überflüssigerweise mit der Hand durch die Luft. »Lange Geschichte. Lass uns lieber darüber reden, wohin du willst, ob du schon einen Job gefunden hast und solche Sachen.«

»Ja, okay. Nächste Woche arbeite ich meine letzte Schicht in der Coffee Mansion, und an seinem letzten Arbeitstag darf man kostenlos Kaffee an seine Freunde ausschenken. Wenn du willst, sage ich dir Bescheid, sobald ich den Dienstplan habe, und du kannst vorbeikommen.«

»Okay, so machen wir das.«

Es ist Freitag. Mein Geburtstag.

»Ich glaube, ich bleibe heute Abend lieber zu Hause«, erkläre ich meinem Bruder Nicholas, der anruft, um mir zu gratulieren. Nicholas und seine Frau Amelia wollen zwar extra aus Oxford anreisen, damit wir gemeinsam zu Abend essen können, doch die letzten Tage haben mich so erschüttert, dass ich mich am liebsten vergraben und niemanden sehen möchte. Mich erschreckt die Vorstellung, vielleicht auf jemanden zu treffen, der wissen will, warum Mike an meinem Geburtstag nicht da ist.

»Keine Chance«, entgegnet Nicholas. »Ich habe Amelia eine Kneipentour durch die feinsten Bars von Blackpool versprochen. Und Phoebe freut sich auf eine Nacht mit Mum.«

Sofort werde ich weich und lächle. Ich habe meine Nichte seit ihrer Geburt im letzten Jahr nur wenige Male gesehen, und der Gedanke an ihre süße, pralle Haut und ihr federleichtes blondes Haar richtet mich auf, ich fühle mich sofort viel besser.

»Ich kann es kaum erwarten, sie zu sehen.«

»Na toll. Das höre ich jetzt ständig. Es geht nur noch um Phoebe. Vielleicht sollte ich sie in ein Taxi nach Blackpool setzen und selbst ein paar Tage im Bett verbringen. Schlaf nachholen.«

Ich lache. »Nein, tu das nicht. Dich will ich auch sehen.« Ungebeten taucht die andere Erica vor meinem geistigen Auge auf, und am liebsten würde ich Nicholas von ihr erzählen. Doch das tue ich nicht, weil er womöglich versuchen würde, mich davon zu überzeugen, dass sie echt war, und das könnte ich im Moment einfach nicht aushalten. Die Möglichkeit, dass das alles wieder von vorn losgeht, will ich gar nicht erst in Betracht ziehen. Ich will mich nicht von Reiseplänen abbringen lassen, die ich schon vor langer Zeit hätte machen sollen, vor denen ich aber zu viel Angst hatte.

»Gut«, sagt er, »wir müssen nur noch ein paar Milliarden Sachen für Phoebe einpacken, und dann machen wir uns auf den Weg. Wir treffen uns bei Mum, okay? Sie ruft dich an, wenn wir da sind.«

Nachdem wir uns verabschiedet haben, gehe ich ins Schlafzimmer und mache mein Bett. Es ist zehn Uhr morgens. Nicholas wird nicht vor achtzehn Uhr hier sein. Ich habe mir die ganze Woche freigenommen, und die Tage dehnen sich schon jetzt endlos vor mir aus. Ich greife nach meinem Mobiltelefon, weil wie ein Blatt im Wind der Gedanke durch meinen Kopf flattert, Mike eine SMS zu schicken. Aber nein, das werde ich nicht tun. Und ich lasse mir auch nicht diesen Tag verderben. Heute ist mein Geburtstag. Ein Tag zum Feiern, nicht zum Herumjammern.

Ich werde über die Promenade spazieren, denn das Rauschen des Meeres und die salzige Luft helfen mir immer, mich besser zu fühlen. Deswegen wohne ich schließlich in diesem winzigen, kastenförmigen Apartment mit roséfarbenen Wänden und Teppichen und einem Baby in der Wohnung über mir, das manchmal einen ganzen Tag und eine ganze Nacht lang schreit: weil ich in der Nähe des Meeres sein will. Mit zwölf, als wir hierherzogen, hatte ich es ursprünglich gar nicht wahrgenommen, weil ich viel zu wütend war. Mum und Dad hatten sich gerade getrennt, weshalb Blackpool für mich eine erzwungene Veränderung darstellte, mit der ich nichts zu tun haben wollte. Doch Mum ist hier aufgewachsen, und als sie eine neue Bleibe für uns suchte, wollte sie zurück in ihre Heimatstadt. Jetzt aber genieße ich es, am Meer zu leben, genieße den steten Wechsel von Ebbe und Flut, seine Kraft und das damit einhergehende Freiheitsgefühl. Ich habe mir alle möglichen Wohnungen angeschaut, doch nur diese hier, mit dem grasbewachsenen Gehweg und dem Blick auf die grauen Wellen des North Shore Beach, hat mir gefallen.

Als ich gerade meine schwarzen Turnschuhe anziehe, summt das Handy in meiner Hand. Ständig werde ich per SMS gefragt, ob Mike mich ausreichend verwöhnt und ob er mir etwas Schönes geschenkt hat. Sie können natürlich nicht wissen, dass sie das nicht fragen sollten, denn ich habe kaum jemandem von unserer Trennung erzählt, und er hat es offensichtlich auch nicht getan. Nicht dass er mir jemals etwas Schönes geschenkt hätte. Er ist eher der Typ für Scherzgeschenke.

Ich warte noch eine Weile, bevor ich die SMS lese. Sie ist von Daniel. Vage erinnere ich mich daran, ihm von meinem Geburtstag erzählt zu haben. Meine Nummer hat er, weil ich ihm neulich, als er mich ins Taxi setzte, versprechen musste, ihm zu schreiben, wenn ich gut zu Hause angekommen wäre.

Alles Gute zum Geburtstag. Daniel x

Ich bin mir nicht sicher, warum ich in den letzten Tagen so viel an Daniel gedacht habe. Die Erinnerung an seine Worte und seine Freundlichkeit haben mich jedenfalls immer von dem Trennungsschmerz abgelenkt. Ein paarmal habe ich überlegt, mich bei ihm zu melden, wollte ihn aber, nachdem ich ihm schon diese Party verdorben hatte, nicht weiter belästigen. Nach kurzem Zögern drücke ich die *Anruf*-Taste über seiner Nachricht. Er klingt überrascht, als er rangeht.

»Danke für sie SMS«, sage ich.

»Kein Thema.«

»Die meisten Leute wollen wissen, was Mike mir geschenkt hat. Es war schön, einmal etwas anderes zu lesen.«

»Warum, was hat er dir denn geschenkt?«

Es ist ein schlechter Witz, aber ich lächle trotzdem. »Das weißt du nur zu gut. Du hast es schließlich ausbaden müssen.«

»Eigentlich nicht. Ich bin sogar froh, dass ich da war. Was machst du heute?«

Ich lege mich aufs Bett und starre zur Decke, betrachte die Risse in der Tapete und den hässlichen grünen Lampenschirm, den ich nicht gegen einen anderen ausgetauscht habe, weil ich mit Mike nie auch nur in die Nähe eines Baumarktes kam.

Heimwerken? Echt jetzt? hätte Mike auf so einen Vorschlag hin gefragt. Und mich dann dazu überredet, stattdessen in eine Kneipe zu gehen. Was ja eine gute Sache war, oder nicht? So schnell mir Mike in den Kopf kommt, so schnell verschwindet er auch wieder, als mir klar wird, dass Daniel auf eine Antwort wartet.

»Mein Bruder kommt später mit seiner Frau vorbei. Wir gehen essen.«

»Klingt gut. Wohin geht ihr?«

»Keine Ahnung. Ich hätte eigentlich irgendwo einen Tisch reservieren sollen.« Doch alle Restaurants, die ich kenne, kommen mir jetzt irgendwie ein bisschen befleckt vor, weil sie mich an Mike erinnern.

»Ich habe letzte Woche einen netten neuen Italiener ausprobiert. Er ist direkt im Stadtzentrum, gegenüber von Winter Gardens.«

»Ein neues Restaurant klingt perfekt.«

»Ich glaube, es heißt *Luigi's*.«

»Danke, Daniel. Ich werde es mir ansehen.« Schweigend lausche ich dem statischen Rauschen, denn ich möchte unser Gespräch noch nicht beenden. »Musstest du am Sonntag nach der Party wirklich arbeiten? Es war schon spät, als ich dich gebeten habe, mir was zu trinken und Taschentücher zu holen. Und in den frühen Morgenstunden warst du immer noch da und hast mir ein Taxi gerufen. Ich hoffe, du hast den nächsten Tag gut überstanden.«

»Oh, kein Problem. Ich musste nur ein paar Pläne fertigstellen und konnte von zu Hause arbeiten. Und den Drink und die Taschentücher habe ich gern besorgt. Wobei du nächstes Mal, wenn wir uns treffen, hoffentlich weniger weinen wirst.«

»Ich werde mich bemühen.« Bei dem Gedanken, Daniel wiederzusehen, durchläuft mich ein Kribbeln, das sich sofort verflüchtigt, weil ich wieder an Mike denken muss. »Wie auch immer«, sage ich, »ich will dich nicht länger bei der Arbeit stören.«

»Ich bin schon fertig und nehme mir den Rest des Tages frei. Wann kommt dein Bruder?«

»Er wohnt in Oxford und hat eine Einjährige dabei, da wird er sicher einige Mal anhalten müssen.«

»Also, ich wollte später eigentlich in Manchester Fußball spielen gehen, aber ich bin furchtbar schlecht. Und ganz unter uns, in Wahrheit macht es mir auch keinen Spaß. Falls du Lust hast, etwas mit mir zu unternehmen, jederzeit. Wie du magst.«

»Im Ernst?«

»Ja, ich habe noch nie ein Tor geschossen.«

»Ich meine, dass wir etwas zusammen unternehmen.«

»Ja, ganz im Ernst.«

Ich stehe auf, gehe zum Fenster und blicke über die grasbewachsenen Spazierwege hinweg zu den wogenden Wellen in der Ferne. Die Sonne steht hoch, das Blau des Himmels ist nur von wenigen Wolkenfetzen getrübt. Ich liebe den September, denn mir gefällt die Vorstellung, dass an einem Tag Sommer und am nächsten schon Herbst sein kann. Heute ist einer jener Tage, aus dem sich alles entwickeln könnte. Und so werde ich gleich nur ein einziges Wort sagen. Es wird nur einen Augenblick dauern. Doch während ich es ausspreche, kann ich all die unterschwelligen Möglichkeiten spüren – das Wort ist wie ein winziger Samen, der zu etwas Buntem erblühen und meine Landschaft für immer verändern wird.

»Ja.«

Kapitel 4

»Ist er in dich verliebt?« Amelia beäugt mich über den Rand ihres Weinglases hinweg.

Es ist fast einundzwanzig Uhr. Seit etwa einer Stunde sind wir im *Luigi's*, wir essen langsam und genüsslich: angenehm öliges Knoblauchbrot, seidige Pasta und knackigen Salat. Nach zwei Gläsern Rotwein fühle ich mich seltsam losgelöst, als hätte die letzten Tage jemand anders erlebt als ich.

Heute Abend ist es schon wieder passiert. Als ich auf Nicholas wartete und mich mit meinem Lieblingsparfüm einsprühte, fiel mir der Flakon aus der Hand auf den Teppich, mein Kopf fühlte sich an, als würde er vor Druck und Schmerz gleich platzen. Ich sah einen Straßenabschnitt, auf dem Trümmer verstreut lagen. Und schon war ich zurück, in eine auf einmal unerträglich süßliche Parfümwolke gehüllt, die mir in den Augen brannte und mich würgen ließ. Zwar war ich nur für ein paar Sekunden weg, verpasste unterdessen aber so viel von dem Lied im Radio, dass ich das, was neulich auf der Party passiert ist, nicht mehr länger als Traum abtun kann. Es ist eine Sache, so etwas als Kind zu erleben, obwohl es damals schon nicht leicht war, denn es wirkte sich auf meine Freundschaften aus. Ich wollte niemanden richtig nahe an mich heranlassen, damit mein Geheimnis nicht herauskam. Doch jetzt bin ich ganz allein und frage mich, was dieses erneute Verschwinden für mich bedeutet, für meinen Job und überhaupt mein ganzes restliches Leben. Der Gedanke beschäftigt mich schon den ganzen Abend.

»Wer, Mike?« Ich reiße ein Stück Knoblauchbrot ab und tunke es in meine Nudelsauce. »Also, er hat heute einen seiner Freunde vorbeigeschickt, damit der eine Oasis-CD, ein Waffeleisen und ein paar Socken abholt. Seit unserer Trennung haben wir kein Wort mehr miteinander gesprochen. Es sieht also nicht so aus, als wäre er in mich verliebt, oder?«

»Doch nicht Mike. Vergiss Mike. Ich meine Daniel. Er scheint sich heute sehr viel Mühe gegeben zu haben.«

Ich lege das Knoblauchbrot weg, wische mir das Öl von den Fingern und fächle mir mit der Serviette Luft zu, weil mir plötzlich zu warm ist. Amelia hat recht. Daniel hat mich kurz nach unserem Telefonat abgeholt, um mit mir nach Lake Windermere zu fahren. Die ganze Fahrt über haben wir uns unterhalten, über die Party, über das, was wir von Kevin und Sophie wussten, über unsere Arbeit, unsere Freunde und unser Leben. Daniel parkte etwas außerhalb des Zentrums, und auf dem Weg zum See kauften wir uns ein Eis. In der Spätsommerhitze roch die Luft salzig nach Pommes frites und süß nach frisch frittierten Donuts. Daniel war voller Energie, ich musste mich beeilen, um mit ihm Schritt zu halten. Irgendwann bat ich ihn atemlos, langsamer zu gehen, woraufhin er meine Hand nahm und meinte, dass ich ihn einfach festhalten soll, wenn er wieder zu schnell geht.

Später setzten wir uns auf eine Bank, schauten auf den glitzernden See und aßen unser Eis. »Ich bin froh, dass wir uns noch mal getroffen haben«, sagte ich. »Sonst hättest du mich immer als die seltsame heulende Frau von der Party in Erinnerung. Und wer will schon dauerhaft diese Frau sein?«

Daniel wischte sich mit dem Handrücken etwas Vanilleeis von den Lippen. »Das kennen wir doch alle irgendwie. Ich habe auch schon eine üble Trennung erlebt, nur nicht auf einer Party, weshalb mich auch niemand in meinem schlimmsten Zustand zu sehen bekam. Du hattest einfach nur Pech.«

»Ich weiß nicht. Natürlich macht es mich unglücklich, verlassen worden zu sein. Doch letztendlich bin ich froh, dass er es auf der Party gemacht hat, denn du hast mich getröstet. Ich wette, du konntest dich damals bei niemandem ausheulen.«

Daniel schüttelte den Kopf und kramte einen Schokoriegel hervor, den er in zwei Hälften biss. »Nein, konnte ich nicht.«

»Also, mir hat es jedenfalls geholfen. Ich würde mich einerseits eines Tages gern revanchieren, aber ich hoffe natürlich, dass das nicht nötig sein wird.« Ich schaute aufs Wasser, zu den Booten und den Kindern, die Körner für die Enten auf die glatten Kieselsteine schnippten, dann warf ich Daniel einen Seitenblick zu.

»Das hoffe ich auch. Ich bilde mir ein, dass ich aus dem, was mit meiner Ex passiert ist, etwas gelernt habe und es beim nächsten Mal besser mache. Andererseits kann man sich da nie ganz sicher sein, oder?«

»Absolut nicht. Bist du darüber hinweg?«, fragte ich.

»Über die Trennung? Ja. Ganz und gar. Und es hat auch nicht so lange gedauert, wie ich dachte. Sie hat es wegen eines Typs beendet, den sie im Supermarkt kennengelernt hat.«

»Das ist ein Scherz, oder? Ich habe nie daran geglaubt, dass sich die Leute tatsächlich in Supermärkten kennenlernen.«

»Ging mir genauso. Ich habe mich immer in Sicherheit gewiegt, wenn sie Milch kaufen ging.« Er lachte. »Aber das mit uns stimmte sowieso nicht, was ich erst merkte, nachdem sie weg war und ich mich plötzlich wieder wie ich selbst fühlte, falls das einen Sinn ergibt.«

»Und ob«, erwiderte ich. Wir saßen eine Weile stumm auf der von der Sonne erwämten Bank. »In welchem Gang?«, fragte ich nach ein paar Minuten.

Er lachte. »Das wollte ich auch von ihr wissen. Sie sagte, bei den Zeitschriften.«

Ich schüttelte den Kopf. »Tut mir leid, das ist wirklich schrecklich. Wenn ich mit jemandem wie dir zusammen wäre, würde ich mich gewiss nicht bei den Zeitschriften anbaggern lassen. Oder sonst wo, um genau zu sein.« Mein Gesicht war plötzlich zu heiß und kribbelte vor Überraschung, weil ich Daniel und mir selbst gegenüber so offen war.

Lächelnd sprang er von der Bank auf und streckte eine Hand aus. »Das kann man nie wissen. Wer weiß, wem man bei den Strickzeitschriften begegnet.«

Ich lachte. »Ich kaufe keine Strickzeitschriften!«

Er lachte auch und streckte mir die Hand noch näher hin. »Dann bin ich vielleicht doch einigermaßen sicher. Los, komm. Du musst jetzt eine wichtige Entscheidung treffen. Bootsfahrt oder zurück nach Hause.«

»Daniel ist überhaupt nicht in mich verliebt«, sage ich jetzt im Restaurant zu Amelia, und die Erinnerungen an den Nachmittag zerfließen. »Bis heute haben wir uns nicht einmal richtig gekannt. Ich schätze, er ist einfach ein netter Kerl. Er hat gesehen, wie schlecht es mir auf der Party ging, und hat sich um mich gekümmert. Er wusste, dass ich Geburtstag habe. Außerdem wollte er sich irgendwie aus dieser Fußball-Sache herauswinden, insofern hat es ihm gut in den Kram gepasst.« Ich rede weiter und weiter, obwohl ich lieber die Klappe halten würde.

»Ich finde es jedenfalls gut, dass ihr euch getroffen habt«, wirft Nicholas ein, kaum dass ich eine Pause mache. »Es ist nur richtig, dass du heute ein bisschen verwöhnt wirst. Es scheint, als könntest du das gut brauchen.«

»Natürlich.« Amelia grinst. »Er hat sie auf Händen getragen! Während ich in schmutzigen Raststättentoiletten

Windeln gewechselt habe. Wir mussten bestimmt sechs Mal anhalten. Bitte mach das Beste aus so einem romantischen Tag.«

Gegen meinen Willen muss ich lachen. »Wie auch immer. Genug von mir. Was wohl Phoebe gerade macht? Ich könnte wetten, dass Mum sie verwöhnt. Wir haben uns alle wahnsinnig gefreut, sie zu sehen.«

Wir plaudern eine Weile über Phoebe, und dann holt Amelia ihr Handy aus der Tasche, um zu sehen, ob sie eine Nachricht bekommen hat. »Ich habe noch nichts von deiner Mum gehört. Ob Phoebe schon schläft? Ich gehe mal nach draußen, wo es etwas ruhiger ist, und rufe an, nur um sicherzugehen, dass alles in Ordnung ist.«

Als sie weg ist, lächle ich Nicholas an. »Es ist so schön, euch zu sehen. Danke, dass ihr für meinen Geburtstag die lange Fahrt auf euch genommen habt, das bedeutet mir sehr viel. Ich weiß, wie beschäftigt ihr seid. Ich freue mich schon sehr darauf, morgen ein bisschen Zeit mit Phoebe zu verbringen.«

Mein Bruder lächelt zurück. »Ich finde es auch toll, dich zu sehen. Schade bloß, dass wir nicht länger bleiben können. Aber ich kann schon von Glück sagen, dass ich heute mal früher Schluss machen konnte. Am Montag spät zur Arbeit zu kommen, ist nicht drin. Mein Stundenplan ist grässlich.« Er gähnt, und ich lache.

»Wenn du so über deinen Unterricht denkst, will ich gar nicht erst wissen, was deine Schüler denken.«

Auch Nicholas lacht, verdreht dabei aber die Augen über meinen vorhersehbaren Scherz. Er unterrichtet schon seit Jahren Mathematik an einer öffentlichen Schule in Oxford und ist längst Leiter des Referats. Trotzdem mache ich immer Witze über seinen Beruf, weil es meine Vorstellungskraft übersteigt, wie man Mathematik interessant vermitteln kann.

Und da ihm ja, nach seinem Status an der Schule, einer Reihe von herausragenden Leistungen und einer hundertprozentigen Erfolgsquote zu urteilen, offensichtlich genau das gelingt, sind meine Witze lustig.

»Ich glaube, es passiert wieder«, sage ich dann viel leiser.

Nicholas muss nicht fragen, was. Er hört auf zu lachen, und seine blauen Augen weiten sich.

»Ich habe Angst, Nick. Ich versuchte mir einzureden, dass ich nur geträumt habe, was mir auch fast gelungen wäre. Außerdem habe ich nicht allzu viel darüber nachgedacht, weil mich die Sache mit Mike zu sehr beschäftigte. Aber dann ist es heute Abend wieder passiert, kurz bevor wir losgezogen sind. Es hat nicht lange gedauert, aber ich muss mir einfach eingestehen, dass es wieder losgeht.«

Nicholas legt die Gabel weg. »Was hast du gesehen? In welche Zeit bist du zurückgegangen?«

Ich schüttle den Kopf. »Diesmal war es nicht die Vergangenheit. Irgendwie scheint es jetzt anders zu sein. Ich habe mich selbst in einem alternativen Leben gesehen.«

»Wow«, flüstert Nicholas. Er hat sich ein Stück vorgebeugt, das schwache Licht der Kerze in der Mitte des Tisches lässt sein Gesicht aufleuchten. »Ein Paralleluniversum?«

»Ja. Es war eine andere Version von mir, und ich habe gesehen, wie ich wäre, wenn ich andere Entscheidungen getroffen hätte. Neulich schien es, als wäre ich in Yorkshire. Heute Abend konnte ich nur einen flüchtigen Blick auf eine Straße werfen, ohne zu wissen, ob es die Vergangenheit oder die Gegenwart war. Es ist nichts passiert, es waren keine Menschen dort. Und ich war nur für ein paar Sekunden weg.«

»Ich kann nicht glauben, dass es wieder passiert. Es ist doch Jahre her, oder?«

Ich nicke. »Ja. Und solange ich mit Mike zusammen war, ist es gar nicht passiert.«

»Was hat die andere Version von dir gemacht?«

»Ich konnte nur einen flüchtigen Blick auf sie werfen, aber ich hatte das Gefühl, dass sie abenteuerlustiger war als ich. Sie hat in einem Reisebüro gearbeitet, und wie es scheint, ist es ihr wichtig, die Welt zu bereisen und neue Dinge zu sehen.«

»Und warst du in diesem … alternativen Universum mit Mike zusammen?«

»Das weiß ich nicht genau, aber es kam mir nicht so vor.« *Nur ich und mein Rucksack.*

Nicholas lehnt sich wieder zurück. »Vielleicht hast du das ja gesehen, damit du Entscheidungen treffen kannst, jetzt, wo es mit Mike aus ist?«

Darüber muss ich kurz nachdenken. »Ich bin noch nicht dahintergekommen, warum es wieder anfängt, weil ich mir mehr Sorgen darüber mache, was passiert, wenn ich weiterhin verschwinde. Früher habe ich dadurch nur die Schule verpasst. Und weil ich wusste, dass es nur geschieht, wenn ich allein bin, bin ich einfach so oft es ging bei Mum oder meinen Freunden geblieben. Und bevor ich Mike traf, war ich auf dem College, da hat es kaum eine Rolle gespielt, wenn ich den Beginn einiger Vorlesungen verpasste. Aber das ist jetzt anders. Ich habe einen Job und ein Leben. Vielleicht hätte ich nicht bei Mum ausziehen und auch keine Stelle annehmen sollen, bei der ich manchmal allein bin.« Ich trinke meinen Wein aus und schiebe das Glas weg.

»Jetzt erst mal keine Panik. Vielleicht geschieht das nur wegen der Trennung von Mike, könnte sein, dass es nur vorkommt, wenn du gerade etwas Schwieriges durchmachst.«

Wir sitzen eine Weile da und beobachten Amelia, die sich am Eingang des Restaurants herumdrückt, während sie telefoniert, mit der unausgesprochenen Abmachung zwischen uns, sofort das Thema zu wechseln, wenn sie wieder zu uns stößt.

»Jedenfalls habe ich deswegen viel nachgedacht. Ich glaube, Mike hatte recht. Ich muss einfach endlich etwas Interessantes tun, wovon mich jetzt ja auch nichts mehr abhält, oder? Also werde ich in die Welt hinausziehen und Blackpool hinter mir lassen.«

Nicholas kneift die Augen zusammen. »Und dein Job?«

»Ich mag meine Arbeit.« Ich nehme die Gabel wieder in die Hand und spieße eine Nudel auf. »Aber mein Vertrag läuft nur drei Monate, und wer weiß, ob ich es überhaupt so lange durchhalte, wenn das weiterhin passiert.« Ich hebe die Nudel an meine Lippen. Sie ist jetzt kalt und klebrig, und ich muss mich dazu zwingen, sie zu kauen und hinunterzuschlucken.

»Aber vielleicht geschieht es ja nicht wieder. Und wenn doch, dann kannst du dich irgendwie herausreden. Du musst nicht auf Reisen gehen, nur weil Mike dir das eingeredet hat. Und ist das nicht ein zu großes Klischee? Zu verreisen, um dich selbst zu finden, obwohl du hier ein gutes Leben hast?«

»Aber es gibt eben auch ein anderes Leben für mich. Eines, in dem ich nicht zu viel Angst habe, etwas zu unternehmen.«

»Für jeden gibt es Tausende von Leben. Der einzige Unterschied besteht darin, dass du eines von deinen sehen konntest. Ach, komm, Erica, gerade du solltest doch wissen, dass es nicht so simpel ist. Welches alternative Universum du auch immer für ein paar Minuten gesehen hast, es war nicht dein Leben. Also kannst du dein Leben jetzt auch nicht danach gestalten, denn dann wirst du nicht wissen, wo das andere Leben beginnt und wo das, das du jetzt lebst, endet.«

Wir starren einander an, denn dadurch, dass wir gerade über dieselben Dinge diskutieren wie früher, wird unser jugendliches Selbst auf seltsame Weise lebendig.

Amelia kommt zurück. »Phoebe geht es gut«, verkündet sie atemlos. »Sie schläft zwar noch nicht, aber sie schreit auch nicht das ganze Haus zusammen. Das ist schon mal gut. Was habe ich verpasst?« Sie setzt sich wieder zu uns.

»Erica hat mir gerade erzählt, dass sie vielleicht auf Reisen geht«, antwortet Nicholas.

Amelia lächelt mich an. »Wirklich? Und wohin?«

»Ich weiß noch nicht. Die Freundin einer Freundin fliegt nach Thailand. Vielleicht begleite ich sie, vorausgesetzt, dass ich es schnell genug organisieren kann.«

»Wow. Aber was wird dann aus deinem neuen Mann?« Sie zwinkert mir zu.

Ich schüttle den Kopf. »Mein neuer Mann hat wahrscheinlich vergessen, seine Frau oder sein Vorstrafenregister zu erwähnen. So ist das doch normalerweise immer bei den Netten. Los, lasst uns noch irgendwo was trinken gehen.« Ich krame in meiner Tasche nach dem Geldbeutel und stoße auf etwas, das in weiches blaues Seidenpapier gewickelt ist.

»Ist das von euch?«, will ich wissen. »Mir gehört es jedenfalls nicht. Ich wusste nicht, dass es hier drin ist.«

Beide runzeln die Stirn und schütteln den Kopf, genauso verdattert wie ich. Als ich das Papier entfernt habe, kommt ein Magnet in Form eines Bootes zum Vorschein.

Ich lache laut auf. »Das ist von Daniel. Er hat es wohl für mich gekauft und mir unbemerkt in die Tasche gesteckt. Als wir im Souvenirladen waren, sagte er im Scherz, dass er mir etwas schenken wolle, das mich immer an unsere Bootsfahrt erinnert.« Als ob ich die vergessen würde, füge ich in Gedanken hinzu. Die brütende Hitze des Nachmittags, das träge Dahingleiten des Bootes, wie Daniel die Tickets kaufte und mein Angebot ausschlug, mich an den Kosten zu beteiligen, der krasse Unterschied zu Mike, der den ganzen Tag über die Augen verdreht hätte, wegen des Preises für die Bootsfahrt, des obligatorischen Eises auf einer Bank und weil es weder Bier noch Freunde noch Musik gab.

»Das ist ja süß. Und genau das, was ein verliebter Mann tut.« Amelia hebt eine Augenbraue. »Aber was soll's. In Thailand werden sich auch Männer in dich verlieben.«

»Darauf trinken wir«, rufe ich. Wir stoßen an.

Kapitel 5

»Also, Erica Silver, ich möchte gern etwas über dich in Erfahrung bringen. Es ist wichtig, deshalb bitte ich dich, sehr ernsthaft über deine Antwort nachzudenken«, sagt Daniel. Es ist das zweite Mal, dass wir seit unserem Ausflug miteinander sprechen. »Stehst du auf Spielhallen?«

Ich komme gerade von einem Treffen mit Zoe nach Hause, als er anruft. Während ich den Schlüssel aus der Tasche ziehe und aus der warmen Nachmittagsluft in meinen winzigen Flur trete, denke ich einen Moment über seine Frage nach. »Na ja, ich war vielleicht mit acht zum letzten Mal in einer. Aber ja, warum nicht?«

»Ausgezeichnet.«

Ich lache. »Und warum ist das ausgezeichnet?«

»Es ist ausgezeichnet, weil ich Gutscheine im Wert von zehn Pfund für die schönste Spielhalle der Gegend habe. Bei einem Meeting mit dem Gemeinderat heute Morgen habe ich ein paar Werbegeschenke bekommen.«

»Ach, du bekommst Gutscheine für Spielautomaten und musst an mich denken«, erwidere ich lächelnd. »Ich weiß nicht recht, was ich davon halten soll.«

»Du kannst es definitiv als Kompliment betrachten, und zwar als eines, das ich noch nie zuvor jemand anderem gemacht habe. Ich kann es mir einrichten, wann immer es für dich passt.«

Seit meinem Geburtstag will ich Daniel wiedersehen, und ich hätte es ihm beinahe auch vorgeschlagen, als ich ihn anrief, um mich für den Magneten in meiner Tasche zu bedanken. Aber eine leise Angst davor, was er denken könnte, die Befürchtung, vielleicht zu aufdringlich zu sein, besonders so kurz nach der Trennung von Mike, hielt mich davon ab. Daniel hat solche Ängste nicht, denke ich und muss schon wieder lächeln. Ich gehe in die Küche und nehme den Magneten von meinem Kühlschrank, drücke das billige Material an meine Lippen, bevor ich ihn hastig wieder anbringe, nur für den Fall, dass irgendjemand mich von irgendwoher sehen kann.

»Jederzeit«, antworte ich. »Egal wann.«

Wir verabreden uns für Dienstag. Der Herbst hat ganz plötzlich begonnen, der Himmel wirkt zerklüftet und grau, und ein Hauch knackige Kühle liegt in der Luft. Wir flitzen während eines Wolkenbruchs in die Spielhalle, in der es messingartig nach Geldmünzen, feuchtem Teppich und Pommes frites riecht, und es dauert gerade einmal zwanzig Minuten, bis wir die Gutscheine, die Daniel zwischen uns aufgeteilt hat, verbraucht haben.

Später sitzen wir in einem Café, bei dampfendem Kaffee und Schokoladenkuchen. »Es ist leicht beunruhigend, wie schnell sich zehn Pfund in Luft auflösen«, sage ich. »Ich finde, die hätten dir wirklich mehr geben müssen. Geizkragen.«

Daniel greift in seine Tasche und wirft weitere Gutscheine auf den Tisch. »Ich habe auch noch andere bekommen. Einige davon waren allerdings nur für einen Tag gültig, und die anderen sind eindeutig für Leute mit Kindern.«

»Schau dir das mal an!« Ich ziehe einen Gutschein für den Blackpool Tower aus dem zerknitterten Haufen.

Daniel winkt ab. »Ich glaube, der ist schon abgelaufen.«

»Nein, ist er nicht! Er ist bis morgen gültig! Wir können alles sehen! Ballsaal, Turmspitze, alles. Das ist unglaublich!« Ich grinse ihn an. »Ich habe heute nichts mehr vor«, füge ich forsch hinzu.

Daniel reckt den Hals, um durch das beschlagene Fenster des Cafés auf die trostlose Straße zu blicken. »Es schüttet noch immer wie aus Kübeln. Da werden wir von oben nicht viel sehen können.«

»Mir egal. Ich liebe den Tower«, entgegne ich etwas nervös, weil er nicht allzu begeistert zu sein scheint. »Im Ballsaal war ich kürzlich, aber ganz oben schon seit Jahren nicht mehr. Weißt du, es war ziemlich hart für mich, als wir hierherzogen. Ich hatte alle meine Freunde verloren, kannte hier niemanden und war erst zwölf. Aber dann fiel mir auf, dass ich den Blackpool Tower von meinem Kinderzimmer aus sehen konnte. Und irgendwie machte das die ganze Sache besser. Ich …« Ich breche lachend ab und halte die Hände vors Gesicht.

»Nicht. Du kannst jetzt nicht aufhören!«, drängt Daniel.

Ich schüttle den Kopf. »Doch, es ist zu peinlich. Ich habe das noch nie jemandem erzählt.«

»Wenn du es mir erzählst, gehen wir sofort danach auf die Spitze des Towers.«

Ich winde mich. »Na schön.« Um Zeit zu gewinnen, streiche mir die Haare aus dem Gesicht. »Früher habe ich mit ihm gesprochen.«

»Mit dem Tower?« Er unterdrückt unübersehbar ein breites Lächeln.

»Ja, mit dem Tower. Wie gesagt, ich hatte keine Freunde, und er war irgendwie wie ein Freund. Deswegen setzte ich mich immer auf die Fensterbank, um mit ihm zu plaudern. Ich erzählte ihm von der Schule und wie sehr ich mein Zuhause vermisste und von den Jungen, die ich mochte. Wenn ich ihn jetzt so sehe, habe ich das Gefühl, dass er mich kennt. Und dass wir immer noch alte Freunde sind.«

Lächelnd greift Daniel nach meiner Hand, und die Gutscheine tanzen wie Schmetterlinge über die Tischplatte. »Du bist total verrückt.«

»Du bist doch nur neidisch, weil der Turm alle meine Geheimnisse kennt.«

»Dann werde ich vielleicht auch mit ihm reden müssen. Womöglich verrät er sie mir. Ich wüsste gern, für welche Jungen du schwärmst.«

»Ich kann nicht glauben, dass ich dir das erzählt habe.« Ich schüttle den Kopf. »Das habe ich noch nie jemandem verraten.«

»Wirklich?« Daniel beginnt, unsere Untertassen und Teller aufeinanderzustapeln. »Nicht einmal Mike?«

»Auf keinen Fall. So etwas hätte ich ihm niemals erzählt! Ihm gegenüber habe lieber vorgegeben, normal zu sein.«

»Kein Wunder, dass das mit euch nicht gehalten hat.«

Lachend schlage ich nach ihm, und wir stehen auf. Die ordentlich gestapelten Teller und die Kuchenkrümel werden sofort von einem Kellner weggezaubert, als wären wir nie da gewesen.

Einige Minuten später betreten wir den Tower. »Ich finde es fantastisch hier«, verkünde ich. »Das erinnert mich immer an eine alte Dame, eine von denen, bei der man sieht, dass sie früher schön war.«

»Es ist wirklich besonders. Als Kind mochte ich vor allem das Aquarium.«

»Ich auch!«, rufe ich. »Ich kam früher immer im Sommer mit meinem Bruder hierher.«

»Ja, in den Sommerferien. Vielleicht waren wir schon einmal gleichzeitig hier. Denkst du manchmal über solche Dinge nach?«

Ich nicke. »Immerzu.« Mehr sage ich nicht dazu, denn ich möchte jetzt nicht an mein anderes Leben denken.

»Ich glaube, es sind diese geschichtsträchtigen Orte, die einen dazu bringen, über alles Mögliche nachzudenken. Man fragt sich, wer schon alles hier war und welche Wege sich gekreuzt haben. Man kann die Vergangenheit fast spüren. Das finde ich ziemlich cool.«

Ich schaue ihn an. »Ich habe noch nie jemanden getroffen, der so denkt.« Das sage ich möglichst gleichmütig und füge auch nicht hinzu, dass Mike mit mir nie den Blackpool Tower besucht hat, obwohl ich ihn immer dazu überreden wollte. Einmal bin ich allein gegangen, während er sich mit seinen Freunden in einem Pub auf der Promenade traf. Nur zu gut erinnere ich mich noch an das schallende Gelächter, als ich später zu ihnen stieß und schwärmte, wie herrlich es gewesen sei, allein herumzulaufen und im Ballsaal Kaffee zu trinken. Mike wirkte gequält, als würde er seine Kumpel am liebsten bitten, nichts dazu zu sagen.

»Meinst du, dass es hier spukt?«, fragt Daniel, als wir den Ballsaal betreten.

Ich drehe mich zu ihm, erpicht darauf, ihm zu erzählen, was ich, als ich für eine Ausstellung im Blackpool-Museum recherchierte, über die Turmgeister herausgefunden habe. »Ja! Ich habe gerade erst etwas darüber gelesen. Anscheinend ist dies der Teil des Turms, in dem es am meisten spukt. Der Mann, der ihn hat bauen lassen, konnte es wohl nicht ertragen, von hier wegzugehen. Er wurde von vielen Menschen gesehen. Und andere Geister gibt es auch.«

Daniel lächelt. »Nun, kein Wunder. Dieser Ballsaal ist nicht der schlechteste Ort, um die Ewigkeit zu verbringen.

Vor allem, wenn man weiß, dass man selbst dafür gesorgt hat, dass er überhaupt existiert.«

Ich blicke hinauf zu der goldverzierten, verschnörkelten Decke, den Logen und den glitzernden Kronleuchtern. »Genau. Das ist der unglaublichste Raum, den ich je gesehen habe.«

»Er stellt alle meine Projekte in den Schatten«, gibt Daniel zu. »Was auch irgendwie inspirierend ist. Vielleicht verwende ich für meinen nächsten Plan viele extravagante Vergoldungen.«

»Was entwirfst du gerade?«

»Ein Bürogebäude in Preston.«

Ich lache. »Dann solltest du das auf jeden Fall machen. Büros brauchen dringend mehr Gold. Man muss die Angestellten doch bei Laune halten.«

Wir setzen uns eine Weile und schauen den Tänzern zu, die über den glänzenden Boden gleiten.

»Du weißt durch deine Arbeit im Museum bestimmt viel über Blackpool«, sagt Daniel. »Erzähl mir mehr über den Ballsaal.«

Ich denke einen Moment lang nach und deute dann zur Bühne. »Da, siehst du die Inschrift unter den Schnitzereien?«

Daniel kneift die Augen zusammen. »Ja. Was steht da?«

»Da steht: *Bid me discourse, I will enchant thine ear.* Shakespeare.«

»Okay«, meint Daniel. »Ich war in Mathe immer besser als in Englisch. Was bedeutet das?«

Ich starre eine Minute lang zur Bühne und denke über die Worte nach. »Ich verstehe das so – wenn du mir die Chance zu sprechen gibst, werde ich dir etwas Unglaubliches erzählen.«

Daniel nickt, und unsere Blicke treffen sich.

»Los«, sage ich, plötzlich nervös. »Lass uns nach oben gehen.«

Die steile eiserne Treppe, die wir bis zur Spitze des Turms hinaufsteigen, der peitschende Wind und der durch die Höhe hervorgerufene Adrenalinstoß stehen in scharfem Gegensatz zur glänzenden Pracht des Ballsaals. Daniel schweigt, während ich alles kommentiere, was wir sehen: die Kurven der Achterbahn am Pleasure Beach, das silberne Meer, das in der Ferne mit dem Himmel verschwimmt.

»Ich versuche immer, das Haus meiner Mum zu finden.« Ich drücke mich an das Netz, um über Tausende von Dächern hinwegzublicken. »Aber das ist unmöglich.«

Daniel nickt und liest ein Schild, auf dem steht, dass wir uns in hundertfünfundzwanzig Meter Höhe befinden. Es ist gerade ziemlich viel los, und als ich auf die andere Seite gehe, werde ich von Leuten angerempelt, die Fotos machen und sich gegenseitig Fakten über Höhe, Aussicht und Windrichtung zuschreien.

»Wenn man mal hier oben ist, gibt es nicht mehr viel zu tun, oder?«, bemerkt Daniel, die Hände in die Taschen gestopft.

»Nein. Aber es ist trotzdem grandios. Danke, dass du mitgekommen bist.« Ohne nachzudenken, lege ich meine Arme um ihn, spüre die angenehme Wärme seines Körpers und atme den tintenartigen Duft seines Aftershave ein. Er nimmt die Hände aus den Taschen, um meine Umarmung zu erwidern und die Lippen auf meinen Kopf zu drücken.

»Gern geschehen. Und jetzt«, sagt er, als ich mich nur widerwillig von ihm löse, »besorgen wir dir im Laden einen weiteren hässlichen Magneten. Ich werde nicht ruhen, bis dein Kühlschrank vollständig bedeckt ist.«

Nachdem Daniel einen Magneten in Form einer Blackpool-Straßenbahn gekauft hat, verlassen wir den Tower und laufen direkt in einen Mann hinein, der Daniel auf den Rücken klopft.

»Lange nicht gesehen!« Ein Tropfen Spucke fliegt von seinen Lippen und landet auf meiner Schulter.

Daniel klopft ihm ebenfalls auf den Rücken, etwas sanfter allerdings. »Erica, das ist Bob. Ich habe ein paarmal mit ihm zusammengearbeitet.« Er wirft mir einen kurzen Blick zu, der mir alles sagt, was ich über Bob wissen muss, und auch, was Daniel von ihm hält.

»Haben Sie ihn überreden können, in den Tower zu gehen?« Bobs Kopf zuckt Richtung Eingang.

Ich nicke, immer noch aufgedreht vom Höhenrausch und weil ich Daniel gerade umarmt habe. »Wir waren gerade oben auf der Turmspitze.«

Bob runzelt die Stirn und wirft Daniel einen übertrieben überraschten Blick zu. Dann wendet er sich wieder an mich. »Wie haben Sie ihn dazu gebracht, höher als ein paar Stufen hinaufzusteigen?«

Dann legt sich Schweigen über uns, alles, was wir hören können, ist das Rauschen des Windes, die Rufe der Straßenverkäufer und die Gesprächsfetzen der vorbeilaufenden Leute. Daniel schaut Bob an, als wollte er ihn zum Verschwinden auffordern, seine Abneigung kann er nun nicht mehr ganz so gekonnt verbergen.

»Wir hatten mal ein Arbeitstreffen im Tower.« Bob sticht Daniel mit einem Finger in die Seite. »Und da sind wir alle natürlich auf die Spitze gestiegen, nur Mister Höhenangst hier wurde allein schon bei dem Gedanken grün im Gesicht. Keine Chance. Er hatte schreckliche Angst. Und als wir vorschlugen, ihn nach oben zu tragen, hat er fast geheult!« Er beugt sich vor und zwinkert mir verschwörerisch zu. »Er ist lieber in dem Burgerladen auf sicherem Boden geblieben. Schätze mal, so, wie Sie aussehen, war es leichter, ihn zu überreden.«

Ich drehe mich zu Daniel um, weil ich zunächst kein Wort verstehe, aber dann macht es Klick, als hätte jemand das Licht angeschaltet und alles wäre plötzlich in einen helleren Gelbton getaucht.

»Also, wir haben einen Tisch reserviert.« Daniel schaut auf seine Uhr, ein altmodisches Modell mit einem braunen Armband. Keine zehn Pferde hätten Mike jemals dazu gebracht, so etwas zu tragen. »Wir müssen los.«

Ich nicke stumm und winke Bob zum Abschied kurz zu, während Daniel meinen Arm ergreift und mich wegzieht. Als wir in sicherer Entfernung sind, bleibe ich inmitten des bunten Treibens der Promenade stehen.

»Wir haben einen Tisch reserviert? Das höre ich zum ersten Mal.«

Er wird etwas rot. »Na ja, Bob hätte sonst niemals zu reden aufgehört.«

Ich mustere ihn einen Moment forschend. »Hast du wirklich Höhenangst?«

Daniel schneidet eine Grimasse. »Na schön, ja. Ziemlich schlimm sogar.«

Ich berühre ihn am Arm. »Warum bist du dann mit mir hinaufgegangen? Wieso hast du nicht einfach Nein gesagt?«

Er lächelt, und erst jetzt fällt mir auf, dass sein Gesicht immer noch etwas blasser wirkt als sonst. »Du wolltest es so sehr. Du hast gesagt, der Tower sei dein Freund gewesen. Wie hätte ich da Nein sagen können?«

Darauf antworte ich nicht, ich schaue ihm nur ins Gesicht, das mit einem Mal das vollkommenste Gesicht ist, das ich je gesehen habe, und genieße diesen Rausch reinen Glücks. Es ist, als würde ich ein unerwartetes Geschenk öffnen und das

Papier herunterreißen in der Hoffnung, dass sich darunter etwas verbirgt, nach dem man sich immer gesehnt hat, ohne zu glauben, dass man es je bekommen würde.

Ich beuge mich vor und küsse ihn zart auf die Lippen. Zwar ist es schon nach einer Sekunde vorbei, aber ich wünschte, es würde ewig dauern.

»Danke.«

Kapitel 6

»Hast du Freitagabend schon was vor?«, fragt Daniel später, als wir vor meiner Wohnung halten. Wir hatten beschlossen, zusammen essen zu gehen, um die Bob gegenüber genutzte Ausrede im Nachhinein wahr zu machen, und in einem winzigen Bistro dampfende Lammkeulen und knusprig gebratene Kartoffeln gegessen. Dabei unterhielten wir uns über unsere Familien und unsere Kindheit, auf diese distanzierte Art und Weise, wie man über seine Vergangenheit spricht, wenn man jemand Neues kennenlernt. Jetzt taucht der Sonnenuntergang die Straßen in einen blassen Schimmer. Ich antworte nur zögernd auf Daniels Frage, weil ich diesen Tag noch nicht enden lassen will.

»Ja. Allerdings habe ich das Gefühl, dass ich das gern ändern würde.«

»Verdammt. Da war jemand schneller als ich. Was hast du vor?«

»Ich treffe mich mit einer gewissen Nina, die ich nicht besonders gut kenne, aber sie geht demnächst auf Reisen, und ich will sie ein bisschen ausfragen. Sie will nicht allein verreisen.« Die Idee, Nina zu begleiten, steht plötzlich in krassem Widerspruch zu diesem herrlich leichten Tag an Daniels Seite. »Vielleicht komme ich mit.« *Vielleicht?* Ich war mir doch so sicher, und nach nur einem Tag mit Daniel habe ich schon meine Meinung geändert?

Ich versuche, in Daniels Gesicht zu lesen, erwarte, dass er niedergeschlagen wirkt oder mich sogar bittet, nicht zu reisen, aber sein Ausdruck verändert sich nicht. »Aha«, erwidert er gleichmütig, »wo will sie hin?«

»Nach Thailand. Du weißt doch, ich will mir etwas Neues aufbauen.« Mit dieser Bemerkung spiele ich auf Daniels aufmunternde Worte bei der Party an.

»Wer hat dich bloß auf so etwas gebracht? Muss ein ziemlicher Idiot gewesen sein.«

Ich lächle ihn an. »Nein. So schlimm war er gar nicht. Allerdings hat er einen schrecklichen Geschmack in Bezug auf Magneten.«

»Nun, dann solltest du dich möglichst von ihm fernhalten.«

»Meinst du?«

»Ja.«

»Ich kann Nina auch ein anderes Mal treffen. Was wolltest du am Freitag machen?«

»Auf der Promenade gibt es ein Feuerwerk. Aber ehrlich gesagt dachte ich einfach, dass du vielleicht nichts anderes vorhast. Ich erwarte nicht, dass du deine Pläne änderst.«

»Das weiß ich, aber Nina macht das nichts aus. Sie hat auch am Samstagmorgen Zeit, also kann ich das Treffen verschieben.« Ich schaue ihn von der Seite an. »Wirklich kein Problem«, füge ich hinzu, mehr für mich selbst, wobei ich keine Sekunde lang daran glaube, weil ich jetzt schon die Kluft zwischen mir und der anderen Erica spüre, zwischen mir und tausend anderen Ericas, und sie wird von Minute zu Minute größer.

Daniel trommelt mit den Fingern auf das Lenkrad. »Wunderbar, wenn du dir sicher bist. Ich würde gern was mit dir unternehmen, ohne dabei eine schreckliche Phobie verbergen zu müssen.«

»Also hast du keine Angst vor lautem Knallen?«, ziehe ich ihn auf.

Er lacht. »Nö. Du kennst jetzt alle meine Geheimnisse, mehr musst du nicht wissen.«

Wir schweigen einen Moment, dann nimmt Daniel meine Hand. »Was ich auf der Party gesagt habe, habe ich so gemeint. Du musst wirklich das tun, was du willst. Lass dich von niemandem davon abbringen.«

Ich lächle zustimmend, dabei ist mir überhaupt nicht nach Aufbruch zu neuen Ufern, im Gegenteil. Am liebsten würde ich ihn mit zu mir nach Hause nehmen, mehr Zeit mit ihm verbringen, Nina niemals treffen und alles außer ihm zum Stillstand bringen. Was ich so kurz nach der Trennung von Mike natürlich nicht tun kann. Was wäre es für ein Klischee, sofort eine Trostbeziehung einzugehen und dafür alle anderen Pläne über den Haufen zu werfen. Ich blicke Daniel ins Gesicht, betrachte seine ebenmäßigen Züge, sein schwarzes Haar, das vom Regen leicht gelockt ist, seine hohen Wangenknochen, seine blasse, glatte Haut.

»Bis Freitag also.« Ich steige aus dem Auto und frage mich, ob es so was wie »Trostbeziehungen« überhaupt gibt.

»Also, was hat dein Interesse am Reisen geweckt?«, fragt Daniel am Freitagabend. Wir schlendern die Promenade entlang, bevor das Feuerwerk beginnt. Da es kühl ist, ziehe ich die schwarze Wolljacke enger um mich. Eine gute halbe Stunde lang hatte ich gegrübelt, was ich anziehen soll, und mich schließlich für ein schwarzes Kleid, eine schwarze Strumpfhose und klobige Stiefel entschieden.

»Eigentlich hat Mike damit angefangen. Wir haben uns oft mit Ländern wie Thailand beschäftigt. Aber ihm war es wichtiger als mir, weil ich immer ein bisschen Angst davor hatte.«

»Bist du noch nie verreist?«

»Nein. Du?«

»Ich war ein paarmal mit Freunden in Europa. Nichts Besonderes, und es ist auch schon eine Weile her. Meine Höhenangst wirkt sich irgendwie auch aufs Fliegen aus, deshalb war ich noch nicht in vielen Ländern.«

»Trotzdem, damit warst du auf jeden Fall abenteuerlustiger als ich. Ich habe sogar hier studiert und Blackpool praktisch nie verlassen.«

»Aber es gefällt dir hier, oder? Du magst die Geschichte der Stadt?«

Ich nicke und starre auf die schwarzen Wellen, die unter den Lichtern des Piers glitzern. »Ja, und deshalb ist der Job im Museum auch perfekt für mich. Ich war wahnsinnig aufgeregt, als ich davon erfuhr, aber ich glaube, Mike wollte nicht, dass ich mich überhaupt bewerbe. Wahrscheinlich wusste er, dass ich die Reise dann wieder verschieben würde.«

»Ich dachte, du hast nur einen Dreimonatsvertrag?«

»Stimmt.«

»Ach so. Mike ist also etwas verwöhnt.« Daniel blickt mich aus den Augenwinkeln an, offensichtlich besorgt, dass er zu weit gegangen sein könnte.

Ich lache. »Ein bisschen. Aber ich kann es ihm nicht verdenken, denn er wollte unbedingt weg, und so langsam wird mir klar, dass er in gewisser Weise recht hatte, sich von mir zu trennen. Wir wollten unterschiedliche Dinge. Und wie du ganz richtig sagtest, wenn man etwas wirklich will, darf man es nicht einem anderen Menschen zuliebe aufgeben.«

»Es kommt darauf an, wer der andere ist.«

Ich drehe mich zu ihm um. Unsere Blicke treffen sich, ich sehe ein Glitzern in seinen Augen und fühle mich, als ginge ein kleines Feuerwerk in meiner Brust los.

»Jetzt jedenfalls bin ich froh, dass Mike nicht länger gewartet hat.« Ich spreche schnell, verhasple mich fast. Tief Luft holen, Erica, denke ich und lächele in mich hinein. »An dem Abend, als wir uns kennenlernten, hätte ich es nie für möglich gehalten, so schnell über Mike hinwegzukommen. Aber mir geht es jetzt besser, und ich sehe die Dinge inzwischen nach all den Jahren vollkommen anders.«

»Ich weiß, was du meinst. Dasselbe dachte ich, als es mit Sarah zu Ende war.«

»Sarah aus dem Zeitschriftengang?«

Daniel lacht. »Genau die. Während ich noch mit ihr zusammen war, konnte ich nicht klar sehen, und als ich auf einmal gezwungen war, die Perspektive zu ändern, war das schrecklich und schwierig, weil Veränderungen immer schwierig sind. Aber jetzt ist meine Sicht wieder viel klarer.«

»Genau!«, rufe ich. »Bei dir klingt das so leicht.«

Wir gehen noch ein paar Schritte, bevor Daniel weiterspricht. »Wie dem auch sei, wir waren gerade beim Reisen. Auch wenn es ursprünglich Mikes Idee war, ist es doch das, was du tun möchtest, oder?«

Ich seufze. »Ich bin mir nicht mehr sicher«, gebe ich zu. »Ich fühle mich einfach ein wenig verloren, seit Mike mich verlassen hat. Auch wenn ich jetzt weiß, dass mir nichts Besseres hätte passieren können, habe ich trotzdem das Gefühl, dass ich nach diesem Job im Museum einen neuen Schwerpunkt setzen sollte. Die ganze Zeit wollte ich eigentlich immer nur hierbleiben. Ich bin einfach nicht besonders abenteuerlustig, und ich hatte immer schon ein kleines Problem damit, allein zu sein. Doch jetzt …«

Selbst in dieser Menschenmenge und trotz der Musik, die aus den Lautsprechern über uns dröhnt, versteht Daniel mich besser, als Mike es jemals konnte. Ich beobachte ihn, wie er über meine Worte nachdenkt und sie in seinem Kopf hin und her wendet. »Und jetzt? Bist du inzwischen lieber allein?«

Der erste Feuerwerkskörper explodiert und zerteilt den Himmel in Hunderte Grün- und Rosatöne. Ich muss an die Gefahr denken, die wieder lauert, seit ich vorige Woche auf der Party verschwunden bin, an meine Angst davor, allein zu sein und in eine andere Zeit zu fallen, an das schreckliche Gefühl, sich an die Gegenwart zu krallen und doch nicht daran festhalten zu können. Als Zoe mir Ninas Nummer gab und ich beschloss, mit ihr auf Reisen zu gehen, konnte ich mir noch einreden, dass meine Begegnung mit der anderen Erica nur ein Traum gewesen war. Doch mittlerweile steht fest, dass das nicht stimmt. Wieder werde ich von Entsetzen gepackt, doch ich schiebe es schnell zur Seite.

»Eigentlich nicht«, erwidere ich, während wir weiterspazieren. »Aber ich habe beschlossen, trotzdem allein zu bleiben. Ich möchte mir beweisen, dass ich abenteuerlustig sein und all diese großartigen, faszinierenden Dinge tun kann wie andere Menschen auch. Aber ganz sicher bin ich mir nicht. Vielleicht ist das Ganze ja nur eine reflexartige Reaktion, weil Mike sagte, ich sei langweilig.«

Daniel schüttelt den Kopf und verzieht das Gesicht. »Ich wünschte mir, wir könnten noch einmal auf dieser Party sein. Dann würde ich ihn bei eurer Ankunft verprügeln, anstatt ihm einen Drink anzubieten.«

Die Vorstellung bringt mich zum Lachen. »Das wäre mal eine Begrüßung gewesen. Aber irgendwie war mir Champagner doch lieber. Ich musste ja schließlich anstoßen. Auf den Beginn meines neuen Lebens.« Meine Worte verlieren sich im Getöse einer hellblauen Rakete, und ich lehne mich an Daniel und schaue zu ihr hoch. Ein paar Minuten lang stehen wir dicht beieinander, bis eine Pause in den Wellen von Farbe und Lärm entsteht.

»Was ist mit dir?«, frage ich. »Wie war das nach deiner Trennung von Sarah? Hast du da auch neue Pläne gemacht?«

Er denkt nach. »Meine Pläne haben sich eigentlich nicht groß verändert. Außer, dass ich dachte, wir würden irgendwann heiraten. Wobei wir nie verlobt waren«, fügt er eilig hinzu. »Aber davon geht man einfach aus, wenn man lange mit jemandem zusammen ist, oder?«

»Hm, keine Ahnung. Ich habe nie daran gedacht, Mike zu heiraten. Wir haben das Thema immer gemieden.« Das Feuerwerk geht weiter, prächtige Farben erblühen über uns.

»Eine Ungläubige«, kommentiert Daniel grinsend.

Ich stoße ihn sanft in die Seite, spüre die Wärme seines Körpers unter seiner Jacke. »Es ist nicht so, dass ich nicht daran glaube, aber ich mag große Hochzeiten nicht. Und ich will ja nicht zu pessimistisch sein, aber die meisten Ehen gehen nun mal nicht gut aus.«

»Nichts geht gut aus.« Wir bahnen uns einen Weg durch die Menschen, die immer noch zum Himmel starren und auf mehr warten. »Jedes Ende ist schrecklich. Wenn man immer nur das Ende betrachten würde, würde man nie mit etwas beginnen, oder?«

Darüber denke ich nach, während wir weitergehen, vorbei an Kindern, die mit billigen Plastikstäben herumwedeln, an Gruppen von Freunden, die zusammengedrängt in den sich spaltenden Himmel blicken, an Hamburger-Verkäufern und ihren rauchenden Imbisswagen. Wir sind die Einzigen, die sich vorwärtsbewegen. Er ist wieder schneller als ich, und ich strecke eine Hand aus, um ihn zurückzuziehen.

»Du willst also heiraten?«

»Heute Abend?« Er blickt auf seine Uhr. »Etwas spät. Wahrscheinlich können wir nicht mehr alles rechtzeitig organisieren. Die Idee ist aber gut. Ich fühle mich geschmeichelt.«

Ich verdrehe die Augen und versuche, ein Lachen zu unterdrücken.

»Worüber lachst du? Du würdest mich heiraten.«

»Würde ich das?«

»Natürlich. Wenn du nicht mit Nina um die Welt reisen würdest, würdest du dich Hals über Kopf in mich verlieben, und ich müsste dich eines Tages daran erinnern, dass du nie heiraten wolltest. Allerdings würdest du mir nicht zuhören, weil du zu sehr damit beschäftigt wärst, Schleier und riesige weiße Kleider und Diademe auszusuchen …«

»Ich würde *kein* Diadem tragen«, protestiere ich. »Ich werde nicht gerne angeschaut. Außerdem trage ich immer Schwarz, niemals Weiß. Ich bin definitiv kein Brauttyp.«

»Doch, du würdest auf jeden Fall ein Diadem tragen. Und ein riesiges Kleid. Nicht unbedingt weiß, aber auch nicht schwarz.« Wir sind stehen geblieben, und er grinst mich an, seine Worte sind, je nach Lautstärke des Zischens und Knallens über uns, mal mehr, mal weniger deutlich zu hören. »Und dann würde ich an heute Abend denken, an den Abend, an dem du geschworen hast, nie zu heiraten, weil es schlecht ausgehen könnte.«

Das Feuerwerk endet mit einem dramatischen Finale, und sofort beginnen alle um uns herum, sich hektisch zu bewegen, plötzlich ungeduldig, ihr Leben weiterzuführen, jetzt, da es kein Spektakel mehr für sie gibt, aber wir bleiben stehen, erstarrt in unserer eigenen Zeit und unserem eigenen Moment. Daniel macht einen Schritt auf mich zu und drückt seine Lippen auf meine, bis wir auseinandergerissen werden. Mir fällt eine Haarsträhne ins Gesicht, und Daniel streicht sie weg, seine Finger berühren meine Wange, die sich jetzt angenehm heiß anfühlt.

Du könntest mich zum Bleiben bewegen, denke ich.

Ich weiß, scheint er zu antworten, während wir einander anstarren, berauscht von der Euphorie der Nacht. Wir stehen am Rande eines Abgrunds, das spüren wir – der sichere weiche Boden liegt hinter uns, der atemberaubend steile Abhang vor uns.

Wir gehen über die Promenade bis zu einer belebten Bar, wo der Fußboden klebrig ist und wir warmen Weißwein aus Gläsern trinken, an deren Rändern noch Reste von altem Lippenstift zu sehen sind. Daniel verzieht angeekelt den Mund und wischt sie mit dem Ärmel ab, kritisiert die Temperatur und den Säuregehalt des Weins. Aber der Wein, das Reisen und die Frage, ob ich langweilig oder mutig bin, das alles ist mir egal. Mich interessiert nichts anderes als jeder einzelne Augenblick des heutigen Abends: das warme, subtile Kribbeln in meinem Körper, das Wummern der Musik, die durch mich vibriert, die Küsse und die irgendwie diffuse Taxifahrt, wie Daniels Gewicht sich an mich drückt, sein Geschmack, als wir zusammen in meine Wohnung stürzen und zu einer Einheit verschmelzen.

Daniel schläft danach sofort ein, lässt sich seufzend in die Kissen zurückfallen, nimmt meine Hand und verschlingt die Finger mit meinen, dann schließt er die Augen, und schon geht sein Atem gleichmäßig und tief. Ich gleite in einen Halbschlaf, denke flüchtig an Mikes Sixpack, das er jeden Abend im Fitnessstudio trainiert, an die glitzernden blonden Haare an seinen Oberschenkeln, die so engelsgleich und kindlich wirkten, dass sie mich leicht verunsicherten. Daniels schwarze Körperbehaarung bildet einen krassen Kontrast zu seiner blassen Haut. Er schläft ruhig und tief. Ich schmiege mich an ihn, die Wärme seiner Haut dringt in mich und erfüllt mich mit Freude.

Am Samstag stehe ich früh auf, um Nina zu treffen, und versuche, die hämmernden Kopfschmerzen zu ignorieren, meinen mit billigem Wein gefüllten Magen und die unerwartete

Lust auf diesen Mann, den ich kaum kenne, doch die Mischung dieser Empfindungen durchschlängelt meinen Körper wie ein Aal.

Nina und ich sind um halb zehn in dem Café verabredet, in dem sie arbeitet, was ich im Moment furchtbar bedauerlich finde. Aber ich möchte ihr kein zweites Mal absagen. Außerdem habe ich gestern Abend zwar daran gezweifelt, ob es richtig ist, mit Nina zu verreisen, mich dann aber doch dafür entschieden, weil ich mich sonst in gewisser Weise selbst auslöschen würde. Schon muss ich wieder an die andere Erica denken, und mir wird etwas übel. Also dusche ich hastig und ziehe ich mich an, wobei ich es so gut es geht vermeide, über den vor mir liegenden Tag nachzudenken.

Ich flüstere Daniel zu, dass ich gehe, und er nickt leicht, ohne aufzuwachen. Vage erinnere ich mich daran, dass er gestern Abend einen Termin um elf Uhr in der Stadt erwähnt hat und dass wir uns danach doch zum Mittagessen treffen könnten, wenn ich noch dort wäre. Auf dem Weg von der Bushaltestelle zum Café hole ich mein Handy aus der Tasche. Er wird jetzt aufgestanden und vielleicht schon wieder bei sich zu Hause sein. Warum hat er mir noch keine Nachricht geschickt? Ich stelle mir vor, wie er all die Dinge tut, die ich ihn noch nie habe tun sehen und die ich vielleicht auch nie zu sehen bekommen werde, wenn ich tatsächlich auf Reisen gehe – wie er sich vor dem Aufstehen im Bett rekelt, wie er eine Dose Deodorant schüttelt und dann zusammenzuckt, wenn die Kälte des Sprays auf seine Haut trifft, wie er Toast isst (oder Müsli? Beides? Nichts?), wie er kleine Schlucke heißen Kaffee trinkt, wie er hin und wieder einen Blick aufs Frühstücksfernsehen wirft, während er sein Hemd zuknöpft.

Hör auf, rufe ich mich zur Ordnung. Konzentrier dich auf das Treffen mit Nina. Es war nur eine Nacht. Daniel scheint wunderbar zu sein, aber ich kenne ihn kaum.

Und doch.

Mit ihm ist schon jetzt alles anders als mit Mike – süßer und intensiver, wie köstliche Eiscreme, die so kalt ist, dass der Kopf schmerzt und einen davon abhält, klar zu denken. Aber ich darf nicht unvorsichtig werden, denn selbst wenn es keine Trostbeziehung sein sollte, muss ich mutiger werden und neue Herausforderungen suchen, ganz so, wie ich es mir vorgenommen hatte – bevor das mit dem Verschwinden wieder anfing und ich es mit der Angst zu tun bekam.

Mich in Daniel zu verlieben und in Erwägung zu ziehen, seinetwegen zu bleiben, erkläre ich Nina später, sei nichts anderes als ein Vorwand, um nicht mutig sein und in die Welt hinausziehen zu müssen.

»Wirklich?«, fragt Nina, wobei ich ihrer gelangweilten Miene entnehmen kann, dass es ihr so oder so egal ist.

Ich blicke auf meine Serviette. »Keine Ahnung. Ich dachte, ich würde mich gut kennen. Doch jetzt hinterfrage ich alles, was vielleicht völlig irrelevant ist, denn er hat mir immer noch keine Nachricht geschickt.«

Sie runzelt die Stirn. Ganz sicher hat sie Bedenken, mit mir zu verreisen, bestimmt glaubt sie, dass ich immer vor wildfremden Menschen mein Gefühlsleben ausbreite. Doch so bin ich nicht. Oder war ich zumindest nicht. Ich kann es nicht leiden, wenn jemand zu viel über mich weiß. Wie konnte Daniel mit seinen überraschend breiten Schultern und schwarzen Brusthaaren und seiner warmen Haut das alles so schnell verändern?

»Er wird sich melden, da bin ich sicher. Klingt, als wäre er ziemlich verknallt in dich. Aber für mich ist nur wichtig, ob du mitkommst. Nach Thailand?«

Thailand.

»Das scheint auf einmal so weit weg«, gestehe ich. Nina verdreht die Augen, schnippt gegen einen Zuckerbeutel, bevor sie ihn aufreißt und in ihren halb ausgetrunkenen Kaffee leert. »Nun ja, genau darum geht es ja irgendwie. Hör zu, entweder kommst du mit, oder du hast deine Affäre. Beides geht nicht. Worauf hast du mehr Lust?«

Durch das Wort *Affäre* löst Ninas im Prinzip ganz einfache Frage ein warmes Wohlbehagen aus, weil ich sofort wieder an letzte Nacht denken muss. Ich bin so damit beschäftigt, mich an die Wärme seiner Lippen auf meinen zu erinnern und an das Gefühl seiner Hände in meinem Haar, dass es mich geradezu juckt, wieder auf mein Telefon zu schauen, und ich gebe dem Bedürfnis nach, krame das Handy aus dem Durcheinander meiner Handtasche und entdecke diesen herrlichen doppelt grünen Blitz, der bedeutet, dass ich eine neue Nachricht bekommen habe, und so höre ich meine eigenen Worte kaum noch, als ich sage: »Ich weiß es nicht.«

Kapitel 7

Als ich am Montag die Eingangstür des Blackpool-Museums öffne, fühlt es sich an, als wäre ein ganzes Leben vergangen, seit ich zuletzt hier war. Vorsichtig ziehe ich die Post-it-Nachrichten von meinem Computerbildschirm: Leute zurückrufen, E-Mails verfassen, Dinge einsammeln. Ich stelle mir vor, wie ich vor etwas mehr als einer Woche das Büro verlassen habe. Damals kannte ich Daniel noch nicht richtig. Er war nur ein Mann, den ich auf einer Party kennengelernt hatte. Gestern, nach dem Treffen mit Nina, haben wir uns die ganze Zeit Nachrichten geschickt und uns schließlich zum Mittagessen getroffen. Beim Gedanken daran muss ich lächeln, ein warmes Gefühl breitet sich in mir aus. Ich schalte meinen Computer ein, hole Notizblock und Stift aus meinem Matchbeutel und höre, wie Katie hereinstürmt, die Kuratorin des Museums.

»Hallo, Fremde!« Grinsend kommt sie auf mich zu. »Ich habe dich vermisst! Hattest du eine schöne Geburtstagswoche?«

»Sie verlief auf jeden Fall anders als erwartet, aber es war definitiv nicht alles schlecht.« Ich kenne Katie nicht besonders gut und habe ihr nicht gesagt, dass Mike sich von mir getrennt hat. Noch viel weniger möchte ich ihr von meinen Gefühlen für Daniel erzählen.

Glücklicherweise scheint sie auch nicht viel mehr erfahren zu wollen. »Fantastisch!« Sie lacht fröhlich. »Das Leben wäre ziemlich langweilig, wenn immer das passiert, was wir erwarten.«

»Das stimmt wahrscheinlich.«

»Du hast hier jedenfalls eine Menge Aufregendes verpasst. Ich habe einen Vorschlag.« Sie zieht ihre Jeansjacke aus und wirft sie über ihren Stuhl.

»Wirklich? Worum geht's?«

Sie lächelt ein scharlachrotes Lippenstiftlächeln. »Ich habe gekämpft und gekämpft, schon seit Wochen, aber ich wollte nichts verraten, bevor es ganz sicher ist. Der Gemeinderat hat deine Stelle für ein weiteres Jahr genehmigt! Und nicht nur das, du wirst sogar Assistenzkuratorin und kannst bei der Frühjahrsausstellung mitarbeiten, von der ich dir erzählt habe!« Angeregt gestikulierend läuft sie hin und her, noch immer freudig grinsend. Dann bleibt sie stehen und runzelt die Stirn. »Das willst du doch, oder? Bitte sag, dass du es willst! Wenn nicht, kann ich die Stelle natürlich ausschreiben ...« Sie hebt erwartungsvoll die linke Augenbraue.

»Ich würde schon gern.« Sofort steigt ein Gefühl der Erleichterung in mir auf, denn wenn mein Vertrag verlängert wird und ich mit Daniel zusammen bin, gibt es wirklich keinen Grund zu gehen.

Katie runzelt die Stirn. »Ich spüre da ein ›Aber‹. Bitte lass es kein ›Aber‹ sein.«

Ich lächle. »Aber ...« So einfach ist es eben nicht, denn ich darf meine Pläne nicht einfach so aufgeben. Zudem – sollte ich jetzt wieder öfter verschwinden, kann ich die Stelle sowieso vergessen. Und Daniel auch. Hierzubleiben und im Museum zu arbeiten, würde die ganze Sache nicht leichter machen, wie mir klar wird, als Katie mich gespannt anstarrt. Das Risiko wäre viel zu groß. Ich liefe Gefahr, jederzeit von einer Sekunde auf die andere zu verschwinden und dadurch Leute zu enttäuschen, ohne ihnen jemals den Grund erklären zu können. Womöglich passiert es ja künftig wieder genauso oft wie damals als Kind. »Ich muss erst mal über vieles nachdenken«, erkläre ich schließlich. »Ich hatte eigentlich vor, etwas Neues auszuprobieren. Gestern habe ich mich mit einer Freundin getroffen, mit der ich vielleicht nach Thailand reise.«

Katie wischt mein Argument mit einer juwelengeschmückten Hand weg. »Du kannst natürlich Urlaub nehmen.«

»Aber ich möchte ein ganzes Jahr lang reisen.« Ihr Gesicht erstarrt. »Natürlich ist das ein großartiges Angebot, und ich bin dir auch sehr dankbar. Ich werde auf jeden Fall darüber nachdenken.«

»Okay.« Katie drückt mir die Schulter. »Ich wäre bitter enttäuscht, wenn du gehst, könnte es aber verstehen. Nimm dir ein paar Tage Zeit, um darüber nachzudenken. Aber überlege es dir gut. Ich habe das Gefühl, dass du wirklich die Richtige für den Job bist.«

Ich versuche den ganzen Vormittag über, produktiv zu sein. Katie hat mich gebeten, eine Pressemitteilung für die Geisterausstellung im Tower zu entwerfen, außerdem müssen alle E-Mails, die ich während meiner Abwesenheit bekommen habe, beantwortet werden. Ich tippe langsam, weil ich die ganze Zeit überlege, wie ich mich entscheiden soll. In der Mittagspause gehe ich auf der Promenade spazieren, in der Hoffnung, dass mir die frische Luft helfen wird, den Kopf frei zu bekommen. Der Tag ist hell und klar, wieder ist eine herbstliche Frische im Wind zu spüren.

Ich lebe gern hier, denke ich, als ich die großen Bogenfenster des Towers auf der anderen Straßenseite betrachte, das Gewirr von Achterbahnen und anderen Fahrgeschäften vor mir, die Beleuchtungen, die gefährlich im Wind schaukeln.

Ich mag meine Arbeit, und ich kann noch immer die warme, süße Erregung spüren, die Katies schmeichelhafte Worte in mir auslösten, außerdem bin ich ihr wirklich dankbar, weil sie sich sehr bemüht hat, mir eine Festanstellung zu verschaffen.

Und dann ist da ja auch noch Daniel. Während ich in der klaren, salzigen Luft voranschreite, versuche ich, eine Entscheidung zu treffen, ohne dabei an ihn zu denken, daran, wie er mich anschaut oder dass er nur meinetwegen gegen seine Höhenangst angekämpft hat.

Mike wäre für mich nicht einmal in einen Baumarkt gegangen, und seinen Ängsten hätte er sich meinetwegen erst recht nicht gestellt.

Andererseits wollte ich auch gar nicht, dass Mike so etwas für mich tat. Für mich war es in Ordnung, dass wir uns die ganze Zeit eigentlich nur umkreisten; wir haben nie zusammengelebt, uns nie mit einem gemeinsamen Konto oder Rechnungen verzettelt, mit Familienplanung oder Heimwerken. Mike hat es mir leicht gemacht, all das nie mit ihm teilen zu wollen.

Ich bleibe mitten auf der Promenade stehen, genau dort, wo Daniel mich erst vor ein paar Tagen geküsst hat. Leute drängen an mir vorbei, und das Meer rauscht auf mich zu, während ich hier stehe und auf den grauen Strand blicke.

Mein zweimaliges Verschwinden in der vergangenen Woche hat alles wieder zurückgebracht, was ich mit zwölf empfunden habe. Da ist dieser metallische Geschmack von überwältigender Angst, die den Herzschlag aussetzen und die Sinne auf seltsame Weise still werden lässt: die Angst, aus der Welt zu fallen und alles, was man liebt, zu verlieren, die Angst, zurückzukehren und all die Fragen beantworten zu müssen, die man nicht gestellt bekommen möchte.

Wo bist du gewesen, Erica?

Warum willst du nie allein irgendwo hingehen, Erica?

Warum warst du nicht auf der Pyjamaparty, Erica?
Warum lügst du mich an, Erica?

Irgendwann gewöhnte ich mich daran, solche Fragen zu beantworten, die seltsamen Blicke der Leute abzuschütteln, wenn ich nach stundenlangem Verschwinden ohne Erklärung zurückkehrte, mit vom Regen nassem Haar, obwohl es ein sonniger Tag war. Ich musste so viel wie möglich unter Leuten sein und gleichzeitig so anonym bleiben, dass es sie nicht kümmerte oder sie es gar nicht erst bemerkten, dass ich stundenlang wegblieb, wenn ich auf die Toilette ging. Und dann lernte ich Mike kennen und stürzte mich eifrig in eine Beziehung, in der wir nur an den Wochenenden das Bett teilten und ständig große Partys besuchten, auf denen keinem auffiel, ob ich da war oder nicht. Doch selbst, als das Verschwinden aufhörte, öffnete ich mich nicht für andere Menschen, weil immer ein Rest Angst hinter allem lauerte, was ich tat. Und weil es nicht mehr passierte, erzählte ich Mike auch nie, dass ich anders war als andere. Aber auch wenn es geschehen wäre, hätte ich ihm nichts erklären müssen, denn er hätte mir niemals Fragen gestellt. Wäre ich zu spät oder gar nicht zu irgendeiner Verabredung gekommen, hätte das für ihn lediglich unseren coolen, unkomplizierten Umgang miteinander betont.

Ich denke an die andere Erica: unbekümmert, sonnengeküsst, glücklich. Zwar kann ich es nicht sicher wissen, würde aber jede Wette eingehen, dass sie nicht so verschwindet wie ich. Das konnte ich an der Neigung ihres Kopfes erkennen, an der Lautstärke ihrer Stimme, an der Art, wie sie den Leuten direkt in die Augen schaut, was ich seit Jahren nicht mehr tue. Falls ich mutig genug bin, diese Reise anzutreten, falls ich versuche, meine alten Ängste loszuwerden, könnte ich vielleicht mehr wie sie werden.

Ich könnte mich ändern.

Der Wind peitscht mir die Haare ins Gesicht und zerrt an meiner Jacke. Ich zücke das Handy, um Daniel eine kurze Nachricht zu schreiben. Dann drehe ich den Achterbahnen und schwingenden Lampen den Rücken zu und marschiere zügig, gegen den Wind, zum Museum zurück.

Kapitel 8

Später am Abend sitze ich schon zum zweiten Mal in diesem Monat im *Luigi's*. Es ist viel los, die Kellner huschen mit schwer beladenen Tabletts, die sie hoch über ihren Köpfen tragen, um mich herum, und doch vergeht die Zeit so langsam, dass ich unruhig werde. Daniel sagte, dass er um zwanzig Uhr hier sein würde. Ich bin schon früh mit der Straßenbahn in die Stadt gefahren und habe das Gefühl, bereits sehr lange zu warten. Es ist fast zwanzig nach acht, und mit jedem Ticken der Uhr werden meine Befürchtungen größer.

Vielleicht kommt er überhaupt nicht, überlege ich, während ich mit dem Besteck herumfummle. Dann wird meine Entscheidung ohnehin keine Auswirkungen auf ihn haben. Ich blicke nach draußen in den düsteren Himmel, an dem sich ein Gewitter zusammenzubrauen droht.

»Etwas zu trinken?« Ein ungeduldiger Kellner, der schon einmal vorbeigekommen ist, schaut wieder auf mich hinunter, Block und Kugelschreiber gezückt.

Ich bestelle ein Glas Wasser und bedanke mich, als er es bringt und über knisterndes Eis gießt. Schnell trinke ich einen Schluck und schaue auf mein Telefon. Als wir den Tower besichtigt haben, war er auch zehn Minuten zu spät dran. Vielleicht ist er einfach jemand, der sich ständig verspätet.

Und dann, bevor ich mir weitere Gedanken machen kann, steht er vor mir, in eine Wolke aus frischer Luft und Entschuldigungen gehüllt.

»Es tut mir wirklich leid«, sagt er ein wenig atemlos. »Ich habe mir geschworen, meine notorische Unpünktlichkeit für dich in den Griff zu kriegen. Aber dann hatte ich eine Panne und musste den Reifen wechseln. Dabei habe ich mir Öl aufs Hemd geschmiert, also musste ich das auch wechseln.« Er lacht. »Der Abend fängt ja gut an. Wie auch immer, wie geht's dir? Alles okay?«

Ich schaue zu ihm hoch, und die Person, die ich mit Mike war, jene Erica, die sich immer zurücklehnte und alle anderen reden ließ, die nie viel von sich verriet, scheint sich an den Rändern aufzulösen. Erregung pulsiert durch mich hindurch, während die Worte, die ich gleich aussprechen werde, in meinem Kopf herumschweben wie Tänzer hinter den Kulissen. *Ich bleibe hier.* Nina habe ich bereits gesagt, dass ich nicht mitkomme, und ich kann auch schon ein leichtes Kräuseln in der Distanz zwischen mir und der anderen Erica spüren. Keine Ahnung, ob es die richtige Entscheidung ist, aber zumindest ist es eine, die ich nicht mehr zurücknehmen oder ignorieren kann. Es ist eine Entscheidung, die ich einfach treffen musste, ob sie nun richtig ist oder nicht. Und doch ist meine Freude jetzt, da er seine Jacke auszieht und sie über seinen Stuhl wirft, von Angst durchzogen, die ich jedoch hinunterschlucke.

»Mir geht's großartig.« Ich erhebe mich, um ihn auf die Wange zu küssen. »Du bist kalt.«

»Es zieht ein Gewitter auf. Der Wind ist ziemlich heftig geworden.« Er setzt sich. »Also hat es dir gefallen, als du mit deinem Bruder hier warst?«

»Ja, sehr sogar«, antworte ich, aber meine Worte klingen undeutlich und verschwommen. Daniel runzelt die Stirn, und ich trinke einen Schluck Wasser.

Erschrocken wird mir klar, was gerade passiert, und es ist stärker als alles, was ich als Teenager jemals empfunden habe.

Damals reichte es, mit Menschen zusammen zu sein, um es aufzuhalten. Nicht hier, befehle ich mir streng. *Nicht heute Abend.*

»Erica? Geht es dir gut?«

Ich nicke, lächle und ignoriere das Hämmern in meinem Kopf, Daniels Gesicht leuchtet vor mir auf.

»Ich bin froh, dass du mich treffen wolltest. Der heutige Tag war etwas seltsam für mich«, sagt er.

»Inwiefern?«, bringe ich über die Lippen, obwohl mir selbst dieses einzelne Wort unglaublich schwerfällt.

Seufzend klappt er die Speisekarte auf. »Die Finanzierung für das Bürogebäude in Preston wurde zurückgezogen. Es war ein großer Auftrag, und wir hatten Glück, ihn zu bekommen. Aber bestimmt wird sich bald etwas anderes ergeben. Wir haben noch mehr in der Pipeline, also könnten wir vielleicht sogar …«

Ich versuche, ihm zuzuhören, doch seine Worte sind in Fragmente zerrissen und verlieren jede Bedeutung, mir wird schwindlig, und mich überkommt der überwältigende, animalische Drang, zu flüchten. Ich kann nur noch daran denken, Daniel und unseren kleinen Tisch mit dem rot karierten Tischtuch sofort zu verlassen, irgendwo allein zu sein und mich dann an einen anderen Ort und in eine andere Zeit zu verirren. Ich klammere mich so fest an die Tischplatte, dass meine Knöchel weiß werden. Ruhig bleiben, sage ich mir, bemüht, das rasende Flattern der Panik in mir zu bezwingen. Das ist noch nie zuvor in Gegenwart eines anderen passiert, also wird es auch jetzt nicht passieren. Daniel hält stirnrunzelnd inne, aber ich kann nicht mit ihm sprechen. Ich löse mich auf und frage mich flüchtig, ob er sehen kann, wie meine Haut vor ihm durchsichtig und gespenstisch wird.

Ich zwinge meine Augen, sich auf das zu konzentrieren, was um mich herum ist: die Charlie-Chaplin-Poster über dem Tisch, das leichte Flackern der Kerze, der Korb mit dem rustikalen Brot vor uns – all das versuche ich aufzunehmen und mich irgendwie in der Gegenwart zu verankern. Ich bemühe mich mit aller Kraft, zu bleiben, nicke, als er etwas sagt, und strecke eine Hand nach meinem Wasserglas aus, doch sie ist schwer wie Blei. Als meine Finger das kühle Glas berühren, werde ich vom Abgrund des Verschwindens zurückgeholt, in meinem Kopf rauscht es, als ich wieder Herr meiner Sinne bin und das Klingeln in den Ohren durch Daniels Stimme ersetzt wird.

»Deswegen bin ich froh, dich zu sehen, weil ich wirklich …«

Ich stehe auf, bevor seine Worte wieder zu verschwimmen beginnen. Ich weiß, dass es nicht aufhören wird. »Es tut mir so leid, aber ich muss mal ums Eck«, sage ich. »Bin in einer Minute zurück.«

Doch das stimmt nicht, und als ich endlich an den Tisch zurückkehre, ist Daniel weg. Das Restaurant ist leer und geschlossen. Es ist spät in der Nacht, ich muss stundenlang weg gewesen sein. In der Küche höre ich einen Mitarbeiter herumwerkeln. Leise schleiche ich zu der verschlossenen Eingangstür, schiebe den Riegel zurück und trete hinaus in die Nacht, während ich darüber nachdenke, was ich gesehen habe.

Kapitel 9

Ich war in meinem Elternhaus und konnte das sanfte Grün der Hügel von Yorkshire vor dem Küchenfenster erkennen.

Die Erica, die ich neulich zum ersten Mal sah, saß auf einem hölzernen Esszimmerstuhl, den ich aus Mums Haus kenne und von dem ich hundertprozentig *weiß*, dass er vor sechzehn Jahren in einen Lieferwagen gepackt und nach Blackpool gebracht worden war. Die andere Erica trug dieselbe Reisebürouniform wie beim letzten Mal und tippte an einem PC in der Ecke des Wohnzimmers.

Das Wohnzimmer. Ich stieß ein lautloses Seufzen aus. Seit wir aus diesem Haus ausgezogen sind, habe ich mich danach gesehnt, hierher zurückzukehren, in das Wohnzimmer meiner Kindheit, das so voller Zeichentrickfilme und Rangeleien und Versteckspiele mit Nicholas steckte, das Wohnzimmer, in dem ich schlief, wenn ich wegen einer Erkältung nicht in der Schule war; das Wohnzimmer der Weihnachtsvormittage und der Fotos vom ersten Schultag. Es war natürlich kleiner, als ich es in Erinnerung hatte, und irgendwie voller: Die glänzende Kaminummantelung nahm die Mitte des Raumes ein, über dem Fernseher waren Regale voller DVDs, und überall an den Wänden hingen gerahmte Fotos. Ich versuchte, mich auf die Fotos zuzubewegen, doch mein Körper war schwer wie im Schlaf. Auf den meisten konnte ich zwei Figuren vor leicht vergilbtem Hintergrund erkennen. Obwohl ich in meinem Leben nur ein einziges dieser Bilder gesehen habe, wurde mir klar, dass es sich um Hochzeitsfotos meiner Eltern handelte.

Ich riss mich von ihrem Anblick los, als mein Dad das Zimmer betrat und sich neben den Computer hockte, an dem die andere Erica saß.

Was für ein Leben war das hier?

»Wieder auf Jobsuche?«, fragte er. Beim Klang seiner Stimme begannen meine Augen zu brennen – nicht nur wegen seiner Stimme, die ich so lange nicht gehört habe, sondern auch weil wir uns – *weil sie sich* – auf so selbstverständliche Weise nahe zu sein schienen.

Nickend klickte Erica auf einen Link, der ihre Aufmerksamkeit erregt hatte. »Der hier ist gut, schau mal. Als Bedienung.«

»In Phuket?«

»Ja. Ich sagte doch, dass ich es mit der Reise ernst meine.«

Mein Dad griff nach der Maus, klickte die Stellenanzeige weg und bewegte den Cursor auf einen anderen Link. »Es gibt auch viele Stellen in England. Hier.«

Lachend holte sich Erica die Maus zurück, verdrehte die Augen und scrollte geradewegs an dem Jobangebot vorbei, das mir so vertraut ist.

Assistenzkurator/in für das Blackpool Museum

»Auf keinen Fall. Keinen Rückzieher jetzt. Du hast doch immer gesagt, dass ich das Beste aus meinem Leben machen und mir die Welt anschauen soll. Würde ich jedes Mal ein Pfund bekommen, wenn du sagst, dass du selbst auf Reisen gegangen wärst, wenn du nicht so früh geheiratet hättest, wäre ich jetzt reich! Da kannst du nicht plötzlich zurückrudern, nur weil ich es tatsächlich durchziehe.«

»Ich weiß, ich weiß. Ignorier mich einfach. Irgendwie kann ich eben nicht glauben, dass du wirklich gehst.« Mein Dad lachte, drückte mit theatralischer Geste eine Hand an sein Herz, und ich musste über seinen Sinn für Humor, den ich ganz vergessen hatte, lächeln. Wie schnell man all die kleinen Dinge vergisst, die Menschen tun, wenn man sie nicht mehr sieht – die Art, wie sie gähnen oder schreiben oder ihre Autoschlüssel halten. Ich sehnte mich danach, ihm näherzukommen, dieser Version von ihm, die uns nie verlassen hat.

»Ja, ignorier ihn. Was auch immer er sagt, ignorier ihn.« Die Stimme klang unbefangen, und Erica blickte lächelnd auf, als meine Mum den Raum betrat.

»Wie immer«, antwortete Erica trocken und tippte etwas in ein anderes Suchfeld. Ich starrte sie an, sie war mir so ähnlich und gleichzeitig so anders, dass ich nicht wusste, wie ich damit umgehen sollte. Mein Seitenprofil, das mir bisher nie besonders gefallen hatte, war jetzt ebenfalls das einer anderen: das Kinn etwas zu kräftig, die Augen zusammengekniffen, schwarzes Haar, das ihr in einer nervigen Welle auf den Rücken fiel. Sie sah auf, und ich folgte dem Blick, den sie meiner Mum zuwarf.

»Er behauptet immer, er hätte alle möglichen Abenteuer erleben können. Aber im Ernst, glaubst du, er wäre ohne uns überhaupt zurechtgekommen?«, fragte meine Mum, nahm eine Tasse vom Tisch und verließ den Raum wieder.

»Offensichtlich *nicht*«, murmelte Erica geistesabwesend, starrte wieder auf den Bildschirm und klickte auf einen anderen Kneipenjob.

Als ich mich erhob wie ein Geist, der über seine Lieben wacht, spürte ich, dass sich der Boden unter meinen Füßen bewegte. Ich wollte mich festhalten, hierbleiben und irgendwie mit diesem anderen Leben verschmelzen, in dem es so vieles gab, um das ich in jüngeren Jahren so lange getrauert hatte, so vieles, das ich nicht verstand, doch da war nichts, woran ich mich festhalten konnte. Ich verschwand und stürzte zurück in die leere Gästetoilette des *Luigi's*.

Kapitel 10

Kaum bin ich auf der Straße, geht das Gewitter los. Donner brüllt über mir, Regen prasselt herab. Ich nehme mein Handy aus der Tasche, und als ich mit zitternden Fingern die Tasten drücke, sehe ich, dass es fast zehn Uhr ist.

Er antwortet beim ersten Klingeln, seine Stimme klingt kühl. »Daniel, es tut mir so leid.«

»Warum verabredest du dich mit mir, um dann zu verschwinden? Wohin bist du gegangen?«

Ich antworte nicht, beiße mir auf die Lippen, vor Kälte zitternd, während der Regen auf mich prasselt. Ich kann die andere Version meiner Familie noch immer spüren, und das versetzt mir einen Stich wie nach einem eindringlichen Traum. »Ich kann dir das nicht erklären. Nicht jetzt. Nicht hier.«

Daniel schweigt. Ich stelle mir vor, dass er lang ausgestreckt im Bett liegt oder vielleicht auf dem Sofa, und möchte mich an seine Wärme schmiegen, ihm alles erzählen und ihn bitten, seinen Arm um mich zu legen, damit ich mich irgendwie sicher fühle. Doch hinter dieser Sehnsucht, mich an ihm festzuhalten, lauert gleichzeitig der schreckliche Drang, aufzulegen, mein Leben niemals mit einem anderen Menschen zu teilen.

»Erica, ich weiß nicht, ob das irgendwie ein Witz sein sollte oder …«

»Sollte es nicht!«

Er lacht trocken. »Nun, so kam es mir jedenfalls vor, als ich eine der Kellnerinnen überreden konnte, auf der Toilette nach dir zu sehen, nur um dann von ihr hören zu müssen, dass du nicht dort warst, dass du vielleicht aus dem Fenster geklettert wärst. Wenn das mit uns nach der Sache mit Mike noch zu früh für dich ist, verstehe ich das, aber du kannst nicht einfach so abhauen, ohne mir zu sagen, warum.«

»Daniel, bitte.« Ich streiche mir das klatschnasse Haar aus dem Gesicht. »Kann ich vorbeikommen? Ich schwöre dir, dass ich das nicht wollte. Ich wollte mit dir zusammen sein. Nichts anderes.«

Er seufzt. »Wo bist du?«

»Ich bin vor dem *Luigi's*.«

»Was? Es schüttet. Warum bist du dort?« Er seufzt wieder. »Warte. Ich hole dich ab.«

»Nein, ich nehme ein Taxi. Ich komme zu dir.«

»Warte auf mich«, sagt er entschieden und legt auf.

Zitternd warte ich vor der Tür, die Arme um mich geschlungen, um bloß nicht erneut zu verschwinden. Es sind etwa zwanzig Minuten vergangen, mir ist nicht schwindlig, ich sehe nicht verschwommen. Für den Moment scheint es vorbei zu sein. Endlich sehe ich, wie er auf mich zukommt. »Ich konnte nicht bis hierherfahren, habe aber in der Nähe geparkt«, sagt er.

Ich strecke ihm meine nasse Hand entgegen, die er stirnrunzelnd ergreift. »Erica, was geht hier vor?«

Ich schüttle den Kopf, weil ich so heftig zittere, dass ich kaum sprechen kann, und ich habe das Gefühl, mich jeden Moment übergeben zu müssen. Jetzt, wo er hier ist, erscheint mir der Gedanke, ihm alles zu erzählen, ganz ruhig und gefasst und gespannt auf seine Reaktion, ziemlich weit hergeholt. »Ich kann es dir nicht erklären. Nicht jetzt. Aber ich habe das nicht gewollt.«

»Du sprichst in Rätseln«, fährt er mich an, wirft die Hände in die Luft und lässt dabei meine Finger los.

»Ich weiß. Es tut mir leid.«

Er stapft davon, blickt jedoch immer wieder zu mir zurück.

»Ich will, dass das mit uns funktioniert, Daniel. Ich habe meine Meinung geändert!«, rufe ich ihm laut genug nach, dass meine Worte nicht im Heulen des Windes und dem grollenden Donner untergehen.

Er bleibt stehen, dreht sich um. »Okay, du willst also sagen …?«

»Dass ich nicht auf Reisen gehe«, unterbreche ich ihn, weil ich nicht länger warten kann, endlich auszusprechen, was ich ihm schon vor Stunden sagen wollte. »Ich habe Nina abgesagt.«

»Aber Erica, als du verschwunden bist, dachte ich …« Er bricht ab und blickt himmelwärts, dann schlägt er die Hände vors Gesicht und schaukelt auf den Fersen auf und ab. »Ich kann das nicht glauben.«

Ich runzele die Stirn. Diese Reaktion habe ich nicht unbedingt erwartet. Er sieht beinahe verärgert aus. »Ich habe eine feste Stelle im Museum bekommen. Ich möchte hierbleiben, bei dir«, erkläre ich.

»Also hast du mir vorhin nicht zugehört«, sagt Daniel leise, die Hände immer noch vor dem Gesicht, so leise, dass ich für einen Moment den Eindruck habe, dass er mit sich selbst spricht, nicht mit mir.

»Zugehört? Wie meinst du das?« Aber ich weiß, was er meint. Er meint, dass ich, als er vorhin mit mir geredet hat, auf halbem Weg zu einem anderen Ort war, dass nur die Haut und die Knochen meines Körpers da waren. Er meint, dass er etwas Wichtiges gesagt hat, dass ich jedes Wort hätte hören sollen, dass er nicht verstehen kann, warum ich ihm nicht zugehört habe.

»Ich habe es dir doch erzählt. Ich musste heute Abend entscheiden«, sagt er mit eindringlicher Stimme.

»Ich weiß nicht, was du entscheiden musstest, Daniel! Sag es mir einfach!« Mein Herz rast, und ich mache einen Schritt auf ihn zu, als ein gespaltener Blitz durch den Himmel schießt und die Stadt in schmutzig gelbes Licht taucht – die vom Regen glänzenden Bürgersteige, die verschlossenen Läden, die kompliziert verschlungenen Muster des Towers über uns.

Er nimmt meine Hand. »Ich gehe weg, Erica. Ich ziehe nach Berlin«, sagt er, und dann ist alles wieder dunkel.

Kapitel 11

7. September 1997

Als es zum ersten Mal geschah, war ich gerade zwölf geworden.

Die Tage waren getrübt von Unmut und Verwirrung.

Mein Schlafzimmer, normalerweise ein farbenfrohes Durcheinander mit jeder Menge Fotos und Plakaten an den Wänden, stand leer, meine Sachen waren achtlos in blassbraune Kisten gepackt. Die Vorstellung, nach heute Nacht nie wieder hier zu schlafen, war seltsam – heiße und kalte Gefühle übermannten mich, so nervenaufreibend, dass ich an diesem Tag schon etwa zehn Mal auf der Toilette gewesen war.

»Warum müssen wir weg?« Das hatte ich ihn schon so oft gefragt, dass sogar ich es leid war, immer wieder dieselben Worte zu hören, aber ich konnte es trotzdem nicht lassen.

Nicholas lächelte traurig, und ich war ihm dankbar, dass er niemals die Geduld verlor. »Es ist einfach so. Und es wird schön, weißt du. Mum sagt, dass unser neues Haus fünf Minuten vom Meer entfernt ist.«

Ich rümpfte die Nase. Meine beste Freundin Claire war letzten Sommer einen Tag lang in Blackpool gewesen und hatte erzählt, dass das Meer dort braun war und schrecklich stank. Doch da Nicholas mir nur helfen wollte, sagte ich nichts dazu.

»Dad wird uns besuchen kommen. Und Mum wird es dort vielleicht besser gehen. Sie hat doch immer erzählt, wie gern sie dort gelebt hat.«

Ich dachte an unsere Mum, ihren nach unten gezogenen Mund und die geröteten Augen. So war sie früher nie gewesen.

»Ich frage mich, warum sie so unglücklich geworden sind.« Ich zupfte an der Ecke eines Etiketts auf einem der Kartons herum.

»Sie haben aufgehört, sich zu lieben«, antwortete Nicholas, als ob es ganz einfach wäre.

Ich seufzte frustriert, zog das Etikett ab und zerriss es in traurige kleine Stücke. »Das ergibt keinen Sinn.«

»Nun, man verliebt sich. Und dann entliebt man sich.« Nicholas klang, als ob er damit kein Problem hätte, als ob es nun mal so war im Leben. Aber ich war mir da nicht so sicher. Ich fand immer, dass Verlieben schön klang, wie in ein riesiges, bequemes Federbett zu sinken oder vielleicht in ein Becken voller warmer Schokolade. Aber sich zu entlieben, das klang wie ein beschleunigendes Flugzeug oder eine kaputte Hängematte, aus der man plötzlich fallen und sich verletzen könnte.

»Erinnerst du dich noch daran, wie Dad vor Ewigkeiten, wenn er zur Arbeit ging, Mum auf die Wange küsste?«, fragte Nicholas, als er merkte, dass ich mit seiner Erklärung nicht zufrieden war.

Ich nickte.

»Nun, er hat damit aufgehört. Hast du das bemerkt?«

»Nur, weil er ihr keinen Abschiedskuss mehr gegeben hat, haben sie sich also entliebt?«

Plötzlich wirkte Nicholas etwas verwirrt.

»Oder hat er aufgehört, sie zu küssen, weil sie sich entliebt haben?«

Darauf erwiderte Nicholas nichts, weil in diesem Moment meine Zimmertür aufschwang und Dad erschien. Sein Gesicht war wie das von Mum, grau und müde. Er stand unbeholfen in der Tür, eine Hand auf seinem Kopf abgelegt, als gäbe es keinen anderen Platz für sie.

»Alles bereit für morgen?«

Ich wandte mich ab. Was für eine dumme Frage.

»Erica, sei doch nicht so. Wir sehen uns vielleicht ein paar Wochen nicht. Ich möchte, dass wir einen schönen Abend miteinander verbringen. Du musst wissen, dass es nicht meine Schuld ist.«

»Also ist es Mums Schuld?« Nicholas Frage überraschte mich, und ich drehte mich nun doch zu unserem Dad, um zu sehen, wie er reagierte.

Dad blieb stumm, traurig und still wie schon seit Langem. Es waren überhaupt nicht viele Worte gefallen. Philip Myers, der eine Klasse über mir war, hatte in der Schule plötzlich immer wieder Streit bekommen, und ich hörte jemanden sagen, das läge daran, dass seine Eltern sich scheiden ließen. Deswegen stellte ich mir immer vor, dass bei einer Scheidung geschrien und gebrüllt wurde – so viele Worte, dass man sich zu Hause die ganze Zeit die Ohren zuhalten oder seinen Walkman aufsetzen musste. Aber bei uns war es anders gelaufen. Mum hatte uns eine Woche zuvor erklärt, dass sie einige Zeit getrennt leben wollten und wir in ihre Heimatstadt Blackpool zögen, um Dad etwas Freiraum zu geben. Dad hatte sich in letzter Zeit sehr zurückgezogen, immer weniger gesagt und war seltener nach Hause gekommen. Irgendwie erinnerte er mich an die Kinoeintrittskarte, die ich im Sommer zuvor auf der Fensterbank hatte liegen lassen und deren anfangs fett gedruckte schwarze Buchstaben inzwischen so aussahen, als hätte ich überhaupt nie einen Film gesehen, als wäre dieser Abend einfach ausgelöscht worden.

»Niemand hat Schuld. Es war unvermeidlich, und es gibt einfach keinen anderen Weg«, sagte Dad. Er kramte etwas aus seiner Tasche und setzte sich zwischen Nicholas und mich aufs Bett. Die Matratze sackte in der Mitte durch, ich zog die Knie hoch, damit er mehr Platz hatte.

Er hielt uns etwas hin. Ein altes Foto. »Hier, das habt ihr wahrscheinlich noch nie gesehen, oder? Vielleicht kann ich es euch so erklären, denn manchmal reichen Worte nicht aus.«

Ich wollte angesichts seines oberlehrerhaften Auftretens die Augen verdrehen, er führte sich auf wie in einer Unterrichtsstunde, hatte sogar einen Gegenstand dabei und war gut vorbereitet, als könnte er uns auf diese Weise alles so gut beibringen, dass wir die Bestnote bekämen. Nicholas versuchte mitzuspielen, indem er auf das körnige Foto irgendeiner Hochzeit starrte, und deswegen machte ich es ihm nach. »Nein, das habe ich noch nie gesehen.«

»Es ist eines unserer Hochzeitsfotos. Und dass ihr es noch nie gesehen habt, spricht Bände, nicht wahr?« Wir blieben stumm, Nicholas nickte. »Wir hatten unsere Hochzeitsfotos in einer Kiste auf dem Dachboden verstaut und dann völlig vergessen. Eigentlich wollten wir sie einrahmen und aufhängen, sind aber nie dazu gekommen. Um genau zu sein, sind wir zu den meisten Dingen, die wir geplant hatten, nie gekommen.«

Er reichte mir das Bild, und ich starrte auf die orangefarbenen Figuren. Mein Dad trug eine riesige, seltsame Brille und hatte einen Schnurrbart, der zu beiden Mundwinkeln herunterhing. Meine Mum sah so jung aus, dass ich sie kaum wiedererkannte. Sie lächelte in die Kamera und umklammerte einen großen Rosenstrauß.

»Ihr seht ganz anders aus.«

»Ganz genau, Erica. Das sind andere Versionen von uns. Wir waren damals sehr glücklich. Wir waren wirklich überglücklich, zusammen zu sein. Aber das änderte sich irgendwann – wir haben uns verändert. Dagegen konnten wir nichts tun. Wenn du die Menschen auf diesem Foto mit uns vergleichst, dann kannst du das sehen. Oder nicht?«

Diesmal nickte ich, weil ich es tatsächlich sehen konnte, auch wenn ich es nicht wollte. Was bedeutete das für Menschen, die sich entschieden zu heiraten? Warum tat man es überhaupt, wenn so etwas passieren konnte? Erst als mein Dad einen Arm um meine Schultern legte und mich auf die Schläfe küsste, wurde mir klar, dass ich diese Fragen laut gestellt hatte.

»Es gibt so vieles, was du noch nicht verstehst, Erica.«

Seine Worte gruben sich in mein Gedächtnis, ich hörte sie immer wieder, als er schon längst zum letzten Mal meine Schlafzimmertür hinter sich zugezogen hatte, um die Treppe hinunterzugehen und durch unsere rote Haustür zu verschwinden. Er hatte recht. Es gab so vieles, was ich nicht verstand. Warum sie einfach alles wegwarfen – unser Haus und mein Schlafzimmer, die Möglichkeit, gemeinsam unsere Eltern zu sein, die Freitagabende mit Würstchen und Kartoffelpüree oder samstags in unseren Morgenmänteln auf dem Sofa aneinandergeschmiegt fernzusehen. Für mich hatte es immer funktioniert, und ich verstand nicht, warum es für sie anders sein sollte.

Genauso wenig war mir klar, warum die Gesichter auf dem Foto mir so viel bedeuteten und dass die Welt, wie ich sie kannte, sich teilen und in etwas verwandeln würde, das eine völlig andere Form hatte und ein anderes Gefühl erzeugte.

Und mir war nicht klar, dass ich nicht zum letzten Mal in unserem Haus war, sondern irgendwann weit in der Zukunft zurückkehren würde.

In dieser Nacht kribbelte meine Haut vor Angst, als ich mich fragte, was der nächste Tag bringen würde. Um noch einmal die Luft von Yorkshire einzuatmen – den Duft von hellgrünen Feldern und süßem Dung und sonnengetrocknetem Heu –, ließ ich mein Fenster offen stehen. Bald würde ich auf eine neue Schule gehen, in der alle anderen bereits beste Freunde hatten, während ich niemanden kannte. Ich würde eine andere Uniform tragen als Claire und nach der Schule in ein Zuhause zurückkehren, das ich bisher noch nie gesehen hatte, in einer Stadt mit einem braunen Meer, das alles mit bitterem, unsichtbarem Salz bedeckte.

Ich wand mich unter meiner Bettdecke und presste die Augen fest zu, um all diese Gedanken zu verdrängen, aber sie schossen mir immer wieder durch den hämmernden Kopf. Zwischen den Gedanken an mein neues Zuhause und meine neue Schule huschte das Foto, das Dad uns gezeigt hatte, wie eine Motte hin und her. Ich rief mir die Gesichter meiner Eltern auf dem Foto in Erinnerung, so hoffnungsvoll und glücklich. Während ich so an sie dachte, zog etwas an mir, das sich wie ein Traum anfühlte, mir wurde schwindlig. Ich versuchte, mich aufzusetzen, wurde aber von etwas, das viel, viel stärker als Schlaf war, in die weiche Matratze gedrückt. Immer wieder versuchte ich, meine unfassbar schweren Glieder zu bewegen, konnte aber nicht einmal die Augen öffnen. Die Zeit schien stillzustehen, über mir zu schweben, bis meine Augen sich öffneten und mein Körper plötzlich wieder frei war. Ich begann, wild mit Armen und Beinen zu rudern. Mein Bett, mein Zimmer voller blassbrauner Kisten, alles fiel unter mir weg.

Und dann fand ich mich mitten im Winter auf einer Straße wieder, als wäre ich nie woanders gewesen.

Die Straße kannte ich nicht.

Als ich mir über die Lippen leckte, konnte ich Salz schmecken. Ich versuchte, meine zitternden Beine und mein hämmerndes Herz zu ignorieren und die Geschäfte und die Menschen um mich herum zu betrachten, um herauszufinden, wo in aller Welt ich mich befand und was geschehen war. Ich atmete heftig, mein Kopf pochte, aber irgendwie funktionierten meine Augen noch, die Straße um mich herum flackerte kurz, dann sah ich sie ganz scharf.

Ich träumte, das war alles. Ich musste träumen. Nicholas hatte mir einmal von einem Jungen erzählt, der seine eigenen Träume inszenieren konnte wie Theaterstücke. Ich war wie dieser Junge.

Die Winterluft stach mir in die nackte Haut, und ich erschauerte. Als ich an mir herabblickte, sah ich, dass ich noch immer mein rosa-weißes Nachthemd trug. Die Kälte schmerzte. Alle anderen auf der Straße trugen Mützen, Wollmäntel und Schals und stießen beim Reden kleine Wolken aus. Ich atmete ebenfalls aus, aber mein Atem zauberte keine wirbelnde Wolke hervor wie der aller anderen. Ich versuchte es erneut. Nichts. Es war, als wäre ich nicht wirklich da, doch ich konnte alle anderen sehen und ihre Gespräche hören. Eine Frau mit langem rotem Haar blieb direkt neben mir stehen, so nahe, dass ich ihr Parfüm riechen konnte – süß und scharf wie die Stiele frischer Blumen. Sie schien mich nicht zu bemerken, sondern ging an mir vorbei, um ihre Arme um einen Mann zu werfen.

»Wie schön, dich zu sehen«, sagte sie, als sie sich wieder von ihm löste. »Kommst du heute Abend zu meiner Party anlässlich des Feuerwerks?«

Ich drehte mich um und schaute den Mann an, mit dem sie sprach. Er hatte einen zotteligen Bart und lange Haare und trug eine blaue Hose, die sich nach unten hin weitete. Er kam mir bekannt vor, er sah aus wie einer der Männer, die ich auf Mums alten Schallplatten gesehen hatte.

Er runzelte die Stirn. »Ich weiß ehrlich gesagt nicht, ob ich es schaffe …«

»Och bitte«, unterbrach ihn die Frau und legte eine Hand auf seinen Arm, wobei ihre langen Fingernägel einen Kratzer auf seiner Lederjacke hinterließen. »Mary hat schon abgesagt. Jetzt dürfen auf keinen Fall noch mehr Leute absagen. Ich habe genug Kartoffeln für eine ganze Armee gekauft! Gott sei Dank kommt Laurie jetzt an Marys Stelle. Du kennst sie doch, oder«?

Laurie? Meine Mum? Stirnrunzelnd schaute ich genauer hin.

Der Mann nickte. »Ich bin mit Laurie zur Schule gegangen. Na gut, Jules. Ich werde kommen. Wir dürfen diese Kartoffeln schließlich nicht verschwenden.«

»Oh, großartig. Weißt du«, fügte Jules augenzwinkernd hinzu, »ich wollte dich eigentlich neben Mary setzen, weil ich dachte, ihr würdet euch bestimmt gut verstehen. Aber sie ist krank geworden, das arme Ding.«

Der Mann grinste durch seinen Bart, hielt dann inne, als wäre ihm klar geworden, dass er das nicht tun sollte, und schaute stattdessen besorgt. »Oje. Was hat sie denn?«

»Offenbar eine Lebensmittelvergiftung.« Jules zeigte die Straße hinunter, und ich folgte dem Blick des Mannes zu einem Schaufenster, in dem ein totes Schwein hing, und da erst bemerkte ich den Umriss des Blackpool-Towers dahinter, und etwas in mir zerplatzte, es war wie eine kleine Explosion.

Der Mann, den ich gerade beobachtete, war mein Dad, und er war im Begriff, auf eine Party zu gehen, wo er meine Mum treffen würde. Das hier war vor vielen Jahren, lange vor meiner Geburt, geschehen.

Panik flackerte in mir auf. Wie konnte das sein? Und wie konnte ich nach Hause zurückkehren, zu der Version meines Dads, die ich kannte, mit weniger Bart, dafür aber mehr Falten und Traurigkeit im Gesicht?

Es ist schon in Ordnung, versuchte ich mich zu beruhigen, als mein Atem schneller wurde und mein Herz erneut zu beben begann.

Es ist okay, weil ich nur träume, wisperte ich, dann hielt ich mir den Mund zu. Ich wollte nicht, dass Jules und mein altmodischer Dad mich hörten, weil ich ihnen dann irgendwie erklären müsste, was ich hier in einem rosa-weißen Nachthemd zu suchen hatte. Aber sie hörten mein Flüstern nicht. Sie waren in ihrer eigenen Welt, in der beide die Straße hinunter zu der Metzgerei blickten. Oder vielleicht war ich in meiner eigenen.

»Mary war dumm genug, billige Würstchen bei Henderson's zu kaufen«, fuhr Jules fort. »Dabei weiß doch jeder, dass er sie den ganzen Tag in seinem Fenster herumhängen lässt. Es ist ja schön und gut, ein Schnäppchen machen zu wollen, aber Fleisch würde ich dort selbst dann nicht kaufen, wenn es der letzte Metzger der Welt wäre. Sie war anscheinend die ganze Nacht auf und kann nichts bei sich behalten.«

»Wie schade«, sagte mein Dad. »Aber da kann man nichts machen.«

»Bleibst du länger? Vielleicht kann ich dich und Mary miteinander bekannt machen, wenn es ihr wieder besser geht. Euch verkuppeln. Du kannst nicht ewig Single bleiben, weißt du. Du bist einer der Letzten, die nicht verheiratet sind.«

»Ich fliege morgen wieder nach London«, erwiderte mein Dad. »Ich bin nur hier, um meine Mutter zu besuchen. Sie ist gestürzt. Aber jetzt geht es ihr besser, und deshalb muss ich morgen früh zurück. Vielleicht ein andermal.«

Seine Worte brannten eine Spur durch alles, was mir bekannt vorkam: meine Oma, die früher in Blackpool lebte, aber starb, als ich noch ein Baby war; London hatte mein Dad allerdings nie erwähnt, meine Eltern sprachen praktisch nie darüber, wie ihr Leben ausgesehen hatte, bevor sie einander kennenlernten.

»Ach, wie schade.« Jules Stimme durchbrach meine flammenden Gedanken. »Arme Mary. Aber wenigstens können die anderen dich heute Abend bei der Party sehen. Vielleicht gefällt dir ja auch Laurie! Bis um sieben.« Sie verpasste ihm einen leichten Klaps auf den Arm. »Zieh was Warmes an«, rief sie, als sie schon weiterflitzte. Doch für mich klangen ihre Worte leise, weil die Straße plötzlich in zerklüftete Stücke zerbrach und ich weggeschleudert wurde, weg von der Straße, zurück unter die warme Bettdecke.

Blinzelnd setzte ich mich auf. Die Vorhänge kräuselten sich in der Brise, da mein Fenster noch immer weit offen stand. Die Spätsommersonne tauchte mein Zimmer in goldene Wärme, doch die Härchen auf meinen Armen waren aufgerichtet, meine Zehen steif von Winterkälte.

Mir drehte sich vor Angst der Magen um, und für eine Sekunde dachte ich, ich müsste mich übergeben.

Von unten hörte ich Nicholas' Stimme, draußen lief der Motor eines Lieferwagens, jemand hupte, und Mum brüllte.

Es war Umzugstag und mein zwölfter Geburtstag.

Ich hätte gern geglaubt, dass unten Kuchen und Luftballons und auf den Kisten säuberlich gestapelte Geschenke auf mich warteten, dass Mum und Nicholas alles über meinen seltsamen Traum hören wollten, dass wir Zeit für ein Geburtstagsfrühstück mit Spiegeleiern auf Toast hatten wie jedes Jahr zuvor. Mum hatte sogar die Bratpfanne und den Toaster draußen gelassen, weil ich sie so oft darum gebeten hatte. Die würde sie zuletzt einpacken.

Aber irgendwie wusste ich, als ich auf etwas wackeligen Beinen zum Fenster tappte und den für dreizehn Uhr gebuchten Umzugswagen sah und noch einen Hauch von Winterfrost auf meiner Haut roch, dass all das nicht stattfinden würde.

Ich konnte sehen, dass Mum mir glauben wollte. Aber wem würde das schon gelingen?

Ich bin in eine andere Zeit verschwunden.

Sie starrte mich finster an, die Stirn in Falten gelegt, ihr gesamtes Gesicht hing herab wie meistens in diesen Tagen. Mehrfach fragte sie mich, warum ich log. Nicholas starrte mich an wie ein Poster mit einer optischen Täuschung darauf. Erst aus der Nähe, um dann mit dem Kopf zurückzuweichen, als ob er mich, aus einem anderen Blickwinkel betrachtet, besser begreifen könnte. Ich wünschte mir so sehr, dass er mich verstand und dass er mir erklären könnte, was vorging, wie sonst immer. Seit ich aufgewacht oder zurückgekommen war oder wie auch immer man das bezeichnen wollte, tobte die Angst in mir. Ich war stundenlang weg gewesen. Mum war um neun in mein Zimmer gekommen, um zehn Uhr noch einmal, doch von mir keine Spur. Sie schimpfte laut darüber, wie viel Zeit sie damit verloren hatte, nach mir zu suchen, krank vor Sorge hätte sie bei meinen Freundinnen angerufen, doch von all dem kriegte ich kaum etwas mit, weil da so viel anderes war, Größeres, das ich erst verarbeiten musste. Immer und immer wieder ließ ich Revue passieren, was ich gesehen hatte, um vielleicht irgendwie zu begreifen, was vorgefallen war. Wie war ich verschwunden? War ich in der Zeit zurückgereist? Meine Finger zitterten, als ich meine restlichen Sachen in den zerschlissenen Nike-Rucksack stopfte, weil ich befürchtete, dass es jeden Moment wieder passieren könnte, dass ich wieder aus der Welt fallen und an einem anderen Ort landen könnte, wo man mich niemals finden würde.

Der Fahrer räumte alles in den riesigen Lieferwagen, während Mum wütend Eier am Pfannenrand aufschlug und dabei murmelte, dass wir genau fünf Minuten Zeit für unser Frühstück hätten.

Wir aßen schweigend auf dem Boden des Esszimmers, obwohl mir noch immer so übel wie nach einer zu langen Achterbahnfahrt war.

»Ich weiß, wie ich dich dazu bringen kann, mir zu glauben.« Ich legte den Toast hin und wischte mir die Krümel an meinen Shorts ab.

Mum kaute langsam, schluckte. »Wie um alles in der Welt du erwarten kannst, dass ich dir glaube, Erica, ist mir unbegreiflich.«

»Ich habe Dad gesehen.«

»Dad? Also hast du dich rausgeschlichen?« Sie war gekränkt und verzog den Mund noch weiter nach unten als sonst.

»Nein. Nicht Dad, wie er jetzt ist. Sondern Dad vor langer Zeit.« Ich atmete hektisch und hatte das Gefühl, jeden Moment in Ohnmacht zu fallen, aber ich musste es einfach aussprechen. Sie musste mir glauben. »Ich konnte ihn sehen. Er wollte auf eine Party gehen. Seine Freundin, die ihn auf die Party eingeladen hat, hieß Jules. Es war eine Party anlässlich des Feuerwerks, das an diesem Abend stattfinden sollte. Er hatte einen Schnurrbart und trug eine blaue Hose und Lederjacke, und …«

»Woher weißt du das? Das mit der Party?« Mum legte ihren Toast ebenfalls ab, und auch Nicholas hörte auf zu essen. Beide starrten mich an.

»Was für eine Party?«, fragte Nicholas.

»Das war der Abend, an dem ich euren Dad richtig kennengelernt habe. Er war eine Klasse über mir gewesen, aber ich hatte ihn danach nicht wiedergesehen. Auf der Party haben wir uns unterhalten, und das war's dann. Danach waren wir ein Paar. Wir blieben noch eine Weile in Blackpool, heirateten, zogen hierher und bekamen euch beide. Auf dieser Party fing alles an. Hat er dir davon erzählt? Muss wohl so sein.« Kopfschüttelnd murmelte sie etwas vor sich hin. »Aber er kann sich keine Namen merken. An Jules hätte er sich bestimmt nicht erinnert, wir haben sie seit Ewigkeiten nicht mehr gesehen.«

»Dad hat mir nichts davon erzählt. Ich habe es gesehen, weil ich dort war. Als würde ich in die Vergangenheit sehen. Ich weiß nicht, wie, und ich wollte unbedingt glauben, dass ich träume, aber jetzt weiß ich, dass ich nicht geträumt habe, weil du gesagt hast, dass ich heute Morgen nicht in meinem Bett war. Und außerdem war es an diesem anderen Ort eiskalt, und als ich aufwachte – oder zurückkam –, war mir kalt, obwohl es in meinem Zimmer warm war. Ich würde das wahrscheinlich auch niemandem glauben, aber ich schwöre, dass es stimmt.« Ich wischte mir über die Augen, als ich merkte, dass mir heiße Tränen übers Gesicht liefen, und plötzlich eilte Mum zu mir und nahm mich fest in die Arme.

»Ist schon gut, Erica. Ich dachte wirklich, du wärst weggelaufen. Bestimmt gibt es für all das eine Erklärung. Aber die Hauptsache ist, dass du nicht weglaufen wolltest.« Schon bereitwilliger, mir zu glauben, aber immer noch weit davon entfernt, zu verstehen, was ich ihr sagen wollte, umfasste sie mein Kinn und schaute mir in die Augen. Ich erwiderte ihren Blick, der hellblau und traurig war, und dabei jagte mir alles, was ich gesehen hatte, durch den Kopf. Es musste doch etwas geben, das ich tun konnte, denn bestimmt gab es einen Grund, warum mir das passiert war. Und wenn ich diesen Grund herausfand, wenn es mir gelang, den Knoten in meinem Kopf zu lösen, dann war ich vielleicht auch in der Lage, dies alles hier rückgängig zu machen. Unser ganzes Unglück, alles, was dazu geführt hatte, dass unser Haus leer geräumt war und unsere Sachen in eine Stadt gebracht wurden, in der wir eigentlich gar nicht leben wollten.

Kapitel 12

»Du gehst nach Berlin?«, frage ich. Wir stehen einander gegenüber, angespannt, während jeder von uns darauf wartet, dass der andere etwas sagt, wie zwei schlechte Schauspieler in einem Theaterstück.

»Das habe ich dir erzählt, bevor du verschwunden bist. Das Preston-Projekt wurde abgeblasen, aber es gibt ein anderes in Berlin. Ich habe vorhin mit meinem Chef gesprochen und ihm gesagt, dass ich bereit wäre.« Er macht einen Schritt auf mich zu. »Ich habe dir davon *erzählt*«, wiederholt er, die Stirn verständnislos gerunzelt. »Ich habe dir erzählt, dass ich immer vorhatte, bei der Firma zu bleiben, und dass sie mich gern zu irgendwelchen Projekten schicken. Ich habe dir erzählt, wie sehr ich den Flug fürchte, wie sehr ich es hasse zu fliegen. Nur schien dich das Ganze nicht sonderlich zu interessieren. Du hast kaum hingehört, vielleicht, weil du der Ansicht warst, dass es sich nicht lohnt, noch mehr Zeit mit mir zu verbringen, wenn ich sowieso weggehe.«

Ich hatte nichts von Berlin oder seinen Plänen mitbekommen, weil ich mit aller Macht versuchte, nicht vor seinen Augen zu verschwinden. Ich bin sauer auf mich, schlucke diese Wut aber herunter, um ruhig mit ihm sprechen zu können. »So etwas würde ich niemals tun.« Daniels Entschluss hätte mich auf keinen Fall abgeschreckt, im Gegenteil, ich würde jede Sekunde mit ihm nur umso mehr genießen wollen. »Wann gehst du?«

»In ein paar Wochen. Ich muss noch einigen Papierkram erledigen und eine Wohnung finden. Ich bekomme erst mal einen Jahresvertrag.«

Ich kämpfe gegen das Schluchzen an, das in meiner Kehle steckt. »Freust du dich?«

Er runzelt die Stirn. »Irgendwie schon. Das alles kam ziemlich plötzlich. Zwar geht es wieder nur um ein Bürogebäude, aber es passt gut in meinen Karriereplan. So richtig darüber nachgedacht habe ich noch nicht.«

»Aber Berlin ist eine große Chance. Es wird …«

»Es wird schon werden. Ich stelle mich meiner Flugangst, was schon mal was Gutes ist. Aber jetzt, wo ich weiß, dass du deine Pläne geändert hast, fühlt es sich anders an. Ich dachte ja, du würdest auch weggehen. Aber du willst hierbleiben? Seit wann?«

»Seit dir«, sage ich schlicht.

Daniel starrt mich an. »Du hast dich doch erst am Samstag mit Nina getroffen, um Pläne für Thailand zu schmieden, oder? Für ein Jahr? Du warst dir doch so sicher. An diesem Morgen habe ich gehofft, dass du das Treffen mit Nina absagen würdest. Aber es ist nun mal deine Entscheidung, und deswegen wollte ich nichts sagen.«

Mir zieht sich der Magen zusammen. »Ich wünschte, das hättest du. Die ganze Zeit habe ich mir eingeredet, dass es das Richtige für mich ist.« Ich blicke auf den regennassen Bürgersteig und denke an die andere Erica, diese andere, seltsam überlegene Version von mir, die wahrscheinlich nie in einen solchen Schlamassel hineingeriete. »Aber dann habe ich dich besser kennengelernt, und als mir die Stelle angeboten wurde, schien sich auf einmal alles zu fügen. Mir wurde klar, dass hierzubleiben in gewisser Weise abenteuerlicher ist, als wegzugehen. Ich habe mich so darauf gefreut, dir davon zu erzählen.«

»Ich hätte mich auch darüber gefreut«, erwidert Daniel kühl. »Aber du hast es mir nun mal nicht erzählt. Du hast mich in einem Restaurant sitzen lassen, ich habe mir erst schreckliche Sorgen um dich gemacht und dann irgendwann gedacht, dass du dir einen schlechten Scherz mit mir erlaubt hast.«

»Das habe ich nicht.«

»Dann sag schon, was los war!« Er explodiert förmlich. »Weil ich einfach nicht begreife, warum du dich aus dem Restaurant geschlichen hast, ohne mir Bescheid zu sagen.«

»Das konnte ich nicht.«

»Du hattest deine Tasche dabei, mit deinem Handy. Und das konntest du nicht benutzen?«

»Nein.«

Daniel schweigt. In der Ferne grollt der Donner. »Ich verstehe nicht, warum du mir nicht einfach von deinen neuen Plänen erzählt hast. Das hätte vielleicht alles geändert, Erica.« Ein Bild blitzt in meinem Kopf auf: Daniel, der am Telefon seinem Chef absagt, mit starrem Gesicht, weil er beschlossen hat, bei mir zu bleiben. Mir wird schwer ums Herz.

»Hättest du den Job in Berlin abgelehnt, wenn ich im *Luigi's* geblieben wäre und mit dir gesprochen hätte? Willst du das damit sagen?«

Er schüttelt den Kopf. »Darüber will ich gar nicht nachdenken, denn das ist zu …« Er bricht ab, seufzt, setzt erneut an. »So weit ist es nicht gekommen. Ich weiß nicht einmal, was überhaupt passiert ist, weil du es mir nicht verrätst. Warum wolltest du deine Pläne für mich über den Haufen werfen, wenn du nicht ehrlich zu mir sein kannst? Das ergibt keinen Sinn.«

»Das war falsch, aber ich wusste nicht, was ich tun sollte. Ich dachte, ich bekomme das irgendwie hin.«

»Du bekommst *was* hin?« Daniel blickt mich verzweifelt an. Und wütend.

»Ich …« Die Versuchung blitzt vor mir auf, eine Perle in der Muschel. *Sag es ihm.* Doch dann knallt die Muschel zu, und der Impuls ist dahin. Daniel geht nach Berlin. Er hat sich entschieden, die Sache zwischen uns ist vorbei, bevor sie überhaupt begonnen hat. Er hat sich von dem Abgrund, über den ich springen wollte, auf sicheren Boden zurückgezogen.

»Spielt keine Rolle. Das alles ist nicht leicht zu verstehen.«

»Dann erklär es mir, Erica!« Frustriert wirft er die Hände in die Höhe. »Schön, vielleicht bist du an jemanden gewöhnt, der dich versteht. Vielleicht geht Mike mit *so was* ja besser um als ich. Vielleicht passen wir doch nicht zusammen.«

»Mike konnte mit so was nicht besser umgehen, mit ihm wäre es gar nicht erst passiert. Er hat nie Fragen gestellt«, sage ich leise.

Daniel stößt ein bitteres Lachen aus. »Oh, ich habe also recht. Mike blieb immer locker, wenn du ihn stundenlang ohne jede Erklärung hast sitzen lassen. Tut mir leid, dass ich so anders bin.«

»Nein! Ich meinte, dass Mike sich nicht besonders bemüht hat, mich kennenzulernen. Und ich dachte, dass ich genau das brauche, weil ich nicht wollte, dass mich jemand richtig kennenlernt.« Daniel zieht mich in einen Hauseingang. Die Erleichterung darüber, geschützt zu sein, nicht mehr das harte Prasseln des Regens auf der Haut zu spüren, ist überwältigend.

»Und jetzt?«

»Vor wenigen Stunden noch habe ich mich wie ein neuer Mensch gefühlt. Ich wollte das Risiko eingehen, ich wollte alles ignorieren, was ich mir einbildete, tun zu müssen. Ich wollte hierbleiben. Doch jetzt haben sich die Dinge geändert. Es ist der falsche Zeitpunkt, Daniel. Du gehst für ein Jahr weg.«

»Also willst du einfach alles vergessen? Offensichtlich hast du all deine Pläne für mich über den Haufen geworfen, und jetzt willst du einfach aufgeben?«

»Daniel, ich …« Ich zögere, während er mich erwartungsvoll anstarrt. Ich habe mir den heutigen Abend ganz anders ausgemalt, hatte mir vorgestellt, wie er mich so lange ansehen würde, bis mein Magen flatterte, wie er Witze darüber reißen würde, dass ich nun also doch bleiben und ihn heiraten wollte. Und nun schaut er mich auf eine neue Art an, und ich spüre, wie eine Distanz zwischen uns entsteht, während er sich fragt, ob ich ihm den heutigen Abend jemals erklären könnte. Ich habe ihn enttäuscht. Er glaubt nicht, dass ich ihm die Wahrheit sagen werde, nachdem ich ja nicht einmal lange genug geblieben war, um mir seine großen Neuigkeiten anzuhören. Oder ihm von meinen großen Neuigkeiten zu erzählen – nämlich, dass ich mich in ihn verliebt habe, trotz meines Schwurs, mich niemals zu verlieben, weil es böse enden könnte.

Mein Gedankengeflecht wird von Daniels Handy unterbrochen, der hohle, mehrstimmige Klingelton wird lauter, als er es aus der Tasche zieht. Er blickt auf das Display und dann wieder zu mir. Halb bedauernd, halb verärgert.

»Da muss ich rangehen.«

Ich nicke.

Am anderen Ende der Leitung höre ich die Stimme eines Mannes, der offensichtlich so erleichtert ist, Daniel an Bord zu haben, dass er ihn um diese Nachtzeit anruft, ein Mann, der über eine Einzimmerwohnung im Stadtzentrum (klein, aber ausreichend) spricht und über Banküberweisungen und Flüge.

Daniel legt einen Arm um mich, während er zuhört und spricht, und ich presse meinen Körper gegen seinen, kalter Regen sickert durch Mantel und Kleid auf meine Haut.

»Du gehst also wirklich«, flüstere ich, nachdem er aufgelegt hat.

Daniel küsst mich auf die Stirn und streicht mir das nasse Haar zurück. »Ja.« Er seufzt. »Ich gehe.«

Ich recke mich nach oben, um ihn zu küssen – salzige Tränenküsse und Herbstregen.

»Also«, sagt er, durch den Anruf in bessere Stimmung versetzt, »was auch immer mit dir los ist, wenn du willst, dann können wir zusammenbleiben. Wir können uns besuchen. Wir können E-Mails schreiben.«

»Das möchte ich.«

»Es trotzdem versuchen?«

»Ja.«

Er stellt heute keine weiteren Fragen mehr, und ich bemühe mich auch nicht, ihm irgendetwas zu erklären. Wir gehen zum Auto, erschöpft, durchnässt, durchgefroren, und fallen in seiner Wohnung ins Bett, mein Schlaf voller seltsamer grauer Träume über Enden und Geheimnisse und Traurigkeit.

Kapitel 13

»Du hast anders ausgesehen«, sage ich.

Es ist ein Tag nach unserem Treffen im *Luigi's*. Mum sitzt an dem Kieferntisch, den ich kenne, seit ich mich erinnern kann, auf dem Stuhl, den ich erst gestern in unserem Haus in Yorkshire gesehen habe, die schlanken Hände um ihre Teetasse geschlungen.

»Wie anders?« Sie hat sich letztendlich daran gewöhnt, dass ich immer wieder von meinem Verschwinden erzählte. Welches damals in Schüben passierte – in einem Monat verschwand ich ständig, im nächsten dafür überhaupt nicht. Nachdem ich ihr irgendwann ihr ganzes gemeinsames Leben mit Dad schildern konnte – wo sie lebten, welche Freunde sie hatten, welche Mäntel sie trugen –, musste sie mir einfach glauben. Als es dann aufhörte, redeten wir nicht mehr darüber. Jetzt ist es, als ob wir etwas hervorkramten, das wir vor Jahren weggelegt haben und dessen Form und Gebrauch uns noch immer vertraut ist.

Die nackte Wahrheit verkneife ich mir. *Besser.* »Einfach anders. Dein Leben scheint einfacher für dich gelaufen zu sein. Wir wohnen immer noch in Yorkshire. Und du und Dad seid noch immer zusammen.«

Sie spuckt fast ihren Tee aus. »Wie bitte?«

»Ich weiß.«

»Und du? Was hast du gemacht?«

»Ich scheine Dad ziemlich nahezustehen und ziemlich mutig zu sein. Es wirkt so, als ob ich mir nicht zu viele Gedanken mache, sondern die Dinge lieber in Angriff nehme. Sozusagen das genaue Gegenteil von dem, was ich jetzt bin. Ich wollte länger bleiben, um zu erfahren, warum ihr noch verheiratet seid, denn das schien der größte Unterschied zu sein. Aber ich konnte nicht. Was in gewisser Weise gut ist, da ich sowieso stundenlang verschwunden war.« Ich blicke in meinen Tee, der kalt wird, weil ich mich nicht traue, ihn zu trinken. Seit ich gestern Abend aus der anderen Welt zurückgekehrt bin, verspüre ich wieder diese betäubende Übelkeit meiner Teenagerjahre.

»Ich kann nicht glauben, dass wir in einem anderen Leben zusammengeblieben sind«, bemerkt Mum skeptisch. »Was ist mit Shelley?«

»Ich nehme an, Dad hat sie nie kennengelernt. Er schien aus irgendeinem Grund ein ziemlicher Familienmensch zu sein.« Ich verdrehe die Augen. »Wie kann jemand so anders und doch immer noch derselbe sein? Wie kann eure Ehe so vollkommen anders gelaufen sein?«

»Nun.« Mum steht auf, nimmt mir die Tasse ab, gießt den kalten Tee in den Ausguss und dreht den Wasserhahn auf. »Dafür wird es wohl mehrere Gründe geben.«

»Glaube ich nicht.«

Sie dreht sich zu mir um und wischt sich die Hände an ihrer Jeans ab. »Wie bitte?«

»An dem Tag, als wir aus Yorkshire wegzogen, als es mir zum ersten Mal passierte, da habe ich Dad an dem Tag gesehen, an dem ihr ein Paar wurdet.«

»Bei dieser Feuerwerkparty? Was hat das damit zu tun?«

»Alles. Du weißt noch, dass ich sagte, Dad wäre nur deinetwegen in Blackpool geblieben?«

Das Gesicht meiner Mum bleibt ausdruckslos, etwas desinteressiert trocknet sie die Tasse mit einem Geschirrtuch ab und stellt sie zurück in den Schrank. »War das so?«

»Er war zurückgekommen, um Oma zu besuchen, die gestürzt war. Danach wollte er wieder nach London. Doch dann sagte die Frau, die ihn auf die Party eingeladen hat, dass du da sein würdest, und er wollte dich sehen. Danach ist er nicht nach London zurückgekehrt, sondern hat alle Pläne für dich über den Haufen geworfen. Das habe ich dir damals erzählt.«

»Hast du?«

»Siehst du? Du erinnerst dich nicht einmal mehr! Ich hätte mehr darauf beharren sollen. Nicht nachlassen.« Meine Stimme ist lauter als beabsichtigt. »Ihr habt aufgehört, euch zu lieben, aber vielleicht wäre das nie passiert, wenn du gewusst hättest, wie viel er am Anfang für dich aufgegeben hat. Ich hätte dich davon überzeugen können, bevor wir überhaupt in Blackpool ankamen. Zwar habe ich das im Auto versucht, aber dann zu schnell aufgegeben, weil ich viel zu große Angst hatte. Ich dachte, wenn ich zu viel darüber rede, passiert es wieder.«

»Du warst ein Kind. Du hättest doch niemals eine ganze Beziehung verändern können. Da gibt es so viele Kleinigkeiten, die anders hätten laufen müssen. Dass er meinetwegen in Blackpool geblieben ist, ist nur ein Detail, eins von vielen. Nach dieser Party ist viel geschehen, wir haben Tausende von Entscheidungen getroffen, bevor wir uns trennten. Selbst wenn du mir also auf der Fahrt noch mehr von dem erzählt hättest, was du gesehen und gehört hast, wäre ich nicht umgekehrt.«

»Vielleicht, wenn ich mich mehr angestrengt hätte … Er hat dir nie gesagt, dass er nur deinetwegen geblieben ist, aber ich hätte es dir immer und immer wieder vorbeten können. Dann hättest du ihn womöglich mit anderen Augen gesehen. Und alles wäre anders gekommen.«

»Erica.« Mum greift von der anderen Seite des Tisches

nach meinen Händen, ihre plötzliche Entschlossenheit überrascht mich. »Du hörst mir nicht zu. Ja, es war ein Fehler, dass dein Dad mir all die Jahre nicht gesagt hat, was er für mich aufgegeben hat. Ich weiß nicht, warum er das verschwiegen hat. Wahrscheinlich glaubte er, dass er irgendwann nach London zurückkehren würde. Und dann ist es vielleicht einfach anders gekommen, ohne dass er genauer darüber nachdachte.«

»Wenn er dir davon erzählt hätte, glaubst du, dass dann alles anders gekommen wäre?« *Glaubst du, dass du die Hochzeitsfotos aufgehängt und weniger geseufzt hättest und öfter zum Friseur gegangen wärst?*

»Wenn er es mir von Anfang an gesagt hätte, wären wir natürlich glücklicher gewesen. Aber nur, weil du mir später davon erzähltest, konnte das nicht unsere ganze Ehe verändern. So eine Verantwortung kannst du dir nun wirklich nicht aufhalsen.«

»Aber ich fühle mich trotzdem verantwortlich. Irgendwie enttäusche ich offenbar jeden, statt meine spezielle Gabe zu nutzen.«

»Ah.« Mum sieht mich scharfsinnig an. »Hier geht es also nicht nur um Dad. Es geht auch um Daniel.«

»Es geht um alles.« Ich zupfe an einem Platzdeckchen. »Ich habe das schreckliche Gefühl, dass sich die Geschichte wiederholt. Dad hat dir nicht die ganze Wahrheit gesagt, und deswegen ist das mit euch schiefgelaufen. Ich habe Daniel nicht gesagt, dass ich bleibe, also ist das mit uns jetzt wahrscheinlich auch ruiniert. Und ich glaube wirklich, dass ich dir und Dad hätte helfen können, eine Lösung zu finden. Vielleicht bedeutet das ja, dass ich mich mehr bemühen muss, um die Sache mit Daniel wieder in Ordnung zu bringen.« Ich schüttle den Kopf, meine Gedanken verlieren sich in den Windungen meines Verstandes. »Ich weiß bloß nicht, wie.«

Mum nimmt mir das Platzdeckchen weg und inspiziert es nach Schäden. »Du machst es komplizierter, als es sein müsste. Wie immer.«

Ich runzele die Stirn. »Was willst du damit sagen?«

»Dass du ihm erklären solltest, wohin du gestern Abend verschwunden bist und warum du nicht richtig mit ihm sprechen konntest. Das würde wahrscheinlich reichen. Sei einfach nicht so verschlossen.«

Ich ziehe die Hände unter ihren weg, um aufzustehen und in das verblassende Licht des Gartens zu starren. »Ich wollte es ihm sagen. Ich glaube, ich habe mich sogar entschieden, hierzubleiben, weil ich es ihm irgendwann erzählen wollte. Und gestern Abend stand ich kurz davor. Doch dann war alles so anders, als ich es mir vorgestellt hatte, ich war so überwältigt und erschöpft, dass ich einfach abgeschaltet habe. Ich konnte es ihm nicht sagen.«

»Du wolltest nicht, meinst du wohl.« Sie seufzt, als wäre ich ein Kind, das zum fünften Mal in Folge einen Test nicht bestanden hat.

Dazu sage ich nichts. Ich habe keine Lust, ihr weiter zu widersprechen, denn diese Zeiten sind längst vorbei. Trotzdem spüre ich, dass meine Teenagerseele noch immer unter meiner Haut lauert, da ist noch immer dieses vertraute Kribbeln, eine Mischung aus Frustration und Wut, weil niemand mich wirklich versteht, aber wie sollte das auch gehen?

»Ich will es ihm nicht erzählen, weil ich mich ihm gegenüber nicht noch weiter öffnen möchte«, gebe ich schließlich zu. »Er wäre der erste Mensch außer euch, dem ich es verrate. Und das wäre eine große Sache. Damit würde er mich besser kennen als jeder Mann zuvor.«

»Und das wäre schlecht?«

»Natürlich wäre das schlecht. Er geht weg. Ich würde etwas gewinnen, um es gleich wieder zu verlieren.«

Fassungslos schaue ich sie an. Wie kann sie mich bloß so etwas fragen? Schließlich ist sie selbst daran zerbrochen, dass mein Dad eine neue Familie gegründet hat. Grau und traurig und müde wurde sie. War das Glück des Anfangs wirklich all diese Traurigkeit wert?

»Man kann jemandem nahestehen, egal, wo er lebt. Es geht nur darum, wie sehr man ihm vertraut und wie man sich fühlt, egal ob ein Mal im Jahr oder jeden Tag. Berlin ist nicht am Ende der Welt, und ein Jahr ist nicht das Ende der Zeit. Eines Tages musst du es jemandem sagen, Erica«, hält Mum mir vor. »Sonst wirst du nie eine echte Beziehung haben.«

Kapitel 14

Am Abend bevor Daniel nach Berlin abreist, gehen wir am Strand spazieren. Das Mondlicht scheint stählern aus dem Herbsthimmel, die salzige Luft brennt auf unseren Gesichtern, und unsere Schritte knirschen auf dem gefrorenen Sand. In den letzten Wochen war er schwer damit beschäftigt, sich auf seine Abreise vorzubereiten, doch jetzt liegt eine ganze gemeinsame Nacht vor uns.

»Ich habe beschlossen, dass wir, bevor ich fliege, alles übereinander wissen sollten.«

Ein Glücksgefühl rauscht über mich hinweg, rot gefärbt von Panik allerdings. Seit dieser Gewitternacht haben wir nur über oberflächliche Dinge gesprochen, was er über Berlin weiß, zum Beispiel, oder meinen Arbeitsvertrag. Doch jetzt höre ich aus seinen Worten heraus, dass er erfahren muss, was passiert ist. »Alles?«

»Ja. Ich reise in etwa vierzehn Stunden ab und werde sowieso nicht viel Zeit haben, ein Urteil abzugeben. Das ist doch genial. Wir fangen mit leichten Sachen an, keine Sorge.« Sanft drückt er meine Hand. »Dein erstes Album?«

Ich lächle. »Da muss ich nachdenken. Ich glaube, es war der Soundtrack von *Der Zauberer von Oz* auf Vinyl. Es hatte allerdings ein böses Ende, weil ich die Platte schon am ersten Tag mit zu meiner Freundin nahm und deren Bruder sie zerbrochen hat. Meine Mutter war total wütend auf mich, weil sie mir noch gesagt hatte, dass ich das Teil nicht mit mir herumtragen soll, und ich nicht auf sie hörte.«

»Er hat deine allererste Schallplatte zerbrochen? Das ist hart.«

»Ich weiß. Und jedes Mal, wenn ich den Film sehe, muss ich an meine kaputte Schallplatte denken und werde wieder ganz traurig. Aber egal. Du bist dran. Bester Tag deines bisherigen Lebens?«

»Wow, und da frage ich dich nach deinem ersten Album? Schwierig, da muss ich mich hinsetzen und erst mal nachdenken.« Er zieht mich auf den Sand hinunter, und gemeinsam stemmen wir uns gegen den Wind. »Es gab ein paar gute Tage. Ich habe einmal einen Tausender gewonnen. Das war ein ziemlich guter Tag.«

»Wie das?«

»Ich habe bei einem Radio-Gewinnspiel mitgemacht.«

»Ha! Und ich dachte, du wärst cool!«

»Bin ich auch. Ich habe tausend Pfund gewonnen, hast du das nicht mitbekommen?«

»Okay, okay.« Lachend lege ich meinen Kopf an seine Brust. »Welche Tage waren noch gut?«

»Der letzte Schultag. Der erste Tag an der Uni war auch ziemlich aufregend. Das sind aber wohl alles Klischees. Dann gibt es da noch den Tag, als sich eine wunderschöne Frau auf einer Party bei mir ausweinte, verschmierte Wimperntusche und Taschentücher überall. Der gehört mit zu den besten.«

»Wenn man es so ausdrückt, klingt es schon ziemlich beeindruckend. Da kann ich schon verstehen, dass du mich unbedingt wiedersehen wolltest.«

»Und?«, fragt Daniel. Ich schmiege mich fester an seinen warmen Körper und schließe die Augen. »Was kannst du mir noch über dich erzählen? Vergiss nicht, ich gehe bald weg.«

»Der heutige Abend ist so perfekt«, murmle ich. »Ich will ihn nicht ruinieren.«

»Wirst du nicht.«

Ich höre das Rauschen der Wellen. »Woher willst du das wissen? Wenn ich dir alles erzähle, wirst du mich bestimmt für verrückt halten.«

»Und dann fliege ich nach Berlin, und es spielt keine Rolle. Aber wenn du es mir nicht sagst, halte ich dich trotzdem für verrückt und fliege auch nach Berlin. Also kannst du es mir genauso gut verraten. Ich will dich richtig kennenlernen, Erica.«

Ich stöhne, woraufhin Daniel die Arme um mich legt und mich sanft umdreht.

»Wenn du es mir nicht sagen kannst, dann erzähl es dem Tower.«

Trotz allem muss ich lachen.

»Was denn? Du hast selbst gesagt, dass du dem Blackpool Tower früher alle deine Geheimnisse verraten hast. Warum also nicht noch mal? Ich werde nur zufällig mithören.«

Ich atme durch, starre auf die schimmernden Lichter und die stählernen Kreuze, die ich jeden Abend durch mein Kinderzimmerfenster betrachtet habe.

»Okay.« Ich drücke die Schultern zurück und versuche, die Angst zu ignorieren, die in mir wütet, das Bedürfnis, mich zu meinem eigenen Schutz lieber wieder zu verschließen. »Okay«, wiederhole ich. »Dann sage ich es jetzt einfach. Ich bin nicht wie andere Menschen. Ich erlebe seltsame Vorfälle, die ein bisschen wie Zeitreisen sind, wobei ich aber nicht immer die Vergangenheit sehe. In letzter Zeit habe ich eher andere Orte in der Gegenwart gesehen, mein eigenes Leben in einer anderen Version. Ich verschwinde aus dieser Welt und teleportiere mich sozusagen in diese anderen Zeiten und Orte, und ich habe keine Ahnung, wie lange ich weg bin. Meine Mum und Nicholas wissen Bescheid, sonst niemand. Ich wollte es keinem anderen Menschen erzählen, auch nicht Mike, denn tief im Innersten wusste ich wohl, dass er mir nicht glauben würde. Dir erzähle ich es jetzt, weil ich weiß oder zumindest hoffe, dass du mir glaubst.« Ich breche ab und schließe kurz die Augen. Als ich sie wieder öffne, hat sich nichts verändert. Der Tower blinkt weiter, der Sand unter mir ist kühl und feucht, und das Meer kommt langsam immer näher. Und doch ist jetzt bestimmt alles anders.

»Okay«, sagt Daniel. Er schaut mich lange an, doch ich sage nichts weiter. »An jenem Abend im *Luigi's*? Das ist also passiert?« Ich kann sehen, wie er den Abend in Gedanken noch einmal durchspielt. »Du bist gar nicht weggelaufen, sondern einfach verschwunden?«

»Ich weiß, wie unglaubwürdig das klingt. Aber ja.« Ich will ihm nicht in die Augen blicken und starre hinaus auf das endlose, schwarz glitzernde Meer.

»Ich habe über so etwas mal gelesen«, erwidert Daniel nach ein paar Sekunden. »In den Achtzigerjahren war das, glaube ich.«

»Genau!«, rufe ich aufgeregt. »Es gab noch ein Mädchen, dem das passiert ist. Sie hieß Helen, daran kann ich mich erinnern. Ich habe über sie in der Zeitung gelesen. In letzter Zeit habe ich öfter an sie gedacht und mich gefragt, ob sie dieselben Probleme mit Beziehungen hat. Ich habe auch versucht, sie ausfindig zu machen, aber es ist unmöglich. Vielleicht ist es ihr nicht mehr passiert. Vielleicht bin ich jetzt die Einzige.«

Daniel lacht, was zugleich unerwartet und tröstend ist. »Neulich Abend habe ich mir alle möglichen Szenarien ausgemalt, aber so was nicht. Verdammt! Ich kann nicht fassen, dass ich nicht darauf gekommen bin.«

Ich senke den Kopf, schöpfe den kühlen, feuchten Sand in eine Hand. »Du glaubst mir?«

»Warum solltest du lügen?«

»Das stimmt allerdings. Ich hätte nur nie gedacht, dass mir jemand einfach glaubt. Ich dachte, du würdest mich stehen lassen oder sagen, ich hätte nur geträumt oder es mir eingebildet, und am Ende würde ich schreien und brüllen. Ich dachte nicht, dass es so ruhig ablaufen könnte, sondern dachte eher an eine große Explosion. Oder zumindest viel Geschrei. Für mich ist das so eine Riesensache, dass die Enthüllung irgendwie auch ein großer Moment sein sollte.«

»Ich weiß nicht, aber die großen Momente sind manchmal die kleinsten, oder?«

Ich lasse den Sand durch die Finger rieseln und klopfe ihn wieder fest. »Kann gut sein.«

»Du hast also keine Kontrolle darüber, wann es passiert?«

»Nicht so richtig. Ich kann es etwas hinauszögern, das ist aber auch schon alles.«

»Das ist unglaublich. Du bist unglaublich.«

Etwas verkrampft drehe ich mich zu ihm um. »Du darfst niemandem davon erzählen. Ich will nicht, dass man mir Fragen stellt, an Zeitungen schreibt oder mir überallhin folgt.«

»Natürlich erzähle ich es niemandem, es ist schließlich nicht mein Geheimnis, sondern deines.«

Wir schweigen einen Moment, und ich sehe ihm dabei zu, wie er nachdenkt.

»Versuchst du gerade, dem Ganzen irgendeinen Sinn zu geben?«, frage ich.

»Eigentlich nicht. Ich frage mich nur gerade, ob ich dich in dieser anderen Version deines Lebens im Sturm erobere und nicht nach Berlin muss.«

Ich lache. »Du kommst nicht darin vor. Jedenfalls noch nicht.«

»Noch nicht?«

»Ganz sicher wirst du irgendwann auftauchen. Das kann nicht anders sein. Die andere Erica ist viel unterwegs, und ganz bestimmt wird sie dich irgendwo kennenlernen. Obwohl ich hoffe, dass ihr nicht zu viel Zeit miteinander verbringt, das würde mich nämlich eifersüchtig machen.«

Daniel beugt sich vor, um mich zu küssen. »Wenigstens würden wir es in einer anderen Welt richtig machen.«

Seufzend strecke ich mich auf dem Sand aus und spüre, so kühl und feucht er auch ist, doch eine Wärme, die mein Inneres durchfließt. Ich kann nicht glauben, dass ich jemandem von meinem Geheimnis erzählt habe. Ich fühle mich leichter als jemals zuvor.

»Weißt du, was komisch ist?«

»Abgesehen von deiner Fähigkeit, Zeit und Ort zu überwinden?«

»Ja. Abgesehen davon.«

»Was?«

»Wenn du hiergeblieben wärst, hätte ich es dir vielleicht nicht erzählt.«

»Wirklich? Warum nicht?«

»Weil ich solche Angst hatte. Ich glaube, dass du weggehst, hat dazu geführt. So hatte ich weniger Zeit, mir Gedanken darüber zu machen, was ich zu verlieren habe.«

Er flicht seine sandigen Finger durch meine. »Dann läuft das hier vielleicht doch nicht so falsch.«

Kapitel 15

Ich bin erleichtert, dass ich mich an dem Tag, an dem Daniel abreist, und in den folgenden Tagen in meine Arbeit stürzen kann. Da ich nun mal entschieden habe, in Blackpool zu bleiben, will ich das Beste daraus machen und mich ganz und gar auf meinen Job konzentrieren. Die berühmten Illuminations, das Lichtfestival von Blackpool, und die Herbstferien bringen ein letztes buntes Treiben in die Stadt und das Museum, die Tage werden kürzer. Nina schickt sporadisch Nachrichten aus Thailand, um mich wissen zu lassen, was ich alles verpasse und dass sie es cool fände, wenn ich es mir noch einmal anders überlegen würde.

»Das könntest du immer noch«, sagt Zoe, als wir eines Abends chinesisches Essen zu mir nach Hause bestellt haben. »Oder willst du deinen Job nicht aufgeben?«

»Nein, will ich nicht. Es macht mir wirklich Spaß, die Frühjahrsausstellung zu planen. Wir haben die Leute aufgefordert, alte Fotos einzusenden, und ich freue mich schon darauf, sie mir alle anzugucken. Außerdem will ich Katie nicht enttäuschen.« Ich bin nicht so oft verschwunden wie befürchtet, weshalb es im Museum bisher keine Probleme mit meiner Chefin gab. Wir arbeiten an einer Sammlung von Fotografien, die im Laufe der Zeit in Blackpool entstanden sind, und laden die Menschen ein, ihre persönlichen Geschichten und Erinnerungen mit uns zu teilen. Die Resonanz war bisher gut, und Katie ist sowohl von meiner Idee beeindruckt als auch von der Tatsache, dass wir bereits jetzt mit der Gestaltung der endgültigen Ausstellung beginnen können. Bisher habe ich das Gefühl, die richtige Entscheidung getroffen zu haben. Und obwohl ich versuche, mich auf andere Dinge als meine Beziehung mit Daniel zu konzentrieren, bin ich froh, dass er bereits einen Besuch in den nächsten Monaten erwähnt hat.

»Und Daniel?«, fragt Zoe, als ob sie meine Gedanken gelesen hätte.

»Wir telefonieren praktisch jeden Tag. Er hat vor, über Weihnachten nach Blackpool zu kommen. Ich kann es kaum erwarten, ihn wiederzusehen«, gestehe ich.

Grinsend pickt Zoe ein Reiskorn von ihrem Sweatshirt. »Dann muss Nina wohl weiter auf dich als Reisegefährtin verzichten.«

»Scheint so. Aber nicht nur wegen Daniel. Ich bin insgesamt froh, dass ich hiergeblieben bin.«

»Wenn du das ernst meinst und auf absehbare Zeit bleibst, dann interessiert dich bestimmt, welches Haus bald auf den Markt kommt.«

Zoe ist Immobilienmaklerin. Ich überlege einen Moment. »Keine Ahnung.«

»Du weißt schon, dieses Haus, das du so toll findest?«

»Doch nicht etwa *das* Haus?«

»Doch. Der Besitzer war schon seit Jahren im Altenheim, hat es aber aus irgendeinem Grund behalten. Daher ist es ziemlich heruntergekommen. Vor ein paar Wochen ist er nun gestorben. Ein entfernter Cousin kam zu uns und wollte wissen, ob man das Haus renovieren müsste oder ob es auch so einen anständigen Preis erzielen könnte. Der Typ war ganz schön geldgierig, um ehrlich zu sein, was ich ziemlich traurig finde.« Sie seufzt. »Jedenfalls«, fährt sie fort, und ihre Stimme klingt wieder fröhlicher, »fände ich es klasse, wenn du es kaufen könntest, auch wenn wir dann bei dir auf absehbare Zeit nicht mehr chinesisch essen könnten. Das Haus muss praktisch komplett auseinandergenommen und neu zusammengesetzt werden.«

»Meine Ersparnisse würden dafür wohl kaum reichen«, erkläre ich bedauernd. »Aber es ist wirklich ein besonderes Haus.«

»Ich bin gespannt, wie schnell es sich verkauft. Jeder in Blackpool kennt es, es ist geradezu berühmt.«

Ich nicke. Das seltsam elegante, imposante Gebäude liegt an der Promenade, etwas nördlicher als der Tower, und ich komme jeden Tag auf dem Weg zur Arbeit daran vorbei. An den ersten langen Wochenenden nach unserer Ankunft in Blackpool fuhren Nicholas und ich mit unseren Fahrrädern immer kilometerweit über die Promenade. Das neue Haus fühlte sich noch nicht wie ein Zuhause an, und da Mum in Gedanken immer woanders war, radelten wir einfach los, weg von dem Haus und allem, wofür es stand, und genossen den salzigen Wind, der uns ins Gesicht peitschte. Als wir das prächtige Gebäude zum ersten Mal sahen, blieben wir stehen und starrten es eine Ewigkeit lang an. Die Eigentümer feierten gerade eine Party, Gäste strömten aus den offenen Türen in den Vorgarten. Am Wochenende danach gab es eine weitere Party. Jede Woche strampelten wir durch die Septemberwärme, setzten uns auf den Grünstreifen vor dem Haus und ließen uns die Schultern von der Abendsonne wärmen, während wir dem Klimpern eines Klaviers, lautem Gelächter und dem Klirren von Gläsern lauschten. Im Laufe der Jahre, während die Bewohner älter wurden, gab es seltener Partys, bis sie schließlich ganz aufhörten und das Haus seine Eleganz einbüßte.

»Es hat seinen Zauber verloren«, verkündete Nicholas an dem Tag, an dem ich zum ersten Mal nadelstichartige Stoppelflecken an seinem Kinn entdeckte und feuchte Kreise aus scharf riechendem Schweiß unter seinen T-Shirt-Ärmeln. In jenen Tagen hatten zwar die meisten Dinge ihren Zauber verloren, aber nicht das Haus. Nicht für mich.

Ich schüttelte den Kopf. »Dort möchte ich eines Tages leben.« Nicholas verdrehte die Augen und sprang wieder auf sein Fahrrad, um zum Tee nach Hause zu fahren. Er war damals ständig ausgehungert, konnte innerhalb von Minuten ganze Brotlaibe verdrücken und schaufelte sich schüsselweise Cornflakes in den Mund. »Dann werde ich auch Partys und Freude in das Haus zurückbringen. Und ein Klavier hineinstellen und im Garten tanzen.« Ich musste über meine eigene Spinnerei kichern.

»Du wirst einen reichen Ehemann brauchen«, rief Nicholas in den Wind hinein, als wir nach Hause radelten.

Ich runzelte die Stirn. »Nein, werde ich nicht. Ich werde nicht heiraten, das weißt du doch. Ich brauche nur ein paar Freunde, die mir helfen, es wieder herzurichten, und mit mir tanzen. Du kannst auch dort wohnen, wenn du magst.« Aber noch während ich das sagte, hörte ich die Naivität in meinen Worten, den unschuldigen Glauben an so etwas wie Feen oder Magie.

Nicholas nickte unbekümmert, schon wieder an anderen Themen interessiert – wahrscheinlich dachte er ans Essen.

»Apropos Haus und Arbeit.« Zoes Stimme unterbricht meine Träumerei und holt mich in die Gegenwart zurück. Sie steht auf, um ihren Teller in meine winzige Küche zu tragen. »Ich muss morgen früh raus. Ich lasse dich wissen, wie es um das Haus steht, wenn ich es bewertet habe. Ich glaube, innen wird es ziemlich übel aussehen. Aber ich weiß, wie sehr es dir gefällt.«

Wir verabschieden uns, doch ein paar Minuten später ist sie mit einem Paket in der Hand zurück.

»Das lag am Ende des Hausflurs, dein Name steht drauf.«

Stirnrunzelnd nehme ich es ihr ab. »Irgendwie wird hier die Post nie richtig zugestellt. Was das wohl sein mag?«

»Mach es auf!«

Ich reiße den Karton auf, darunter befindet sich weiches weißes Seidenpapier und eine Karte mit einem deutschen Logo darauf. Die handgeschriebene Kritzelei muss ich erst einmal blinzelnd entziffern.

Was für ein Zufall! Die habe ich gleich am ersten Tag in einem coolen Vintage-Plattenladen entdeckt und an dich gedacht. Lass nicht zu, dass jemand sie zerbricht. D xx

»Ist das *der* Soundtrack von *Der Zauberer von Oz*?« Zoe rümpft die Nase. »Wieso schickt dir das jemand?«

Ich lächle nur, ziehe die Platte aus der Hülle und schiebe sie dann wieder hinein, süßer, muffiger Geruch aus der Vergangenheit wirbelt nach oben.

»Wie seltsam«, sage ich etwa eine halbe Stunde später am Telefon, »dass du die Platte gefunden hast. Und auch noch ausgerechnet in Deutschland.«

»Oder? Ich konnte es auch nicht glauben. Ich bin froh, dass sie gut bei dir angekommen ist. Obwohl du wahrscheinlich keinen Plattenspieler hast.«

»Oh, das ist ein unbedeutendes Problem«, entgegne ich glucksend.

»Erica.« Daniel Tonfall klingt plötzlich schwerer, seltsamer. »Ich muss dir etwas sagen. Eigentlich zwei Dinge.«

»Okay«, sage ich langsam.

Er räuspert sich. »Also erstens, Weihnachten. Meine Mum und mein Dad haben gerade angerufen. Sie dachten, sie würden etwas Nettes tun.«

»Sie kommen dich besuchen«, rate ich enttäuscht.

»Ja. Es tut mir wirklich leid. Ich wünschte, sie hätten mich vorher gefragt. Sie wissen, dass ich lieber nicht so oft fliege, und sie konnten natürlich nicht wissen, wie gern ich dich sehen will. Ich kann sie jetzt schlecht mit meinen seltsamen Nachbarn allein lassen.«

»Schon okay«, sage ich. »Da kann man nichts machen. Und überhaupt, es sind schon fast zwei Monate vorbei. Die Zeit vergeht so schnell.«

»Erica«, sagt Daniel noch einmal, diesmal klingt seine Stimme noch dringlicher. »Was ich dir noch sagen muss …«

Eine Pause entsteht, und kurz frage ich mich, ob die Verbindung abgebrochen ist, doch dann höre ich ihn seufzen, Hunderte von Kilometern entfernt.

»Ja?«

»Sie haben den Vertrag geändert. Es gibt da jetzt ein ähnliches Projekt, das etwas größer ist, und die Kunden wollen uns dafür haben, und deswegen soll der Vertrag auf zwei Jahre verlängert werden. Sie haben mich gebeten, den Vertrag zu unterzeichnen.«

»Verstehe.« Mir wird das Herz schwer und auch etwas übel. »Und was hast du dazu gesagt?«

»Noch nichts.« Ich höre, dass ihm die Stimme versagt, und werde von dem Drang überwältigt, ihn zu berühren, diesen tintenartigen Daniel-Duft einzuatmen und sein stoppeliges Kinn zu küssen. Ich war schon immer recht gut darin, mich zusammenzureißen. Mike zum Beispiel hat immer Geld für Turnschuhe oder CDs oder Konzertkarten ausgegeben, weil er alles unbedingt sofort haben musste. Zoe macht immer viel

Wind darum, wenn sie sich ein bestimmtes Kleid oder Auto oder einen Urlaub nicht leisten kann; ich hingegen bin immer sehr geduldig. Aber der Wunsch, dass Daniel zurückkommt und zu mir gehört, dass er Berlin und alles, was ihn von mir fernhält, hinter sich lässt, dehnt sich jetzt in mir aus wie ein Gummiband, das jeden Moment zerreißen könnte. So etwas habe ich noch nie zuvor empfunden. Eine Sehnsucht, wie ich sie nicht kenne, weil zuvor alles, was ich wollte, von meinem Geheimnis überschattet war.

Ich denke an den Abend, an dem ich verschwand und Daniel im Restaurant zurückließ. Dann an sein Gesicht, als ich ihm die Wahrheit sagte: verständnisvoll, interessiert. Ich denke daran, wie durchsichtig jedes Mal die Welt um mich herum wird, wenn ich aus ihr herausfalle, an die Zeit, die ich verpasse. Ich denke an meine Mum, deren Gesicht durch die ständigen Tränen irgendwie ausgewaschen wirkt. Ein Verlangen zerrt schmerzhaft an mir, es widerspricht allem, woran ich so lange geglaubt habe.

Vielleicht habe ich noch nie etwas so sehr gewollt.

»Aber du könntest doch hierherkommen«, sagt Daniel. »Eine Weile bei mir bleiben. Ich weiß, das wäre recht spontan. Aber das deutsche Büro ist wirklich cool, und die Leute sind eigentlich ganz witzig. Ich kann mir vorstellen, dass du mit ihnen gut zurechtkommen würdest. Und wir könnten dir einen Job suchen.«

Sie ist zaghaft, versteckt vielleicht sogar, aber ich kann diese elektrisierte Aufregung in seiner Stimme doch hören. Er will bleiben. Er freut sich, dass man ihn gefragt hat. Ich kann ihn nicht bitten, zurückzukommen, nur um ihn dann stundenlang in Restaurants warten zu lassen und sein schönes, geradliniges Leben mit meinem eigenen, seltsamen Leben zu verweben.

»Ich muss die Ausstellung organisieren«, sage ich. »Das habe ich Katie versprochen. Außerdem habe ich gerade den

Vertrag für meine Wohnung für weitere sechs Monate unterschrieben. Ich kann es mir gar nicht leisten, vor dem nächsten Sommer irgendwohin zu gehen. Aber du solltest bleiben. Das weißt du auch.«

»Du hast recht. Es wäre verrückt, dich zu überreden. Unser Timing ist wirklich mies.« Daniel seufzt, und mein Herz bricht ein bisschen, weil er sich nicht weigert, in Berlin zu bleiben, weil er meine Ermutigungen nicht infrage stellt. Allerdings habe ich ihm gesagt, dass er bleiben soll. Kopfschüttelnd wische ich eine glühend heiße Träne von der Wange. »Ich weiß nicht, warum«, fährt er fort, »aber irgendwie ändert sich bei uns dauernd alles, der eine entscheidet sich wegzuziehen, der andere, alles wieder rückgängig zu machen. Oder teleportiert zu werden. Bestimmt wünschst du jetzt, mir dein Geheimnis nicht verraten zu haben.«

Ich denke kurz nach, aber meine Antwort ist eindeutig. »Das wünsche ich mir nicht. Du bist der einzige Mensch, dem ich es je erzählen wollte.« Ich lache, obwohl ich weine. »Ich weiß nicht, wie du das anstellst, aber dir gegenüber bin ich völlig offen. Ich empfinde für dich genau das, was ich mir geschworen habe, nie zu empfinden. Siehst du? Auch das hätte ich dir nicht erzählen sollen. Ich kann nicht damit aufhören!«

Er lacht auch. »Tut mir leid, das zu hören. Aber ich finde es auch gut, deswegen werde ich nicht mit dir streiten.«

Stille entsteht, alles, was wir hören können, ist diese summende Entfernung zwischen uns.

»Es tut mir leid«, sagt Daniel schließlich. »Natürlich kann ich dich nicht bitten, zwei Jahre zu warten.«

Ich berühre die verblasste Rückseite des Plattencovers, das auf meinem Bett liegt, versuche, etwas von der Geduld aufzubringen, die ich früher hatte, und ziehe die gummiartige Sehnsucht in meinem Bauch zurück. »Doch, kannst du.«

Kapitel 16

Weihnachten kommt und geht wie ein schillernder Gast: anspruchsvoll, aber bezaubernd in einem Rausch von Glitzer und Geld. Für das Museum beginnt mit dem trostlosen, windgepeitschten Januar eine lange und ruhige Zeit. Selbst die ehrenamtlichen Helfer bleiben zu Hause. Katie und ich arbeiten in aller Stille und durch heißen Tee und Vollkornkekse gestärkt an der Ausstellung. Das bedeutet, dass ich bei der Arbeit selten allein bin und die andere Version von mir vor allem abends sehe, etwa, wenn ich auf dem Sofa sitze und gerade eine Gabel mit Nudeln an den Mund führe oder nach einer langen Nacht mit Zoe ins Bett krieche oder gerade Daniel anrufen will, damit wir über unseren Tag plaudern können. Dann verschwimmt plötzlich die Welt und kippt mich in einer anderen aus. Dort bewirbt sich Erica für Jobs in der Ferne, arbeitet im Reisebüro und trifft sich auf ein Glas billigen Weißwein mit Freunden, die ich nicht mehr gesehen habe, seit ich zwölf bin.

Irgendwann beginnt es allmählich zu tauen, und der Frühling beginnt.

Am Eröffnungstag der Ausstellung legen Katie, ein ehrenamtlicher Helfer namens William und ich letzte Hand an, indem wir goldene Luftballons aufhängen, wo immer sie hinpassen, und das riesige schwarz-weiße Plakat ausrichten, das heute Morgen geliefert wurde:

FIND YOURSELF IN BLACKPOOL

Hunderte Fotografien von Menschen, die wir in den letzten Monaten gesammelt haben, hängen an den Wänden: erste Farbfotos von Frauen, die am Strand posieren; sepiafarbene Fotos von verschwommenen und düsteren Kindergesichtern, die vor hundert Jahren auf der Promenade aufgenommen wurden; Badeanzüge und Bademützen und Sonnenschirme, Autos und Clowns und längst vergessene Hotels, Geschäfte und Verkaufsstände. Wir haben all diese Bilder vergrößert, in der Hoffnung, dass die Menschen darauf Verwandte, sich selbst oder Familienunternehmen wiedererkennen. Auf die leeren Karten zwischen den Fotos können die Besucher Namen, Geschichten und Erinnerungen schreiben. Als ich das alles ein letztes Mal betrachte, bevor sich die Türen öffnen, zischelt nervöse Vorfreude in meiner Magengrube.

»Katie hat mich gezwungen, eine Rede zu halten«, habe ich Daniel am Telefon erzählt. »Sie sagt, das sei gut für mich.«

»Verständlich. Sie kann ja nicht wissen, wie ungern du von Leuten angeschaut wirst, weil du jederzeit in ein Paralleluniversum verschwinden könntest. Damit rechnet man bei Mitarbeitern im Allgemeinen nicht.«

Ich lachte. »Du hast mein Problem hervorragend zusammengefasst.«

»Du schaffst das. Mach einfach das Beste aus dem Abend. Du hast hart dafür gearbeitet, deswegen ist es nur richtig, dir dafür öffentlich Anerkennung zu zollen. Ich wäre so gern dabei. Aber dieses Meeting mit den Kunden, von dem ich dir erzählt habe, lässt sich nicht verschieben. Es tut mir wirklich leid.«

»Ach, schon gut. Die Ausstellung wird hoffentlich eine Weile laufen.«

Doch jetzt, da sich die Türen öffnen und die Besucher hereinströmen, zieht sich meine Brust zusammen, so sehr wünschte ich, Daniel wäre unter ihnen.

»Es ist gleich so weit, Erica«, flüstert Katie grinsend. »Ich schalte das Mikrofon ein. Bereit?«

Ich nicke entschlossen. Der Gedanke, was die andere Erica jetzt tun würde, schießt mir durch den Kopf. Hätte sie Angst davor, vor Publikum zu sprechen, unter all diesen Blicken, die auf sie gerichtet sind? Ich möchte glauben, dass es nicht so ist.

»Hier hängen Hunderte von Fotos«, sage ich, nachdem ich den Besuchern für ihr Kommen gedankt habe. Mein Herz hämmert. »Doch wir wissen nicht viel über sie. Deswegen wünschen wir uns, dass Sie uns alles erzählen, was Ihnen dazu einfällt. Tausende Momente sind hier ausgestellt, und jeder dieser Momente hat zu einem weiteren und zu einem weiteren und schließlich zu diesem jetzt geführt. In der Ausstellung geht es darum, all diese Momente mit den Menschen in Blackpool zu vereinen. Die Stadt hat ihre Probleme, so wie die meisten Städte Probleme haben. Aber für viele Menschen ist Blackpool ein besonderer Ort. Ein Ort, an den die Menschen vor Jahren wegen der frischen Luft und ihrer Gesundheit kamen, wo sie ihre zukünftigen Ehemänner oder Ehefrauen fanden oder über Generationen hinweg Unternehmen aufbauten. Wir wollen all diese Geschichten erfahren – oder zumindest so viele wie möglich. Also nehmen Sie sich bitte ein Getränk und schauen Sie nach, ob Sie etwas oder jemanden wiedererkennen. Und wenn es so ist, schreiben Sie es auf.«

Nach meiner Rede bin ich sehr erleichtert und mehr als froh darüber, dass sich die Leute von mir abwenden, um die Fotografien zu begutachten. Mit einigen Besuchern unterhalte ich mich über die Collagen, mit anderen über bestimmte Orte und Menschen, alles verläuft genau so, wie ich es mir erhofft habe. Es gibt einige Fotos, die ich nicht richtig anschauen kann. Sie sind alle aus den 1970er Jahren, mit diesem seltsamen orangefarbenen Schimmer der Fotografien aus dieser Zeit, und wenn ich sie sehe, wird meine Haut kühl, und ich bekomme Kopfschmerzen. Eines davon steckt weit hinten in meiner Schreibtischschublade, denn als es vor etwa einer Woche mit der Post kam und ich es genauer betrachtete, entdeckte ich darauf den Umriss des Towers und etwas unscharf eine Metzgerei namens Henderson's. Ich war allein im Büro, und bei diesem Anblick schoss mir das Blut in den Kopf, während mein Schreibtisch und alles andere um mich herum zu verschwimmen begann. Diese Metzgerei in dieser besonderen Zeit hat sich in mein Gedächtnis eingebrannt, seit ich das erste Mal in diese andere Welt reiste, in der meine Existenz lediglich eine Möglichkeit darstellte. Hastig ließ ich das Bild zu Boden fallen und umklammerte den Schreibtisch, um mich zum Bleiben zu zwingen, was allerdings nicht funktionierte. Schon war ich wieder auf dieser Straße, wieder in diesem Augenblick, in der nach Frost und Feuchtigkeit und einem schweren Duft aus früheren Zeiten riechenden Luft. Nur wenige Minuten später kehrte ich zurück, schnappte mir das Foto vom Boden und stopfte es in meine Schublade. Jetzt nagt das schlechte Gewissen an mir wie bei einem Kind. Ich hätte nicht so egoistisch sein dürfen. Wer auch immer das Bild eingeschickt hat, wollte damit unser Projekt unterstützen. Ich hätte es ausstellen können, ohne es anzuschauen.

»Erica!« Jemand packt mich von hinten an der Schulter, was mich angenehm von meinen Überlegungen und Schuldgefühlen ablenkt. Ich drehe mich um und sehe, dass er gekommen ist, so wie er es versprochen hat.

»Nicholas!« Ich umarme ihn, und er drückt mich, bevor er mich wieder loslässt. »Ich bin so froh, dass du hier bist.«

»Das wollte ich keinesfalls verpassen. Mum ist da drüben bei Zoe. Wir haben sie auf dem Weg hierher getroffen.« Ich folge seinem Blick und sehe, dass Mum und Zoe sich in der Nähe des Eingangs lebhaft mit Katie unterhalten, und eine Welle des Glücks rauscht durch mich hindurch. »Deine Eröffnungsrede war brillant«, sagt Nicholas, während wir an der Fotowand entlangspazieren. »Und sieh nur, die Leute schreiben bereits alles Mögliche auf. Vielleicht hast du bis heute Abend eine ganze Wand voller Geschichten!«

»Stimmt.« Begeistert schaue ich zu, wie die Besucher über die Fotos plaudern und Informationen auf die Karten kritzeln. »Einige haben schon mit den Fotos Geschichten und Namen mitgeschickt, um den Ball ins Rollen zu bringen. Aber das hier ist als langfristiges Projekt angelegt, und wir wollen so viele Menschen wie möglich dazu bringen, sich die Fotos anzuschauen und über sie zu sprechen.«

»Das ist wirklich eine großartige Idee«, sagt Nicholas, als Zoe und Mum zu uns stoßen. »Amelia will auch kommen. Sie wird sich die Ausstellung mit Phoebe und mir im Sommer anschauen, wenn sie dann noch läuft.«

»Das hoffe ich doch.« Katie, die neben uns auftaucht, antwortet an meiner Stelle. »Erica hat so hart daran gearbeitet. Ohne sie hätte ich es nicht geschafft.« Sie lächelt mir zu. »Ich weiß nicht, was ich getan hätte, wenn du den Job nicht angenommen hättest.«

Wenn, wenn, wenn.

Wenn ich die Stelle nicht angenommen hätte, wäre ich dann mutig genug gewesen, mit Daniel nach Berlin zu gehen?

Nicholas wirft mir einen belustigten Blick zu. »Dann hat sie also die richtige Entscheidung getroffen?«

Katie nickt, ihre langen Ohrringe klimpern gegen ihre Schultern. »Auf jeden Fall. Ich werde sie niemals gehen lassen. Nicht, solange ich es irgendwie verhindern kann.«

Ich lächele ebenfalls, denn ein solches Lob ist immer schön, auch wenn man lieber von jemand anderem hören würde, dass er einen niemals gehen lassen wird.

Der Abend vergeht in Windeseile, all die Gespräche, Menschen und Geschichten verschwimmen miteinander. Nach etwa zwei Stunden lässt der Geräuschpegel nach, die Gäste werden weniger, William geht mit einem goldenen Luftballon für seine Enkelin nach Hause. Ich bleibe mit Katie, ihrem Mann Roger, Nicholas, Zoe und Mum zurück. Katie zieht eine Kiste Champagner unter dem Empfangstresen hervor und nimmt zwei Flaschen heraus.

»Stoßen wir ein letztes Mal auf die erfolgreiche Eröffnung an«, schlägt sie vor.

Ich schüttle den Kopf. »Nicht für mich, danke.«

»Ach komm, wir müssen feiern. Der heutige Abend war der Hammer.« Ohne auf eine Antwort zu warten, nimmt sie mir das Glas ab und füllt es mit Schaum, bevor sie den anderen nachschenkt.

Alle stoßen miteinander an, und ich betrachte diese seltsame Mischung von Menschen. Jeder hier bedeutet mir etwas anderes. Wieder muss ich an das Foto denken, das noch immer in meiner Schublade liegt, und ich entschuldige mich, murmle, dass ich etwas in meinem Schreibtisch vergessen hätte.

Nicholas kommt in dem Moment herein, in dem ich die Gegenstände herausnehme, unter denen das Bild in der

Schublade vergraben ist. »Das ist also dein Büro?«, fragt er. Ich nicke, greife ganz nach hinten und kann das Hochglanzpapier fühlen.

»Es wurde noch ein Foto eingeschickt, das ich aber nicht ausgestellt habe«, erkläre ich. »Weil ich mich nicht dazu durchringen konnte, es mir richtig anzuschauen.« Mit den Fingerspitzen zeichne ich die verschwommenen Umrisse der Metzgerei Henderson's nach. »Es ähnelt dem, was ich beim ersten Mal gesehen habe, ziemlich genau …«

»Wow. Du meinst die Straße, auf der du eine jüngere Version von Dad gesehen hast?« Er weiß von der Metzgerei und der Straße im Winter und der Frau namens Jules fast so viel wie ich. »Ist das ein seltsames Gefühl?«

»Kann man wohl sagen. Wenn ich es anschaue, beginnt unsere Welt zu verblassen, ich fühle mich sofort zu dieser anderen hingezogen, besonders wenn ich allein bin. Was nicht immer besonders praktisch ist.«

»Vielleicht nicht. Aber es ist auch ziemlich cool, oder? Diesen Moment zu sehen.«

»Immerhin war das der Grund, warum wir überhaupt existieren«, stimme ich ihm zu. »Das war der Anfang von uns.«

Nicholas nickt nachdenklich. »Es ist, wie du in deiner Rede gesagt hast. Alles ist das Produkt von tausend vergangenen Augenblicken. Wobei das genau genommen nicht stimmt, es sind wohl eher Millionen. Oder sogar Milliarden, wenn wir von Momenten sprechen.«

Ich verdrehe die Augen. »Zahlenexperte«, sage ich, und wir lachen.

Schweigend verlassen wir das Büro, knipsen das Licht aus und lassen es in Dunkelheit zurück. Dann halte ich Katie das Foto hin, entschuldige mich dafür, es nicht vergrößert zu haben; ich behaupte nicht, dass ich es vergessen habe, wovon sie aber ausgeht.

»Kein Problem. Wir lassen die Fotos sowieso rotieren, weil nicht alle zugleich ausgestellt werden können. Einige Leute haben sogar heute Abend noch welche abgegeben, wir müssen also noch mehrere vergrößern und aufhängen. Nächste Woche beginnen wir eine neue Serie. Ich bringe dir die von heute, es sind ein paar wirklich schöne alte Wintergärten dabei.« Sie springt von dem Tisch herunter, auf dem sie gesessen hat. Plötzlich ertönt der Summer der Eingangstür.

»Da hat wohl jemand die Öffnungszeiten auf dem Flugblatt nicht gelesen.« Sie steuert auf den Empfangsbereich zu.

Auch ich glaube, dass jemand zu spät zur Eröffnung kommt und wir den Betreffenden bitten sollten, morgen wiederzukommen. Mehr denke ich nicht, bis ich ihn sprechen höre und mein Herzschlag einen Moment aussetzt. Die Dinge verschieben sich ganz leicht, bevor das Leben weitergeht.

Kapitel 17

Sein Haar ist etwas länger geworden, und im verblassenden Licht sind die Umrisse eines leichten Bartes erkennbar. Ich starre und starre. Er ist es. Aber das kann nicht sein. Er hatte ein Meeting, das er keinesfalls absagen konnte, und schafft es auch in den nächsten Wochen nicht, nach England zu kommen. Und doch ist er jetzt hier.

»Bist du wegen der Ausstellung gekommen?« Vor Freude wird mir heiß, ich bin unsicher. »Ich dachte, du kannst dir nicht freinehmen?«

»Konnte ich auch nicht.« Er ist atemlos und blass und sagt nichts weiter, bis ich fragend die Augenbrauen hochziehe. »Ich bin ausgestiegen.«

»Aus dem Meeting?«

»Aus allem. Ich habe gekündigt. Ich bin wieder da.«

Ich nehme seine Hand, mein warmes Glücksgefühl verwandelt sich in einen heißen Schock. »Du hast alles aufgegeben? Deinen Job? Deinen Plan? Für mich?«

»Ich weiß. Aber wie sich herausstellte, bist du mein Plan. Es hat nur etwas gedauert, bis es mir klar wurde.«

Ich werfe ihm die Arme um den Hals, drücke mich an ihn, atme seinen Duft ein und nehme alles in mir auf, seine Stimme, seine Kleidung, *ihn*. »Du bist verrückt, so etwas für mich zu tun.« Wahrscheinlich hat er völlig den Verstand verloren. Er kann doch nicht alles für mich aufgeben, für uns. Aber es ist so. *Ja, es ist so*. Ich drücke ihn noch fester an mich, während sich in meinem Bauch Angst und Aufregung gegenseitig umspannen.

»Es tut mir leid, dass ich deine Eröffnung verpasst habe.« Daniels Stimme klingt gedämpft durch mein Haar. »Ich wollte es unbedingt noch schaffen.« Langsam löse ich mich von ihm, sehe seine Koffer, deren schäbige Gepäckanhänger in der lauen Seeluft flattern. »Ich sollte eigentlich gegen sieben Uhr in Blackpool ankommen«, fährt er fort. »Aber mein Flug hatte Verspätung. Ich wusste nicht, ob du noch hier bist oder ich zu spät dran bin.«

Ich spüre meine Hand in seiner und kann sie nicht loslassen. Mein erster Gedanke ist, dass ich meine Rede wahrscheinlich vermasselt hätte, wenn er rechtzeitig gekommen wäre, was ich so lächerlich finde, dass es mich zum Lachen bringt. Und außerdem – wenn er früher gekommen oder nie gegangen wäre, hätte ich niemals herausgefunden, wie sehr ich mir wünsche, ihn bei mir zu haben. »Du bist definitiv nicht zu spät«, versichere ich ihm. »Dein Timing ist perfekt.« Ich küsse ihn und spüre, wie ein neuer Anfang beginnt, zu dem alles Bisherige geführt hat, der einzige Anfang, auf den es jetzt ankommt.

Kapitel 18

»Was denkst du?«

Der Tag ist hell und sonnig, eine scharfe Meeresbrise, in der noch keine Sommerwärme liegt, zerrt an unserer Haut und wirbelt mein Haar in dunklen Bändern um mein Gesicht. Ich schiebe es aus den Augen, um Daniel anzusehen.

Er ist seit einem Monat zurück und hat eine überteuerte möblierte Wohnung im Dachgeschoss eines großen viktorianischen Hauses unweit von mir gemietet. Seine Bücher und seine Musik, die Kisten mit alten Entwürfen, die nie gebaut wurden, Pfannen, Teller und Tassen sind noch immer eingelagert, weil er hofft, bald umziehen zu können. Im Moment lebt er in einer Art voll ausgestatteter Ferienwohnung. »Ich fühle mich wie im Urlaub, und das ist eine Zeit lang eigentlich ganz nett. Aber so langsam fange ich an, mein eigenes Geschirr zu vermissen«, sagte er gestern Abend, als wir zusammen auf dem Sofa lagen, das ihm nicht gehört.

»Ich muss gestehen, dass ich das verstehen kann. Ich fühle mich auch gern zu Hause.«

»Eben. Keine Ahnung, wie ich je glauben konnte, in ein anderes Land zu ziehen wäre das Richtige für mich.« Er beugte sich zu mir, um mich zu küssen. »Ich bin so froh, dass ich wieder hier bin.«

»Ich auch. Obwohl ich mich schon ein wenig wundere, wie sehr du an deinem Geschirr hängst. Vielleicht hat das ja mehr mit deiner Rückkehr zu tun als ich.«

»Ganz sicher«, erwiderte Daniel. »Aber solange es eingelagert ist, musst eben du genügen.«

Wir redeten bis spät in die Nacht, tranken Tee und brachen Stücke von der riesigen Tafel deutscher Schokolade, die zwischen uns lag, und nach nur wenigen Stunden Schlaf wachten wir etwas müde, krumm und glücklich wieder auf.

»Ich möchte dir etwas zeigen«, sagte ich heute Morgen, während er, ein paar Meter vom Sofa entfernt, auf dem ich noch immer unter einer verknüllten, weichen Decke zusammengerollt lag, Wasser kochte. »Ein Haus. Ich glaube, es würde dir gefallen.«

Jetzt stehen wir auf der Promenade vor dem Haus.

»Das Traumhaus«, sagt Daniel, während er es unverwandt anstarrt.

»Du kennst es?«

»Jeder kennt es. Ich kann nicht glauben, dass es zum Verkauf steht. Früher fand ich es unglaublich schön, um genau zu sein ist es einer der Gründe, warum ich Architekt wurde. Jedes Mal, wenn ich vorbeikam, habe ich es danach zu Hause gezeichnet, und dabei habe ich auch gleich ein paar Umbauten und Renovierungen hinzugefügt. Selbst zu seiner besten Zeit hatte ich immer das Gefühl, dass mehr in ihm steckt.«

»Also fanden wir beide es die ganze Zeit wunderschön.«

»Ja. Wir haben offensichtlich einen guten Geschmack.«

»Und?« Ich drehe mein Haar zu einem Dutt und lasse es dann wieder im Wind flattern.

»Also, du wolltest es immer haben. Warum kaufst du es dann nicht?«

»Weil es ein zu großes Projekt und ein zu großes Risiko ist. Ich bin niemand, der so etwas macht. Du allerdings schon.

Außerdem kann ich es mir sowieso nicht leisten«, füge ich hinzu.

Als ich Daniels Grinsen sehe, durchzuckt mich ein Blitz des Glücks. »Klar kannst du so etwas machen. Lass es uns gemeinsam kaufen.«

Die Worte sind so klar und knackig wie die Luft um uns herum, etwas schmerzhaft und angenehm zugleich.

»Zusammen? Daniel, ich …« Lachend schlage ich die Hände vors Gesicht. »Du meinst das ernst, oder?«

»Absolut.« Er nimmt meine Hand und zieht mich über die Straße zum Zaun, der das Haus umgibt. Wir klettern darüber, kichernd wie Kinder, unsere Hosen verfangen sich in dem scharfen, zersplitterten Holz. Beim Blick durch die Fenster sehen wir fadenscheinige Teppiche und Schimmel, der wie Efeu die Wände hinaufrankt. Die Fensterrahmen sind feucht, die Glasscheiben klirren im Wind.

»Hier willst du mit mir leben?« Ich flüstere die Worte, doch Daniel versteht sie.

»Ja. Es ist einfach eine gute Idee. Wir beide lieben dieses Haus. Es wäre wahrscheinlich zu ehrgeizig, es allein zu kaufen, wenn nicht sogar unmöglich. Deswegen scheint mir das eine gute Lösung zu sein. Überleg doch mal, wie viel Geld jeder von uns in die Miete steckt. Totes Geld. So würden wir zumindest etwas Sinnvolles mit unserem Ersparten und unserem Verdienst anstellen.« Er schneidet eine Grimasse. »Nun, sobald ich wieder Arbeit gefunden habe. Was nur eine Frage der Zeit ist.«

Ich gehe ein paar Schritte zurück und betrachte die verwitterte Fassade, die gewölbten Fenster und das Unkraut, das sich in einem Graben um das Haus windet. Eines der Fenster wirft mein Spiegelbild zurück, so geisterhaft und schimmernd, dass ich das Gefühl habe, die andere Erica zu beobachten. Was würde sie tun?

Dumme Frage, rüge ich mich und verdrehe die Augen. Das Spiegelbild tut das Gleiche. *Ich bin das.* Nachdem ich einmal tief durchgeatmet habe, gehen wir zur Rückseite des Hauses, wo wir unsere Gesichter an die Glasmalerei des Küchenfensters pressen. Aus irgendeinem Grund stehen in der Mitte der Küche ein altes blaues Plüschsofa, ein gelber Eimer und ein einzelner Becher.

Sofort kann ich den Raum ohne Sofa und mit einer anderen Küche vor mir sehen, verputzte Wände übersät mit Fotos von glücklichen Zeiten.

»Ich wollte immer hier leben, allerdings mit meinen Freunden.« Ich lache.

Daniel lacht ebenfalls und schüttelt den Kopf. »Oh. Na, dann werde ich mich natürlich zurückziehen.«

»Aber möglicherweise habe ich meine Meinung geändert.«

Daniel nickt, legt einen Arm um meine Schultern und zieht mich zu sich heran, und so betrachten wir den Garten, einen Dschungel aus Gestrüpp. Die Blüten eines Baumes, der seine Äste über uns ausbreitet, lassen flüsternd blassrosa Konfetti auf unsere Schultern regnen, ich fange eine Blüte auf und spüre ihre samtige Glätte unter meinen Fingerspitzen. »Du hast dir also auch vorgestellt, es zu kaufen und Änderungen vorzunehmen. Hast du tatsächlich darüber nachgedacht, wie es wäre, hier zu leben?«

Daniel überlegt kurz. »Eigentlich wollte ich nur das Haus. Aber jetzt kann ich mir vorstellen, wie es wäre. Wobei das Haus nur ein Teil davon ist.« Er küsst meine Hand. »Es wäre ein großes Projekt, das ist mir klar. Aber auch aufregend.«

Vorfreude überwältigt mich, darüber, dass dieser Garten uns gehören, wir das Haus zu neuem Leben erwecken könnten, darüber, alltägliche Dinge mit Daniel zu tun wie Farben aussuchen, im Bett Toast essen, Kaffee und Nudeln kochen und Hühnchen braten und jeden Tag gemeinsam aufwachen.

Jeden Tag. »Und wie«, stimme ich ihm zu. Doch dann stelle ich mir sofort ein Leben vor, in dem ich ohne Vorwarnung verschwinde und Daniel auf mich warten muss, weil er nicht weiß, wo ich bin, und keine Möglichkeit hat, mich zu finden. Er weiß Bescheid, rufe ich mir in Erinnerung, woraufhin sich mein Puls ein wenig beruhigt. Er weiß es und will trotzdem das Risiko eingehen. Warum sollte ich nicht dasselbe tun?

»Also, wie hast du es dir damals vorgestellt?«, erkundigt er sich.

»Oh, ganz romantisch, schön eingerichtet, und ich reiche jedem Gast Champagner, spiele Klavier und tanze im Garten.«

»Ich finde, das klingt nach einem ausgezeichneten Plan.« Daniel lächelt.

»Das war, als wir nach Blackpool kamen, da träumte ich von solchen Dingen. Aber ich habe mich dann ziemlich verändert. Je öfter ich verschwand, desto weniger habe ich es mir gewünscht, weil ich irgendwann nur noch jeden Tag durchstehen wollte, ohne irgendwie aufzufallen. Und ich wollte lange nach Yorkshire zurückkehren und dass meine Eltern wieder zusammenkommen. Als das nicht passierte, habe ich mir eine Art stoische Geduld angeeignet.« Ich schüttle den Kopf. »Ich schätze, ich habe mich ziemlich vom Leben abgeschottet.« Eine Katze springt auf den abblätternden Fenstersims, schmiegt ihren warmen grauen Kopf in meine Hand, ihr Schnurren vibriert sanft an meiner Haut. »Du bist da ganz anders. Du machst einfach, was du willst.«

»Allerdings. Wenn ich etwas will, dann nehme ich es mir normalerweise.«

»Das gefällt mir wirklich an dir. Und du bist immer optimistisch, dass alles so ausgeht, wie du es willst.«

»Manchmal klappt es auch.« Er streckt eine Hand nach der Katze aus und berührt sie sanft unter dem Kinn. »Das könnte unsere Katze sein. Was sagst du dazu, Katze? Willst du hier mit uns leben? Ungeduldig sein wie ich? Und Erica auch ungeduldig machen?«

Die Katze springt vom Sims und miaut knapp, dann schielt sie uns hochmütig an, ihr Fell glänzt im Sonnenlicht.

»Ich denke, das ist ein Ja«, sage ich.

»Sogar ein klares Ja. Aber du brauchst dich nicht so schnell zu entscheiden wie er hier, er kommt mir doch ziemlich bedürftig vor. Lass dir ruhig Zeit.«

Daniel lächelt, und zwar dieses Lächeln, bei dem ich immer das Gefühl habe, dass es mich von innen heraus erleuchtet. Und ich verspüre eine nagende Ungeduld, wie ich sie erst seit Daniel kenne, eine Art Schmerz an den Nervenenden. Wenn ich mit ihm zusammen dieses Haus kaufe, dann ist meine Reise nicht nur verschoben, sondern wird wahrscheinlich nie stattfinden. Die andere Erica wird unerreichbar sein und ihr Leben der völlige Gegensatz zu meinem bleiben. Mein Plan wird sich auflösen, mein Leben sich in etwas verwandeln, das ich bisher nie auch nur in Erwägung ziehen wollte.

Ich lasse das Blütenblatt fallen und nehme seine Hand. »Ja.«

Kapitel 19

Fünf Monate später, lange nachdem ich meine Angst bezwungen habe und wir ungezählte Male die Daumen gedrückt haben, lange nachdem Daniel einen Job in einer kleinen Firma in Manchester gefunden hat und wir deswegen vor Begeisterung auf und ab hüpften, lange nachdem wir viel zu voreilig stundenlang über Farbbroschüren gesessen haben, bekommen wir endlich die verrosteten Schlüssel.

Es ist mein neunundzwanzigster Geburtstag.

Wir gehen über die goldenen Blätter zur Haustür, wo Daniel mit dem Schloss zu kämpfen beginnt. Irgendwann gibt die Tür mit einem Seufzen nach, abgebremst von einem aufgetürmten Haufen Post. Das Haus scheint uns zu begrüßen, seine Einsamkeit lockt uns hinein und legt sich auf uns.

»Es gehört wirklich uns«, flüstere ich, denn laut zu reden käme mir zu profan vor.

»Und schau mal, was uns noch gehört.« Er deutet auf den Boden. Die graue Katze ist uns gefolgt, sie sitzt neben unseren Taschen und leckt sich lässig die Pfote.

»Jetzt, wo wir eine Katze haben, gibt es kein Zurück mehr«, verkündet Daniel grinsend.

Der Eingangsbereich ist breit, den Mittelpunkt bildet eine abgenutzte Treppe. Durch die erste Tür links betreten wir das riesige Wohnzimmer. Daniel öffnet die Flügelfenster, damit die Septemberluft das Aroma vergangener Zeiten versüßen kann, diesen Duft nach Staub, Feuchtigkeit und dem Vergehen einsamer Tage. »Also.« Er greift tief in die Tasche, in die wir das Wichtigste für unsere erste Nacht gepackt haben, und holt zwei Plastikgläser und eine Flasche billigen Sekt heraus – nach Monaten unser einziger Luxus.

Der Korken explodiert aus der Flasche und prallt von der grauen Decke ab, der Sekt quillt aus der Flaschenöffnung. In gespielter Angst rast die Katze aus dem Zimmer.

»Unser schöner Teppich!«, ruft Daniel, als der Sekt zischend auf den Boden tropft.

Lachend betrachten wir das ausgefranste und verblichene Blumenmuster, das jetzt auch noch mit Sekt befleckt ist.

»Vielleicht sollten wir den als Erstes ersetzen«, schlage ich vor.

Daniel drückt mir einen Kuss auf die Stirn. »Oder zuletzt. Wen interessiert das schon?«

Wir stoßen mit den Plastikgläsern auf unsere Zukunft an. Nur zu gut kann ich mich noch an unseren ersten Abend auf der Party erinnern, an unseren ersten gemeinsamen Toast.

»Heute vor einem Jahr«, sage ich glücklich, »sind wir in den Lake District gefahren. Du hast mir meinen ersten Magneten gekauft. Und jetzt haben wir schon eine kleine Sammlung hässlicher Magneten von allen Orten, an denen wir zusammen waren. Wir müssen sie sofort auspacken und an den Kühlschrank hängen, wenn der geliefert wird. Dann fühlen wir uns gleich wie zu Hause.«

Mit den Plastikgläsern in den Händen wandern wir durch die Räume, betasten die vergilbte, abblätternde Tapete und studieren die hohen Decken dieses zugleich einsam und stolz wirkenden Hauses, dessen Eleganz trotz des offensichtlichen Verfalls durchscheint. Schon jetzt kann ich mir unser Leben hier vorstelle – geöffnete Türen, um den Sommer hereinzulassen, geschlossene Fenster, um den Winter fernzuhalten.

Wir übernachten hier, obwohl das Haus noch nicht bereit dafür ist, doch meine Wohnung scheint schon jetzt der Vergangenheit anzugehören. Die Rohre knallen und scheppern, als Wasser hindurchrieselt und sie wieder zum Leben erweckt. Daniel baut das Bett aus meiner Wohnung auf, und ich packe den Wasserkessel aus. Meine Mutter und Daniels Eltern kommen vorbei, um Tee aus nicht zusammenpassenden Bechern zu trinken, folgen uns mit schockiertem Lächeln und leisem Keuchen durch die Zimmer. Als sie wieder weg sind, bestellen wir Pizza, setzen uns im Schneidersitz aufs Bett, ziehen die Käseschnüre zwischen den Pizzastücken auseinander und lauschen dem murmelnden Wind.

»Ich kann nicht glauben, dass uns das Haus wirklich gehört. Und ich kann nicht glauben, dass wir fünf Schlafzimmer haben.« In diesem Moment wird mir erst richtig klar, wie schnell wir uns dafür entschieden haben, gemeinsam ein solches Risiko einzugehen, und ich breche in euphorisches Gelächter aus. Seit Ende meines Mietvertrags haben wir zusammen in Daniels winzigem Apartment gehaust, wo wir ständig über die Dinge des jeweils anderen gestolpert sind. »Im Vergleich mit deiner Wohnung ist das hier ein Palast.«

Daniel lacht auch. »Ein etwas heruntergekommener Palast. Und als Schlafzimmer würde ich die Räume auch noch nicht bezeichnen.« Er wischt sich mit Küchenpapier etwas Tomatensauce vom Kinn.

»Nein, aber bald.«

»Ja. Bald.« Er legt sein Pizzastück in den Karton zurück, springt auf und verschwindet. Ich folge ihm, während er von Zimmer zu Zimmer geht, die Decken anstarrt, Tapetenstücke abreißt, staubige Ecken der Teppiche hochhebt, um die Dielen darunter zu begutachten. Dann kehren wir in unser Schlafzimmer zurück. Hier gibt es einen winzigen schwarzen

Kamin und ein Erkerfenster, das den größten Teil der Vorderwand einnimmt. Hinter der Scheibe spuckt und wirbelt das graue Meer.

»Hier zieht es«, stelle ich zitternd fest.

Daniel geht zum Fenster und klopft auf das verrottete Holz. »Es schließt nicht richtig. Wir könnten versuchen, es irgendwie festzuklemmen. Wir müssen nur etwas finden, das wir dafür benutzen können.«

»Wie wäre es mit einem Buch?«

Wir durchforsten das Labyrinth der Kisten im Erdgeschoss, bis wir auf den mit »Bücher« beschrifteten Karton stoßen. Ich ziehe das Klebeband ab und nehme ein paar der dicksten Bände heraus.

»Horror?«, fragt Daniel überrascht.

»Oh ja, das lese ich am liebsten.« Ich drehe eines der Bücher um. »Dieses Exemplar von *Shining* habe ich gekauft, als ich noch sehr jung war, eigentlich viel zu jung, um es zu lesen. Mum sagte damals, ich müsse damit warten, bis ich etwas älter bin. Aber ich habe es in meinem Zimmer versteckt und heimlich mit einer Taschenlampe unter der Bettdecke gelesen.«

»Du Rebellin. Und du hattest keine Angst?«

»Nein.«

Er nimmt mir das Buch ab, blättert durch die vergilbten Seiten und grinst. »Du bist ganz schön furchtlos, Erica Silver.«

»Ich? Sicher nicht.«

»Und ob. Du bist magisch und besonders und hast vor nichts Angst.«

Ich küsse ihn. »Nun, zumindest ist es schön, dass du so über mich denkst. Aber tatsächlich fürchte ich mich jetzt davor zu frieren. Mal sehen, ob es funktioniert.« Wir rennen die Treppe hinauf ins Schlafzimmer, wo Daniel das Buch sanft zwischen den verwitterten Fensterrahmen und die Wände klemmt. »Perfekt«, sagt er. »Hier drin ist es jetzt warm wie in einem Toaster. Aber …« Er fährt mit einem Finger über den Buchrücken, »wenn das eines deiner Lieblingsbücher ist, sollten wir dann nicht ein anderes nehmen?«

»Nein, schon gut. Das macht es noch spezieller.«

Daniel lacht. »Eine romantische Vorstellung, die vermutlich nur so lange vorhält, bis es mit Schimmel bedeckt ist.«

Ich lache und zittere erneut, als etwas Eiskaltes durch mich hindurchfährt, obwohl es bereits wärmer geworden ist.

An unserem Schlafzimmerfenster gibt es keine Vorhänge, und so starre ich in den weiten schwarzen Himmel, an dem Sterne funkeln, und lausche dem Knarren, Knacken und Seufzen des Hauses. So neu und ungewohnt diese Geräusche in dieser Nacht für mich sind, so selbstverständlich werden sie doch bald zum Klang meines Lebens werden, zum Klang unseres Zuhauses. Bald werde ich sie so gut kennen wie meinen eigenen Körper.

Stundenlang lausche ich dem Rhythmus der Wellen und Daniels Atmen. Schließlich setze ich mich auf, schlüpfe aus dem Bett und aus dem Zimmer, um im Badezimmer einen Schluck Wasser zu trinken. Auf dem Treppenabsatz zögere ich, das Haus liegt weit und dunkel vor mir. Und dann packt mich ein Schwindel und zieht mich nach unten. Ich will den heutigen Abend nicht verpassen, denke ich verärgert, als ich den Halt verliere, weil sich das Geländer unter meinen Fingern auflöst.

Diesmal sehe ich nichts Neues. Nicht die andere Erica. Ich sehe mich selbst in meinem eigenen Leben mit Daniel, heute vor einem Jahr im Lake District. Ich sehe den Vanilleeistupfer auf Daniels Lippe und registriere, wie ich ihn anschaue, wenn ich glaube, dass er es nicht bemerkt. Ich sehe, wie er den Magneten unbemerkt in meine Tasche schmuggelt. Und dann bin ich wieder zurück. Es ist noch vor Mitternacht, also kann es nicht länger als ein paar Minuten gedauert haben. Erleichtert seufze ich auf und kehre ins Bett zurück, um mich an Daniel zu schmiegen.

»Wo warst du?«, murmelt er, seine Worte kaum geformt.

»Nirgendwo. Ich war bei dir.« Ich werde ihm morgen erzählen, was ich gesehen habe. Es war nicht das erste Mal, dass ich mich dort wiedergefunden habe, und ich weiß, was er dazu sagen wird: dass das offensichtlich der schönste Tag meines Lebens war.

Ich schließe die Augen und sinke in einen angenehm tiefen Schlaf.

Kapitel 20

Im Museum ist die Saison noch immer in vollem Gange, und die Ausstellung breitet sich immer weiter über unsere Wände aus. Verschiedene Handschriften verlaufen über die einst leeren Karten, dicke, dünne, krumme Buchstaben erzählen jede Woche immer mehr Geschichten. Und ich, die früher nur ungern mit Menschen sprach, eile inzwischen bereitwillig ans Telefon, wenn es klingelt, oder zur Rezeption, wenn die Eingangsglocke bimmelt, weil ich mehr über den Tower, die ehemaligen Geschäfte und den von Menschen wimmelnden Strand der 1950er-Jahre erfahren möchte. So viele Besucher erzählen mir von ihren Eltern oder Großeltern, die sich hier einst im Urlaub kennengelernt haben, dass ich an einer der leeren Wände einen Blackpool-Stammbaum anfertige und sorgfältig mit silberner Farbe die Namen dieser Paare aufschreibe, für die in unserer Stadt alles angefangen hat – die erste Liebe, Ehe, Kinder.

Eines Morgens, einige Tage nach unserem Umzug, arbeite ich gerade an diesem Baum, fahre behutsam mit meinem Miniaturpinsel über die glatte Wand, als Katie hereinstürmt.

»Ah, du bist schon da. Entschuldigung, ich wurde aufgehalten«, sagt sie, als sie sieht, dass ich bereits in meine Arbeit vertieft bin.

»Keine Sorge. Bei uns beginnen heute die Dacharbeiten, und ich wollte den Handwerkern nicht im Weg herumstehen. Tee?« Ich lege den Pinsel weg. Es ist neun Uhr, und das Museum öffnet erst in einer Stunde.

Sie nickt, und ich gehe in unsere kleine weiße Küche hinter dem Empfangsbereich, klicke den Wasserkocher an und hänge zwei Teebeutel in unsere Becher.

»Ich habe darüber nachgedacht, wie wir etwas Dauerhaftes aus dieser Ausstellung machen können. Sobald sie zu Ende ist, sollten wir all diese Erinnerungen auf irgendeine Weise festhalten«, schlage ich vor.

»Da gebe ich dir recht. Erst mal sollten wir sie noch möglichst lange laufen lassen, aber ich denke auch, man sollte sie danach irgendwie bewahren. Wie wäre es mit einem Buch? Du könntest dir ein paar Ideen dazu überlegen.«

»Wie wäre es, wenn wir das zusammen machen?«, frage ich vorsichtig. »Wir könnten damit anfangen, wenn es hier ruhiger wird. Schließlich ist es auch dein Projekt.«

Katie schüttelt den Kopf. »Ich finde, du solltest das allein machen. Die Ausstellung war deine Idee. Ich habe aber nichts dagegen, wenn du hier im Büro an dem Konzept arbeitest. Sobald es im Winter ruhiger wird, hast du viel Zeit für dich allein. Du kannst mich natürlich gern in deine Danksagung aufnehmen und das Museum erwähnen.«

Einen Moment lang schaue ich Katie schweigend an, und bei der Vorstellung, hier regelmäßig allein zu sein, wird mir übel. »Das mache ich gern«, erwidere ich. »Aber ich arbeite nicht besonders gern allein, es könnte sein, dass ich dann nicht so viel schaffe.«

»Wieso?« Katies Frage ist simpel. Sie nippt an ihrem Tee und wartet auf eine genauso unkomplizierte Antwort. Bevor ich Daniel kannte, habe ich nur selten in Betracht gezogen, ihr oder sonst jemandem von meinem Verschwinden zu erzählen. Aber die selbstverständliche Art, wie er mit mir umgeht und mich bedingungslos akzeptiert, wie ich bin, hat mich verändert. Ich arbeite jetzt schon eine Weile mit Katie zusammen, und sie vertraut mir.

Vielleicht, ganz vielleicht nur, könnte ich ihr davon erzählen.

»Nun, ich war noch nie gerne allein«, beginne ich.

»Wirklich? Dabei bist du doch eher der stille Typ. Ich dachte immer, dass du ziemlich gern auf dich allein gestellt bist. Wie man sich doch irren kann.« Sie lacht.

»Ich glaube, ich bin anders, als die Leute denken.« Ich spreche in Rätseln, was mich stört, weil es mir ein heißes, ungutes Gefühl gibt. Das Ganze ist nicht so einfach, wie ich dachte. Und während ich noch überlege, lenkt Katie das Gespräch in eine andere Richtung, weil sie glaubt, dass es das schon war mit meinem Eingeständnis, dass es nicht mehr zu erzählen gibt.

»Nun«, sagt sie, »wo wir schon dabei sind – ich habe Neuigkeiten.« Sie stellt ihren Becher ab und atmet aus, bevor sie weiterspricht. »Ich verlasse das Museum. In einem Monat beginne ich einen neuen Job.«

»Du gehst? Ich wusste nicht mal, dass du wechseln wolltest.«

»So war das auch nicht. Ich habe mich einfach nur zum Spaß auf eine Stelle als Kuratorin in Brighton beworben.« Sie zuckt mit den Schultern. »Ich hätte in einer Million Jahren nicht gedacht, dass ich sie bekomme. Das ist ein ziemlich großer Schritt, und ich bin ganz schön nervös. Ich werde das alles hier sehr vermissen, irgendwie dachte ich immer, ich würde ewig in Blackpool bleiben. Aber Rogers Familie lebt in Brighton, und meine unten im Süden. Roger hat ja das Glück, von zu Hause aus arbeiten zu können, deshalb sucht er uns dort schon mal eine Wohnung, während ich hier noch bis zum Kündigungstermin arbeite. Es fällt mir nicht leicht, Blackpool zu verlassen, aber es soll wohl so sein.« Sie lächelt mich mit ihren knallrot geschminkten Lippen an. »Die gute Nachricht ist, dass dann meine Stelle frei wird. Ich werde ein gutes Wort für dich einlegen, wenn du willst. Es muss alles sehr schnell gehen, auch deshalb bin ich der Meinung, du solltest dieses Buch in Betracht ziehen. Das könnte ich dann erwähnen.«

»Den Job hätte ich schon sehr gern. Aber dass du gehst, macht mich wirklich traurig.«

Flüchtig berührt sie meinen Arm. »Wir bleiben in Kontakt, ja? Du kannst mich, wann immer du willst, in Brighton besuchen. Ich habe Rog gesagt, dass die Wohnung groß genug sein muss, um Übernachtungsgäste zu beherbergen, aber er redet die ganze Zeit von Ein-Zimmer-Apartments und Londoner Preisen.« Sie schneidet eine Grimasse. »Ich hoffe, ich mache keinen Fehler.«

»Aber nein. Du möchtest es so, also muss es einfach das Richtige sein.« Jetzt bin ich froh, dass ich ihr mein streng gehütetes Geheimnis nicht verraten habe. Dass Daniel so locker damit umgeht, heißt noch lange nicht, dass ich es jedem erzählen sollte. Hätte ich es getan, würde Katie es jetzt mit nach Brighton nehmen, zu Leuten, die ich nicht kenne und denen ich nicht vertrauen kann.

Katie nickt und zieht ein paar Unterlagen aus ihrer Tasche. »Hier ist das Bewerbungsformular. Meine Stelle wird diese Woche ausgeschrieben. Ich dachte, ich gebe dir einen Vorsprung. Du bist sowieso die Spitzenreiterin, dafür werde ich schon sorgen.«

Mein Vorstellungsgespräch findet am folgenden Freitag um sechzehn Uhr statt. Daher habe ich William gebeten, mir nachmittags beim Aufbau einer interaktiven Ausstellung zu helfen – in der Hoffnung, dass er bis zum Gesprächstermin bleibt.

»Dieser Job wäre der perfekte Karriereschritt«, sage ich morgens zu Daniel. »Und deswegen darf ich heute nicht einmal eine Sekunde lang allein bleiben. Denn wenn ich vor dem Vorstellungsgespräch verschwinde, verpasse ich diese Gelegenheit vielleicht.« Ich befestige ein Armband an meinem Handgelenk. »Katie ist den ganzen Vormittag in einer Besprechung und dann nachmittags bei den Vorstellungsgesprächen dabei, das heißt, sie ist heute überhaupt nicht in den Ausstellungsräumen. Ich werde an William kleben wie Kleister.«

Daniel hebt eine Augenbraue und schlüpft in einen schwarzen Pullover. »Glücklicher William«, sagt er, als sein Kopf aus dem Halsausschnitt auftaucht. Er kommt zu mir, um kleine Küsse auf mein Schlüsselbein zu drücken. »Du wirst das großartig machen. Und vielleicht kannst du es ja irgendwie kontrollieren und dableiben, falls es doch wieder losgeht. Weil du unbewusst weißt, wie wichtig es ist.«

Allein der Gedanke, dass ich das Vorstellungsgespräch vermasseln könnte, lässt meine Nerven vibrieren. Ich versuche, ruhig zu atmen. »Das bezweifle ich. Ich bin sogar verschwunden, als ich mit dir zusammen war. Und du warst mir auch sehr wichtig.«

»Erica, du bist die Richtige für die Stelle. Und deswegen wirst du bleiben und dieses Vorstellungsgespräch führen. Und du wirst den Job bekommen, Katie hat alles dafür getan. Wir sehen uns heute Abend, okay? Wir gehen ins *Luigi's*.«

»Auf keinen Fall! Wir haben uns geschworen, kein Geld mehr für solche Dinge auszugeben.«

»Wir müssen uns auch mal ausnahmsweise etwas gönnen.« Er küsst mich noch einmal, nachdrücklicher diesmal. »Ich muss los.« Die Fahrt nach Manchester dauert über eine Stunde. Pro Strecke. »Viel Glück. Ich reserviere einen Tisch für sieben, ja? Dann kann ich dich direkt nach der Arbeit dort treffen.«

Ich habe den ganzen Tag über viel zu tun, und nach und nach atme ich ruhiger, und meine Nervosität legt sich, während ich Kinder und ihre Eltern durch die Sonderausstellung führe, die wir für die Herbstferien aufgebaut haben. Um fünfzehn Uhr dreißig lässt der Besucherstrom nach, und ich stelle entsetzt fest, das auch William seine Sachen zusammensucht, die marineblaue Trinkflasche, Mantel und Schal und eine leere Tupper-Lunchbox.

»Alles Gute für das Vorstellungsgespräch, Erica«, sagt er.

»Du gehst?« Ich versuche, nicht zu verzweifelt zu klingen.

Belustigt schaut er mich an. »Du brauchst nicht nervös zu sein, Erica. Der Job gehört dir praktisch schon. Das ist nur reine Formalität.«

Ich frage William, was er für den Abend und den nächsten Tag geplant hat und wann er das nächste Mal kommt. Aber das reicht nicht. Er reagiert auf mein albernes Geschwätz mit einem warmen Lächeln und kurzen Antworten, während er Richtung Ausgang geht und dann die Tür sanft, aber fest hinter sich schließt, als wäre ich ein jaulender Welpe, der lernen muss, nachts allein zu bleiben. Ich starre auf die geschlossene Tür, hinter der Katie und ein Mann aus dem Stadtrat mit einem anderen Bewerber sitzen, als könnte ich sie zwingen, sich zu öffnen, damit ich endlich drankomme. Dabei versuche ich die ganze Zeit, das Schwindelgefühl, das sich wie Gas auf mich legt, in den Griff zu bekommen.

Und dann bin ich weg.

Kapitel 21

Mir wird sofort klar, dass ich in einem anderen Land bin. Schweiß tropft mir aus allen Poren, und ich kann salzigen Sand und Gewürze riechen. In einer Art Bar steht mir die andere Erica gegenüber. Etwas Schweiß glänzt auf ihrer Stirn, während sie die hohen Holztische mit einem zerschlissenen blauen Tuch abwischt. Ich hole tief Luft, betrachte das leuchtend blaue und gelbe Paradies hinter ihr und das bunte Durcheinander aus Flaschen, Gläsern und Strohhalmen, nehme die Stimmung in mich auf, die Verheißung eines sengend heißen Tages voller Spaß und Freiheit.

Erica tanzt leicht zu der plärrenden Musik aus dem Radio, was ich wahrscheinlich niemals tun würde, wenn die Gäste mich sehen könnten.

»Wann öffnet ihr?«

Die Worte sind wegen der Musik nur schwer zu verstehen, doch ich wirble herum. Bisher konnte ich mich in den anderen Welten nie bewegen, jetzt gelingt es mir aber, und während ich auf den Mann, der eben gesprochen hat, zugehe, spüre ich das klebrige verschüttete Bier des gestrigen Abends unter den Schuhsohlen.

Er trägt einen Bart, er ist gebräunt und irgendwie muskulöser. Aber er ist es definitiv.

Mike.

Erica blickt auf, und ich weiche wieder einen Schritt zurück. Vielleicht ist jetzt, wo ich mich bewegen kann, ja alles anders? Was ist, wenn Mike mich sehen kann? Was, wenn sie mich sieht? Wie soll ich ihnen erklären, dass ich in ihre Welt gefallen bin und warum ich sie wie ein Freak anstarre? Doch nach wenigen Sekunden wird klar, dass sie mich nicht wahrnehmen. Ich bin wie immer unsichtbar.

Ich suche nach einem Funken des Wiedererkennens in Ericas Gesicht, nach einer Verbindung zu Mike und einem Leben, das sie beinahe geführt hätte. Doch da ist nichts. Sie streicht sich die Haare aus den Augen und lächelt ihn an, auf eine Weise, die mir sagt, dass sie ihn attraktiv findet, und ich versuche, ihn so zu sehen, wie sie ihn sieht. Ohne seine Wohnung in Blackpool, ohne seinen Job in der Bank, ohne unsere Lieblingslieder und unser Lieblingsessen und unsere Lieblingskneipen und natürlich ohne das Wissen, wie er unsere Beziehung mit seinem Gerede über Kath und das Reisen beendet hat. Aber das gelingt mir nicht, meine Augen können nicht vergessen, was sie gesehen haben.

Die andere Erica räuspert sich und schaut auf ihren Lappen. »Wir öffnen offiziell in ungefähr einer halben Stunde.«

Mike zieht sich einen Stuhl heran. »Also kann ich mich inoffiziell … hinsetzen und warten?«

Erica lacht. »Das hast du schon, wie es aussieht.«

»Bist du schon lange hier?«

»Ungefähr seit neun.«

»In diesem Land, meine ich.«

»Oh.« Erica errötet, und ich kann sehen, wie sie sich deshalb selbst stumm ausschimpft. Das macht gar nichts, möchte ich ihr sagen. *Das ist nur Mike. Der merkt es nicht mal, wenn jemand errötet.* »Seit ein paar Monaten. Und du?«

»Ich auch. Vorher war ich in Oz. Ziemlich anders da.«

»Ich möchte auch nach Australien.«

»Wir könnten zusammen gehen, und ich zeige dir die schönsten Orte.«

Lächelnd wischt Erica einen Tisch ab, den sie bereits gesäubert hat. Wie war Mike, als ich ihn zum ersten Mal traf? Ich durchforste meine Erinnerungen. Wir lernten uns kennen, als ich gerade mein Geschichtsstudium abgeschlossen hatte, ein paar Tage nach meinem dreiundzwanzigsten Geburtstag. Ich war in der Bank, wo er arbeitete, um einen Scheck meiner Mum einzuzahlen. Er kritzelte seine Telefonnummer auf meinen Einzahlungsbeleg und schenkte mir dasselbe selbstbewusste Lächeln, das er jetzt der anderen Erica zuwirft.

»Woher aus England bist du?« Er starrt sie an, als wäre sie der einzige Mensch auf der Welt.

»Yorkshire.«

Mit einer Geste fordert er sie auf, sich neben ihn zu setzen, und nach kurzem Zögern legt sie den Lappen weg.

»Also nicht weit von mir. Ich komme aus Blackpool«, sagt er. »Aber ich war schon ein paar Jahre nicht mehr dort. Es gibt viel zu viele andere interessante Plätze auf der Welt, oder nicht?«

»Auf jeden Fall. Ich habe mein ganzes Leben in Yorkshire verbracht, aber ich wollte immer so viel von der Welt sehen wie möglich.«

»Läuft es gut für dich?«

»Ziemlich gut. Ab und zu fliege ich zurück, wenn ich mehr Geld brauche und arbeiten muss, dann wohne ich bei meinen Eltern.«

»Das verdammte Geld. Es ruiniert einem immer die besten Pläne, stimmt's?«

Erica lacht. »Genau. Und wo wir gerade davon sprechen, ich muss wirklich weitermachen. Wenn der Besitzer reinkommt und mich beim Plaudern erwischt, arbeitet heute Abend schon jemand anders hier.«

Mike nickt, geht zum Tresen, wo er einen Stift findet, und schreibt seine Nummer auf eine Serviette. Als er sie Erica überreicht, denke ich wieder an den Einzahlungsbeleg in der Bank.

»Melde dich unbedingt«, sagt er.

Genau das hat er damals zu mir gesagt, wortwörtlich. Ich lächelte ihn an, fühlte heiße Röte über meine Wangen kriechen, bevor ich mich abwandte und etwas unbeholfen die Bank verließ, nur um tagelang darüber nachzudenken, ob ich ihm eine SMS schreiben sollte oder nicht.

Die andere Erica grinst ihn an. »Okay. Mache ich.«

Kapitel 22

»Wie ist es gelaufen?« Daniel eilt die Treppe hinunter, als er mich hereinkommen hört. »Es hat ganz schön gedauert. Hast du lange mit ihnen gesprochen? Ich habe versucht, dich aus dem *Luigi's* anzurufen, bin aber nicht durchgekommen. Deswegen dachte ich, dass …« Als er mein Gesicht sieht, verstummt er.

»Sagen wir einfach, was für ein Glück, dass ich einen Schlüssel für das Museum habe«, entgegne ich tonlos. »Als ich zurückkam, waren nämlich alle schon weg und die Türen abgeschlossen.« Ich schaue auf meine Uhr. »Tut mir leid wegen der Reservierung. Ich bin direkt ins Restaurant gegangen, aber du warst schon weg. Ich hasse das.«

Er fährt sich mit den Händen durchs Haar. »Vergiss unsere Reservierung, Erica, das ist völlig egal. Es tut mir nur leid wegen des Vorstellungsgesprächs. Hast du Katie angerufen?«

»Um was zu sagen?« Ich umarme ihn, atme den abgestandenen Tapeten- und Staubgeruch ein, der für mich inzwischen nach Heimat duftet, während ich versuche, die schweren Gerüche nach Gewürzen und Sonne zu vergessen, die meinen Sinnen noch immer anhaften. »Es wäre unsinnig, ihr die Wahrheit zu sagen, denn sie geht ja bald. Und selbst, wenn ich es ihr erzählen und sie mir glauben würde, was sollte sie dem Stadtratstypen denn sagen?« Ich schüttle den Kopf. »Sie hat mir ein paar Nachrichten hinterlassen, weil Anrufe natürlich direkt auf der Mailbox landen, wie immer, wenn ich weg bin. Sie klang ziemlich sauer. Sie denkt, ich habe gekniffen oder meine Meinung geändert.«

»Aber sie weiß doch, wie sehr du die Stelle willst. Warum sollte sie so was glauben?«

»Weil ich nicht da war! Ich bin etwa fünf Minuten vor dem Vorstellungsgespräch verschwunden und kam drei Stunden später wieder zurück.« Ich löse mich etwas von ihm, um in seine grünen Augen zu schauen, und verdränge jeden Gedanken an Mike und das, was er zu der anderen Erica gesagt hat – genau dasselbe wie zu mir. »Und nicht jeder vertraut mir so wie du.«

Er zieht mich wieder an sich, drückt mich an seine Brust. »Nun, das sollten sie aber.«

»Ich glaube, ich muss mir eine andere Arbeit suchen«, sage ich mit gedämpfter Stimme. »Das Museum ist einfach nicht das Richtige.«

Betrübt mustert Daniel mich. »Es gefällt dir dort doch so gut!«

»Ich weiß. Aber das kann nichts werden, wenn ich sogar vor meinem Vorstellungsgespräch verschwinde. Vielleicht brauche ich etwas, wo ich nie allein bin.« Seufzend lehne ich den Kopf gegen die feuchte, kahle Wand des Flurs.

»Okay.« Daniel schiebt mich ins Esszimmer, wo mehrere aufeinandergestapelte Kisten als Behelfstisch dienen. Ich setze mich auf eine Plastikwanne, und er zieht eine andere neben mich. Die Katze, die sich hartnäckig weigert, uns zu verlassen, und die wir Pip genannt haben, reibt ihr winziges samtiges Kinn gegen meine Hand.

»Lass uns mal in Ruhe darüber nachdenken. Willst du wirklich das Museum verlassen?«

Ich starre auf die Kartons, auf die abblätternden Wände und die fleckige Spüle in der Küche nebenan, dann in den wilden, seidig grünen Garten dahinter. »Ich weiß es nicht, vielleicht nicht sofort. Mir gefällt es dort wirklich sehr. Wahrscheinlich ist es sogar gut, dass Katie bald weg ist. Sie wird mich jetzt nicht mehr so respektieren wie zuvor. Was man ihr nicht verübeln kann.«

»Erica, du wirst lernen, es zu kontrollieren. Wir werden es lernen.«

Ich seufze. »Daniel, manchmal bist du zu optimistisch. Ich glaube kaum, dass das so einfach ist.«

»Zu optimistisch gibt es nicht. Und ich sage nicht, dass es einfach ist, sondern dass wir es schaffen. Wir gehen es gemeinsam an, okay? Du sollst nur nicht denken, dass du wegen dieser Sache alles verlierst.«

»Aber ich verliere alles! Und wofür? Ich will mein anderes Leben nicht sehen! Und ich will schon gar nicht wissen, dass ...« Ich halte inne. Daniel runzelt die Stirn und schaut mich neugierig an.

»Was willst du nicht wissen? Was hast du gesehen?«

»Ich war in Thailand.« Ich habe ein schlechtes Gewissen, obwohl ich weiß, wie unsinnig es ist, weil ich mein anderes Ich mit Mike ja nicht sehen *wollte*. »Es tut mir leid, dass ich so schlecht drauf bin. Vielleicht sollte ich heute einfach nicht länger darüber nachdenken.« Ich kann sehen, wie enttäuscht Daniel ist, weil ich mich wieder so verschließe wie am Anfang, und ich frage mich, ob er wohl auf Antworten drängen wird. Doch das tut er nicht, er hebt ergeben die Hände. »Vergessen wir es für heute Abend einfach«, fahre ich fort. »Ich kann jetzt sowieso nicht nachdenken, weil ich nämlich am Verhungern bin. Ich werde uns was Schönes zum Abendessen besorgen. Irgendwelche Wünsche?«

»Ich mach das. Du hattest einen langen Tag.«

»Nein, lass mich. Es ist meine Schuld, dass wir das Essen verpasst haben. Und überhaupt, ich möchte etwas raus. Ich könnte eine Spazierfahrt gut gebrauchen.« Ich küsse ihn

wieder auf die Wange, spüre seine Wärme, das angenehme Kratzen seiner Stoppeln auf meiner Haut. Ich werde sein Lieblingsbier kaufen und die Schokolade, die er so mag. Er tut wirklich alles, um mir bei etwas Unmöglichem zu helfen.
»Danke, dass du nicht weiter nachhakst. Wir reden morgen darüber, versprochen.«

Und das ist alles, woran ich mich erinnere.

Kapitel 23

»Heißt das etwa, dass du nie wieder nach Hause willst? Niemals?«, fragt Erica, die Augen geweitet, hinter ihr die atemberaubende Kulisse eines thailändischen Strandes.

Mike zuckt mit den Schultern. Was so typisch für ihn ist, dass ich die Augen verdrehe – er zuckt praktisch ständig mit den Schultern.

Wo wollen wir essen gehen? Schulterzucken.

Kleid oder Rock? Schulterzucken.

Willst du mich wirklich verlassen? Schulterzucken.

Aber die andere Version von mir scheint das nicht zu stören. Wahrscheinlich gefällt ihr sein lässiger und ziemlich arroganter Umgang mit dem Leben sogar irgendwie. Mir gefiel er anfangs ja auch.

»Vielleicht mal wegen einer Hochzeit oder einer Beerdigung. Aber nö, nicht für länger. Der Gedanke langweilt mich. Es gibt so viel zu sehen auf der Welt, warum sollte ich Zeit an einen Ort verschwenden, den ich so gut kenne? Ich habe jeden Zentimeter von Blackpool gesehen.«

Erica lacht laut auf. Sie ist beschwipst. »Ich wette, einige davon sind ganz schön trostlos.«

Auch Mike lacht und greift über den mit Gläsern und Flaschen vollgestellten Holztisch nach ihrer Hand. »Stimmt. Ein Grund mehr, nicht zurückzukehren.«

»Meine Großmutter hat dort gelebt, aber sie starb, als ich sechs war, und seitdem bin ich nicht mehr hingekommen. Du könntest mich herumführen.«

»Ich könnte dir schönere Orte zeigen.« Mike beugt sich vor, um sie zu küssen. Der Spruch ist so billig, ich kann nicht glauben, dass er ihn tatsächlich benutzt, und noch weniger kann ich glauben, dass Erica darauf reinfällt. Mike wird leicht nach Zigaretten schmecken, und er wird sich plötzlich zurückziehen, als ob ihm eingefallen wäre, dass er ja noch woanders hinmuss.

Ob Erica darüber nachdenkt, wohin das Ganze führen soll, nachdem Mike ihr ja gerade erklärt hat, dass er niemals lange an einem Ort bleiben will? Das kann für die beiden doch sicher nicht funktionieren, wenn es für uns nicht funktioniert hat?

Aber in Ericas Augen erkenne ich keine Fragen. Nachdem er den Kuss ruckartig beendet hat, blickt sie Mike an, das Kinn in die Hand und den Ellbogen auf den überladenen Tisch gestützt.

»Einen schöneren als den hier?«, fragt sie.

Einen schöneren als den hier? fragte ich nach unserem ersten Kuss.

Mike lachte damals. Wir waren ausgerechnet bei McDonald's. Er nahm eine Pommes und tauchte sie in die kleine Schale mit Barbecue-Sauce, auf der er immer bestand. *Nur den Rest der Welt.*

Und das sagt er jetzt auch zu Erica, mit einer leisen, fast verführerischen Stimme, die kaum zu hören ist bei der dröhnenden Musik, den hundert verschiedenen Gesprächen in hundert verschiedenen Sprachen und dem Brutzeln und Knistern aus der Küche.

»Nur den Rest der Welt.«

Was hatte ich damals bei McDonald's entgegnet? Etwas in die Richtung, dass ich mit ihm gehen würde, um die Welt gemeinsam zu sehen.

Erica lacht wieder, obwohl nichts lustig ist und obwohl ich nicht gelacht habe, als Mike vor all den Jahren dasselbe zu mir sagte.

»Gute Antwort. Gott, ich finde es toll, dass du dich nicht in ein langweiliges Leben pressen lässt wie so viele andere.« Sie zieht ihn auf die Füße, und sie beginnen zu tanzen und sich zu küssen. Ich habe das Gefühl, ein Teil von mir küsst Mike auch. Es ist seltsam, als würde ich einen Schuh anziehen, der mir nicht mehr passt. Während ich die beiden beobachte, legt sich mein anderes Leben, mein eigenes Leben, wie Nebel auf mich, und ich werde weggezogen, weg von der Hitze und dem speziellen Geruch dieser Welt. Mein Kopf pocht, mein ganzer Körper schmerzt. Ich versuche, mich daran zu erinnern, wohin ich zurückkehre, was ich vor meinem Verschwinden getan habe, was diesmal unterbrochen wurde und warum mir alles so wehtut. Aber da ist nichts, nur diese Verwirrung, die den dumpfen Schmerz noch verstärkt. Und als ich zurückkehre, habe ich keine Ahnung, wo ich mich befinde.

Kapitel 24

Beim Aufwachen ist da als Erstes der Geruch von saurer Luft und Chemikalien.

Ich versuche, die Augen zu öffnen, aber nur eines macht mit. Das andere ist hartnäckig verklebt. Mein Mund ist trocken, meine Kehle brennt wie Feuer.

»Sie wacht auf«, höre ich Daniel leise sagen, ich fühle seine Hand auf meiner, und langsam wird sein Gesicht über mir schärfer.

Ich höre das Knirschen von Metall auf Metall und spüre, wie Glasregen auf mich fällt, ich zucke vor Angst zusammen. Doch dann sind Glas und Geräusche wieder verschwunden, und ich kann nur noch Daniel hören.

»Erica? Erica? Es ist alles in Ordnung, Erica.«

Ich versuche mich mit einem Auge auf ihn zu konzentrieren. Er starrt mich an und streicht mir über die Stirn. Seine Hand auf meiner Haut tut weh, ich scheine nicht sprechen zu können.

Ich erinnere mich, dass ich das Gefühl hatte, Mike zu küssen. Habe ich Mike geküsst? Oder Daniel? Noch immer spüre ich die fremde thailändische Hitze, der Geruch von Gewürzen und Alkohol wärmt noch immer meine Haut, und ich versuche wegzuschieben, womit ich zugedeckt bin, weil mir mit einem Mal viel zu heiß ist.

»Lass es an, Schätzchen.« Das ist die Stimme meiner Mum, sie klingt angestrengt. Ich drehe mich zur Seite, doch jeder Millimeter meines Nackens scheint vor Schmerz aufzujaulen.

»Hi«, sagt sie, die Lippen zu einem merkwürdig gezwungenen Lächeln verzogen. »Wie fühlst du dich?«

Ich versuche, Worte zu bilden, aber mein Verstand ist zu langsam, mein Mund zu trocken. Ich nicke, dann schließe ich wieder vollkommen erschöpft die Augen.

Tage vergehen, die ich nicht voneinander unterscheiden kann, und dann erfahre ich, was geschehen ist.

Ich war offenbar zum Supermarkt unterwegs, als ich die Kontrolle über das Auto verlor und einen Eisenpfosten rammte, der anschließend auf meine Windschutzscheibe fiel. Dabei habe ich mir den linken Arm gebrochen, und mein Kopf ist mit Schnittwunden übersät. Niemand sonst war an dem Unfall beteiligt oder wurde verletzt. Das Auto hat einen Totalschaden.

»Ich brauche ein neues.« Kaum habe ich diese Worte mit meinen wunden, aufgesprungenen Lippen ausgesprochen, sehe ich, wie Daniel auf den mattgrünen Boden blickt, und mir wird klar, dass ich kein neues Auto brauchen werde. Der entsetzliche Gedanke, dass ich jemanden hätte verletzen können, füllt meinen Kopf vollkommen aus. Bisher dachte ich, mich gefahrlos hinters Lenkrad setzen zu können, da mich jeder, den ich potenziell hätte anfahren können, zwangsläufig sehen würde, was wiederum bedeutete, dass ich gar nicht erst verschwand. Doch so simpel scheint es jetzt nicht mehr zu sein. Offensichtlich bin ich nach meinem Verschwinden wieder im Wagen gelandet, denn dort wurde ich gefunden.

»Wir werden noch einige Scans machen«, erklärt der Arzt. Ich habe schon alle möglichen Untersuchungen hinter mir, doch nach wie vor ist unklar, weshalb ich die Kontrolle über das Auto verlor. Ich hatte kein Handy dabei, das mich hätte ablenken können. Das Radio war nicht eingeschaltet. Kein Hinweis auf Drogen oder Alkohol im Blut. Mein Blutdruck und mein Blutzuckerspiegel sind durchweg normal. »Denken Sie doch noch einmal nach, Erica. Wie haben Sie sich gefühlt, kurz bevor es passierte?«

»Das weiß ich nicht mehr«, antworte ich. Mum starrt mich an, und ich frage mich einen Moment lang, ob sie es ihm verraten wird.

Oh, das macht sie ständig, Doktor. Wahrscheinlich hat sie jegliche Kontrolle über ihre Sinne verloren und den Unfall gebaut, eine Sekunde bevor sie die alternative Welt betrat, in der sie eine andere Version von sich selbst beobachten kann.

Ich verziehe die Lippen zu einer Art Grinsen, und der Arzt runzelt die Stirn.

»Erica, es ist wichtig, dass wir so viel wie möglich darüber erfahren, wie es dazu gekommen ist.«

Mum wendet den Blick von mir ab.

»Ich weiß es wirklich nicht.«

»Und so etwas ist Ihnen noch nie zuvor passiert?«

Ich zucke mit den Schultern, was wehtut und mich an Mike erinnert.

Der Arzt beginnt seufzend etwas in meine Unterlagen zu kritzeln.

Wahrscheinlich so etwas Ungeduldiges wie: *schwierig und verschlossen.*

Ich liege bereits seit einigen Tagen auf der Station, als mir eine säuerlich dreinschauende Krankenschwester mitteilt, dass ich Besuch hätte, obwohl keine Besuchszeit ist.

»Ich wollte ihn wegschicken, aber er sagte, er habe eine lange Reise hinter sich.«

Ich bin verwirrt, mein Verstand arbeitet langsam. Als ich dann Nicholas sehe, grinse ich, woraufhin mein ganzes Gesicht wehtut. Er beugt sich vor und umarmt mich unbeholfen.

»Wie geht es dir?«

Ich rutsche im Bett hin und her. »Es geht mir gut. Danke, dass du gekommen bist. Mum hat gar nichts davon gesagt.«

»Weil ich es nicht wollte. Es ist nur eine Stippvisite, fürchte ich. Du hast mich ganz schön erschreckt, und ich wollte dich sehen. Außerdem habe ich etwas für dich dabei.« Nicholas wirft der Krankenschwester einen Blick zu und wartet darauf, dass sie das Zimmer verlässt. Nachdem sie gegangen ist, reicht er mir eine vergilbte Zeitung.

»Seite zwölf.« Er deutet auf das zerknitterte, steife Papier.

Als ich Seite zwölf aufschlage, starrt mich ein Kind an: quadratische Brille aus den 1980er-Jahren, Zöpfe, ein kleines Lächeln.

QUANTEN-WUNDERKIND VERRÄT ALLES

Mein Herz schlägt erst dumpf und nimmt dann Fahrt auf. »Ich wusste nicht, dass wir das behalten haben! Wo war es die ganze Zeit?«

»Wir haben es nicht behalten. Ich konnte eine Kopie der Zeitung ergattern. Ich habe allerdings die Notizen von damals aufbewahrt, deswegen wusste ich ihren Namen und das Datum, an dem der Artikel erschienen ist. Weißt du noch, wie ich anfing, mir Notizen zu deinem Fall zu machen? Das war, als ich Arzt werden wollte.«

Ja, ich erinnere mich. Ich erinnere mich an alles aus dieser kurzen Zeit, als es anfing. An die Angst, dass es sich wiederholen könnte, sobald ich allein war, an die Septembersonne, die durch meine Kleider brannte, wenn Nicholas und ich über die Promenade radelten und uns gegenseitig zu erklären versuchten, was mir passiert war; wie er mit seinem ordentlich gespitzten Bleistift in dem kleinen blauen Notizheft herumkritzelte, um Antworten zu finden.

»Schon vor ein paar Jahren fragte ich Mum nach dieser Zeitung, aber sie konnte sie nicht finden. Das war, da es damals noch kein Internet gab, eine Sackgasse. Aber als Mum mir von deinem ...«, er schaut sich vorsichtig um, bevor er fortfährt, »... deinem Unfall erzählt hat, habe ich mein altes Notizbuch ausgegraben und dann diese Kopie von *The Gazette* besorgt. Ich dachte, es könnte helfen.«

Ich überfliege den verblassten Artikel über das seltsame Verschwinden der elfjährigen Helen, das immer nur passierte, wenn sie allein war. Sie sah Momente ihrer eigenen Geschichte, die keine offensichtliche Bedeutung hatten, und manchmal sah sie sich selbst in einem anderen Leben.

»In meinem anderen Leben habe ich das Glück, ein Pony zu besitzen, deswegen musste ich reiten lernen«, sagte sie charmant lächelnd, wie der Reporter schrieb. Ich runzele die Stirn.

»Sie hat ihren Namen geändert«, unterbricht Nicholas meine Gedanken. »Als Erwachsene wollte sie keine Aufmerksamkeit mehr auf sich ziehen, sie wollte einen normalen Job, ein normales Leben. Ich denke, dass ihr nicht viele Leute geglaubt haben, sie konnte es niemandem außer ihrer Familie beweisen.«

»Daniel hat ein paarmal versucht, etwas über sie herauszufinden, aber ohne Erfolg. Ich habe ihm von Helen erzählt, konnte mich aber nicht an ihren Nachnamen erinnern.«

Er bittet mich um die Zeitung, und ich gebe sie ihm. »Hier«, sagt er. »Dieser Teil ist interessant. Da spricht sie ein wenig darüber, wie man es kontrollieren kann.«

»Sie konnte es kontrollieren?« Meine Stimme ist lauter als beabsichtigt, und hastig werfe ich einen Blick in die Station.

»Ja. Deshalb habe ich den Artikel mitgebracht, damit du es selbst siehst. Lies.«

Helen erläutert, dass es einen Weg gibt, es zu stoppen. »An manchen Tagen habe ich keine Lust zu verschwinden, denn manchmal möchte ich einfach nur mit meinen Freundinnen spielen. Und wenn ich etwas berühre, das mir wirklich wichtig ist, dann bleibe ich meistens hier, also tue ich das.« Auf die Frage, was ihr so wichtig ist, dass es Quantenphysik aufhalten kann, kichert sie. »Mein Kater Bubbles. Wenn er da ist, rufe ich ihn. Ich muss ihn aber berühren. Das ist die Voraussetzung.« Und wenn Bubbles nicht da ist? Um uns zu zeigen, wie das funktioniert, zieht Helen eine abgenutzte graue Maus aus ihrer Tasche. »Dann muss ich etwas von ihm berühren, das reicht manchmal schon. Deswegen habe ich die hier immer bei mir. Nur für alle Fälle.«

»Das ist fantastisch!«, flüstere ich. »Sie hat einfach einen Anker benutzt, um dort zu bleiben, wo sie sein wollte. Darauf hätte ich auch selbst kommen können.«

»Ich weiß, es ist so einfach.« Nicholas gibt mir die Zeitung zurück. »Bitte sehr, behalte sie. Nutze sie gut. Kauf dir eine Katze.«

Lachend greife ich nach meinem Telefon, um Daniel eine Nachricht zu schreiben. »Eine Katze habe ich bereits.«

Kapitel 25

»Erzähl mir, was im Haus passiert«, sage ich ein paar Tage später, als Daniel mich besucht. Ich zapple hin und her, um mich in dem unangenehm rutschigen Bett etwas höher aufzurichten. »Ich vermisse es. Ist der Elektriker gekommen?«

»Ja.« Daniel grinst. »Hoffentlich haben die Krankenschwestern ein Einsehen mit mir und geben mir was zu essen, denn bis morgen habe ich keinen Strom.«

Ich rümpfe die Nase. »Du kannst gern meine Mahlzeit haben, wenn sie kommt. Ich kann das Essen hier nicht mehr sehen. Die müssen mich unbedingt bald entlassen.« Seit einigen Tagen schon stellen mir die Krankenschwestern meine Entlassung in Aussicht, und jedes Mal mache ich mir Hoffnungen. Ich sehne mich nach unserem baufälligen und chaotischen Zuhause; dort will ich mit Daniel aufwachen, den Wasserkocher anstellen und umgeben von Kisten und Kleiderwirrwarr heißen Tee trinken, während kühle, salzige Luft in die Räume strömt. »Glaubst du wirklich, dass ich es künftig verhindern kann, wenn ich etwas von dir berühre?«

Er denkt einen Moment nach. »Warum nicht? Sicher können wir uns natürlich nicht sein. Aber hier ist es dir noch nicht passiert, oder? Vielleicht hört es ja jetzt sowieso auf.« Er beugt sich vor und küsst mich.

»Vielleicht. Hoffentlich. Aber wenn es doch passiert, kann ich es ja versuchen, dann wissen wir, ob es funktioniert.«

»Genau. Hauptsache, du kommst bald nach Hause. Haben sie noch etwas darüber gesagt, dass du diese Woche entlassen wirst?«

Ich schüttle den Kopf. »Nichts Konkretes.«

Stirnrunzelnd blickt Daniel auf sein Handy und liest eine Textnachricht.

»Was ist los?«

»Es ist offenbar komplizierter, als der Elektriker ursprünglich dachte. Wie es scheint, werden wir noch ein paar Tage lang keinen Strom haben.«

»Na, dann müssen wir dich auf jeden Fall für die Krankenhausmahlzeiten anmelden. Oder warum gehst du nicht für ein paar Tage zu deinen Eltern?«

»Ach was, das stehe ich schon durch. Tagsüber bin ich im Büro und abends sowieso hier. Allerdings solltest du mir nicht zu nahe kommen, weil ich wohl nicht gut riechen werde. Du weißt ja, unser Wasser wird mit Strom geheizt.«

Er rutscht näher an mich heran, und ich lache und stöhne sofort auf, weil mein Körper immer noch schmerzt. In diesem Moment kommt der Arzt herein, und wir verstummen umgehend wie zwei misstrauische Kinder.

»Erica, ich habe gute Neuigkeiten. Ich kann Ihre Entlassungspapiere unterschreiben.«

Erfreut schaue ich Daniel an, doch als ich sein Gesicht sehe, hebt sich mein Magen ein wenig. Er sieht überfordert aus, fast schon verärgert. Freundlich danke ich dem Arzt und lausche dann seinen ruhigen, klugen Worten über Schonung und Rezepte und Krankenberichte. Als er gegangen ist, wende ich mich an Daniel. Er lächelt jetzt, und ich frage mich, ob ich mir das vorhin nur eingebildet habe, ob die Schmerzmittel mich Dinge sehen lassen, die nicht da sind.

»Was ist los?«, sage ich trotzdem. »Warum freust du dich nicht, dass ich nach Hause komme?«

»Was meinst du damit? Natürlich bin ich froh.« Er drückt etwas unbeholfen mein Knie, und ich mustere sein Gesicht.

»Okay.« Ich kneife die Augen zusammen, doch Daniel wirkt jetzt glücklich und ganz normal. »Wenn du meinst. Dann lass uns nach Hause gehen.«

»Ich rufe nur schnell den Elektriker an, damit er die Arbeit für heute sein lässt. Ich will nicht, dass er einen Haufen Lärm und Dreck macht.«

»Kein Problem, das stört mich nicht. Und es muss ja erledigt werden. Wir wollen doch nicht, dass es noch länger dauert, oder?«

»Ja, schon, aber wir sollten uns jetzt erst mal darauf konzentrieren, dass du schnell wieder fit wirst.«

Ohne Strom? Seine Beharrlichkeit verwirrt mich. Eine Krankenschwester kommt herein, schwafelt herum, treibt mich an, hilft mir, meine Sachen zu packen, die im Zimmer verstreut sind, und Daniel verlässt den Raum und geht den Gang hinunter. Als er zurückkommt, grinst er, nimmt meinen Arm, und bis wir zu Hause ankommen, wo plötzlich jedes Puzzleteil an den richtigen Platz fällt, denke ich nicht weiter über seinen seltsamen Gesichtsausdruck von eben nach.

Kapitel 26

Als wir in die Auffahrt unseres Hauses fahren, fällt mir nichts Ungewöhnliches auf.

Ich kriege auch nicht mit, dass Zoe sich bei unserer Ankunft im Dunkeln aus der Hintertür schleicht, wie sie mir ein paar Tage später selbstzufrieden lächelnd erzählt. Und dass sie zum Glück gerade Zeit hatte, als Daniel sie aus dem Krankenhaus anrief und bat, mit ihrem Ersatzschlüssel in unser Haus zu gehen, im Flur und im Wohnzimmer Unmengen von Kerzen anzuzünden und eine kleine quadratische Schachtel auf den Couchtisch zu legen.

Die Hände vor den Mund geschlagen, gehe ich durch das glitzernde Meer aus Miniaturflammen zu dem Tisch in der Mitte des Wohnzimmers, wo die blaue Samtschachtel auf mich wartet. Draußen ist es jetzt dunkel, und der Raum spiegelt sich in den vorhanglosen Fenstern, als ob es nichts anderes als unsere kleine Welt gäbe.

»Erica.« Daniel greift nach der Schachtel. »Ich weiß, dass ich darüber viel gescherzt habe, und ich weiß, dass du, als wir uns kennenlernten, nicht an die Ehe geglaubt hast. Und vielleicht glaubst du immer noch nicht daran. Aber ich will nicht länger darüber scherzen.«

»Daniel, ich …« Ich versuche, ihn zu unterbrechen, aber er ist wie eine Dampflokomotive, nicht aufzuhalten, er marschiert durch den Raum, während er spricht, und ich werde derart von Zuneigung überwältigt, dass ich verstumme.

»Es muss jetzt einfach sein«, sagt er. »Ich habe mir immer geschworen, es nicht zu tun, zu respektieren, wie du darüber denkst, und dich niemals zu fragen. Aber dein Unfall hat alles verändert. Obwohl die Kerzen bald heruntergebrannt sind und du dann den Ring, den ich für dich ausgesucht habe, nicht einmal wirst sehen können, und obwohl du ihn, selbst wenn du Ja sagst, an deiner rechten Hand tragen musst, weil deine linke eingegipst ist, muss ich es jetzt einfach tun. Seit ich so viel Angst hatte, dich zu verlieren, kann ich an nichts anderes mehr denken. Ich weiß, dass du keine große Feier willst, wo jeder dich anschaut, eigentlich willst du sogar gar keine, weil du Angst hast, du könntest verschwinden und deine eigene Hochzeit verpassen, und eine Ehe willst du auch nicht führen, weil sie scheitern könnte. Aber mit dir verheiratet zu sein, selbst wenn du nur die Hälfte der Zeit da bist, ist immer noch besser als alles, was ich mir je vorstellen konnte. Und wenn du Ja sagst und heute der Abend ist, an dem wir entscheiden, es zu tun, dann werde ich nicht schlafen oder von deiner Seite weichen, weil ich nicht will, dass du auch nur eine Sekunde davon verpasst.«

Endlich bleibt er stehen und kniet vor mir nieder. Der Ring passt perfekt auf meinen Finger und schimmert blau und gelb und weiß.

»Heute ist der Abend«, sage ich.

Und das, glaube ich, ist dann unser richtiger Anfang. Ausnahmsweise bin ich froh, anders zu sein, in diesem Moment mehr zu empfinden als andere Menschen. Denn ich weiß, wie es in einer anderen Welt aussieht, die meiner so sehr ähnelt. Daher ist mir vollkommen bewusst, was anders oder überhaupt nicht sein könnte. Meinem anderen Ich so nahe gewesen zu sein, als es Mike küsste, der Unfall, das Wissen, dass ich Daniel leicht hätte verpassen können, all das hat meine Gefühle verändert. Es ist beängstigend, auf einmal so viel zu verlieren zu haben, aber jetzt ist es egal, ob ich ihn heirate oder nicht, denn ich bin längst hoch genug aufgestiegen, um tief fallen zu können. Daniel hat mich verändert, der Unfall hat mich verändert, und jetzt bin ich bereit, mich meiner Angst zu stellen.

Ich bin weise, allwissend.

Dabei weiß ich in Wahrheit gar nichts. Noch nicht.

Teil zwei

Kapitel 27

Im darauffolgenden Sommer, an einem Tag im Juli voll goldenem Sonnenlicht, heiraten wir.

In der Nacht davor bleibt Zoe bei mir, nachdem sie Daniel zu seinem Trauzeugen geschickt hat. Ich bitte sie, mich nicht eine Sekunde allein zu lassen, und sie nickt knapp, weil sie wahrscheinlich glaubt, ich hätte Angst, kalte Füße zu bekommen. Selbst auf die Toilette gehen wir zusammen, eine von uns hockt dann auf dem Badewannenrand. Sie dreht mein Haar zu widerwilligen Locken und schließt vorsichtig jeden Knopf an der Rückseite meines Kleides. Es ist eng, der Stoff spannt sich über dem kleinen Bäuchlein, das sich in den letzten Wochen gebildet hat. Zoe hebt eine Augenbraue, sagt aber nichts. In den letzten sieben Wochen bin ich nicht ein einziges Mal verschwunden. Die Schwangerschaft hat mir eine andere Art von Schwindel und Übelkeit beschert, eine, die mich fest und angenehm in dieser Welt verankert und die andere abstößt. Schon jetzt kann ich mich kaum mehr daran erinnern, wie es sich anfühlt, zu verschwinden, wie es sich anfühlt, mein anderes Ich zu beobachten. Trotzdem will ich lieber kein Risiko eingehen.

Die Hochzeitsgesellschaft ist klein, die Feier schlicht und günstig. Mein Kleid ist knielang und schwarz – also genau das Gegenteil eines üblichen Hochzeitskleides. Damit breche ich die Regeln sämtlicher Bräute, doch Daniel findet es perfekt. Keine Tiara, keine lange Schleppe, kein Schleier. Im Standesamt drehen sich die Leute nach mir um und starren mich an, aber plötzlich ist mir das vollkommen egal. In diesem Moment könnten es von mir aus auch hundert Gäste sein, und es kümmert mich nicht im Geringsten, ob mein Kleid weiß oder schwarz, kurz oder lang ist, denn der einzige Mensch, der für mich zählt und der mich anschaut, als ob ich ihm alles auf der Welt bedeute, ist Daniel.

Phoebe trägt das pudrig rosa Outfit eines Blumenmädchens und wirft vor Freude quietschend Blütenblätter auf uns, als wir aus dem Standesamt hinaus in den sommerlichen Seewind treten. Die Blüten bleiben an unseren Gesichtern und in unseren Haaren hängen, was alle zum Lachen bringt. Dann gehen wir Arm in Arm ins *Luigi's*, wo wir für den Abend reserviert haben. Daniels Eltern trinken zu viel Rotwein und weinen und erzählen mir mit weingefärbten Lippen, dass sie sich immer eine Tochter gewünscht haben. Nach dem Essen schiebt Zoe Stühle zur Seite, um mit Phoebe zu tanzen; das Personal dreht die Lautstärke auf und spielt unsere Lieblingslieder. Nicholas und Amelia beginnen ebenfalls zu tanzen, und irgendwann machen alle mit, sogar das Personal.

Es ist ein Tag voller Hoffnung und klarer, reiner Freude. Am Schluss, als die Mitarbeiter zu Lionel-Ritchie-Liedern singend aufräumen und unsere Familien zusammen hin- und herschaukeln, müde und satt und glücklich, flüstere ich Daniel ins Ohr, dass ich schnell auf die Toilette gehe. Die ganze Zeit hat er sich entweder mit mir hineingeschlichen, oder meine Mum oder Zoe sind mitgegangen, deswegen hebt er jetzt eine Augenbraue. »Ich werde hierbleiben«, erkläre ich ihm. »Das weiß ich einfach.«

Es ist nur ein kleines Risiko, aber als ich zurückkomme, bin ich dennoch froh, dass ich nirgendwo sonst war und nichts von der anderen Welt gesehen habe, weil mein Baby fest in mir eingebettet ist, klein wie eine Nuss.

Kapitel 28

Ich bin im Garten.

Daran ist nichts bemerkenswert, außer der Tatsache, dass ich hier bin.

Seit drei Tagen glüht die Luft vor weißer Hitze. Unser sonst so feuchter grüner Garten ist verbrannt und trocken. Zoe wird gleich mit ihrem Freund Ben vorbeikommen. Wir wollen grillen, weshalb Daniel in den Supermarkt gefahren ist, um Holzkohle, Brötchen und Burger zu besorgen.

Ich strecke mich für ein paar Minuten träge in der brennenden Sonne aus, bevor ich wieder genug Energie habe, um aufzustehen. Abend für Abend haben wir damit verbracht, Unkraut zu zupfen. Auch jetzt beuge ich mich vor, um noch mehr davon aus dem Boden zu ziehen, die Blätter kratzen an meiner Haut.

»Hey«, höre ich eine Stimme hinter mir, das Tor geht quietschend auf. »Sagte ich nicht, du sollst dich nicht von der Stelle rühren?«

Grinsend wedle ich mit dem Unkraut vor Daniels Nase herum. »Ich bin nicht sonderlich weit gegangen.«

»Schau mal, wen ich vor der Tür getroffen habe«, sagt Daniel, der die Hände voller riesiger Tragetaschen hat.

»Tut uns leid, dass wir zu früh sind.« Zoe trägt hohe Keilabsätze, ihre blassen, wohlgeformten Beine stecken in ausgefransten Jeansshorts. »Ich bin in der Wohnung vor Hitze fast eingegangen. Wir haben Bier mitgebracht.« Sie hebt ihre

Sonnenbrille vom Nasenrücken und schaut mich auffordernd an.

»Ich hole Gläser«, sage ich, Zoes erwartungsvollen Blick ignorierend, und gehe in die kühle, vergleichsweise dunkle Küche, wo ich vier Gläser aus dem Schrank hole und nach einem Streifen glänzenden Fotopapiers greife, der auf der altmodischen Arbeitsplatte liegt.

»Ich wusste es!«, kreischt Zoe, als ich ihr das gescannte Foto in die eine und ein Glas für das Bier in die andere Hand drücke. Sie stößt Ben mit dem Ellbogen an. »Habe ich nicht gesagt, dass ich es weiß? Wow.« Sie strahlt, und ich strahle auch. »Das ist so aufregend.« Sie bückt sich, um in ihrer Tasche herumzuwühlen. »Gut, dass ich auch alkoholfreies Bier dabeihabe. Nur für alle Fälle.«

»War das bei der Hochzeit denn so offensichtlich?«, frage ich.

»Ja, aber natürlich nur, weil du normalerweise einen perfekt flachen Bauch hast.« Sie verdreht die Augen, und zum ersten Mal seit Wochen sehe ich im Geiste die andere Erica vor mir, deren Bauch unter dem hellen Top nach innen gewölbt ist, schon jetzt so vollkommen anders als meiner. »Außerdem habe ich gesehen, wie du deinen Champagner nach einem Schluck in einen Blumentopf gekippt hast. Was für eine Verschwendung. Du hättest ihn mir geben sollen! Wie weit bist du schon? Wann ist es so weit?«

»Im Frühling«, antworte ich. »Mitte März.«

Mit zusammengekniffenen Augen mustert sie meinen Bauch. »Junge oder Mädchen, was denken wir?«

»Junge«, sage ich.

»Junge«, antwortet Daniel.

»Mädchen«, wirft Zoe ein.

Wir warten alle auf Bens Votum. »Junge oder Mädchen«, meint er schließlich, und wir lachen.

»Na dann, Prost. Auf Erica und Daniel und eure neue Familie«, ruft Ben, und wir trinken, während die Sonne auf uns niederbrennt.

Nachdem wir rußgeschwärzte Burger und Würstchen und köstlich saftige Wassermelonenscheiben gegessen haben, lassen wir uns auf den trockenen Rasen hinter dem Haus fallen. Musik aus dem Radio dringt aus der Küche und vermischt sich mit dem fernen rhythmischen Dröhnen, das von irgendwo entlang der Promenade kommt. Wir unterhalten uns, die Hände über unsere Gesichter gestreckt, um die Augen gegen das grelle Sonnenlicht zu schützen. Zoe und Ben wollen wissen, welche Namen uns gefallen und wie die Schulen in der Nachbarschaft sind. Ich frage Zoe nach ihrer Arbeit, und sie stöhnt und erzählt, wie schwierig der Immobilienmarkt ist.

»Und im Museum? Wie geht's dem Job-Dieb?«

Jetzt bin ich mit Stöhnen dran. Ich drehe mich auf den Bauch, aber das fühlt sich seltsam unangenehm an, und so drehe ich mich wieder um und schütze mein Gesicht erneut vor der Sonne. »Er ist unerträglich.«

Als ich nicht zum Vorstellungsgespräch erschien, hatte Katie keine andere Wahl, als die Stelle Carl zu geben, dem anderen Bewerber. Er ist ein großer, Nadelstreifen tragender und laut sprechender Mann, der kein bisschen zu der fragilen Eleganz der Stadt passt, die wir repräsentieren wollen. Er hat sofort die Öffnungszeiten des Museums geändert, und neulich zitierte er mich in sein Büro, wo er mir, die Hände gefaltet und mit aufgesetztem Bedauern, mitteilte, dass meine Stunden wegen fehlender Mittel gekürzt werden müssten.

»Die Ausstellung hat er bereits abgebaut«, sage ich verärgert – immerhin hat es sehr lange gedauert, sie zusammenzustellen.

»Du solltest dich nicht ärgern.« Zoe steht auf und klaubt eine kalt gewordene Wurst vom Grill. »Du solltest wütend sein.«

Ich seufze. Da ich Zoe nie erzählt habe, warum Carl den Job bekam und nicht ich, glaubt sie, dass ich beim Vorstellungsgespräch mein Bestes gegeben habe und das Museum sich trotzdem für Carl entschied. Zoe weiß nichts von meinem Verschwinden. Wir kennen uns seit der Schulzeit, als wir beide Teil einer großen Clique waren, hinter der ich mich so gut es ging zu verstecken versuchte, aber wirklich nähergekommen sind wir uns erst, als wir auf dem College in derselben Englischklasse landeten. Zu dieser Zeit verschwand ich immer seltener, sodass es keinen Grund gab, ihr davon zu erzählen.

»Aber ich finde es gut, dass sie deine Stunden reduziert haben.« Sie beißt in die kalte Wurst, verzieht das Gesicht und reicht den Rest angeekelt an Ben weiter. »Bestimmt wäre es nicht gut für dich, diesen Carl jeden Tag zu sehen. Suchst du schon nach etwas anderem?«

»Ja, aber leider gibt es in der Nähe nichts Ähnliches. Doch ich bin mit Katie in Kontakt, und sie sagte, ich soll die ganzen Ausstellungsstücke mit nach Hause nehmen, also habe ich das getan.«

»Sie wird jetzt Schriftstellerin«, verkündet Daniel aufgeregt.

»Nun, das werden wir noch sehen«, wiegele ich ab. »Ich habe an ein paar Agenten geschrieben, dass ich vorhabe, ein Buch über Familien zu schreiben, die das Resultat einer Reise nach Blackpool sind.«

»Das ist ja cool«, ruft Zoe. »Hast du schon Antworten bekommen?«

»Noch nicht. Aber es ist auch erst ein paar Wochen her. Ich denke, es kann noch eine Weile dauern.«

Zoe springt auf. »Ich habe ein gutes Gefühl, Erica. Das ist doch ein schöner Grund für ein weiteres Bier. Wer will noch?«

Flaschen klirren, die Sonne brennt, und das Gras kitzelt meine Haut. Ich schließe die Augen, als mich eine schwere Müdigkeit überfällt, lege eine Hand auf den Bauch und höre, wie Ben Daniel fragt, ob er in letzter Zeit mal wieder Fußball gespielt habe. Ich lächle in mich hinein; Daniel hat seinen fußballbegeisterten Kumpels immer noch nicht gestanden, dass er in Wahrheit gar nicht zu ihrem Fünferteam gehören will. Die Jungs sind seit Unizeiten befreundet und über das ganze Land verteilt, und Daniel reist immer wieder in verschiedene Städte, obwohl er keinen gesteigerten Wert auf das Fußballspiel an sich legt. Er trifft seine Freunde einfach gerne und möchte ein Teil ihrer Gruppe bleiben.

»Ich gehe nur wegen des Biers danach«, sagt Daniel, und Ben lacht.

Zoe schaut seufzend auf die Uhr. »Ich muss morgen arbeiten«, sagt sie. »Wir sollten besser bald gehen, Ben.«

Doch es ist einer dieser Tage, die niemand beenden will, und eine Stunde später, als die orangefarbene Sonne am Himmel versinkt und eine sanfte Brise uns das Haar zerzaust, sind sie immer noch hier. Ich stehe auf, bürste gelbes Gras von meinem Rock und beginne, die Teller abzuräumen.

»Kann ich dir helfen?«, fragt Zoe, aber ich schüttle den Kopf.

»Nein, ich mach das schon, danke.«

Ich stelle die Teller in die Spüle, lasse das Wasser laufen und blicke hinaus in den Garten. Nach etwa fünf Minuten kommt Daniel in die Küche, die Hände voller Ketchup- und Senfflaschen, sein Gesicht leuchtet von einem Tag im Freien.

Er stellt die Saucen in den Kühlschrank, kommt dann zu mir und legt die Arme um mich. »Wie fühlt sich das an?«, flüstert er.

Im Grunde wäre diese Frage früher sinnvoller gewesen. Wie fühlt es sich an, nie zu wissen, ob man einen ganzen Tag in diesem Leben bleiben wird? Wie fühlt es sich an, wenn die Knochen und Muskeln in eine Welt geschleudert werden, die nicht die eigene ist? Wie fühlt es sich an, sich selbst zu sehen, und zwar nicht nur im Spiegel oder auf einem Foto oder in einem Video, sondern als eine tatsächliche Person?

Aber darum geht es ihm nicht.

Er möchte wissen, wie es für mich ist, allein zu sein und mich dennoch sicher zu fühlen. Wie es ist, meine Freunde nach einem faulen Tag voller Essen und Sonne im weicher werdenden Licht da draußen zu beobachten und mich dabei voll und glücklich und vollkommen zu fühlen, so geerdet, als könnte ich nie wieder in einer anderen Welt verschwinden.

Ich lehne mich an ihn. »Es fühlt sich an … als hätte jemand eine Tür geschlossen, durch die es die ganze Zeit unangenehm gezogen hat. Es fühlt sich wärmer an. Sicherer.«

»Gut?«

Mit geschlossenen Augen lausche ich dem leisen Murmeln von Zoe und Ben, ihren Lachsalven, dem Kreischen der Möwen, die das Haus umkreisen, und dem Rauschen der Wellen dahinter. »So gut.«

Kapitel 29

»Erica?«

Ich richte mich auf dem Sofa auf und strecke meinen verspannten Körper. Das Baby zuckt und schiebt einen Fuß unter meinen Brustkorb, ich stupse den kleinen Knoten an, der unter meinem Pullover hervorspringt.

»Ich bin hier«, rufe ich.

Daniel grinst. Ungeschickt springe ich auf, um seine Wange zu küssen. »Du bist eiskalt. Komm unter die Decke und wärm dich auf.«

»Ich kann nicht. Ich bin immer noch nicht ganz fertig.«

In seinen Augen versuche ich das Geheimnis zu entdecken, das er schon die ganze Weihnachtszeit vor mir bewahrt. Doch heute ist Heiligabend, und ich habe immer noch keine Ahnung, was er plant.

»Ist es noch eine Katze?«, rate ich, obwohl wir dieses Spielchen schon öfter gespielt haben und ich die Antwort kenne.

»Nein. Größer.«

»Ein Hund?«

»Nein. Nichts Lebendiges.« Er knipst das Licht an und zieht die schweren tiefroten Vorhänge zu, für die wir monatelang gespart haben. Die Lichter des kleinen Weihnachtsbaums in der Ecke tauchen den Raum in einen goldenen Schimmer.

Ich denke angestrengt nach und tätschle dabei sanft meinen Bauch. »Was ist es, Baby? Sag schon.« Das Baby tanzt und stößt mit seinen kleinen Fäusten und Füßen gegen meine Haut.

»Ich habe ihn gebeten, es nicht zu verraten.«

Ich lächle. Wir haben uns das Geschlecht des Babys nicht sagen lassen, doch Daniel ist überzeugt davon, dass es ein Junge wird.

»Gib mir einen Tipp.«

»Okay«, lenkt er ein. Das ist eine neue Entwicklung, bisher war er mit Hinweisen mehr als geizig gewesen, was ich mit engelsgleicher Geduld ertragen habe. »Es hat etwas mit dem Haus zu tun. Es ist etwas, das du früher einmal sehr geliebt hast.«

Mein Herz macht einen Sprung, als Daniel das Sofa zur Seite schiebt, um Platz in der Ecke zu schaffen. »Oh! Das hast du nicht. Hast du?«

Es klingelt an der Tür. »Geh nach oben«, sagt Daniel. »Und komm in zehn Minuten wieder runter.«

Ich liege auf dem Bett, die Bettdecke kühl unter mir, und lausche dem Schnaufen und Prusten der Männer, höre dann, wie sie Frohe Weihnachten wünschen und ein Motor vor der Tür anspringt. Ich denke an das Geschenk, das ich für Daniel gekauft habe, eine Espressomaschine, die er ein paarmal länger angeschaut und nie gekauft hat, weil wir alles für das Haus und für das Baby sparen.

Und dann schwebt sanftes Klimpern durchs Haus. Vorsichtig steige ich die Treppe hinunter, halte mich dabei an dem Geländer fest, und mein Herz flattert, als die Musik lauter wird.

Ich bleibe an der Tür zum Wohnzimmer stehen, um das schöne Klavier zu betrachten, das mit einer großen roten Schleife verziert in der Ecke steht.

»Daniel!« Ich möchte zu ihm rennen, bin aber durch die Umstände gezwungen, zu tapsen. »Du hast mir ein Klavier gekauft?«

»Es war annonciert. Und muss noch gestimmt werden.« Er gibt mir einen Kuss auf die Stirn. »Wie es aussieht, kann keiner von uns wirklich spielen. Deswegen habe ich für die Zwischenzeit das hier besorgt.« Er dreht mich sanft zu einem Plattenspieler um. »Dann wurde mir klar, dass wir nur eine einzige Platte besitzen, *Der Zauberer von Oz*.«

Wir tanzen, müssen lachen, als Daniel angestrengt versucht, die Arme um mich zu schlingen, und wir immer wieder unbeholfen aneinanderstoßen, während die Platte kratzend die fröhlichen Lieder meiner Kindheit spielt.

»Und ich weiß natürlich, dass du im Garten tanzen willst, aber das würde uns jetzt Erfrierungen und wahrscheinlich ein paar amputierte Gliedmaßen einbringen. Also muss das hier reichen.« Er beugt sich vor, um mir ins Ohr zu flüstern. »Vielleicht liegen ja morgen noch mehr Platten unter dem Weihnachtsbaum. Ich hatte keine Zeit mehr zum Verpacken.«

»Mein Geschenk kann es überhaupt nicht mit deinem aufnehmen«, gestehe ich. »Es wird dir zwar gefallen, aber es ist nicht dein Traum.«

»Sicher nicht, schließlich ist mein Traum, Doppelfalttüren einzubauen. Es sei denn, du hast die Türen gekauft und unter dem Bett versteckt?«

Ich habe einen Kloß im Hals, muss ein paarmal blinzeln und komme mir albern vor. »Ich bin so glücklich.«

»Gut. Frohe Weihnachten, Erica.«

Kapitel 30

Drei Tage nach seinem errechneten Geburtstermin kommt Joshua zur Welt, mit einem zerquetschten, klugen Gesicht, Augen von der Farbe eines stürmischen Sommerhimmels und gekräuselten, faltigen Fingern.

»Ich frage mich«, sage ich zu Daniel, während ich Joshua in seinem Krankenhausbettchen anstarre, »ob er schon als Gesellschaft zählt.«

»Du meinst, dass er dich sehen und so dein Verschwinden verhindern kann? Zumindest glaube ich nicht, dass es in nächster Zeit passieren wird, es ist schon so lange her.«

Ich schüttle den Kopf, unfähig, mich von Joshuas Anblick loszureißen, von diesem seltsamen, kostbaren Bündel, für das ich nun verantwortlich bin. Allein der Gedanke, dass ich ihn für unbekannte Zeit verlassen und in eine Welt verschwinden könnte, in der er nicht existiert, erschreckt mich. Die Angst schlängelt sich durch mich hindurch, flüssig und heiß wie ein körperliches Wesen. »Ich mache mir einfach Sorgen, dass ich jetzt, wo er nicht mehr in mir ist, wieder verschwinden könnte. Aber das geschieht doch sicher nicht, wenn ich mit ihm zusammen bin, oder?« Ich höre die Verzweiflung in meiner Stimme. Vor Joshuas Geburt glaubte ich, den Geschmack und das Gefühl der Angst besser zu kennen als die meisten Menschen, doch jetzt wird mir klar, dass das nicht stimmt.

Daniel beugt sich vor, um Joshua auf die winzige Wange zu küssen. »Ich denke mal, dass er als Person zählt«, verkündet er, und ich fühle, wie sich der Knoten in meinem Bauch etwas löst. »Schließlich ist er ein Mensch, wenn auch ein sehr kleiner. Aber er zählt, und zwar höchstwahrscheinlich mehr als irgendjemand zuvor.« Er schaut auf. »Jetzt sind wir also zu zweit. Zwei, die dich hier festhalten.«

Ich nicke erneut und berühre Daniels Hand, ohne Joshua aus den Augen zu lassen.

»Du kannst ruhig wegschauen«, sagt Daniel amüsiert. »Ich bin auch hier. Du wirst nirgendwo hingehen.«

Ich reiße mich von Joshuas Anblick los, um Daniel anzuschauen, der noch immer das zerknitterte Hemd trägt, das er heute Nacht, als ich die Wehen bekam, übergeworfen hat. Das ist erst Stunden her und fühlt sich doch schon so seltsam zeitlos an. Er streckt die Arme nach mir aus, und ich nähere mich ihm etwas steif, um mich umarmen zu lassen. »Ich hoffe wirklich, dass er mich hier festhält«, sage ich leise. »Aber was ist, wenn nicht, und ich …«

»Hör auf.« Daniels Stimme klingt bestimmt und irgendwie neu. Schon jetzt ist er ein anderer als noch vor ein paar Stunden. Als er noch kein Vater war. Dieser Daniel hier ist energischer, weil er es sein muss und weil er es sein will; der frühere Daniel ist bereits mit der Vergangenheit verschmolzen. Und auch ich habe mich verändert, denke ich, während ich den Kopf ganz leicht drehe, um einen Blick auf Joshua zu werfen, der nach wie vor sicher in seinem Bettchen liegt. Ich bin jetzt Mutter. Das wird alles verändern, weil es so sein muss und weil ich es so will.

Deswegen schiebe ich meine Sorgen beiseite.

Die ersten Tage, nachdem wir aus dem Krankenhaus entlassen worden sind, vergehen angenehm und schnell. Ich spüre, wie die andere Erica sich zurückzieht und sanft im Meer meines Bewusstseins davongleitet. Ich genieße träge Bäder in nach Vanille duftendem Schaum oder höre, schon im Bett liegend, zu, wie Daniel unten mit Joshua plaudert und ihm erfundene Lieder vorsingt, während er ihm die letzte Milch des Abends gibt. Ich bin öfter allein, und ich bleibe, wo ich bin.

»Du kommst doch klar, wenn ich wieder arbeiten gehe?«, fragt Daniel am Abend vor seiner Rückkehr ins Büro.

Ich nicke, setze Joshua auf meinen Schoß, halte sein winziges Kinn in einer Hand und streiche mit der anderen über seinen zarten kleinen Rücken. »Mehr als das. Im Vergleich zu früher fühle ich mich wie ein vollkommen anderer Mensch. Alles hat sich zum Besseren verändert.«

Ich verbringe die Vormittage mit endlosen Spaziergängen auf der Promenade und schiebe den altmodischen, sanft hüpfenden Kinderwagen die grasbewachsenen Hänge hinauf, um auf das Meer zu blicken. Dabei erzähle ich Joshua von den Schneeglöckchen und Wolken und den wechselnden Farben des Himmels, und er betrachtet mich neugierig, seine blauen Augen verfolgen jede meiner Bewegungen, sein Mund macht kleine Os als Antwort auf meine Worte, auf seinen winzigen rosa Lippen formen sich Blasen. Und wenn wir uns umdrehen und ich unser Haus in der Ferne sehe, erfüllt mich ein erregendes Glücksgefühl, weil es tatsächlich uns gehört.

Wenn dann Daniel von der Arbeit nach Hause kommt, starren wir Joshua in seinem Babykörbchen an, erstaunt, wie sehr er sich seit dem Vortag und dem Tag davor verändert hat. Dann machen wir es uns auf unserem grauen Sofa gemütlich, schalten durch die Fernsehkanäle, essen Eintöpfe und Curries, um uns gegen die ewige Kälte zu schützen, die sich in unserem Haus eingenistet hat. Pip die Katze gesellt sich zu uns, sie rollt sich immer auf meinem Schoß zusammen. Die

Tage sind von jener Magie durchzogen, die nur mit Neuanfängen einhergeht.

Eine Literaturagentin hat sich mit mir in Verbindung gesetzt und mich aufgefordert, mein Buch fertigzustellen, und mit dieser Arbeit verbringe ich jede Sekunde, in der Joshua schläft. Es gibt erstaunlich viel zu erzählen, darunter auch Geschichten von Gebäuden, Privathäusern und Familienunternehmen. Abend für Abend umgebe ich mich mit Erinnerungen an Blackpool, verblassten Fotografien und gekritzelten Telefonnummern von Menschen, die vielleicht bereit sind, ihre Erinnerungen mit mir zu teilen. Da gibt es beispielsweise eine vierundachtzigjährige Frau, die ihren Mann während eines Urlaubs in Blackpool kennenlernte und heute fünfzehn Urenkel hat. Oder einen Mann, der von seiner Mutter, einer Zirkusartistin, in eine Decke gewickelt vor dem Blackpool Tower abgelegt wurde, als er gerade mal zwei Tage alt war. Oder meinen eigenen Dad, der seinen Aufenthalt in Blackpool verlängerte, um bei meiner Mum bleiben zu können, ein Besuch, der erst zu seinem und dann zu meinem Leben wurde.

An einem dieser sich angenehm wiederholenden Tage stehe ich im Garten, schaukle Joshua sanft hin und her und atme die süße Frühlingsluft ein. Es hat den ganzen Tag geregnet, wir sind im Haus geblieben und haben den Tropfen gelauscht, die an die Fenster klopften. Doch sobald der Regen aufhörte, drückte ich die schwere Hintertür auf, Pip wand sich um meine Knöchel.

Der durchweichte Garten, um den wir uns wegen unseres fruchtlosen Bestrebens, zuerst das Haus fertigzustellen, wenig gekümmert haben, ist jetzt knorrig und wild wie eine alte

Hexe. Ich wische einige klebrige Spinnweben von der Bank, die durch das Dach geschützt war, und setze mich dann mit Joshua auf dem Arm hin. Man kann das Meer rhythmisch rauschen hören, auf und ab. Die Möwen weinen und schreien. Und dann, vollkommen unerwartet, Schritte hinter dem Haus.

Es ist Daniel. Grinsend wedelt er mit Papieren durch die Luft. Ich stehe auf, um ihn zu küssen.

»Warum bist du so früh zu Hause?« Normalerweise kommt er nicht vor achtzehn Uhr, und jetzt ist es gerade mal vier.

»Weil ich etwas Wichtiges mit dir besprechen muss.« Er drückt mir die Papiere in die freie Hand und nimmt mir Joshua ab. »Du kannst natürlich auch Nein sagen.«

»Ja«, sage ich sofort, woraufhin er so laut lacht, dass Joshua in seinen Armen erschrickt.

»Du weißt ja nicht mal, worum es geht!«

»Das ist egal, weil du so glücklich aussiehst. Wie könnte ich da jemals Nein sagen? Außerdem habe ich eine Ahnung, worum es gehen könnte.« Ich blicke auf die Papiere. Als Daniel vor zwei Jahren aus Berlin zurückkam und wir das Haus kauften, nahm er einen Job bei Palms Architecture in Manchester an. Damals war die Firma sehr klein, und Daniel half dabei, die Auftragsliste zu erweitern und einen so guten Ruf aufzubauen, dass viele Firmenkunden zurückkehrten und andere ermutigten, ihrem Beispiel zu folgen. Er hat zwar einen langen Weg ins Büro, und die Arbeit folgt ihm nach Hause wie ein streunender Hund – sie liegt überall herum, im Schlafzimmer, auf dem Küchentisch, im Auto –, doch Daniels Entwürfe werden durchweg gut aufgenommen, und John, der Inhaber, ist ein guter Freund geworden. Er hat bereits ein paarmal erwähnt, dass Daniel eine aktivere Rolle übernehmen sollte.

»Die Firma zieht um«, erklärt Daniel, als wir uns wieder auf die Bank setzen. »Das Büro, das wir uns vor einiger Zeit angeguckt haben, steht immer noch leer, und es liegt in einem deutlich belebteren Stadtteil, wodurch wir mehr Aufmerksamkeit und hoffentlich neue Kunden gewinnen würden. John meint, dass wir gleichzeitig expandieren sollten. Ich könnte Anteile der Firma kaufen, allerdings müssten wir dafür unsere ganzen Ersparnisse für das Haus verwenden, Erica. Die wären weg.«

»Daniel, das macht mir wirklich nichts aus. Du musst Ja sagen.«

»Denk zumindest erst einmal darüber nach. Wir haben die ganze Zeit so sparsam gelebt. Irgendwie fühlt es sich falsch an, unser Geld für etwas anderes auszugeben als für das, was wir geplant haben.«

Energisch schüttle ich den Kopf. »Das finde ich nicht. Es fühlt sich sogar richtig an. Du sagst doch immer, dass Pläne manchmal geändert werden müssen. Das hier ist eine große Chance. Du arbeitest gern mit John zusammen, und im Grunde hast du dir so etwas immer gewünscht.«

»Natürlich mache ich einen Termin mit der Bank, und ich muss auch mit einem Anwalt sprechen. Wahrscheinlich müssen wir nur den Einbau der neuen Fenster verschieben.«

»Und das Verputzen.«

»Die Teppiche.«

»Das Badezimmer.«

»Praktisch alles. Tut mir leid, Erica. Wenn du dir nicht sicher bist, kann ich es wirklich lassen.«

»Ach.« Mit einer Handbewegung wische ich seine Bedenken beiseite. »Du weißt doch, wie sehr ich alte Sachen liebe. Da bin ich ganz in meinem Element.«

Daniel blickt mich an, und plötzlich ist das Haus nicht mehr wichtig, und die launischen Toiletten, die nur manchmal spülen, die rostigen Wasserhähne und rissigen Bodenfliesen, die schiefen Fenster, die sich nicht richtig öffnen oder schließen lassen, die fadenscheinigen Teppiche haben keinerlei Bedeutung – das sind nur winzige Punkte, wie Boote vor einem glatten blauen Horizont. Alles, was ich spüre, sind neue Anfänge. Unser Ende ist eine Million Welten entfernt.

Kapitel 31

Es wird jeden Augenblick regnen.

Ich bin etwa eine Stunde lang über die Promenade spaziert, und obwohl die Mailuft warm ist, schimmert der Himmel grau. Als ich zu Hause ankomme, verdunkelt sich der Nachmittag, die Wolken sind auf einmal schwarz und schwer. Da ich den Kinderwagen nicht die Stufen zu unserer Haustür hochwuchten kann, schnalle ich Joshua los, um ihn ins Haus zu tragen. Ich sollte mich beeilen, denke ich, während ich mit einer Hand in der Tasche nach dem Schlüssel taste, denn wenn ich den Kinderwagen draußen stehen lasse, wird er nass. Ich hätte mich einfach nicht von diesem Retro-Kinderwagen verführen lassen sollen, nur weil er nett und antik aussah und ein Schnäppchen war. Ich hätte einen leichten kaufen sollen, den man nur mit dem Zeh anzutippen braucht und dann zusammengefaltet in Kofferräume und Gänge schleudern kann. Das denke ich also, während ich Joshua hastig ins Haus bringe und dabei über eine zerbrochene Fliese in unserem Flur stolpere. Beinahe hätte ich Joshua fallen lassen, es gelingt mir aber gerade noch, mich mit der freien Hand am Geländer festzuhalten.

»Ich will mir gar nicht vorstellen, was alles hätte passieren können«, sage ich an diesem Abend erschaudernd zu Daniel. »Wir müssen wirklich ein paar Reparaturen vornehmen, auch wenn es nur kleine sind.«

Gleich am nächsten Tag fährt ein Handwerker in einem kleinen roten Lieferwagen vor. Als er unseren Flur betritt, zuckt er zusammen. »Da haben Sie sich aber ein ziemliches Projekt aufgehalst. Ich habe vor ein paar Jahren gesehen, dass dieses Haus auf dem Markt war, und dachte mir, wer so etwas kauft, ist entweder mutig oder dumm.« Er schüttelt sich vor Lachen und wird vor Stolz über seinen eigenen Witz ganz rosa im Gesicht. »Und das noch mit einem kleinen Mann, auf den man aufpassen muss«, fügt er hinzu und zeigt auf Joshua, den ich in meinem schmerzenden Arm halte.

»Genau.« Ich räuspere mich. »Ein großes Projekt, und es gefällt uns. Wir haben viele Pläne, doch im Moment möchte ich nur wissen, wie viel es kostet, diesen Boden hier zu reparieren.« Ich deute auf die Fliesen im Flur, worauf der Mann den Kopf schüttelt wie ein Hund. »Viel Arbeit, meine Liebe. Man kann ja nicht einfach aus dem Nichts eine Fliese erschaffen. Sie müssten das ganze Teil ersetzen. Laminat würde gut aussehen. Die Fliesen müssen herausgerissen werden. Wenn Ihr Kleiner mal anfängt zu krabbeln, dürfen Sie die nicht mehr haben. Er wird dann überall sein.«

Ich mag die schwarzen und weißen Fliesen, die sich von der Haustür bis zur Küche erstrecken. Einige haben Risse, was für mich aber ein Teil ihres Charmes ausmacht. Könnten diese Fliesen sprechen, hätten sie viele Geschichten über die verschiedenen Schuhe zu erzählen, die in den letzten hundert Jahren auf ihnen herumgetrampelt sind.

»Schon gut.« Ich seufze. »Danke, dass Sie trotzdem gekommen sind.«

»Wenn Sie sich Laminatboden besorgen, dann rufen Sie mich an, ich kann ihn für Sie verlegen. Oder wenn Sie zur Besinnung kommen und Hilfe beim Umziehen brauchen, lassen Sie es mich ebenfalls wissen. Ich habe ein paar Kumpels, die Umzüge erledigen.« Er reicht mir ein rotes Flugblatt, auf dem steht:

Handwerker Neil.
Kein Job ist zu groß oder zu klein.

»Was hat er gesagt?«, fragt Daniel später am Abend, während er noch seinen Mantel auszieht und über einen unserer nicht zusammenpassenden Esszimmerstühle wirft.

»Er hat vorgeschlagen, alles herauszureißen und durch Laminat zu ersetzen.«

»Da hätte er dich ja genauso gut beschimpfen können, Erica!« Er kommt zu mir, um mich leicht auf die Stirn zu küssen. »Ich werde ein paar Wertstoffhöfe anrufen und fragen, ob sie ähnliche Fliesen oder eine andere Idee haben. Er hat es einfach nicht kapiert. Aber irgendjemand wird uns schon helfen, das zu klären.«

Verzagt lasse ich meinen Blick über die krummen alten Küchenschränke wandern. »Ich frage mich«, sage ich leise, »ob wir es einfach lassen sollten. Es verkaufen und woanders weitermachen.«

»Was? Das Haus aufgeben?«

»Ich weiß es nicht. Seit ich mit Joshua gestolpert bin, denke ich immer wieder darüber nach, ob wir uns nicht mal umschauen sollten, was es sonst noch gibt«, gestehe ich. »Ich habe nichts gesagt, weil es sich falsch anfühlte, als würden wir zu früh aufgeben. Aber ich weiß einfach nicht, ob dieses Haus nicht ein zu großes Projekt ist. Wir scheinen nicht voranzukommen.« Als ich Daniels schuldbewusste Miene sehe, bereue ich meine Worte sofort. »Mir macht es nichts aus, wirklich. Dass du Anteile von Palms kaufst, meine ich, das wollten wir schließlich beide.« Ich beobachte ihn und hoffe inständig, dass er zu seiner Entscheidung stehen kann. Ich würde alles für ihn tun, und ich weiß, wie viel ihm seine Arbeit bedeutet.

»Das hier war in Ordnung, als wir zu zweit waren. Aber jetzt, mit Joshua, haben sich die Dinge geändert. Als wir es gekauft haben, konnten wir nicht wirklich wissen, was es bedeutet, ein Baby zu haben, richtig? Und wir haben definitiv nicht konkret über die Kosten und den Zeitaufwand nachgedacht.«

Wir schauen uns um. Starren auf den Schimmel, den wir erst letzte Woche weggeschrubbt haben und der wieder in kleinen schwarzen Strudeln aus der Wand sprießt. Die Küchenschränke hängen wie schiefe Zähne an den Wänden, das Holz spröde und fleckig. Daniel in seinem feinen Anzug bildet einen krassen Widerspruch zu dem schäbigen Chaos.

»Ich weiß«, gibt er zu und seufzt. »Ich habe versucht, es zu ignorieren, aber du hast recht. Also lass uns darüber nachdenken.«

Wir finden ein Haus, das wir schon am Wochenende besichtigen können, einen Neubau ein paar Straßen hinter der Promenade in Richtung St. Anne's Square. Da Zoe übers Wochenende verreist ist, habe ich mit einem anderen Agenten Kontakt aufgenommen. Irgendwie habe ich das Gefühl, nicht loyal zu sein, aber schließlich haben wir noch keine Entscheidung getroffen, wir sehen uns lediglich ein anderes Haus an, um herauszufinden, wie wir am besten weitermachen sollten.

»Hier«, erklärt Jack, der Immobilienmakler, als wir unbeholfen im Schlafzimmer stehen. »Wenn Sie an den Häusern zu Ihrer Rechten vorbeischauen, können Sie gerade noch das Meer sehen. Perfekt.«

Wir recken die Hälse, bis wir ein Glitzern der Wellen zwischen den Gebäuden erkennen. Wüsste man es nicht, würde man es gar nicht bemerken.

»Momentan wohnen wir in einem Haus an der Promenade«, sagt Daniel. »Wir sind etwas verwöhnt, was die Aussicht betrifft.«

Jack erschaudert. »Aber die ganze Instandhaltung. Salzkorrosion. Überschwemmungen. Nein, Sie brauchen so was hier. Eine Aussicht, aber ohne Probleme. Wenn ich wieder im Büro bin, werfe ich einen Blick in meinen Terminkalender, dann können wir ein Treffen vereinbaren, um Ihr Haus zu schätzen. Sobald Sie es auf dem Markt haben, sind Sie viel besser dran. Dieses hier wird Ihnen wahrscheinlich unter der Nase weggeschnappt, wenn Sie zu lange zögern.«

Wir folgen dem Makler von Zimmer zu Zimmer, die alle völlig makellos sind: üppige cremefarbene Teppiche, alle Oberflächen leuchten in weißer Hochglanzfarbe, perfekte Schränke und Badezimmer. Es gibt einen hellen, quadratischen Garten, mit einer Schaukel neben der Garage aus orangefarbenen Ziegelsteinen. Daniel hat Joshua auf dem Arm, der fasziniert zu den hellen goldenen Strahlern an der Decke hochstarrt. Der Raum, der ihm gehören würde, ist in einem zarten Zitronengelb gestrichen. Ich stelle mir sein Kinderbett hier drinnen vor, drehe mich zu Daniel um und frage mich, ob er dasselbe denkt.

»Es ist das genaue Gegenteil von unserem Haus«, sagt er später, als wir in einem Café auf dem St. Anne's Square sitzen.

Ich schaue in Joshuas Kinderwagen und streiche seine Decken gerade. Er schenkt mir ein breites Lächeln, und ich tippe auf die Spitze seiner winzigen Nase. »Ich weiß. Es wäre so seltsam, irgendwo zu wohnen, wo es so …«

»Hübsch ist? Sauber?«, schlägt Daniel vor, und wir müssen lachen.

»Nun ja.« Ich rühre in meinem Kaffee und starre auf den wirbelnden Schaum. »Für Joshua wäre es besser, oder? So viel sauberer und *fertig*.«

»Besser in dieser Hinsicht. Aber uns muss es auch gefallen. Gefällt es dir wirklich? Oder ein anderes Haus wie dieses, das Zoe für uns finden könnte?«

»Ich denke, irgendwann würde es mir gefallen.«

»Also meinst du, dass wir unser Haus schätzen lassen sollten?«

Schweigend trinke ich einen Schluck Kaffee, und mir wird etwas übel, als er mir durch die Kehle gleitet.

Daniel wirft die Hände in die Luft. »Erica, was tun wir hier? Wollen wir das wirklich? Willst du es? Sei vollkommen ehrlich.«

Ich schüttle den Kopf. »Nein. Ich habe zwar das Gefühl, dass ich es wollen sollte, aber dieses Haus wäre für uns kein Zuhause. Ich möchte, dass wir jetzt sofort nach Hause gehen und dort bleiben. Natürlich sollten wir alles in unserer Macht Stehende tun, damit es für Joshua sicherer wird. Aber ich will dort für immer leben und es uns schön machen, auch wenn es fünfzig Jahre dauert. Ich will an unserem Plan festhalten.«

»Ich auch.« Daniel schüttet seinen Kaffee herunter, obwohl der viel zu heiß sein muss. »Dann lass uns gehen.«

Ein paar Wochen später finden wir auf einem Wertstoffhof ein paar Fliesen, mit denen wir unseren Flur reparieren können. Daniel nimmt sich einen Tag frei, um die Arbeit selbst zu erledigen, und nachdem er die neuen Teile sorgfältig befestigt hat, beglückwünschen wir uns zu unserem Umbau. Warum, fragen wir uns lachend, haben wir jemals über einen Umzug nachgedacht? Der Boden sieht so gut wie neu aus. Oder besser. Er wird kein Problem darstellen, wenn Joshua anfängt zu krabbeln, zu laufen und zu rennen. Und während wir so über Fliesen und Häuser und Flure sprechen und unsere schöne Normalität leben, geht das Leben weiter und steuert sein nächstes Ziel an.

Teil drei

Kapitel 32

7. September 2017

Früher dachte ich immer, mein Verschwinden sei das Problem.

Nun scheint es die Lösung zu sein.

Die entscheidenden Ereignisse, die in unser Leben hereinbrechen, scheinen erschreckend unüberwindlich zu sein – wie Blitze und Feuerwerk, so laut und grell, dass wir von ihnen wie betäubt und geblendet sind. Und im Nachhinein ist es unvorstellbar, dass wir keine Ahnung hatten, was uns erwartete. Hätten wir genauer hingehört, einen Moment innegehalten, hätten wir vielleicht das ferne Grollen des herannahenden Sturms hören können, hätten gespürt, dass irgendetwas nicht stimmte, dass das Leben gerade dabei war, sich in zwei Hälften zu spalten.

Vor jenem Tag kamen mir so viele Vorhers und Nachhers wichtig vor. Bevor sich meine Eltern scheiden ließen und danach, nachdem wir nach Blackpool gezogen waren. Bevor Mike mit mir Schluss machte und ich Daniel traf und danach. Bevor wir das Haus kauften und heirateten und danach.

Jetzt ist alles miteinander verwoben, zusammengequetscht in dieses längere Vorher, das einzige, dem eine Bedeutung zuzukommen scheint.

Ich steche mit der Gabel in ein Stück trockenen Kuchen, bevor ich es an die Lippen hebe, lasse es dann aber wieder sinken. Herbstkälte schlängelt sich durch die Luft, ich ziehe meine Strickjacke fester um mich herum und starre stirnrunzelnd auf das zersplitterte Fenster.

Ich kann mir nicht helfen, aber ich habe das Gefühl, dass das Haus auch schuld ist.

Alle *sagen*, es liege nicht am Haus. Sie sagen, es sei unerklärlich. *Unvorhersehbar.*

Aber wenn wir es nun doch hätten verhindern können? Wenn es einen Weg gegeben hätte, es vorherzusehen?

Was wäre, wenn wir das Haus nie gekauft hätten? Oder wenn wir nicht geblieben wären?

Was wäre wenn, was wäre wenn, was wäre wenn.

Und was ist, wenn ich ihn nicht im *Luigi's* treffe? Was dann?

Kapitel 33

Joshua ist sechs Monate alt. Heute ist ein heißer Tag, einer dieser Septembernachmittage, die den Sommer nicht loslassen wollen und nicht einmal ein herbstliches Flüstern dulden. Ich habe einen Friseurtermin und lasse Joshua bei Daniel, der mir versichert, dass er durchaus in der Lage ist, sich allein um unseren Sohn zu kümmern.

Joshua sitzt in seinem gelben Babyhochstuhl, und ich nehme seine kleine patschige Hand in meine und küsse seine weiche Wange, an der unglaublich heller Karottensaft klebt, und ich sage ihm, dass ich bald zurückkomme.

»Er isst zum ersten Mal Karotten«, erkläre ich Daniel, der am Tisch sitzt und nicht von seinem Laptop aufschaut, sondern nur die Hand ausstreckt und zerstreut über meinen Schenkel streicht, während ich spreche. »Ich glaube nicht, dass er allergisch ist, aber wenn ihm schlecht wird oder so etwas und du mich brauchst, dann habe ich mein Handy dabei, okay? Es dürfte nicht allzu lange dauern.«

»Hmm. Yep. Verstanden.«

»Du musst ihn im Auge behalten.« Ich bemühe mich um einen freundlichen Ton. »Du darfst ihm nicht *nicht* beim Essen zugucken.«

Endlich blickt er auf, und ich muss über mich selbst lachen.

»Verstanden. Zugucken, wie er Karotten isst.« Daniel klappt seinen Laptop zu, schiebt ihn weg und rückt den Stuhl näher an Joshua heran, der das Püree in seiner fetten kleinen Faust zerdrückt.

Während der Friseur schnippelt und schnippelt und schwarze Haarsträhnen meine Schultern wie Federn schmücken, denke ich an Karotten und an die morgige Kartoffel mit Kohlrübe, die ich noch aus der Gefriertruhe nehmen muss. Ich höre kein fernes Grollen und auch nicht das Knistern von Flammen, die langsam hochzüngeln, um dann als wütende Feuersbrunst in meine Welt einzubrechen. Ich sitze nur da, starre mein eigenes Gesicht im Spiegel an und denke, dass es zu heiß ist und wie sehr ich mich auf den Winter freue: Kerzen und Decken und lange Winterspaziergänge, Zimtkaffee und saftige Mandarinen, Joshuas erstes Weihnachten.

Kapitel 34

Ich höre Joshuas empörtes Heulen schon, bevor ich nach der Rückkehr vom Friseur die Haustür öffne.

»Er hat die Karotten ausgespuckt«, sagt Daniel, als ich ins Wohnzimmer trete. »Wollte sie nicht anrühren. Davon ist mehr in seinem Gesicht gelandet als in seinem Bauch. Er ist superschlecht gelaunt.« Er führt einen lustigen Tanz vor Joshua auf, der auf dem Sofa sitzt. Joshuas Gesicht, immer noch orange gefärbt, legt sich in Falten und bleibt einen Moment lang so, bevor ein neuer Schrei ertönt.

»Es ist zu heiß.« Kleine lose Härchen kribbeln auf meiner Haut, ich reiße mir die schwarze Strickjacke herunter, bevor ich Joshuas klamme Stirn berühre und ihm das kleine blaue T-Shirt herunterzerre, woraufhin er noch mehr brüllt. Ich nehme ihn auf den Arm. »Er ist müde. Ich bringe ihn ins Bett.«

Daniel schaut auf seine Uhr. »Es ist erst sechs.« Er schaut mich an und lächelt. »Deine Frisur. Gefällt mir sehr.«

Ich fasse mir in den Nacken, der seltsam nackt ist. »Wirklich? Sie schneiden immer kürzer, als man will.«

Sanft berührt Daniel mein Haar, woraufhin Joshua seine Hand packt und sein kleines Gesicht vor Wut erneut zerknittert. »Steht dir gut.«

»Also los«, sage ich zu Joshua. »Bestimmt fühlst du dich besser, wenn du geschlafen hast.«

Daniel stöhnt auf. »Er wird in aller Herrgottsfrühe aufwachen, wenn wir ihn jetzt ins Bett bringen.«

Allein die Erwähnung von Schlaf lässt mich gähnen, am liebsten würde ich sofort unter die Bettdecke kriechen und die Augen schließen. Joshua schläft immer noch nicht durch. Ich habe so viele Morgendämmerungen damit verbracht, ihn zu schaukeln und zu beruhigen, dass ich ständig erschöpft bin. »Ich weiß.«

Joshua jammert wieder, und ich tätschele sanft seinen flaumigen Kopf, während wir die Treppe hinaufgehen.

Ich ziehe ihm den Rest seiner Kleidung aus, kämpfe dabei gegen seinen kleinen, sich windenden Körper und flöße ihm etwas flüssiges Paracetamol ein. Daniel kommt mit einer Milchflasche. Joshua beruhigt sich beim Trinken, seine Augenlider flattern und schließen sich. Morgen ist Sonntag, aber am Montag, beschließe ich, als ich ihn in sein Bettchen lege, werde ich ihn zum Arzt bringen, wenn es ihm nicht besser geht. Wahrscheinlich brütet er etwas aus. Ich versuche, das Fenster zu öffnen, aber Joshuas Fenster ist eines von vielen im Haus, die sich nicht öffnen lassen. Der Riegel ist nervtötend widerspenstig, durch unendlich viele Schichten Hochglanzfarbe verkrustet. Daniel versucht es ebenfalls und gibt dann auf.

»Diese Fenster!«, zische ich verärgert. »Es ist zu warm hier drin.«

»Morgen kaufe ich einen Ventilator«, verspricht Daniel.

Wir gehen die Treppe hinunter, dabei drücke ich das Babyfon fest gegen das Ohr, um dem stetigen Auf und Ab von Joshuas sanften Atemzügen zu lauschen. Wir bestellen Pizza und schlafen nach dem Essen auf dem Sofa ein. Durstig von der Pizza, wache ich in den frühen Morgenstunden auf, mein Körper schmerzt, weil ich in einem krummen Winkel eingeschlafen bin. Weißt du noch, früher, als wir so oft zusammen auf dem Sofa einschliefen, weil wir uns unterhalten und geküsst haben, und nicht, weil wir bis auf die Knochen erschöpft waren? Wie sich die Dinge verändert haben. *Weißt du noch, weißt du noch.*

Ich zwinge mich, aufzustehen und in die Küche zu gehen, trinke ein Glas Leitungswasser, das mich zusammenzucken lässt, weil es zu warm ist und zu metallisch schmeckt. Ich steige die knarrende Treppe hinauf, öffne Joshuas Tür und mache mich auf den Weg zu seinem Kinderbett, um nach ihm zu sehen. Ich lege meine Hand an seine Wange.

Und das ist das Ende von Davor.

Kapitel 35

Unsere Welt ist in Stücke zerbrochen, binnen weniger Sekunden nicht mehr wiederzuerkennen.

Ich schreie Daniels Namen immer wieder, meine Stimme ist die einer anderen, eines Menschen, der in einem Horrorfilm aus Albträumen und Terror lebt, in einem Leben, das nicht, niemals, weitergehen kann.

Er kommt ins Zimmer, verschlafen und verwirrt. Ich kann nichts sagen, nur die Hände vors Gesicht schlagen. Daniel schaut hinunter in das Kinderbettchen, und ich erkenne so etwas wie Hoffnung in seinem Gesicht, eine Hoffnung, die mein Inneres verdreht und zerquetscht.

Dein Handy, sagt er und klopft dabei wie verrückt seine Taschen ab. Ein Handy.

Irgendwie gelingt es ihm, den Notruf zu wählen. Sagt es ihnen. Kalte Haut. Nein. Ja. Nein. Und dann hört er auf zu reden und fängt stattdessen an zu weinen. Das Geräusch kringelt sich wie eine Schlange um meinen Verstand, und ich werde niemals aufhören, es zu hören.

Die Sanitäter treffen ein, obwohl ich mich nicht erinnern kann, dass wir ihnen unsere Adresse genannt haben. So wird das Leben jetzt sein. Erinnerungen und Gedanken werden keinen Sinn mehr ergeben. Sie werden nur scharfe Fragmente sein, Scherben eines zerbrochenen Spiegels, in denen ich mich nicht mehr erkennen kann.

Es ist unvermeidlich, nicht wahr? Sobald der Sanitäter sich zu mir umdreht und ich höre, wie sein Mund die glühend heißen, brennenden Worte formt, die sich in meinen Kopf einbrennen, möchte ich mich von alldem losreißen, um in eine Welt zu entkommen, in der das nicht geschieht, in der das nie geschehen konnte.

Ich schließe die Augen, drücke Daniels Hand so fest, dass es uns wehtun sollte, doch wir spüren keinen anderen Schmerz als den brüllend heißen, der in uns beiden wühlt.

Die Haustür öffnet und schließt sich, öffnet und schließt sich.

Die Luft riecht zu süß, nach Spätsommer und ekligem Geißblatt. Der Geruch bleibt mir im Hals stecken und lässt mich würgen, als wir in den Krankenwagen steigen.

Im Krankenhaus ankommen, lasse ich Daniels Hand zunächst nicht los. Ich muss bei ihm bleiben – jetzt zu verschwinden wäre zu grausam.

Ein Mann meint, er müsse uns einige Fragen stellen. Er sagt, er sei Ermittler, trägt aber keine Uniform. Er hat Kaffee auf seinem Hemd verschüttet, ein hässlicher brauner Fleck auf dem blassgrünen Stoff. Das ist das Schlimmste, was ihm heute widerfahren ist, denke ich bitter. Ein verschüttetes Getränk. Ich blicke ihn an, während er uns Tausende von Fragen stellt, die mich beinahe ersticken lassen: Fragen über Stofftiere und Bettzeug und das Kinderbett und wie viel von seiner Milch Joshua vor dem Schlafengehen getrunken hat. Ich denke voller Entsetzen an die Hitze in Joshuas Zimmer, an das Fenster, das sich nicht öffnen ließ. Und daran, dass wir auf dem Sofa schliefen, als er seinen letzten Atemzug tat, und ich schreie.

Dann laufe ich los.

Ich höre Daniel meinen Namen rufen und mit der Faust gegen die Tür der Krankenhaustoiletten hämmern. Er kommt herein und klopft an die Kabine, aber ich habe abgeschlossen. Trauer ertränkt mich. Ich versuche, nach ihm zu rufen, aber meine Stimme will mir nicht gehorchen.

Davon werde ich mich nicht erholen, denke ich immer wieder. Ohne ihn kann ich nicht leben. Bilder von Joshua blitzen auf: seine milchige Wärme, seine völlige Abhängigkeit von uns, seine *Sachen* in unserem Haus. Wie soll ich jemals, jemals seine Sachen anschauen können? Ich übergebe mich, saurer Kummer strömt aus mir heraus, und ich höre Daniel wieder meinen Namen rufen, seine Stimme heiser von roher Trauer und Schock. Die Verzweiflung in seiner Stimme hält mich beinahe hier fest, aber das reicht nicht.

Nichts reicht mehr.

Meine Beine geben unter mir nach, und meine Welt stürzt ein.

Die andere Erica lacht. An ihrem Handgelenk trägt sie ein zartes goldenes Armband. Keinen Ehering am Finger. Ihr rabenschwarzes Haar fällt ihr lang auf den Rücken herab. Ihre Nase ist mit Sommersprossen gesprenkelt.

»Heute ist mein letzter Abend hier«, sagt sie zu einem großen Mann mit leuchtend roten Haaren.

»Schade«, entgegnet der Mann. »Ich habe mich immer gefreut, wenn du Schicht hattest. Wir werden dich vermissen.«

»Ha.« Erica nippt Wein aus einem trüben Glas. »Ich bin leicht zu ersetzen, weil ich nämlich eine schreckliche Kellnerin bin.« Sie grinst. »Meine Schicht läuft eigentlich noch, doch stattdessen trinke ich.«

Zitternd sehe ich ihr zu und versuche, den anhaltenden sauren Geschmack in meinem Mund herunterzuschlucken. Sie hat keine Ahnung, was mit ihr – mit mir – geschieht, während sie diesen Wein trinkt und erzählt, dass sie nach Italien ziehen wird, sie spricht von einem Freund mit einer Villa.

»Er ist stinkreich.« Sie lacht. In ihrem Gesicht suche ich nach einem Aufblitzen von Angst, einem plötzlichen Gefühl unerklärlicher Leere, aber da ist nichts.

Und dann sitzt sie allein da. Der Mann mit den roten Haaren ist verschwunden, um nach jemandem zu suchen, der hierbleibt. Als ich sie beobachte, wie sie an ihrem Wein nippt und auf das utopische Paradies dahinter schaut, sehne ich mich danach, ihr Leben zu leben, wo das Dasein so einfach ist, so frei von der Qual, die auch hier noch in mir brennt. Ich strecke eine Hand nach ihr aus, aber da verblasst ihr Gesicht, die leuchtenden Farben hinter ihr verschwimmen zu einem Regenbogen, den ich nicht zurücklassen möchte.

Ich bin noch nicht so weit. Ich kann nicht zurück.

Während ich entschwinde, habe ich das Gefühl, sehen zu können, wie sie vielleicht doch einen Blick in ihr anderes Leben geworfen hat. Sie erschaudert, obwohl die Hitze um sie herum flimmert, schlingt die Arme um sich und blickt zur Seite, doch da ist niemand.

Und dann bin ich zurück, auf den kühlen, harten Boden des Krankenhauses geworfen.

Kapitel 36

Ich bin im Freien. Ich kann mich nicht daran erinnern, mich angezogen oder meine Zähne geputzt oder mein Haar gebürstet zu haben. Vielleicht hat das jemand für mich getan. Vielleicht hat mir jemand geholfen, die Bürste durch die verhedderten Knoten zu ziehen, in die sich meine Frisur verwandelt hat, und hat meine schweren Gliedmaßen in schwarze Leggings und ein schwarzes Kleid gesteckt. Aber ich weiß nicht, wer es war. Es ist, als würde ich meine Existenz ein- und ausblenden. Sobald ich sie einblende, spüre ich einen kühlen Luftzug auf meinem Gesicht, sehe die scharfen Farben und höre die schroffen Geräusche der Außenwelt, alles ist zu hell und zu laut. Ich weiß nicht, wie lange ich drinnen gewesen bin, und ich weiß nicht, wie lange der Tag her ist, an dem alles endete, oder der schwarze Tag der Beerdigung. Ich weiß nicht, wie lange *Davor* her ist. Es ist nicht mehr September, so viel steht fest, denn als wir alle im Auto saßen, hörte ich einen allzu fröhlichen DJ »Oktober« sagen, und die Trauer hat mich zerrissen. Ich habe vielleicht sogar geschrien. Als der September begann, war ich Joshuas Mum. Er war auf der Welt. Ich will den September und all die Monate davor nicht loslassen.

Wir sind in einem Park. Es ist keiner, in den ich jemals mit Joshua gegangen bin. So dumm sind sie nicht. Alle sind hier: Mum, Nicholas, Amelia, Phoebe. Daniel nicht. Ich erinnere mich, dass er mir morgens von diesem Tag erzählt hat, seine Lippen bewegten sich und Worte strömten aus seinem Mund.

Wie schafft er das? Wie kann er Sätze und Laute aneinanderreihen, die etwas bedeuten? Seine Worte begriff ich nicht. Einige konnte ich hören, aber nicht zusammensetzen. Park. Raus. Luft. Nicholas. Es roch nach Toast und Kaffee, nach schrecklich normalen Dingen, nach denen die Welt morgens riechen sollte, nach denen sie aber eben nicht riechen sollte, weil meine Welt stehen geblieben war.

Jetzt, da wir im Park sind, kann ich nicht aufhören, Phoebe anzustarren. Ihre glatte, milchig weiße Haut. Ihre dicken braunen Haare, die hoch auf dem Kopf lässig zu einem Pferdeschwanz zusammengefasst sind. Ihr Haar ist nicht außergewöhnlich. Es sind Nicholas' mausbraune kerzengerade Strähnen. Aber die Tatsache, dass es weiterwächst, dass mehr daraus geworden ist als weißblonder Babyflaum, dass ihre Füße und Hände, ihre Haut und Knochen unter ihren leuchtend rosa Leggings und ihrem gestreiften Oberteil in den Clarks-Turnschuhen weiterwachsen, fasziniert mich. Plötzlich kann ich nicht fassen, dass es jemandem gelingt, zu leben, sich aus dem Gewirr all der schrecklichen Möglichkeiten zu befreien, von denen wir alle ein Teil sind.

Phoebe wirft den Enten Brot zu. Als kein Brot mehr übrig ist, streckt sie Amelia eine Hand hin, um mehr zu bekommen. Amelia gibt ihr eine weitere Scheibe, und ihre Finger berühren sich für einen kurzen Moment. Es ist der kleinste Austausch, nicht erwähnenswert. Das Weiterreichen von billigem, hartem Brot – von Mutter zu Tochter, die so im Einklang miteinander sind, so aneinander gewöhnt, dass sie sich fast langweilen. Aber in mir erweckt es eine reißende Bestie aus Emotionen. Ich schreie und brülle. Die Leute starren mich an. Ein Mann in einem gelben Mantel rennt keuchend zu uns, etwas Schweiß schimmert auf seiner Stirn. Er hilft dabei, mich wieder ins Auto zu verfrachten, ich schlage mit Armen und Beinen um mich wie in einem Horrorfilm.

Als wir zu Hause ankommen, versucht Daniel, mit mir zu sprechen. Ich weiß nicht, wo die anderen hin sind. In letzter Zeit sind sie in einer Minute da und in der nächsten weg, dann wieder zurück, ohne dass ich weiß, wann sie wieder verschwinden werden. Es ist wie ein Albtraum, der keinen Sinn ergibt, der ohne Vorwarnung von einer Szene zur nächsten wechselt.

Jemand hat begonnen, die Sachen von Joshua im Erdgeschoss wegzuräumen – ich weiß nicht, wer oder wann. In der Küche gibt es keine Flaschen mehr, keine Kisten mit Babymilch, keine Rasseln oder Musselintücher oder Windeln. Aber ab und zu öffne ich einen Schrank oder eine Schublade, und ein vergessener Schnuller oder ein Spielzeug taucht auf, und der Anblick fährt in mich wie ein elektrischer Schlag, sodass meine Nerven brutzeln und ich aufschreie.

So viele Jahre habe ich Leute um mich gebraucht, weil ich in dieser Welt bleiben wollte, in diesem Leben, diesem Haus und bei diesen Menschen. Ein Schwindelanfall, eine Welle der Übelkeit, ein Nachlassen meiner Sinne, all das hat mich früher erschreckt und dazu geführt, dass ich mich an egal was festklammerte, so sehr, dass meine Knöchel weiß wurden. Davor wollte ich nie gehen. Immer habe ich mich danach gesehnt, zu bleiben. Jetzt jedoch blutet diese Sehnsucht aus, sickert aus mir heraus und verändert alles. Jeden Tag packt mich der verzweifelte Drang, vor allem davonzulaufen, dieser seltsamen Welt zu entfliehen, in der nichts mehr einen Sinn ergibt. Kaum spüre ich diese gewisse Benommenheit, überkommt mich die Versuchung, wegzulaufen und ihr nachzugeben. Doch immer, wenn ich dann aufstehe, um aus dem Zimmer zu huschen, hinein in die Isolation, die ich immer so sehr gefürchtet habe, springt jemand auf, legt mir sanft eine Hand auf die Schulter, umgreift mein Handgelenk, zieht mich wieder zurück.

Und dann ist da Daniel.

Ich muss für Daniel bleiben, das rufe ich mir täglich in Erinnerung.

Ich versuche, ihn zu hören. Ich sehe, wie sich sein Mund bewegt und die Qual sein Gesicht verzerrt.

Er macht dasselbe durch, sagt er. Er leidet auch. Er versteht mich.

Er zieht mich an sich, und ich ertappe mich dabei, wie ich mich sträube, Schuldgefühle steigen in mir auf, wenn ich mich von ihm löse, die Augen schließe und mich nach Abstand und Zeit für mich allein sehne. Sein tintenartiger, warmer Geruch hält mich im Vorher gefangen, tut mir weh, macht alles zu real und zu unerträglich.

Ich bemühe mich. Natürlich bemühe ich mich. Ich liebe Daniel und möchte ihm helfen. Ich möchte an dem Ort und in der Zeit bleiben, wo ich alles für ihn tun würde. Aber es ist, als wollte ich jemandem helfen, zu sehen, während ich selbst die Augen geschlossen halte.

Er kämpft, als wäre er in eine Welt versetzt worden, in der alles aus dem Gleichgewicht geraten ist, in der es schon schwerfällt, einfach nur aufrecht zu stehen. Sein Verstand, der immer so scharf und schnell war, ist langsamer geworden, doch seine Bewegungen sind gleich geblieben. Ständig lässt er Dinge fallen. Messer knallen auf den Boden, wenn er Butter auf Toast schmiert, den wir nicht essen wollen, sein Telefon rutscht ihm aus den Händen, während er auf den Tasten herumdrückt. Ich hebe Dinge für ihn auf, reiche sie ihm schweigend. Er nickt dankbar. Aber wir sprechen immer weniger.

Worte sind mir fremd. Ich schwebe durch die Tage, und erschreckende Fluten von Emotionen brechen ohne Vorwarnung aus mir heraus wie an jenem Tag im Park.

Auf der Titelseite von Daniels Tageszeitung lese ich, dass wir November haben. Die Luft ist bitterkalt, die Blätter, die in unseren Garten fallen, sind flammend orange, und Himmel und Meer scheinen sich einander gefährlich zu nähern.

Die Zeit wartet nicht auf uns.

Ich weiß nicht, an welchem Wochentag Daniels Eltern bei uns eintreffen. Sie sind hier, weil ich mich gezwungen habe, zum Telefon zu greifen und ihre Nummer zu wählen, weil ich weiß, dass ich kaum noch lebe und dass jemand an meiner Stelle für Daniel da sein muss.

Sein Dad ist eine graue klobigere Version von Daniel. Als sie ankommen, zieht er mich in eine merkwürdig feste Umarmung, er murmelt etwas über Trauer, das ich nicht ganz mitbekomme. Seine Mum stürmt direkt in das Wohnzimmer und stellt frische Blumen in eine Vase, die ich noch nie zuvor gesehen habe.

Ich helfe ihnen, ihre Sachen aus dem Auto zu laden. Wahrscheinlich wollen sie nicht hier übernachten. Das Haus ist baufälliger denn je, und sie wohnen nur etwa eine halbe Autostunde entfernt. Also sage ich Danke, aber sie winken nur ab.

Daniels Mum, Diane, räumt Eier in unseren Kühlschrank, putzt die Krümel von den Oberflächen und beginnt unauffällig, Staub zu wischen. Sein Dad Paul sitzt mit Daniel am Tisch. Daniel schaltet die Kaffeemaschine ein, die ich ihm Weihnachten geschenkt habe, vor weniger als einem Jahr und doch vor so langer Zeit. In der Küche beginnt es bittersüß und warm zu riechen. Sie unterhalten sich leise, ruhig, nippen an ihren Getränken, Paul steht auf, um die Tassen wieder zu füllen, sobald sie leer sind.

»Danke«, flüstert Daniel, als wir an diesem Abend nebeneinander in unser kühles Bett schlüpfen. Wir haben immer noch keine Vorhänge. Mit dem Meer als einzigem Zuschauer hatten wir es nie eilig. Der Himmel ist tiefschwarz, gesprenkelt mit glühenden Sternen und einem unheimlichen Vollmond, der unser Schlafzimmer erhellt.

Ich drehe mich zu ihm.

»Dafür, dass du Mum und Dad gebeten hast, zu kommen«, fährt Daniel fort. »Es ist wirklich gut, sie hier zu haben.«

Ich höre von unten das Klappern von Töpfen. Diane hat Roastbeef zum Abendessen gemacht. Ich habe sogar etwas davon gegessen und etwas von dem starken Rotwein probiert, den sie mir vor die Nase stellte. Jetzt spült sie das Geschirr in dampfendem Seifenwasser, und Paul trocknet es ab, um es an Plätze zu räumen, wo es normalerweise nicht hingehört. Ich kann hören, wie sie sich leise unterhalten.

»Ich wollte dir helfen«, sage ich. »Und das war das Einzige, was mir einfiel. Ich möchte dir zwar selbst helfen, aber ich kann nicht.«

Daniel sucht unter der Decke nach meiner Hand und drückt sie. »Aber das hast du. Das hat mir geholfen. Es hat gutgetan, mit Dad zu sprechen. Ich selbst hätte sie nicht gebeten, zu kommen, und das wusstest du. Und dafür danke ich dir.« Er bewegt sich auf mich zu, drückt die Lippen auf meine. Ich schiebe meinen Kummer beiseite und lasse ihn.

»Das war nicht der einzige Grund. Ich wollte sie hier haben, weil ich mich einfach auf nichts konzentrieren kann.«

Daniel seufzt. »Ich weiß.«

»Manchmal«, beginne ich, und meine Brust schnürt sich zusammen, »nur manchmal, möchte ich gehen.«

Er lässt meine Hand los. »Erica, nicht.«

»Ich bin nur ehrlich.«

»Nun, dann sei es nicht. Wir sind im Moment dafür nicht stark genug.«

Mein Herz setzt einen Moment aus, mein Blut kühlt ab. Daniel glaubt sonst immer, dass wir für alles stark genug sind. Er zweifelt nie an irgendetwas.

»Ich habe mich an dem Tag im Krankenhaus um alles gekümmert.« Daniel setzt sich auf. »Fast eine Stunde lang haben die Leute mich nach dir gefragt. Sie wollten mit uns beiden reden. Sie mussten uns diese Fragen stellen, aber deinetwegen sah es so aus, als ob wir …« Er beendet den Satz nicht.

»Ich konnte nicht anders.«

»Ich weiß. Und deshalb habe ich mich darum gekümmert, zusätzlich zu allem anderen.«

»Es tut mir leid«, murmele ich, denn das ist alles, was mir einfällt. Ein Gespräch, das mit einem Danke begann, endet nun mit einer Entschuldigung. Schuldgefühle erdrosseln uns. Sie schlängeln sich durch jeden einzelnen meiner Gedanken. Mir wurde immer wieder versichert, dass Joshuas Tod nicht auf einen einzigen, vermeidbaren Grund zurückzuführen sei, sondern auf eine Fülle von unglücklichen Umständen, die auf seine winzigen Adern und sein Miniaturherz einströmten. Aber das könnte man mir eine Million Mal am Tag erklären, das Schuldgefühl ließe trotzdem nie nach.

»Vergessen wir das jetzt.« Daniel legt sich wieder hin und wendet sich von mir ab. »Ich will nicht über dein Verschwinden sprechen. Es … nun, vergessen wir es einfach.« Da ist eine Schärfe in seiner Stimme, eine Bitterkeit, die mich zerschneidet.

»Was?«

Es herrscht Stille. Doch ich weiß, was er sagen wollte.

»Du glaubst, dass mein Verschwinden die Schuld an dem trägt, was mit Joshua passiert ist.« Ich flüstere, denn die Worte machen mir Angst.

»Erica, ich bin müde. Vergiss einfach, dass wir überhaupt darüber gesprochen haben.«

Ich lege mich zurück. Daniel hat mir noch nie ein schlechtes Gewissen wegen meines Verschwindens gemacht, sondern mir immer nur das Gefühl gegeben, etwas Besonderes zu sein, etwas irgendwie Himmlisches. Aber er ist jetzt nicht mehr derselbe Daniel. Er ist nicht mehr der Daniel, der meine Schuldgefühle lindert, indem er mich einfach nur anschaut, meine Hand nimmt oder mir das Haar aus dem Gesicht streicht.

Wir sind beide andere Menschen geworden, und der Weg, auf dem wir uns befinden, ist nicht der, den wir uns ausgemalt haben, keiner, für den wir auch nur annähernd ausgerüstet sind, mit seinen lauernden Bestien aus Angst und Schuld und Schmerz. Wir haben unseren Weg verloren, unser Kompass ist zerbrochen.

Binnen Minuten beginnt Daniel, gleichmäßig zu atmen. Selbst jetzt schläft er noch genauso leicht ein, wie er aufwacht.

Ich denke darüber nach, was er gesagt hat. Nichts. Alles.

Irgendwo unter der Wucht meines Schmerzes kann ich auch seine Qual erkennen, die angestrengte Suche nach einer Antwort auf die schlimmste aller Fragen: Warum?

Warum? Den ganzen Tag. Immer. Während ich im Bett liege und darauf warte, dass die Nacht zum Tag wird. In der Badewanne, wenn das Wasser um mich herum abkühlt. Wenn ich an unserem Fenster stehe und auf das endlos graue Meer hinausschaue. *Warum, warum, warum.*

Ich greife wild nach möglichen Antworten, schlage um mich, bis ich etwas, irgendetwas erwische, das real genug ist, um etwas von diesem Schmerz abzufangen. Manchmal ist es das Haus. Die Fenster, die Hitze, die Feuchtigkeit. Und damit nicht genug. Es hört niemals an diesem Punkt auf. Wer wollte dieses Haus eigentlich? Wer wollte es wirklich?

Ich wollte es. Daniel wollte es für uns beide. Wir beschlossen gemeinsam, zu bleiben, aber wer wollte tatsächlich bleiben?

Das hilft nicht. Und deshalb mache ich anders weiter, verfalle auf ein seltsames genetisches Problem durch mein regelmäßiges Verschwinden. Also ist es komplett meine Schuld. Auf dieser Erklärung ruhe ich mich einen Moment aus, aber dann fällt mir wieder ein, dass ich das nicht wissen kann. Es ist unerklärlich.

Aber *warum*?

Meine Gedanken kreisen wie Krähen, die krächzen und krächzen.

Daher kann ich Daniel verstehen, das, was er gesagt hat. Schließlich habe ich ihm ebenfalls die Schuld gegeben, in diesen seltsamen Momenten, in denen man sich alles Mögliche einredet. Ich sollte ihm davon erzählen können, meine Arme um ihn legen, spüren, wie sich seine Wärme in mir ausbreitet, so eng neben ihm sitzen wie früher. Aber ich kann es nicht. Alles in mir ist zerrissen, da ist nichts mehr, das sich biegen könnte oder nachgeben.

Ich schlafe in kurzen Abschnitten. Als ich aufwache, ist die Morgenluft stechend vor Kälte. Daniels Seite des Bettes ist glatt und kühl, als wäre er nie da gewesen.

»Kaffee?«, fragt er, als ich in die Küche schlurfe. Ich schüttle den Kopf, und er schaut mich länger an als nötig. »Was?«

»Ich mache mir auch manchmal Vorwürfe.« Auf einmal platzen die Worte aus mir heraus, die die ganze Nacht über in mir geeitert haben und in meine Träume hineingesickert sind. »Es könnte etwas mit meinem Verschwinden zu tun gehabt haben. Vielleicht war er nicht ganz normal.«

Daniel starrt und starrt, seine blutunterlaufenen Augen bohren sich in meine. »So habe ich das nicht gemeint. Ich habe gar nichts gemeint. Ich war erschöpft. Ich wollte einfach schlafen.«

»Vielleicht hätte ich ihnen davon erzählen sollen. Als sie im Krankenhaus all die Fragen stellten.«

»Wozu? Um sie glauben zu lassen, dass du dir Dinge einbildest? Dass du Halluzinationen hast? Daraufhin hätten sie nur noch mehr Fragen gestellt. Am ehesten hättest du etwas über deinen Unfall sagen können, aber das steht in deiner Krankenakte. Überhaupt haben sie Zugriff auf alle Informationen, und sie konnten keinen Grund finden, weil Joshua eben nicht einfach an einen anderen Ort verschwunden ist, Erica. Es war nicht dasselbe.«

»Okay, doch selbst wenn es nichts damit zu tun hatte, kannst du mir noch immer vorwerfen, dass ich es nicht geahnt habe. Mehr als jeder andere hätte ich es kommen sehen müssen. Ich hätte in der Lage sein müssen, es zu verhindern.«

Er lacht bitter, stellt seine Tasse so heftig ab, dass sie laut auf die Arbeitsplatte knallt. »Ich wünschte, es wäre so. Aber es ist ein bisschen viel verlangt, dich als eine Art Hellseherin zu betrachten.«

»Das tue ich nicht, so viel bilde ich mir nicht ein. Was ich sagen wollte, ist, dass es da bei mir diese dumme, merkwürdige *Sache* gibt, von der man annehmen könnte, dass sie auf irgendeine Weise hilft, Katastrophen abzuwenden. Aber es war nicht so, und das tut mir leid.«

»Ich finde nicht, dass diese beiden Tatsachen etwas miteinander zu tun haben.« Daniel schüttet sein Getränk hinunter, stellt die leere Tasse sorgfältig unter die Maschine und drückt auf den Knopf, bis neuer Kaffee ausgespuckt wird. »Ich wollte überhaupt nichts mit meiner Bemerkung sagen.«

Ich schweige zwar, doch mein Blick sagt mehr als Worte. *Ich glaube dir nicht.* In diesem Moment kommt Diane in die Küche.

»Lasst uns heute rausgehen«, schlägt sie leise vor, und zunächst denke ich, sie spricht nur mit Daniel. Doch sie schaut uns beide an, als sollten wir uns wieder vertragen, wie zwei sture Kinder, die sich wegen ihres Lieblingsspielzeugs streiten, das zerbrochen ist.

Es war ihre Schuld.

Nein, es war seine.

»Wohin?« Daniel wirft seine Tasse in die Spüle, als wäre sie aus Papier.

»Ich weiß es nicht«, sagt sie. »Hauptsache, hier raus.«

Ich ziehe mich langsam an, den Rücken Daniel zugewandt, der sich ebenfalls ankleidet.

»Ich weiß, dass du nicht aus dem Haus möchtest«, sagt Daniel. »Ich eigentlich auch nicht.«

Ich drehe mich zu ihm um. »Nicht?«

»Nein. Ich will keine normalen Sachen tun. Aber ich zwinge mich dazu. Ich hoffe, dass es irgendwann leichter wird. Es *wird* leichter werden«, sagt er mehr zu sich selbst. Dieser Hoffnungsschimmer, so typisch für Daniel, ist also noch immer da, obwohl ich gestern Abend dachte, er sei für immer weg.

»Nichts ist mehr normal«, erwidere ich.

»Ich weiß. Aber ich mache diese Sachen trotzdem. Ich stehe auf und trinke Kaffee, obwohl ich nicht wirklich will, und ich ziehe mich an und gehe hinaus, weil irgendwann mehr Zeit vergangen sein wird und wir hoffentlich einen Schritt weiter sind.«

Seufzend setze ich mich halb bekleidet auf das Bett. Daniel nimmt neben mir Platz. »Die Therapeutin hat mir einen guten Tipp gegeben. Ich weiß nicht, ob sie ihn dir auch gegeben hat.«

Ich schaue zu ihm hoch. Erst jetzt wird mir klar, dass wir bis jetzt noch nicht über die Therapeutin gesprochen haben. Zumindest kann ich mich nicht daran erinnern. Sie ist eine winzige grauhaarige Frau, die bunte Broschen trägt und nach Elnett-Haarspray riecht. Ich wünschte mir, dass sie uns helfen könnte, aber so ein unüberwindlicher Schmerz kann unmöglich von einer so kleinen Person auch nur berührt werden.

»Sie sagte, es sei in Ordnung, sich auch einmal eine Auszeit von der Trauer zu nehmen. Eine Pause zu machen. Das kommt mir sinnvoll vor«, fährt Daniel fort.

Ich schweige.

»Und dir?«, hakt er nach.

Ich denke an Joshua und drücke die Augen fest zu. Die Spannung zwischen uns, die etwas zu schmelzen begonnen hatte, ist plötzlich wieder da, hart wie Eis. »Nein.«

»Nun, ich versuche es jedenfalls. Ich muss irgendetwas versuchen, Erica. Sonst werde ich noch verrückt.« Daniel zieht einen schwarzen Pullover an, nimmt eine Strickjacke von einem Haufen verhedderter Kleidung auf dem Stuhl und reicht sie mir. »Bitte. Zieh dich an. Wenn du es schaffst, dich anzuziehen, schaffen wir es vielleicht, hinauszugehen. Ein Schritt nach dem anderen. Versuch es einfach.«

Ich nehme ihm die Jacke ab, und unsere Finger berühren sich.

Wir quetschen uns in das Auto von Daniels Eltern und fahren in die Stadt, wo wir durch bitterkalte Straßen spazieren und in Läden gehen, die uns in falsche warme Luft hüllen. Daniels Eltern haben auch zu kämpfen, das kann ich sehen. Es ist, als ob wir alle versuchten, uns auf einem zugefrorenen See über Wasser zu halten. Wir müssen uns aneinanderklammern und die richtige Balance finden. Ist der Griff zu schwach, versinken die andern unter den schwarzen Wellen. Ist er zu fest, könnten sie uns mit sich nach unten ziehen. Diane schiebt uns in ein überfülltes Café zu einem kleinen Tisch in der Mitte, bevor sie zur Theke geht. Dann kehrt sie mit einem Tablett zurück, auf dem Tassen mit einem viel zu süßen, mit Schlagsahne und Zimt vermischten Gebräu stehen. Paul erzählt, dass er darüber nachdenkt, in den Ruhestand zu gehen, sich aus dem Eisenwarenladen zurückzuziehen, in dem er schon vor Daniels Geburt zu arbeiten begonnen hat. Diane sagt, dass sie für nächstes Jahr eine Reise nach Schottland gebucht haben, dass das Cottage zwei Schlafzimmer hat und wir uns ihnen gerne anschließen könnten, ganz oder teilweise oder auch nur für eine Nacht. Sie vermeiden es, das Baby zu erwähnen, das in einem Hochstuhl neben uns gurgelt. Aus den Augenwinkeln sehe ich, dass es sich um ein Mädchen handelt. Eine knallbunte Schleife ist an einer Seite ihres blonden Kopfes befestigt. Sie schleudert ein Plastikspielzeug auf den Boden, woraufhin ihre Mum sich seufzend herabbeugt, um es aufzuheben. Das Baby gackert und wirft es erneut weg. Die

Kleine wird von ihrer Mum hochgehoben, ihr Gackern verwandelt sich rasch in Schreien, als sie in einen rosa Mantel gestopft wird, der mit tanzenden Mäusen bedeckt ist. Sie ist ein paar Monate älter als Joshua war, also ungefähr in dem Alter, in dem er jetzt sein sollte. Der Gedanke zerrt an meinem Verstand. Er ist zu riesig für meinen Kopf. Ich denke ihn noch immer, als ich bemerke, dass die andere Frau, wahrscheinlich die Großmutter des Babys, mich anstarrt. Sie hat große, schwere Lider, ihr Haar ist in einem grauen Heiligenschein um ihren Kopf herum angeordnet. Zwar kenne ich sie nicht, aber sie schaut mich an, als ob sie mich kennen würde.

Während ich ihren Blick erwidere, ist mir vage bewusst, dass auch Daniel es bemerkt hat, denn plötzlich legt er schützend eine Hand auf meinen Arm.

»Sie sind dieses Paar«, sagt die Frau langsam und furcht die Stirn. »Ich habe Ihr Bild in der Zeitung gesehen. Sie haben das Haus gekauft, über das alle reden, und dann Ihr Baby … Ach, Sie arme, arme Leute.«

Ich höre nicht auf zu starren. Der süße Geschmack von Zimt steigt mir hoch, ich kann nicht glauben, dass ich dieses Aroma je gemocht habe. Im Spiegel an der Wand über dem Kopf der Frau kann ich mein Gesicht sehen und erkenne es kaum wieder: kurzes, wirres Haar und entsetzte Augen. Ich kann mich nicht erinnern, wann ich das letzte Mal richtig in den Spiegel geschaut habe.

Ich sehe Daniel an. Er ist müde, und sein Herz ist gebrochen, er ist ein anderer Daniel. Aber er ist immer noch Daniel. Er ist immer noch attraktiv, wie ich mit einem Ruck feststelle, als würde ich ihn zum ersten Mal sehen. Ein Bild von ihm, wie er war, als wir uns auf der Party kennenlernten, schießt mir in den Kopf. Ich sehe ihn, wie er mir, jünger und noch unvertraut, Champagner eingießt. Dieser Augenblick war, wie ich glaube, der Anfang von allem. Ich fühle einen

Sog hin zu der anderen Erica, die Sehnsucht, mein Leben von diesem Punkt aus zu entwirren und all den folgenden Kummer und den Schmerz rückgängig zu machen. Ich spüre den unwiderstehlichen Drang, die Rückspultaste zu drücken.

»Wäre es unsere Dotty gewesen«, fährt die Frau fort, wie ein Expresszug, der auf mich zurast, »ich weiß nicht, was wir getan hätten. Ich weiß nicht, ob wir wie Sie weitermachen könnten. Wie Sie hier Kaffee trinken, ich bewundere Sie.« Sie schnieft und wischt sich die Nase an dem Ärmel ihrer Wanderjacke ab und macht ihrer Tochter, die ihr heulendes Baby in einen getüpfelten Buggy setzt, ein Zeichen. Die Tochter blickt auf und schenkt mir ein kleines Lächeln. Ihr scheint nicht aufzufallen, dass ihre Mum immer noch mit mir über das spricht, was mit Joshua passiert ist, so beiläufig wie über ein kürzliches Gewitter oder einen Stromausfall oder eine andere milde Störung.

Ich sehe, wie Daniel die jüngere Frau betrachtet, und frage mich, was er sieht, wenn er uns beide vergleicht. Sie, die Fremde in frisch gewaschener Kleidung, mit glänzendem Haar und schöner Haut, erfüllt von einer Zufriedenheit, die sie von innen leuchten lässt. Und ich, seine Frau, die man sogar anflehen muss, sich überhaupt fertig anzuziehen, und die ein seltsames Leiden hat, von dem man nur annehmen kann, dass sie es auf Joshua übertragen und ihm damit irgendwie geschadet hat. Mich kann Daniel auf keinen Fall mehr wollen. Ich funktioniere nicht mehr. Meine Trauer verzehrt alles, und ich kann mich nicht einen einzigen Augenblick lang von ihr lösen, so wie er es sich von mir wünscht. Zugleich ertrage ich es nicht, dass die Leute diese Trauer sehen, weil sie zu persönlich und roh ist, als wäre ich nackt.

In diesem Moment entscheide ich, dass Daniel mit jemandem, der ihm ein neues Glück schenken kann, besser dran wäre. Ich halte ihn in der Vergangenheit gefangen, in einer falschen Zukunft.

Und deswegen laufe ich weg. Ich renne aus dem Café auf die Straße hinaus, wo ich die dunkle Novemberluft so tief einatme, als ob ich am Ertrinken wäre. Ich höre Daniel rufen, seine Stimme verhallt hinter der zuschlagenden Tür des Cafés. Ich laufe weiter, bis ich eine verlassene Gasse erreiche, deren Dunkelheit mich anzieht.

Nur ein Mal, flüstert mir die Gasse mit ihren schattigen, abgeschiedenen Nischen zu. *Entfliehe dem Ganzen. Erlöse Daniel von dir und deiner Traurigkeit. Nur ein einziges Mal. Er sagte ja, du sollst eine Pause von der Trauer einlegen. Das ist der beste Weg. Und gönn ihm auch eine Pause von dir.*

Ich bleibe stehen, schnappe nach Luft, lehne mich zurück, die raue Ziegelsteinmauer hinter mir kratzt an meinem Kopf, zerrt an meinen Haaren, und eine köstliche Schwärze bricht über mich herein und lässt alles verschwinden.

Kapitel 37

Eine Hütte mit glatten weißen Wänden und warmen Terrakottafliesen; der Duft von frischem Brot und Tomaten; ein tiefblauer Himmel, der meilenweit von Wattewolken getüpfelt ist.

Erica ist mit einigen Freunden hier. Alle tragen den gleichen unbekümmerten, zufriedenen Gesichtsausdruck wie eine Uniform.

»Du bist dran«, sagt ein Mädchen mit rosafarbenen Haaren zu Erica.

Erica legt die Hände vors Gesicht, und ich versuche, durch ihre Finger zu spähen, um ihre Miene und das, was passieren wird, einzuschätzen. Musik dröhnt, und Kerzen flackern. Eine leere Weinflasche kippt zu Ericas Füßen um und rollt über die Steinfliesen hinunter zum Pool, in dem sie mit einem sanften Platschen landet.

»Wahrheit oder Pflicht«, fährt Rosaschopf fort.

»Sie entscheidet sich immer für die Wahrheit. Sie muss jetzt einfach mal Pflicht nehmen«, sagt ein Mann, dessen Stimme mir aus einer anderen Zeit bekannt vorkommt.

»Gut.« Erica lässt die Hände sinken und enthüllt ein gerötetes Gesicht. »Pflicht.« Entschlossen reckt sie das Kinn. Ich schaue mich um und bewege mich auf die Gruppe zu, rieche Zigarettenrauch und Rotwein und den salzigen Duft von warmen Körpern. Jetzt kann ich Mike sehen; wieder höre ich seine Stimme.

»Ein Kuss«, sagt er. »Um der alten Zeiten willen.«

Erica schnaubt empört. Ihre Freunde kichern los wie Teenager und stoßen mit ihren Flaschen an. Eine Brise zerzaust Ericas Haar, als Mike auf sie zugeht, die Hände um ihr Gesicht legt, sie theatralisch küsst und dabei in einer dramatischen Umarmung zurückbiegt. Sie richten sich wieder auf, ihre Augen glänzen, sie lachen, und während das trunkene Spiel weitergeht, sehe ich, wie Mike Ericas rechte Hand ergreift.

Als die meisten Flaschen weggeräumt und die Kerzen ausgeblasen sind, sitzen die beiden auf der dunklen Terrasse allein am Tisch.

»Ich bin froh, dass du zu uns gestoßen bist«, sagt Erica. »Es ist wunderschön hier, nicht wahr? Und wir waren schon seit Ewigkeiten nicht mehr alle zusammen.«

»Ich weiß. Es ist cool, euch wiederzusehen. Joel hat vielleicht ein Glück, so ein Haus zu besitzen.«

»Und wir haben Glück, dass er uns hier mietfrei wohnen lässt.«

»Das sollte er auch. Seinen Reichtum teilen und all das.« Mike lacht, zündet eine Zigarette an und will sie an Erica weiterreichen. Sie schüttelt den Kopf und zieht sich die rote Strickjacke fester um die Schultern.

»Kalt?«, fragt er.

»Ein bisschen.«

»Also vermisst du das britische Wetter nicht?« Mike trinkt einen Schluck Bier.

»Ehrlich gesagt doch. Kälte macht mir nichts aus.«

Er hingegen hasst sie, denke ich abwesend, als würde ich einen Film sehen, den ich bereits kenne. Er zieht den Sommer vor.

»Ah, ich hasse Kälte«, meint Mike. »Ich will jeden Tag Sommer.«

Erica lächelt. »Ich mag Kerzen und Decken. Und ich liebe Tee. Ich vermisse englischen Tee und …«

»Jetzt sag bloß nicht, dass du dieses große Abenteuer für eine Tasse *PG Tips* aufgeben willst?«, unterbricht Mike sie lachend, während er etwas Glut von seiner Zigarette auf die Terrasse schnippt.

»Nein. Jedenfalls noch nicht.«

Ich seufze und halte mir dann hastig den Mund zu. Ich werde mich wohl nie daran gewöhnen, dass ich in dieser Welt unsichtbar und geräuschlos bin, egal, was ich tue.

»Das ist es also, was du am meisten vermisst?«, fragt Mike. Die Spitze seiner Zigarette glüht rot in der bleichen Dunkelheit.

Sie zuckt mit den Schultern. »Vermutlich. Das ist es, was Heimat ausmacht, oder? Diese kleinen Dinge.«

Tatsächlich? Vielleicht früher einmal. Ich kann mich jedenfalls nicht erinnern, wann Daniel und ich das letzte Mal im Wohnzimmer eine Kerze angezündet und uns unter unsere graue Lieblingsdecke gekuschelt haben. Und ich trinke auch keinen Tee mehr, weil mir davon, wie von allem anderen auch, übel wird.

Mike nickt. »Ja, ja, absolut«, behauptet er, obwohl ich weiß, dass er Kerzen für unnötig hält und findet, dass Tee nur etwas für alte Damen ist.

»Meine Familie vermisse ich natürlich auch.«

»Aber nicht so sehr wie Kerzen.« Mike grinst.

»Oh nein, bei Weitem nicht.« Erica nimmt einen Schluck von ihrem Bier und schaut Mike an. »Eigentlich bist du wie mein Dad. Ich glaube, er …«

Mike unterbricht sie mit einem schallenden Lachen. »Prost. Das ist genau das, was man von einer Frau hören will.«

Auch Erica lacht, und zwar lauter, als ich es je getan habe. »Nein, ich meine das nicht böse. Du siehst ihm nicht etwa ähnlich.«

»Da bin ich aber erleichtert.« Mike atmet aus. »Inwiefern ähneln wir uns dann?«

Ich sehe, wie Erica den Kopf zur Seite neigt und lächelt, während sie an ihren Dad – meinen Dad – denkt. Ich habe ihn nicht mehr gesehen, seit ich ein Teenager war. Ab und zu schreibt er eine E-Mail, aber ich weiß wenig über ihn. Ich habe ihm nicht einmal erzählt, was mit Joshua geschehen ist, und auch Nicholas hat seit Jahren nicht mit ihm gesprochen. War es die Tatsache, ohne ihn zu leben, mit anzusehen, wie die Ehe meiner Eltern scheiterte, die mich dermaßen veränderte?

»Er ist auch so reiselustig wie du«, sagt Erica. »Er findet es wirklich toll, dass ich mir die Welt anschaue und Abenteuer erlebe. Als ich mit den Reiseplänen anfing, hat er anfangs kalte Füße bekommen. Aber jetzt ist er froh. Er liebt es, wenn ich ihm Fotos von all den Dingen und Orten schicke, die ich sehe.«

»Er reist also auch viel?«

Erica schüttelt den Kopf. »Nein, er hatte nie die Gelegenheit dazu. Dazu war er zu festgefahren, glaube ich. Was er natürlich so nie gesagt hat, denn schließlich sind wir es, die ihn davon abgehalten haben. Ich glaube, dass ich die Wünsche auslebe, die er sich nie erfüllen konnte. Irgendwie habe ich auch immer das Gefühl, es ihm schuldig zu sein. Und mir selbst auch. Ich will auf keinen Fall in eine Position kommen, in der man irgendwo gefangen ist, wo man nicht sein will.«

Ich zittere, obwohl mir so warm ist wie seit Wochen nicht mehr. *Gefangen.* Genau so habe ich mich jedes Mal gefühlt, wenn jemand eine Hand auf meine legte, um mich daran zu hindern, den Raum zu verlassen, oder mich davon abzuhalten, hierherzukommen.

Mike schüttelt den Kopf. »Ich will auch nicht gefangen sein. Ich ertrage es nicht, zu lange am selben Ort zu bleiben. Wir leben den Traum.«

Lachend stoßen sie mit ihren Flaschen an. Jetzt nimmt Erica Mike die Zigarette ab, inhaliert träge und bläst zarte Rauchringe heraus, die ins Nichts abdriften, bevor sie sie ihm zurückgibt. Er rückt wieder näher an sie heran, nimmt eine Haarsträhne zwischen die Finger und flüstert ihr etwas zu, das ich nicht verstehen kann. Es wird etwas Verführerisches sein, etwas, an das sich Erica morgen wahrscheinlich nicht einmal mehr erinnern kann. Trotzdem frage ich mich, was es ist.

Es erscheint mir unglaublich, dass ich früher nicht in der Lage war, mich zu bewegen, wenn ich diese anderen Welten sah, dass ich in einer Position feststeckte. Jetzt kann ich näher an Erica und Mike herankommen, nahe genug, um das Parfüm riechen zu können, das ich immer trage – tiefrote Rosen und süße Vanille –, und Mikes rauchigen Atem und sein stechendes zitroniges Aftershave. Ich kann jede einzelne Haarsträhne von Erica sehen, die im Mondlicht schimmert, jede geschwungene Wimper, jede Pore.

Und das ist der Moment, in dem ich es tue. Es passiert instinktiv. Ich habe es schon einmal versucht, am schlimmsten Tag meines Lebens, aber da habe ich sie nicht wirklich berührt. Jetzt strecke ich eine Hand aus, spüre ihre Haut unter meinen Fingern, und da ist ein Blitz, ein Moment voll reinen, blendenden Lichts.

Danach gibt es nur noch eine Version von mir. Ich stehe Mike gegenüber, der sich zu mir beugt, ohne irgendeine Veränderung an mir wahrzunehmen. Er küsst mich sanft auf den Hals.

Ich bin ich selbst, in meinem eigenen Körper. Ich fühle dasselbe. Zugleich fühle ich mich ganz anders: lockerer und freier und leichter, ohne die Last der Trauer, die schon so lange an mir zieht. Ich weiß, dass ich Joshua verloren habe, aber ich kann es nicht fühlen. Ich schließe die Augen und spüre die vertraute Berührung von Mikes Lippen, die rauer sind als Daniels.

Daniel.

Ich zucke zurück und werde in den nassen November zurückgestoßen, aus dem ich kam.

Kapitel 38

Ich knalle gegen die Wand in der Gasse, die mir so tief in die Wange schneidet, dass ich aufschreie.

Es ist stockdunkel. Es gibt keinen Mond und keine Sterne. Nur einen tiefen pechschwarzen Himmel und Regen und Dunkelheit. Als die ersten dicken kalten Tropfen fallen, ziehe ich meinen Mantel enger um mich. In der Tasche ist genug Kleingeld, um eine Straßenbahn zu nehmen, also gehe ich zur Haltestelle, der Regen brennt auf meiner pochenden Wange. Ich gehe an dem Café vorbei, aus dem ich geflohen bin, und höre das metallische Hämmern des Regens auf den Fensterläden der Geschäfte, die seit Stunden geschlossen sind. In der Straßenbahn ist es ruhig, nur ein weiterer Fahrgast schläft leise schnarchend. Als ich aussteige, regnet es noch heftiger, gefrorenes Wasser prasselt auf mich herab, durchdringt meine Kleidung, Haut und Knochen.

Als ich endlich zu Hause ankomme, muss ich leise an die Haustür klopfen, weil ich keinen Schlüssel habe. Sie wird fast sofort aufgerissen, und hinter ihr taucht Diane auf. Sie streckt mir die Arme entgegen, hilft mir aus meinem durchnässten Mantel und bedeutet mir, die Schuhe auszuziehen.

»Zieh dir etwas Trockenes an«, sagt sie. »Ich mache uns eine Tasse Tee.«

Daniel liegt im Bett, und ich flüstere seinen Namen, während ich durch die Dunkelheit stolpere, um einen Schlafanzug zu finden. Der Rhythmus seines Atmens verändert sich so subtil, dass ich es mir vielleicht nur einbilde.

»Daniel?« Meine Stimme klingt schwächer als die, an die ich mich in so kurzer Zeit bereits gewöhnt habe. Sie ist leiser als die der anderen Erica, und ich sehne mich danach, mit Daniel darüber zu sprechen, denn der Daniel von davor hätte sich im Bett aufgesetzt, das Licht eingeschaltet und, fasziniert von den Unterschieden der beiden Versionen, mich gebeten, ihm mehr zu erzählen.

Doch von diesem Daniel, dem Daniel danach, kommt nichts.

»Es tut mir so leid«, sage ich. »Es tut mir alles sehr leid. Du hast mir gefehlt. Ich wollte zurückkommen, weil ich die ganze Zeit nur an dich denken musste«, beginne ich, aber dann sehe ich den Rest des Satzes rot aufblinken: *als ich* Mike *küsste*. Ich komme ins Stottern, weil ich nicht weiß, wie ich enden oder überhaupt anfangen soll, doch Daniel bewegt sich nur seufzend unter seiner Decke.

»Es ist spät, Erica. Zu spät für das.«

Als ich ins Wohnzimmer komme, reicht Diane mir eine dampfende Tasse Tee. Ich kann ihr nicht ins Gesicht sehen. Ich sollte mit der Tasse wieder nach oben gehen und mich von ihr fernhalten. Sie weiß nichts von meinem Verschwinden, deswegen kann ich ihr unmöglich erklären, wo ich in den vergangenen wer weiß wie vielen Stunden war. Früher wäre es für mich normal gewesen, ihr aus dem Weg zu gehen. Aber inzwischen ist alles auf den Kopf gestellt, grotesk und fremd. Und so setze ich mich neben sie aufs Sofa, unfähig, mein Zittern zu unterdrücken. Mein Körper pulsiert vor Verwirrung, ist heiß und kalt, erschöpft und aufgeputscht zugleich.

»Er ist sauer auf mich«, sage ich, meine Zähne klappern. »Und das ist auch sein gutes Recht.« Ich blicke sie an. »Es tut mir leid. Es war schrecklich von mir, einfach wegzulaufen, wo ihr doch extra hergekommen seid, um uns zu helfen. Bestimmt findest du, dass ich mehr für Daniel da sein sollte. Und das denke ich auch. Es fällt mir nur so …«

Diane hebt eine Hand, um mich zu unterbrechen. Sie ist zart und vom Alter gezeichnet, ihr Ehering ist massiv und ohne Schnörkel. »Nicht. Du brauchst keine Energie darauf zu verwenden, es mir zu erklären. Du hast das Recht, so zu trauern, wie du eben trauern musst.« Sie neigt den Kopf zur Seite, runzelt die Stirn, als sie meine Wange sieht, und steht auf. »Warte, ich hole etwas dafür.«

Nach wenigen Minuten ist sie zurück, drückt mir warme Watte auf die Haut, und ich fühle mich wie ein Kind. Tränen schießen mir in die Augen, Schuldgefühle überfluten mich und zerren an jedem einzelnen Nerv. »Ich hätte auf ihn aufpassen müssen«, sage ich.

Diane schaut auf die Watte herab, die mit Blut von meiner Wunde gesprenkelt ist. »Ja. Und das hast du getan.«

»Auf Joshua, meine ich.«

»Ich weiß. Und das hast du getan.«

»Nein. Nicht genug. Ich habe nicht genug auf ihn aufgepasst.«

Diane schüttelt den Kopf und legt die Watte in ihren Schoß. »Ich werde dir jetzt nicht sagen, dass du dir das nicht antun darfst, denn ich weiß, dass du nicht anders kannst. Wir müssen einfach hoffen, dass es eines Tages aufhört und du es irgendwie akzeptieren kannst.«

Ich nicke, nicht in der Lage, sie anzuschauen.

»Daniel scheint zu wissen, wohin du vorhin gegangen bist. Aber ich werde dich nicht fragen, weil es nicht wichtig ist. Was zählt, ist, dass du zurückgekommen und in Sicherheit bist, und obwohl du das Schlimmste durchmachst, was das Leben einem antun kann, wirst du es irgendwie überstehen.«

»Glaubst du wirklich?«

Diane lacht. Es ist ein kurzes, scharfes Prusten, von dem ich nicht mehr wusste, dass Menschen es ausstoßen können. »Nun, Erica. Du hast doch keine andere Wahl, oder?«

Ich muss schlucken und beschäftige mich damit, die feuchten Wattebäusche einzusammeln. *Wahl.* Die Male, die ich seit Joshuas Tod verschwunden bin, hat mich jedes Mal ein animalischer Trieb ergriffen, zu stark, um dagegen anzukämpfen, und zu plötzlich, um lange darüber nachzudenken. Außerdem habe ich die Hand ausgestreckt, um die andere Erica zu berühren, ohne auch nur eine Sekunde zu überlegen.

»Ich bin zurückgekommen«, sage ich laut. »Nur wegen Daniel. Ich wollte ihn nicht allein lassen, weißt du.«

Diane legt eine ruhige Hand auf meine zitternde. »Ich weiß.«

»Hältst du kleine Dinge für wichtig? Dinge wie Kerzen und Decken und sich gegenseitig eine Tasse Kaffee machen?«, frage ich sie. Es ist, als hätte ich Drogen genommen. Meine Gedanken kollidieren miteinander und sind mir schon über die Lippen gekommen, bevor ich sie aufhalten kann. »Und glaubst du, dass unser früheres Ich noch irgendwo unter all dem Schmerz verborgen liegt? Wenn wir die kleinen Dinge tun, die wir früher getan haben, können wir dann unser altes Ich wiederfinden? Oder ist es für immer fort?«

Diane gehört nicht zu den Menschen, die sich mit Philosophie, mit rätselhaften Hypothesen beschäftigen. Aber sie würde alles tun, um mir zu helfen, deswegen runzelt sie ihre dünnen Brauen, um so auszusehen, als ob sie darüber nachdenkt. »Vielleicht«, antwortet sie schließlich.

»Ich hoffe es. Ich habe Angst, dass wir uns zu sehr verändert haben könnten.«

»Es verändert sich sowieso immer alles. Nur ging diese Veränderung zu schnell.« Sie steht auf und nimmt mir die Watte ab. »Trink deinen Tee, und dann sollten wir etwas schlafen.«

Ein paar Minuten später lege ich mich neben Daniel ins Bett, kann aber nicht einschlafen. Der Raum dreht sich, meine Sinne summen noch immer so wie nach dem Verlassen eines Nachtclubs. Erneut schleudere ich die Bettdecke von mir, schnappe mein Handy, schleiche so leise wie möglich über die Dielen der krummen Korridore unseres Hauses und dann die ächzende Treppe hinunter ins Wohnzimmer.

Ich setze mich nicht hin, sondern gehe im Raum auf und ab, während ich wähle und darauf warte, dass er antwortet.

»Erica?«

»Jetzt ist es anders«, sage ich. »Und wahrscheinlich wusste ich irgendwie, dass ich es schaffen könnte.«

Nicholas schweigt. Er sagt nicht, dass es mitten in der Nacht ist, und besteht auch nicht darauf, Hallo zu sagen, wofür ich ihm dankbar bin. Flüchtig frage ich mich, ob Amelia sich darüber ärgert, dass ich um diese Uhrzeit anrufe, doch dann übernehmen meine wichtigeren Gedanken wieder die Kontrolle.

»Du weißt schon, das Mädchen aus den 1980er-Jahren, Helen Boswell?«, sage ich atemlos.

»Was ist mit ihr?«

»Du sagtest, sie hat reiten gelernt, richtig?«

»Ja«, antwortet Nicholas nach einer Pause. »Hat sie.«

»War es dir da schon klar? Damals? Hast du darauf gewartet, dass es mir auch klar wird?« Schon während ich das frage, weiß ich, dass es so war. Dass er mir, fair, wie er nun einmal ist, die nötigen Informationen gab, ohne mich direkt darauf hinzuweisen, vielleicht hoffte er sogar, dass ich nie dahinterkäme. »Du hättest es mir sagen müssen, Nick.« Jetzt durchwühle ich die Kommode im Wohnzimmer, Papiere und Rechnungen und Quittungen und Fotos flattern wie Motten auf den ausgefransten Teppich. »Es muss hier irgendwo sein«, sage ich, und genau in diesem Moment berühren meine Fingerspitzen das feste, vergilbte Papier. Ich ziehe es heraus und kneife in dem schwachen Licht der Lampe die Lider zusammen.

»In dem Artikel sagt Helen: ›Ich habe das Glück, in meinem anderen Leben ein Pony zu besitzen, deshalb musste ich reiten lernen.‹ Also hat sie dieses andere Leben manchmal tatsächlich geführt. Irgendwie schaffte sie es, in ihre beiden Welten einzutauchen. Wäre sie lediglich *Beobachterin* ihres anderen Lebens gewesen, so wie ich immer, dann hätte sie wohl kaum reiten lernen müssen, oder? Es war da, die ganze Zeit. Seit du mir diese Zeitung gegeben hast, hatte ich das Gefühl, dass da noch mehr sein muss, aber bei allem, was passiert ist, habe ich es irgendwie in meinem Kopf eingeschlossen. Ich bin vor Trauer fast verrückt geworden, aber das hat mich dazu gebracht, die Hand auszustrecken und sie zu berühren, und dann war ich sie. Das bedeutet, dass ich manchmal ein anderes Leben führen könnte. Eine Pause von der Trauer einlegen. Was auch für Daniel besser wäre, nicht wahr?«

»Okay, Erica, lass uns ein für alle Mal festhalten, dass dein Verschwinden, egal aus welchem Grund, für Daniel niemals besser sein wird als deine Anwesenheit. Vergiss das ganz schnell. Es ist ihm gegenüber nicht fair«, erwidert Nicholas. »Das Risiko ist zu groß. Hier geht es nicht darum, ein Pony zu reiten, Erica, es geht um viel mehr.«

Ich schließe die Augen. »Ich weiß. Es ist zu groß und deshalb auch unmöglich.«

»Nicht unmöglich. Nur schwierig. Das ist ein großer Unterschied.«

»Du bist komisch, weißt du das?«

»Aber ich habe recht. Versprich du mir, dass du vergisst, was passiert ist. Und sag Daniel nichts davon. Denk nicht mehr daran. Steh einfach einen Tag nach dem anderen durch.«

Ich seufze, mein Puls beruhigt sich endlich. Nicholas' Stimme, sein Tonfall erinnern mich an die Zeit, als er meine Nummer eins war, derjenige, der mich langsam und sanft wieder auf den Boden der Tatsachen brachte, wenn mein Verschwinden mich in hellste Panik versetzte.

»Übrigens«, sagt Nicholas, ein Gähnen dehnt seine Worte, »Phoebe wurde in der Schule zum Star der Woche gewählt. Sie will dich anrufen und dir davon erzählen.«

Der Gedanke an Phoebe mit ihrem reinen, glockenhellen Lachen, ihren eifrigen Fragen, ihrem inneren Leuchten, das vom Leben noch nicht verdunkelt wurde, tut mir nicht mehr so weh wie in den ersten Tagen. Vielleicht mache ich also doch Fortschritte.

»Dann hol sie an den Apparat«, scherze ich und schaue auf die Uhr. Es ist kurz nach drei Uhr morgens.

»Sie wird dich morgen anrufen. Also geh nicht weg.«

»Werde ich nicht. Versprochen.«

Als ich auflege und endlich eine verheißungsvolle Schläfrigkeit verspüre, wird mir eines klar. Da die Teenager-Version von mir eben durch das Gespräch mit Nicholas aufgeweckt werden konnte, muss sie nach wie vor ein Teil meines Wesens sein. Und wenn das der Fall ist, dann könnte das Ich, das ich für immer verloren zu haben glaube, ebenfalls noch irgendwo in mir vorhanden sein.

Kapitel 39

»Deine Mum war gestern Abend sehr nett zu mir«, sage ich am nächsten Morgen zu Daniel. Er isst vor der Arbeit eine Schüssel Cornflakes, in seinem Mundwinkel ist ein Milchfleck, der mich an die Eiscreme erinnert, die er damals an meinem Geburtstag im Lake District an den Lippen hatte. Ich beuge mich vor und küsse ihn, was für ihn unerwartet kommt und für uns beide seltsam ist. Daniel wischt sich den Mund ab und damit die Milch und meinen Kuss. Er steht auf, geht zur Spüle und wirft das Geschirr hinein.

»Was wurde aus dem Prinzip ein Schritt nach dem anderen?« Er steht noch immer mit dem Rücken zu mir, mit Blick auf den Garten. Die kahlen Äste des Baumes klopfen gegen das Glas des Fensters. Es dauert einen Moment, bevor ich antworte.

»Das war alles zu viel für mich, diese Frau im Café und dieses Baby. Ich wollte nur weg. Das kannst du doch bestimmt verstehen?« Ich habe das Gespräch mit so viel Hoffnung begonnen, spüre aber bereits, dass sich dieser Tag wie alle anderen ausdehnt, sich unter meinen Füßen verfängt und droht, mich ins Stolpern zu bringen.

»Nein. Eigentlich nicht. Weil ich nämlich nicht so entkommen kann wie du, Erica. Ich muss hier leben. Jede Sekunde.«

»Das weiß ich. Aber du hast doch selbst gesagt, dass du ab und an eine Pause von der Trauer einlegen willst.«

»Nein. Ich sagte, ich möchte, dass *wir* eine Pause einlegen. Gemeinsam.«

»Ich habe diese Frau mit ihrem Baby gesehen, und ich ...« Ich breche ab. Kann eine beliebige Frau in einem Café, nur weil sie hübscher, gepflegter und ruhiger ist als ich, wirklich ein Grund sein, ihn allein zu lassen? In jenem Moment erschien es mir vollkommen einleuchtend, jetzt jedoch kommt es mir banal vor, geradezu kindisch.

Jemand räuspert sich, und wir drehen uns um. Mein Gesicht beginnt zu brennen, als ich Diane sehe.

»Wir haben nachgedacht und beschlossen, euch in Ruhe zu lassen«, sagt sie. »Ihr beide müsst so viel miteinander klären ... also, wir denken einfach, dass ihr etwas Zeit für euch braucht. Etwas mehr Raum.«

Daniel zieht seine Jacke an und wickelt sich ein blaues Tuch um den Hals. »Danke fürs Kommen, Mum.«

Ich sollte erleichtert sein. Dass Daniels Eltern hier sind, hilft uns nicht dabei, wieder wie früher zu werden, zu jenem Davor zurückzukehren, von dem ich nun weiß, dass ich es fast so sehr vermisse wie Joshua. Mein Verstand sagt mir, dass ich mein Versprechen nicht nur für Nicholas und Phoebe halten muss, sondern auch für Daniel und mich. Ich habe den konkreten Plan, etwas von Daniel oder Joshua zu berühren, sobald ich fühle, wie ich verblasse, spüre aber zugleich diese tief verankerte Angst davor, allein in unserem stillen Haus zu sein, ohne Diane und Paul, wenn Daniel jeden Tag zur Arbeit geht.

»Wir haben schon gepackt«, fährt sie fort. »Wir kommen irgendwann ganz bestimmt wieder. Und es versteht sich von selbst, dass ihr uns nur Bescheid zu sagen braucht, wenn ihr das wollt.« Sie beugt sich vor, um mir einen luftigen Kuss auf die Wange zu drücken. »Wir versuchen nur, das Richtige zu tun.«

»Natürlich.« Ich bemühe mich, meine Stimme lauter klingen zu lassen, selbstsicher. »Das bekommen wir hin, nicht wahr, Daniel?«

Wir stehen unbeholfen herum, als unterhielten wir uns über die Renovierung eines Raumes oder die Erledigung lästigen Papierkrams.

Was genau bekommen wir hin?

Paul bringt den Koffer, den Reißverschluss seiner Jacke hat er so hochgezogen, dass wir gerade noch sein Gesicht erkennen können. Der Koffer ist riesig, was bedeutet, dass sie eigentlich viel länger bleiben wollten. Nun, zumindest haben sie es versucht. Meinem Dad habe ich noch immer nicht erzählt, was mit Joshua geschehen ist. Wäre er, wenn ich es getan hätte, ebenfalls mit einem zu großen Koffer und zu hohen Erwartungen hier aufgetaucht? Ich denke an die andere Erica, die über ihn spricht, als ob er ein Teil von ihr wäre, und schüttle den Kopf. *Nein. Fang gar nicht erst damit an.*

»Bist du bereit, Liebes?«, fragt Paul. Er nickt Daniel und mir zu. Wir bringen die beiden zum Auto, eisiger Wind schlängelt sich um uns herum und dringt peitschend in unser Haus ein.

»Ich komme zu spät zur Arbeit«, sagt Daniel, als sie gegangen sind. »Wirst du …?« Er beendet den Satz nicht, aber ich weiß, was er meint.

»Ich werde nicht gehen«, antworte ich.

»Aber du wirst den ganzen Tag auf dich allein gestellt sein. Vielleicht solltest du im Museum anrufen und Carl fragen, ob du ein paar Stunden pro Woche arbeiten kannst?«

Ich unterdrücke die Irritation, die seine Worte auslösen, denn ich will mich nicht über Daniel ärgern. Das gehört nicht zu meinem Plan. Doch Carl ist der letzte Mensch, mit dem ich sprechen möchte. Mein Mutterschaftsurlaub sollte eigentlich bis zum Frühjahr dauern, doch jetzt, ohne Baby, erscheint mir das wenig einleuchtend. Noch weniger einleuchtend wäre es jedoch, diese schreckliche Zeit mit dem lauten, dreisten Carl zu verbringen, der meine Trauer nicht einmal dann begreifen würde, wenn sie ihm ins Gesicht schlüge.

»Okay«, meint Daniel, als er meinen Gesichtsausdruck bemerkt. »Wahrscheinlich ist es zu früh, um sich Gedanken über das Museum zu machen. Aber du brauchst einen Schwerpunkt oder eine andere Fluchtmöglichkeit als dein anderes Leben. Denk einfach mal darüber nach, in Ordnung? Vielleicht ist es ja das Buch, wenn nicht das Museum. Oder ruf Zoe oder deine Mum an und bitte sie, etwas mehr Zeit mit dir zu verbringen. Sie fragen mich ständig nach dir. Du schließt sie aus. Du schließt jeden aus. Ich weiß, dass du trauerst, aber wir müssen gleichzeitig versuchen, auch zu leben. Es wird leichter werden, das muss es einfach.«

Ich nicke so munter, wie ich nur kann. »Okay. Ich grabe die Sachen für mein Buch aus.«

Er streicht leicht über meine verletzte Wange. »Was ist da passiert?«, erkundigt er sich besorgt.

»Als ich zurückkam, landete ich zu nahe an einer Mauer. Liegt an meinen miesen Navigationsfähigkeiten«, erwidere ich. Er lächelt, und ich lache, und ganz kurz entsteht etwas zwischen uns, ein Lichtfleck in der Dunkelheit.

»Kannst du dagegen ankämpfen?«, will er wissen.

Ich nicke. »Ich kann es zumindest versuchen, und ich habe darüber nachgedacht, wie es funktionieren könnte. Erinnerst du dich an den Artikel von Nicholas?«, frage ich vorsichtig, denn ich will nicht, dass er sich plötzlich an den Teil des Interviews erinnert, in dem Helen erzählt, wie sie mit ihrem anderen Ich verschmolz. »Sie sagte, sie würde etwas berühren, das zu ihrer Katze gehört, die ihr ungeheuer wichtig war. Und das reichte immer, um sie hier zu halten. Um die Zeit meines Unfalls herum haben wir ja schon mal überlegt, dass es vielleicht ausreichen würde, wenn ich etwas berühre, das dir gehört, um nicht zu verschwinden. Damals habe ich es nicht versucht, weil es nicht mehr passierte. Und gestern wollte ich wahrscheinlich gar nicht wirklich hierbleiben. Ich konnte es nicht. Aber jetzt werde ich versuchen, etwas dagegen zu unternehmen. Ich möchte dieses Leben mit dir leben. Es ist nur, dass ich manchmal …«

Daniel nickt. »Ich weiß.« Er nimmt seine Brieftasche und die Schlüssel vom Tisch. Ich küsse ihn noch einmal, und diesmal wischt er den Kuss nicht weg.

Nachdem Daniel das Haus verlassen hat, streife ich durch die Zimmer und sammle Dinge für mein Buch zusammen. Ich habe so lange nicht mehr daran gearbeitet, dass es eine Weile dauert, bis ich mich an die Details, an die Richtung und die Form erinnern kann, die das Ganze einmal annehmen soll. Eine Weile sitze ich am Küchentisch und starre auf meine Notizen, denke an die Menschen, die mir mit einem Lächeln in der Stimme ihre Geschichten erzählt haben. Ohne Blackpool, lautet die Botschaft des Buchs, würden diese Menschen und Gebäude nicht existieren. Die Welt wäre eine andere.

Als Daniel vorschlug, ich solle mir eine Ablenkung suchen, dachte ich, es sei eine gute Lösung, mich in das Buchprojekt zu stürzen. Doch nun zeigt es mir lediglich das feine Netz auf, das Menschen miteinander verbindet, die alltäglichen Momente, die ihr Leben verändern, wie Wege auftauchen und wieder verschwinden, Sekunde für Sekunde, Entscheidung für Entscheidung. Also all das, was ich gerade so sehr zu vergessen versuche.

Ich reibe mir die Schläfen, um den brennenden Kopfschmerz zu lindern. Ich springe auf, halte mich am Tisch fest und ignoriere den Schwindel, der mich zu erfassen droht. Die Spüle ist drei Schritte entfernt, und ich erreiche sie gerade noch, bevor ich zu fallen drohe. Ich strecke eine Hand aus und taste umher, bis ich das kühle Metall des Löffels berühre, den Daniel vor ein paar Stunden benutzt hat. Den Griff umklammernd, stelle ich mir seine Finger daran vor, und nach und nach kann ich die Spüle wieder sehen. Der Schwindel lässt nach, ich atme tief durch. Ich bin hier. Ich bleibe hier, weil ich Daniel liebe und lernen kann, auch dieses Leben wieder zu lieben. Ein Schritt nach dem anderen.

Im Haus ist es still, die Luft kühlt ab, und ich schalte die Zentralheizung ein, Wärme schlängelt sich klickend durch die Rohre.

Ich nehme den Blackpool-Straßenbahn-Magneten vom Kühlschrank und drehe ihn um, nur um ihn dann gleich wieder an der Kühlschranktür zu befestigen und den Flur hinunterzugehen, die knarrende Treppe hinauf und in das dritte Zimmer auf der rechen Seite.

Wenn ich bleibe, wenn ich das Geschehene wirklich verarbeiten will, dann muss ich mich unserem Schmerz stellen. Es könnte helfen, das rede ich mir zumindest ein.

Ich drücke die Tür auf. Alles ist noch genauso wie in jener Nacht.

Nachdem die Ermittlungen abgeschlossen waren, haben wir nichts mehr angerührt. Reine Formsache, sagten sie, dabei behandelten sie Joshuas Sachen genauso rücksichtslos wie unsere Herzen, nur um danach alles an die falschen Plätze zurückzustellen.

Als es vorbei war, schlossen wir die Tür.

Ich beginne, Sachen aus seinem Schrank neben dem Fenster zu nehmen: winzige, weiche Kleidungsstücke und Lätzchen, Windeln, viereckige Mulltücher. Ich lege sie in sein Kinderbett. Von Trauer schier zerrissen, muss ich für einen Moment innehalten.

Jetzt, nachdem ich ein paar Augenblicke ohne diesen lähmenden Schmerz erlebt habe, wird er mir nur umso quälender bewusst.

Wenn ich bleibe, wenn ich jedes Mal etwas von Daniel berühre, um mich hier zu verankern – eine vom vielen Tragen fusselige Socke; eine halb volle Tasse Kaffee, die seine Lippen berührt haben; seine noch feuchte Zahnbürste oder das Buch, in dem er die Seiten umgeschlagen hat –, dann wird auch dieser Schmerz bleiben.

Ich könnte dieses Zimmer ausräumen, es in zartem Weiß oder dunklem Rot streichen. Ich könnte die Tür verriegeln und es nie wieder betreten. Aber die Qual und das Bedürfnis, Joshua zu berühren, zu küssen und ihn an mich zu drücken, werden niemals nachlassen, egal, was ich tue, und vielleicht werde ich deshalb nie die Wahl haben, die Kontrolle zu behalten.

Ich nehme die Sachen aus dem Kinderbettchen und stopfe sie zurück in den Schrank, so unbeholfen, dass sie nacheinander wieder herauspurzeln, winzige Ärmel und Hosenbeine wedeln durch die Luft.

Ich weiß noch, wie wir diesen Schrank in unser Haus brachten. Ein kleiner, antiker Mahagonischrank, dem eine Tür fehlt. Wir kauften ihn auf einer Antiquitätenmesse in Manchester. Ich war schwanger und durfte Daniel nicht beim Tragen helfen. Wir lachten, als er ihn in den Raum schob und dabei beinahe umkippte. Wir nahmen uns immerzu vor, eine neue Tür für den Schrank zu besorgen, fügten diesen Punkt unserer ewigen Reparaturliste hinzu, erledigten es aber nie.

Nichts wurde je erledigt. Das Haus und seine Bedürfnisse haben uns erstickt, ein riesiger Ozean aus teuren, unmöglichen Reparaturen.

»Er braucht die Tür, wenn er Freunde hat und sie ihn besuchen kommen«, sagte ich.

»Bis dahin wird er einen neuen Schrank brauchen«, entgegnete Daniel.

Ich schließe die Augen, aber das Bild hinter meinen Lidern brennt weiter.

Kapitel 40

Sobald ich später am Abend höre, wie sich der Schlüssel im Schloss dreht, springe ich auf und schenke zwei Gläser von Daniels Lieblingsrotwein ein. Ich bin extra mit der Straßenbahn nach St. Anne's gefahren, um die Flasche zu kaufen, außerdem neue Weingläser und zwei Kerzen, die nun sanft auf dem Kaffeetisch flackern. Schon an der Eingangstür reiche ich Daniel ein Glas.

»Ein Friedensangebot«, verkünde ich.

»Du bist hier.« Ein Grinsen breitet sich auf seinem Gesicht aus. Er nippt am Wein und schließt die Augen. »Perfekt.«

»Natürlich bin ich hier.«

Er blickt mich an, sein Grinsen verblasst, als er meine geschwollenen Augen sieht, die ich zu überschminken versucht habe. »Geht es dir gut? Ist etwas passiert?«

»Ich habe versucht, ein paar Sachen aus seinem Zimmer zu räumen. Weil ich dachte, dass es mir vielleicht hilft, weiterzumachen.«

»Und, hat es geholfen?«

»Nein. Vielleicht ist es noch zu früh. Ich hatte nur das Gefühl, dass dieser Schmerz nie mehr aufhören wird.«

Daniel seufzt. »Das wird er auch nicht. Aber wir werden lernen, damit zu leben. Es ist gut, dass du dich dem stellst. Noch vor ein paar Wochen hättest du das nicht gekonnt, und das bedeutet, dass du Fortschritte machst, auch wenn es sich nicht so anfühlt. Und mir ist es auf jeden Fall lieber, dass du hier bist und versuchst, die Sache durchzustehen, als … na ja, du weißt schon. Da wir gerade davon sprechen …« Er nimmt meine Hand und zieht mich ins Wohnzimmer. »Zwei Doofe, ein Gedanke. Ich habe nämlich auch ein Friedensangebot.« Wir setzen uns hin, und er reicht mir eine kleine rote Schachtel. »Da ist nichts Neues drin«, sagt er, »freu dich also nicht zu früh.«

Ich nehme den Deckel ab. In der Schachtel liegt Daniels Uhr.

»Ich habe über den Artikel nachgedacht und darüber, dir etwas von mir zu geben, um dich hier zu halten. Ich würde mich freuen, wenn du sie immer trägst. Es wäre schön, wenn ich genüge, um dich zum Bleiben zu bewegen, Erica. Ich weiß, es ist furchtbar schwer. Aber ich glaube, wir können es schaffen.«

Ich springe auf und drücke mich an ihn. Er ist noch da drinnen, ich kann kleine Funken von ihm sehen. »Wir müssen unsere Pläne ändern.«

»Ja. Wobei ich zugeben muss, dass ich noch nie zuvor einen Plan dermaßen ändern musste.«

Wir schweigen einige Minuten lang und nippen an unserem Wein, aneinandergeschmiegt wie seit Monaten nicht mehr.

»Ich habe heute etwas getan.« Ich ziehe meinen Laptop zu uns herüber. »Nämlich meinem Dad eine E-Mail geschrieben und ihm erzählt, was …« Ich räuspere mich. Ich kann es noch nicht aussprechen. »Ich habe ihm geschrieben, was uns passiert ist.«

»Wirklich? Das ist gut.« Daniel hat mich schon früher zu überreden versucht, meinen Dad zu kontaktieren, um ihm von Joshua zu erzählen. »Und was hat er geantwortet?«

Ich schließe für eine Sekunde die Augen, um die alte Hoffnung, die in mir aufkeimt, zu unterdrücken. »Noch nichts.

Aber ich frage mich, ob er jetzt vielleicht endlich in Erwägung zieht, mich zu besuchen.«

Daniel nickt. »Check deine E-Mails«, sagt er, und das tue ich. Doch da ist keine Antwort.

»Vielleicht liest er seine E-Mails nicht sehr oft«, sage ich. »Vielleicht ruft er auch an. Er hat meine Nummer, glaube ich zumindest.«

»Sollen wir Musik auflegen?«, fragt Daniel nach ein paar Minuten.

Er bemerkt mein Zögern.

»Joshua wird nichts dagegen haben. Es bedeutet nicht, dass du ihn weniger liebst, weil du Musik hörst.«

Ich verdrehe die Augen. »Du klingst genau wie die Therapeutin.«

Daniels Lachen wühlt etwas in mir auf, von dem ich dachte, es für immer verloren zu haben. Ich löse mich von ihm, damit er aufstehen und eine Platte auflegen kann. »Du könntest uns auch gleich Wein nachschenken«, schlage ich vor. Seit dem Tag, an dem wir Joshua verloren haben, habe ich nur das eine Glas Wein von Diane getrunken. Jetzt genieße ich das angenehme Gefühl, dass die Ränder meiner Realität verschwimmen.

»Ich wollte die Uhr gravieren lassen«, sagt Daniel, während er mehr Wein einschenkt. »Aber ich war zu ungeduldig. Ich wollte, dass du sie heute Abend bekommst, und niemand konnte die Gravur in nur einem Tag erledigen.«

»Was wolltest du eingravieren lassen?«

Daniel trinkt einen Schluck. »Es ist ein bisschen kitschig. Ich dachte an ›*Bid me discourse, I will enchant thine ear*‹. Du weißt schon, aus dem Ballsaal im Tower.«

Ich beiße mir auf die Unterlippe. »Das hätte mir gefallen. Und mich zugleich traurig gemacht, weil es mich so sehr an die Zeit erinnert hätte, bevor es passiert ist. An diesen Tag im

Tower, als es nur uns gab und wir so glücklich und hoffnungsvoll waren. Es bricht mir das Herz.« Die vage Wirkung des Alkohols verflüchtigt sich ganz plötzlich, Tränen schießen mir in die Augen.

Daniel schüttelt den Kopf. »Das verstehe ich. Natürlich verstehe ich das. Aber ich wollte damit nichts über unsere Vergangenheit aussagen. Ich wollte damit etwas über das Jetzt sagen.«

»Wirklich? Was?«

»Also, ich bin kein Poet, das weißt du. In diesen Dingen bist du besser als ich. Aber ich denke in etwa, dass wir einfach mehr Zeit brauchen oder eine weitere Chance, damit wir wieder Glück empfinden können.«

Ich lege meine Arme um ihn und küsse ihn. »Du bist poetischer, als du denkst.«

»Also ist es heute beinahe passiert? Und du konntest es kontrollieren?«

Ich nicke. »Ja. Ich habe einfach deinen Müslilöffel angefasst, und es hörte auf.«

»Meinen Müslilöffel. Wow. Das ist so romantisch, das spottet jeder Beschreibung.«

»Aber genau darum geht es.« Ich komme so richtig in Fahrt durch diese Mischung aus Worten, Wein und etwas, das vielleicht nicht direkt Glück ist – vielleicht niemals wieder Glück sein wird –, aber zumindest nicht dieser stechende Schmerz der letzten Monate. »Es *ist* romantisch. Es geht um echte Romantik, weil ich bleiben wollte, deinetwegen. Ich wollte nicht über die andere Version von mir mit Mike nachdenken.« Die letzten Worte meines Satzes verklingen und verpuffen. Kaum ausgesprochen, habe ich meinen Fehler schon erkannt.

Daniel schweigt eine qualvolle Minute lang, bevor er das Wort ergreift. »Die andere Erica ist mit Mike zusammen? Du hast dich mit ihm zusammen beobachtet?«

Ich lehne mich zurück und werfe ihm ein Kissen zu, um die Stimmung etwas zu lockern, weiß aber, dass das unmöglich ist. »So wie du es sagst, klingt es irgendwie pervers. Ich habe nichts dergleichen beobachtet.«

»Aber du bist mit Mike zusammen?« Daniel starrt mich an. »Und das hast du gerade erst gesehen? Ich dachte, du wärst heute hiergeblieben?«

»Ich bin nicht mit Mike zusammen«, betone ich. »Mein anderes Ich ist mit Mike zusammen. Nicht ich.« Schuldgefühle packen mich, als ich daran denke, wie sich Mikes Lippen auf meinen anfühlten, das weiche Kratzen seiner blonden Bartstoppeln an meinem Kinn.

»Aber es ist nichts Neues?«

Ich schaue zu Boden und schüttle den Kopf. »Das bin nicht ich«, wiederhole ich leise.

»Warum hast du mir nichts davon erzählt?«

»Weil nicht ich es bin. Und weil es auch keine große Sache ist. Sie ist schon seit Ewigkeiten mit ihm zusammen.«

»Oh«, sagt Daniel, »na toll.«

»Ich weiß, das muss seltsam klingen. Aber ich wette, in deinem anderen Leben bist du auch mit jemand anderem zusammen. Du hast es nur einfach nie gesehen.«

»Ja. Und würde es dir gefallen, wenn ich verschwände und dich fast einen ganzen Tag lang in dieser Hölle allein ließe, um mir anzuschauen, wie ich mit dieser anderen Frau zusammen bin?«

»Nein. Aber worauf ich eigentlich hinauswill, ist, dass ich heute nicht dort war.«

»Was du aber offenbar wolltest, denn du musstest darum kämpfen, zu bleiben! Jedenfalls hast du Mike nie erwähnt. Denn daran würde ich mich erinnern.«

»Ich fühle mich hingezogen, weil ich dort so anders bin. Ich wirke furchtlos, so frei! Aber ich bin nicht gegangen«, schreie ich. »Und du hast ja keine Ahnung, wie schwer das für mich ist!«

»Schwer für dich? Und was ist mit mir?« Er steht auf, der ganze Druck der letzten Monate zeichnet sich in seinem geröteten Gesicht ab, in seinen wütenden Augen. So habe ich ihn noch nie erlebt. Er stürmt zum Plattenspieler, reißt die Nadel von der Platte, die kratzend stehen bleibt. »Ich muss es hier ohne dich aushalten! Ich muss mich ständig fragen, ob du wohl da bist, wenn ich nach Hause komme, oder ob du eine Welt mit deinem Ex gefunden hast, die dieser hier vorzuziehen ist!«

Ich runzele die Stirn. »Du wusstest so ziemlich von Anfang an, dass so etwas immer wieder passieren könnte. Und das war in Ordnung für dich. Das ist es jetzt auf einmal nicht mehr?«

»Du hast gesagt, dass du es hinter dir lassen würdest.«

»Was wusste ich denn schon?«, entgegne ich leise. »Wie kann ich etwas, das neben mir läuft, hinter mir lassen?«

»Du musst es versuchen. Und wir sollten uns im Moment gar nicht damit befassen müssen, Erica. Das macht alles nur noch schlimmer.«

Ich bemühe mich, über die Trümmer unserer Worte zu klettern, über Daniels Kränkung, bemühe mich darum, unsere Verbundenheit und unser gegenseitiges Vertrauen zurückzugewinnen.

»Bitte, lass uns nicht darüber reden. Ich wollte nicht, dass es heute Abend um die andere Erica geht. Es sollte um uns gehen. Wir sind jetzt so anders.« Ich schluchze, wische die Tränen weg, und die Wimperntusche, die ich nach Monaten zum ersten Mal aufgetragen habe, zerschmilzt auf meiner Hand. »Ich dachte, es sei genug, zurückzukommen und die Dinge hier zu verändern, damit wir wieder so sein können wie früher. Ich dachte, wenn ich mich jedes Mal dafür entscheide, zu bleiben, dann könnten wir wieder werden wie früher. Aber davon sind wir so unglaublich weit entfernt. So einfach ist es nicht, oder?«

Daniel senkt den Kopf und schließt die Augen. »Nein, Erica«, sagt er, jetzt ruhiger, eher traurig als wütend. »Nichts daran ist einfach. Nichts wird jemals wieder so sein wie vorher. Wir müssen herausfinden, wie wir dieses neue Leben führen können, statt zu versuchen, unser altes zurückzubekommen oder irgendwie Teile der anderen Erica zu kopieren.«

»Aber warum habe ich es dann gesehen? Wenn es die Dinge doch nur komplizierter macht.«

»Das hast du noch nie verstanden. Und wahrscheinlich wirst du die Antwort auch nie erfahren.«

Doch ich schüttle den Kopf. »Es muss einen Grund dafür geben. Jetzt sogar mehr denn je.« Einen Moment lang denke ich nach, dann wende ich mich ihm wieder zu. Die wilden Gefühle der letzten Nacht brausen in mir hoch und drohen, mich erneut zu überwältigen. »Was wäre, wenn ich alles ändern könnte?«

»Wie denn? Du reist ja nicht in die Vergangenheit. Und du tust nichts, sondern beobachtest einfach Ereignisse. Und *Mike*«, fügt er säuerlich hinzu.

»Nicht ganz. Zumindest jetzt nicht mehr.« Ich kaue auf meiner Unterlippe. Will er das überhaupt hören?

Er schaut mich an, runzelt die Stirn. »Was?«

Ich atme tief durch. »Ich war sie. Nur für eine Sekunde oder so.« Er starrt mich an. »Vergiss Mike doch jetzt einfach mal kurz«, fahre ich fort. »Was wäre, wenn die andere Erica die andere Version von dir treffen könnte?«

»Erica, das ist lächerlich.«

»Ach ja? Du hast selbst gesagt, dass wir uns in dem anderen Leben auf jeden Fall kennenlernen würden. Was wäre, wenn ich das irgendwie möglich machen könnte? Wenn wir uns in einem anderen Leben wiedersehen und dort alles in etwas anderes verwandeln könnten? Bisher konnte ich sie noch nicht zu etwas zwingen, aber alles, was hinter uns liegt, hat uns an diesen Punkt gebracht.« Plötzlich ist da wieder die Sogwirkung der anderen Welt, und mein Versprechen, sie zu vergessen, verblasst. »Ich versuche, das andere Leben zu ignorieren. Aber vielleicht ist genau das ja falsch? Vielleicht bietet es uns ja die Chance, alles anders zu machen? Findest du es kein bisschen faszinierend, herauszufinden, wie wir in einem anderen Leben sein könnten?«

Kopfschüttelnd steht er auf. Ich dränge ihn zu sehr. »Hör auf. *Das* ist unser Leben. Es ist schwer, aber wir führen *dieses* Leben. Ende.«

»Leben? Wirklich? Das nennst du Leben? Wir leben nicht, Daniel! Wir leiden, und es wird niemals aufhören.« Noch mehr Tränen sprudeln hässlich aus meinen Augen heraus. Meine Nase beginnt zu laufen. Romantik, denke ich bitter. Ja, klar.

»Hast du mich denn in dem anderen Leben überhaupt schon mal gesehen?«, fragt Daniel, obwohl er die Antwort kennt, weil er mich das schon öfter gefragt hat und ich immer Nein sagte.

Ich trinke einen Schluck Wein, aber er schmeckt jetzt anders, zu schwer und trocken. »Noch nicht. Aber das ist gut, wenn man genauer darüber nachdenkt. Wir haben noch nicht einmal angefangen, und das ist bestimmt besser so. Wie eine leere Leinwand.«

»Erica. Das reicht.«

Aber es reicht nicht. In mir glimmt etwas. Der Versuch, an losen Fäden zu zupfen, reicht nicht, meinem Dad eine E-Mail zu schreiben, unsere alte graue Decke zu waschen, Kerzen anzuzünden und Wein einzuschenken, *das* reicht nicht. Natürlich nicht. Ich muss mehr tun als das.

»Ich will mutiger sein«, sage ich leise. »Diese Erica ist

anders, weil die Ehe ihrer Eltern nicht schiefgelaufen ist, und sie ist …«

»Sie ist *nicht du*!«, brüllt Daniel. »*Das hier* bist du!« Er packt mich. »*Das!* Dieser Schmerz und diese Erinnerungen und diese Trauer! Die glücklichen Zeiten, an die du dich erinnerst, und alles, was passiert ist! Ob es nun einfach ist oder ob es reicht oder nicht, das bist du, Erica. Das sind wir. Kannst du ein Leben ohne Joshua wirklich in Betracht ziehen? Ein Leben, in dem wir ihn nie hatten? Ist das wirklich das, was du willst?«

Ich spüre seinen brennenden Blick, als ich auf den Teppich starre, auf den Champagnerfleck von unserem ersten Tag hier, und mich aus seinem Griff löse. Die glücklichen Zeiten scheinen noch weiter entfernt zu sein als dieses andere Leben, vollkommen unmöglich zu erreichen. Sie schmerzen noch mehr als die Traurigkeit.

»Du hast recht. Ich weiß, dass du recht hast. Aber ich frage mich trotzdem …«

Daniel schüttelt den Kopf. »Ich gebe es auf«, sagt er und wendet sich zum Gehen, und mein Bauch zieht sich zusammen. Ich folge ihm auf den Flur mit den ersetzten glatten Fliesen, die mir vor einer Million Jahren so viel bedeuteten. Kurz vor der Haustür bleibt er stehen.

»Wenn du das nicht mit mir zusammen durchstehen, sondern lieber aussteigen willst, dann ist das in Ordnung.« Daniel nimmt die Uhr aus der Schachtel und steckt sie in seine Tasche. »Du brauchst die Uhr nicht, um hierzubleiben. Geh einfach. Schau dir die andere Welt an, nach der du dich so sehr sehnst.«

»Daniel. Geh du nicht. Tu das nicht.«

»Nicht ich tue das«, sagt er, während er die Haustür öffnet. Der Frost des Abends dringt ein. »Sondern du.«

Wie erstarrt stehe ich eine Zeit lang im Flur, bevor ich den Mantel vom Haken an der Haustür nehme und über die Straße auf die Promenade zusteuere. Pip, die sich um meine Füße geschlängelt hat, rennt zurück zum Haus, als ich weitergehe. Ich blicke mich in alle Richtungen um, bis ich Daniel entdecke, ein Punkt, der sich immer weiter wegbewegt. Irgendwann kann ich ihn nicht mehr sehen.

Seit es passiert ist, unternimmt er lange Spaziergänge auf der Promenade. Manchmal verlässt er am Wochenende morgens das Haus und kehrt erst zurück, wenn der Winternachmittag schwarz und klirrend kalt ist. Ich habe ihn nur bei einem dieser Spaziergänge begleitet. Die Hände in die Taschen gerammt, das Gesicht ausdruckslos, lief er viel zu schnell, als dass ich mit ihm hätte Schritt halten können. Früher machte er meinetwegen langsamere Schritte, aber jetzt nicht mehr.

Und früher habe ich ihn immer festgehalten. Jetzt aber nicht mehr. Ich drehe mich um und gehe zurück ins Haus.

Kapitel 41

Ich dachte, ich würde sofort verschwinden, doch mir wird nicht schwindlig oder übel, weder kippt die Welt, noch lässt sie mich fallen. Daniel kommt etwa eine Stunde später zurück und bringt den Geruch nach kalter, salziger Luft mit. Seufzend beobachte ich ihn dabei, wie er sich eine Tasse Kaffee macht, die er nicht anrührt, wie er seine Uhr auf meinen Nachttisch wirft, als wäre ihm egal, was ich damit anstelle, wie er seinen schwarzen Pullover herunterzerrt und ihn über den Bettpfosten wirft, bevor er unter die Bettdecke kriecht. Ich frage mich, ob die andere Version von mir genauso anders ist wie diese Version von Daniel. Meine Gedanken werden zu festen Knoten.

Ich strecke eine Hand aus und berühre sein Gesicht, das noch kühl von der Nachtluft ist.

»Ich versuche nur, das Richtige zu tun«, sage ich.

»Dann bleib.«

Ich seufze wieder, mein Blick wandert zu dem Exemplar von *Shining*, das unser Fenster geschlossen hält. Es steckt schon so lange da, dass die Seiten steif geworden sind, sie würden wahrscheinlich herausfallen, wenn ich versuchen sollte, das Buch wieder mal zu lesen.

»Ich werde uns ein neues Exemplar von *Shining* besorgen.«

»Billiger als neue Fenster«, antwortet Daniel leise und widerwillig.

Ich nähere mich ihm, und er zieht mich an sich, unsere

Seufzer verlieren sich im Stöhnen des Hauses, des Windes, des Meeres.

So vergeht der Winter.

Daniel und ich umkreisen einander, manchmal stoßen wir leicht zusammen, wenn wir unsere besseren Tage haben. Er verbringt viele Stunden im Büro, um das Geschäft in Schwung zu bringen, jetzt, da er Partner ist. Nachdem sowohl John als auch Daniel große Summen investiert haben, wurden die Aufträge im vergangenen Jahr auf einmal weniger, und ich kann sehen, dass neben der Trauer auch finanzielle Sorgen an ihm nagen. Da ich es nicht noch schlimmer machen will, versuche ich, zu Hause zu sein, wenn er abends kommt. Meistens kann ich die Gedanken an die andere Erica verdrängen, daran, wie leicht ich mich fühlte, als ich mit ihr verschmolz, lieber denke ich daran, wie lange ich beim nächsten Mal wohl weg wäre. Daniel sagte, dass dieses Leben und kein anderes das unsere ist. Ich stelle mir vor, wie es mir erginge, wenn ich in ein leeres Haus käme und er sich irgendwo aufhielte, wo ich ihn niemals, niemals finden könnte; wie es wäre, aufzuwachen und festzustellen, dass der Platz neben mir im Bett kühl und leer ist. Wie ich etwas ganz Alltägliches tue wie Milch in Kaffee rühren oder die Dusche abstellen und ein Handtuch umlegen oder meine Schnürsenkel binden, und ihn danach suche, nur um festzustellen, dass er verschwunden ist.

Ich bemühe mich, ausschließlich Negatives mit dem Verschwinden zu verbinden, statt an dieses einfachere Leben zu denken, in dem wir nicht von Trauer gebeutelt sind, in dem wir uns eines Tages kennenlernen werden. Doch manchmal, wenn ich den ganzen Tag an meinem Buch gearbeitet habe und Daniel noch immer nicht zu Hause ist und der schwarze

Abend sich um mich legt, wird der Schmerz so übermächtig, dass ich mich nicht länger dagegen wehren kann. Dann gelingt es mir nicht mehr, etwas von ihm zu berühren, und auch nicht, darüber nachzudenken, wie er sich fühlen wird, weil ich schon auf halbem Weg bin.

In diesen Momenten folge ich der anderen Erica unbemerkt zum kühlen blauen Swimmingpool hinter dem Landhaus; zu den italienischen Märkten, wo sie buntes Gemüse kauft; in die Altstadt, wo sie über die gepflasterten Straßen stöckelt. Manchmal schaue ich ihr bei der Arbeit in einem winzigen, schiefen Café zu, das nach braunem Zucker und starkem italienischen Kaffee riecht. Ich sehe, wie sie nach Schichtende Geld vom Besitzer entgegennimmt und es in ihre kleine weiße Schürze stopft, wie er ihr zuzwinkert, wie seine Augen etwas zu lange auf ihrem Gesicht verweilen und wie sie errötet und so tut, als bemerkte sie es nicht, genau wie ich es tun würde.

Sie ist ich.

Sie ist nicht ich.

Abends sitzen Erica und Mike mit ihren Freunden vor dem Landhaus, stoßen mit Wein an, essen dicke Oliven und gegrillte Fischfilets. Ich sehe, wie sie sich küssen und ihre Arme umeinanderlegen, wie sie lachend ihre Getränke teilen und gierig vom Essen des anderen probieren. Sie gehen unkompliziert miteinander um, ihre Beziehung ist so glatt wie die Haut eines Pfirsichs. Der Duft von Holzkohle und gegrilltem Fisch und fremder Sonne haftet noch an mir, wenn ich in die dunkle Feuchtigkeit unseres Hauses zurückkehre.

Jedes Mal, wenn ich sie sehe, steigt diese Versuchung in mir auf. Manchmal strecke ich eine Hand aus und ziehe sie erst kurz bevor ich ihre glühende, sonnenverwöhnte Haut berühre, wieder zurück.

Sie ist ich.

Sie ist nicht ich.

Kapitel 42

Es war die Idee meiner Mum, Joshuas ersten Geburtstag zu feiern.

»Keine Party«, sagte sie vorsichtig. »Ein Zusammenkommen. Um ihn zu feiern und seiner zu gedenken.«

»Ich weiß nicht«, sagte ich. »Ich muss erst mit Daniel sprechen.«

Daniel wusste es auch nicht. Und jetzt sind wir hier, die Luft riecht nach Zucker und falschem Glück. Der Märztag ist hell und warm, ein Frühlingstag, an dem man sich nicht mehr vorstellen kann, dass jemals Winter war. Wir öffnen die Fenster in der Küche, und die Geräusche der Möwen und des Meeres schweben in der angenehm salzigen Luft durchs Haus. Sie erinnert mich an die Luft, die ich an dem Tag atmete, an dem die Wehen einsetzten, und ich inhaliere sie so gierig, als ob sie mich irgendwie mit der Vergangenheit, mit Joshua, verbinden könnte.

»Mami hat ihn gebacken«, sagt Phoebe, als sie mit meinem Bruder und Amelia hereinkommt und grinsend einen riesigen Kuchen in Form eines Regenbogens auf den Tisch stellt. »Ich habe ihr gesagt, welche Form er haben soll. Ich wollte einen Regenbogen haben, weil Joshua jetzt im Himmel ist und ihm Regenbögen bestimmt gefallen. Ich wette, er hat schon viele Regenbögen gesehen, wenn er im Himmel lebt. Ich würde auch mal gern einen Regenbogen sehen. Ich dachte, eine Sonne würde er auch mögen, aber ein Regenbogen hat mehr Farben. Es ist Grün drin, und ich glaube, Grün war seine

Lieblingsfarbe, weil er ein grünes Lätzchen hatte, nicht wahr?«

Sein grünes Lätzchen mit Elefanten am Rand. Ich habe es an einem Samstag gekauft, als wir alle in der Stadt waren, und die Etiketten abgeschnitten, um es ihm gleich umzulegen. Ich frage mich, wo es abgeblieben ist. Ein Teil von mir möchte sofort nach oben gehen und danach suchen. Aber nein. Das darf ich nicht tun, weil es mich herunterziehen würde, außerdem ist Phoebe hier und spricht mit mir, und ich sollte bleiben, damit sie mich nach vorne ziehen kann.

Ich lege die Arme um sie und versuche, sie an mich zu ziehen. Sie ist kein verschmustes Kind und drückt ihren Kopf unbeholfen unter meinen Arm, bevor sie sich wieder löst. »Bist du immer noch traurig, Tante Erica?«, fragt sie.

Ich nicke, Tränen brennen in meinen Augen. »Ich bin wirklich traurig. Ich vermisse Joshua sehr.«

Darüber denkt sie nach. »Vielleicht können wir uns Fotos von ihm ansehen? Oder«, fährt sie fort und lächelt breit, was ihr Gesicht rund und süß aussehen lässt, »vielleicht male ich für dich ein Bild von ihm. Dad hat meine Malsachen mitgebracht. Würdest du dich darüber freuen?« Sie sieht mich an und wartet auf ein einfaches Ja oder Nein.

»Ja«, sage ich. »Das würde mir gefallen. Und es würde mir sehr helfen.«

Sie flitzt in den Flur, wo ihr hellvioletter Disney-Rucksack steht. Dann hält sie inne und dreht sich um. »Warte. Welche Augenfarbe hatte er?«

»Die veränderte sich gerade«, antworte ich langsam. »Sie waren blau. Aber ich glaube, sie wollten grün werden, wie die von Onkel Daniel.«

»Wow«, stößt Phoebe atemlos aus. »Ich wünschte, meine Augen würden ihre Farbe ändern. Joshua muss sehr klug gewesen sein, wenn er die Farbe wechseln konnte.« Sie denkt kurz nach. »Also, wenn ich blauen Buntstift und grünen benutze, wäre das in Ordnung?«

»Ja.« Ich kämpfe gegen den Drang an, sie wieder an mich zu ziehen, ihre weiche Haut zu küssen und ihren Duft von Seifenpulver und Farbe und Schule einzuatmen. »Danke dir.«

Aber sie ist schon wieder weg, holt eifrig Federmäppchen und Papier aus der Tasche, während Nicholas neben mir Schalen mit Chips und Sandwiches auf den Tisch stellt.

Er mustert mich. »Ist das für dich in Ordnung?«

»Natürlich. Sie malt mir ein Bild von Joshua.«

»Ja, aber ich kann ihr auch sagen, dass sie es lassen soll, wenn ...«

»Etwas Schöneres könnte sie gar nicht für mich tun. Sie ist wirklich etwas Besonderes. Ich habe noch immer ein schlechtes Gewissen wegen dem, was letztes Jahr im Park passiert ist. Ich hätte nicht die Kontrolle verlieren dürfen. Hat es ihr Angst gemacht?«

Nicholas denkt eine Minute nach. »Das glaube ich nicht, wahrscheinlich hat sie es vergessen. Und selbst wenn, wir sind eine Familie, und Familien sind angsteinflößend. Gut, wenn sie das schon mal weiß.«

Ich lache noch, als meine Mum und Daniel zu uns in die Küche kommen. »Wie geht's dir?«, fragt Mum.

»Gut«, sage ich, und in diesem Moment klingelt Daniels Handy.

Zuerst frage ich mich, ob ich es mir nur einbilde, denn ich habe Daniel selten weinen sehen. Er weinte, als Joshua starb, die Tage danach wurde sein Gesicht dann grau und starr, als ob es jemand abgeschlossen hätte. Aber ich habe es mir nicht eingebildet.

Eine Träne läuft langsam über seine Wange, er versucht erst gar nicht, sie wegzuwischen, sondern starrt mich nur an.

»Es ist passiert«, sagt er.

Ich runzele die Stirn. Wir sind allein in der Küche, Mum und Nicholas haben sich zu Amelia, Phoebe und Daniels Eltern ins Wohnzimmer gesellt.

»Was ist passiert?«, frage ich, mein Körper ist schneller als ich, denn schon fährt mir ein scharfer Schmerz der Sorge und Traurigkeit in die Magengrube.

»John hat Insolvenz beantragt.«

»Wie schlimm ist es?«, frage ich leise.

Er schüttelt den Kopf. »Unser Haus ist sicher. Aber das ganze Geld, das ich investiert habe, ist weg.« Er setzt sich wieder hin und nimmt meine Hand. »Es tut mir so leid, Erica.«

»Du kannst nichts dafür«, sage ich mit Nachdruck. »Es war ein Risiko, das wir gemeinsam eingegangen sind. Wir kriegen das schon hin. Ich spreche morgen mit Carl darüber, wann ich ins Museum zurückkehren kann. Mein Urlaubsjahr ist vorbei, also werde ich bald wieder Geld verdienen.« Doch noch während ich die Worte ausspreche, rollt eine Welle der Übelkeit durch mich hindurch. Das Meeresrauschen, das ich gerade noch als angenehm empfunden habe, erscheint mir plötzlich zu nah, als ob wir jeden Moment mitsamt Haus und Kuchen und allem anderen weggerissen werden könnten.

»Wir schaffen es einfach nicht«, flüstert er so leise, dass ich seine Worte nur erahnen kann. »Mit dem Haus und dem Geld und diesem … diesem Schmerz.« Zwar spricht er leise, schlägt dabei aber mit der Faust auf den Tisch. Ihn so zu sehen, bricht mir das Herz. Dabei war es mir die ganze Zeit schwergefallen, ihm seinen Optimismus abzunehmen. Doch nachdem der jetzt verschwunden ist, kommt er mir nicht länger wie Daniel vor. Der letzte Rest von ihm ist weg, davongeschwebt wie ein verlorener Ballon, den ich nicht mal mehr sehen kann.

»Daniel, du hast immer gesagt, dass wir das durchstehen. Und ich habe dir geglaubt. Das tue ich immer noch. Du kannst diese Hoffnung jetzt nicht einfach zurücknehmen, du musst weiter daran glauben, dass wir es hinkriegen.«

»Was wusste ich denn schon?«, fragt er jetzt lauter. Phoebe taucht in der Küchentür auf, breit grinsend und mit einem Blatt Papier in der Hand.

»Onkel Daniel«, sagt sie. »Ich habe euch beiden ein Bild gemalt. Willst du es sehen«?

Er dreht sich um und lächelt sie an, so gut es geht. »Natürlich. Zeig mal.«

Sie reicht es uns, und wir starren auf die Zeichnung eines runden Joshua mit blau-grünen Augen, einem breiten roten Lächeln und einem Büschel leuchtend gelber Haare.

»Danke, Phoebe.« Ich stehe auf und gehe hinüber zum Kühlschrank. Der starke Kontrast zwischen Daniels elendem Zustand und Phoebes Eifer, uns glücklich zu machen, füllt mich mit Energie. Ich muss etwas tun. Wenn er es nicht mehr kann, dann muss eben ich diejenige sein, die daran glaubt, dass irgendwie alles gut wird. Ich muss diejenige sein, die die Verantwortung übernimmt, denn Daniel ist am Tiefpunkt angelangt, und ich habe das Gefühl, dass er niemals wieder aufstehen wird, wenn ich ihm jetzt nicht helfe. »Ich werde es hier hinhängen, mit einem meiner Lieblingsmagneten.«

»Das ist eine gute Idee. Denn dann könnt ihr ihn jedes Mal, wenn ihr ihn vermisst, anschauen. Tante Erica, dürfen wir jetzt den Kuchen essen? Mum hat zwar gesagt, ich soll dich nicht dauernd fragen, aber er sieht einfach so lecker aus.«

Ich schaue Daniel von der Seite an. »Ja, jetzt können wir den Kuchen essen. Hol die anderen aus dem Wohnzimmer.«

Während Amelia den regenbogenbunten Kuchen anschneidet, drücke ich Daniels Arm. Alle schweigen. Dass kein *Happy Birthday* gesungen wird, macht das Ganze besonders eindringlich und schmerzhaft. Schließlich schaltet Daniel das Radio auf der Fensterbank laut ein. Popmusik ertönt, genauso unpassend wie die Stille. Wir kauen die süße Glasur, die Buttercreme, und ich zwinge mich, zu schlucken. Daniel rührt sein Stück nicht an, sondern schiebt es Phoebe hin, die ihn mit großen Augen anstrahlt, als ob sie ihr Glück gar nicht fassen könnte. Der Nachmittag geht weiter. Daniel verzieht sich in den Garten, und sein Dad folgt ihm. Sie sitzen auf der Bank unter dem knorrigen Apfelbaum und unterhalten sich leise, ich sehe, wie Paul ihm auf die Schulter klopft, als wollte er sagen, dass alles gut wird. Irgendwann packt Amelia Phoebes Sachen, den Kuchenständer und die Dose ein, meine Mum bedeckt die restlichen Sandwiches mit Frischhaltefolie.

»Wir haben es durchgestanden«, sage ich zu Daniel, nachdem alle weggefahren sind. Die Sonne geht gerade unter, ich beginne zu zittern.

»Haben wir das?«, fragt er. »Und wozu? Was kommt als Nächstes, Erica?« Er hält einen Teller in der Hand, den er eigentlich wegräumen wollte, dann aber bei der Verabschiedung einfach mit sich herumgetragen hat. Jetzt schaut er ihn an, die Stirn gerunzelt, als wüsste er nicht, wo er auf einmal herkommt. Es ist ein zart gemusterter Porzellanteller, den ich beim Einzug aus den Tiefen der alten Küchenschränke gekramt hatte. Er stammt aus einer anderen Zeit und ist so dünn, dass ich unter dem Porzellan die Umrisse von Daniels Fingern erkennen kann. Ich höre noch immer unsere hoffnungsvollen und glücklichen Stimmen von damals. *Wir müssen herausfinden, wie alt er ist. Und nach anderen passenden Exemplaren suchen. Wir behalten ihn für immer.*

Daniel schleudert den Teller weit von sich, er fliegt durch die Luft und zersplittert auf dem Bürgersteig in tausend Stücke. Das müssen wir auffegen, denke ich müde, der Energieschub von vorhin ist bereits verpufft. Ich muss Schaufel und Besen holen und die Scherben wegkehren.

Doch ich sage nichts; ich lege einfach einen Arm um Daniel, ziehe ihn zurück ins Haus und schließe sanft die Tür hinter uns.

Kapitel 43

In der Nacht von Joshuas erstem Geburtstag träume ich, dass ich wieder zwölf bin und wir im Auto sitzen, auf dem Weg nach Blackpool. Der Geruch von Toast und Eiern, die wir gerade gefrühstückt haben, haftet klebrig an unseren Haaren und unserer Kleidung. Nicholas ist knochig und jungenhaft, die Haut glatt, noch ist keine Spur von Akne oder Bartstoppeln zu sehen. Er verdreht die ganze Zeit den Hals, um mich vom Vordersitz aus anzustarren.

»Was?«, frage ich irgendwann.

»Ich kann einfach nicht glauben, dass du durch die Zeit gereist bist.«

Übelkeit und Angst packen mich, ich schüttle den Kopf. »Ich weiß nicht, was genau das war.«

Vielleicht sollte es eine Warnung sein, grübele ich, und vielleicht muss ich mit Mum darüber sprechen. Sie dazu bringen, umzudrehen.

Mum umklammert das Lenkrad, so weit nach vorn gelehnt, dass sie kaum im selben Auto wie wir zu sitzen scheint. Ich versuche, sie zu berühren, das Lenkrad zu berühren, um die Fahrtrichtung zu ändern, aber ich erreiche es nicht, sosehr ich mich auch strecke, ich komme ihm nicht näher.

»Mum?«, frage ich. Sie weint. Ihre Tränen strömen und strömen. Ich höre, wie sie auf ihre Beine tropfen, und dann sehe ich, dass sie Daniels Beine hat und Daniels schwarze Jeans trägt. Dann hat sie Daniels Gesicht, und er weint auch, und der Beifahrersitz ist leer.

Um Luft ringend, wache ich auf, die Hände noch immer nach dem Lenkrad ausgestreckt, das Mum in meinem Traum umklammerte.

Ich setze mich auf und ziehe die Bettdecke über mich. Die oberflächliche Wärme des Frühlings hat sich bei Sonnenuntergang verflüchtigt, jetzt ist es kalt. Ich starre Daniel an, weltvergessen im Schlaf, ein schwaches Lächeln auf den Lippen. Es wird verschwinden, sobald er aufwacht. Wann wird er das nächste Mal lächeln?

Er kann nicht mehr. Er ist am Ende, genauso wie ich es schon seit Monaten bin.

Diesmal muss ich mehr tun.

Ich hätte bereits vor vielen Jahren mehr tun müssen, um meine Eltern vor dieser bitteren Enttäuschung zu bewahren, davor, den falschen Weg einzuschlagen.

Ich hätte etwas tun müssen, um Joshuas Leben zu retten, um Daniel und mich selbst vor dem zu retten, was geschehen ist.

Doch ich habe weder das eine noch das andere getan.

Stark zu sein, Phoebes Bild an den Kühlschrank zu hängen, Scherben von zerbrochenem Porzellan aufzufegen, das ist schon etwas. Aber eben nicht genug.

Ich muss furchtlos sein wie die andere Erica. Daniel schätzt sie falsch ein, weil er sie nie gesehen hat. Ich muss der anderen Version von mir ähnlicher werden, der Erica, die ich geworden wäre, wenn unsere Familie nicht auseinandergebrochen wäre und mein Dad mich in allem unterstützt hätte. Wenn ich meine Freunde hätte behalten können, statt während meiner Jugendjahre ständig zu verschwinden und die Hälfte meines Lebens zu verpassen.

Ich küsse Daniel leicht auf die Wange, bevor ich das Zimmer verlasse.

Es ist ganz einfach. Ich bin in diesen Tagen ständig bereit, zu entfliehen. Daher verschwinde ich, sobald ich das Schlafzimmer verlassen habe, in die andere Welt.

Erica sitzt aufrecht im Bett, eine schiefe Lampe taucht sie in warmes Licht. Sie tippt schnell und leise auf einem großen silbernen Laptop. Die Luft ist mild, und als ich lautlos auf sie zugleite, riecht es nach Zitronen und unangenehm scharf nach Knoblauch.

Mensch, Erica, besorg dir Pfefferminzbonbons, denke ich, bekomme aber sofort ein merkwürdig schlechtes Gewissen. Ich strecke eine Hand aus, zögere. Ich sehe unsere Haut nebeneinander, ihre leuchtend, meine blass.

Ich ziehe die Hand weg, Zweifel brodeln in mir. Ich könnte tagelang wegbleiben. Möchte ich Daniel wirklich so lange allein lassen? Ich weiß nicht einmal genau, was aus der Welt, die ich zurückgelassen habe, wird, wenn ich mit der anderen Erica verschmelze. Das letzte Mal war es nur eine Sekunde, aber was ist, wenn es diesmal viel länger dauert? Kann ich wirklich davon ausgehen, dass Daniel, der es doch mittlerweile so sehr hasst, wenn ich verschwinde, stunden- oder gar tagelang auf mich wartet?

Und dann fällt es mir wieder ein. Er ist jetzt ja gar nicht mehr Daniel. Ich könnte hier einen anderen Daniel finden, einen, der nicht gebrochen ist, einen, der lächelt und lacht und mit seinen eigenen Gedanken Schritt halten kann. Ich könnte ihn real werden lassen, während der andere zu einem Traum wird, zu einer alternativen Realität, die nie wirklich ausgelebt wurde.

Ich muss versuchen, ihm zu helfen. Wozu hätte das alles hier sonst gedient? Ich *kann* etwas tun. Selbst, wenn er denkt, dass ich es nicht tun sollte, wird er sehr bald seine Meinung ändern, oder? Ich könnte den alten Daniel zurückbringen. Diesmal *muss* ich etwas tun.

Hier gibt es keine Trauer, die sich einem um den Hals und die Knochen legt, das spüre ich sofort und ganz deutlich. Der Schmerz, der sich viel zu fest um meine Seele gewickelt hat, existiert auf angenehme Weise nicht mehr.

Der Geruch von Knoblauch und Zitronen ist verschwunden, meine Sinne haben sich unmittelbar daran gewöhnt.

Ich beuge mich vor, um zu lesen, was auf dem Laptop vor mir steht.

Die furchtlose Reisende
von Erica

steht in einem roten Banner am oberen Bildschirmrand, darunter befindet sich ein Blogeintrag.

Man sagt, dass Sonnenschein glücklich macht.
Ich bin jetzt seit ein paar Monaten in Italien. Lange genug, um die dunklen Morgenstunden zu vergessen, wenn die Heizung noch nicht eingeschaltet ist und es wehtut, auch nur einen Zeh aus dem Bett zu strecken. Lang genug, um zu vergessen, wie es ist, an so einem herrlich frischen Morgen in Yorkshire, wenn die Felder von Frost silberweiß getönt sind, das Haus zu verlassen.

Ich lehne mich zurück und höre kurz auf zu lesen, weil eine Erinnerung in mir aufsteigt. Unser Haus in Yorkshire. Wie ich an einem Wintermorgen eine dicke Eisschicht von der Windschutzscheibe meines alten Fiesta kratze, um zur Arbeit ins Reisebüro zu fahren. Mein Dad kommt heraus, um heißes Wasser aus einem Kessel auf die Scheibe zu gießen, und dann warten wir beide nervös, ob sie zerbrechen wird.

Ich streiche mir die Haare aus dem Gesicht, lange Strähnen, an die ich nicht mehr gewöhnt bin, wickeln sich um meine Finger.

Ich habe also neue Erinnerungen.

Der Blog geht weiter:

Und das stimmt. Ich kann definitiv bestätigen, dass Sonnenschein und Wärme einem das Gefühl geben, dass mehr möglich ist. Doch das heißt nicht, dass ich für immer hierbleiben will. Am nächsten Ort, an den ich reise, wird es kalt sein. Denn obwohl Sonne gut für einen ist, schätzt man sie mit ein wenig Dunkelheit umso mehr.

Du verstehst überhaupt nichts von Dunkelheit, denke ich flüchtig, aber da spüre ich schon einen seltsamen Anflug von etwas, das vielleicht nicht Traurigkeit ist, aber eine Art Sehnsucht, ein vages Unbehagen. Ich versuche, es zu lokalisieren, zu erkennen. Was wünscht sie sich? Immer, wenn ich sie beobachtete, hatte ich den Eindruck, dass sie nicht besonders unter Heimweh litt, dass sie tat, was sie schon immer tun wollte. Ich hatte erwartet, so etwas wie Zufriedenheit zu spüren, ein angenehmes Gefühl von Erfolg. Hat sie nur so getan, als ob?

Während ich auf den Bildschirm starre und nach Antworten suche, von denen ich weiß, dass sie wahrscheinlich nicht da sind, leuchtet neben mir eine Nachricht auf. Als ich das Telefon in die Hand nehme, komme ich mir irgendwie aufdringlich vor. Es ist dein Telefon, sage ich mir. *Deins. Meins.*

Es gibt einen Sicherheitscode, den ich instinktiv eingebe,

weil es derselbe ist wie auf dem Telefon, das ich zurückgelassen habe: mein Geburtsjahr.

Die Nachricht ist von Mike.

Hey, E. Ich bin auf dem Rückweg.

Ich hatte ganz vergessen, dass Mike mich eine Zeit lang E nannte. Ich weiß nicht mehr, warum er damit aufgehört hat, ob ich ihn vielleicht sogar darum gebeten habe.

Das letzte Mal, als ich in dieser Version meines Lebens vorbeigeschaut habe, wohnte er hier in diesem Landhaus, aber das scheint nicht mehr der Fall zu sein. Ich frage mich, wo er ist und wohin er reisen wird. Eine Minute lang starre ich auf seine Nachricht und versuche, mich zu erinnern. Da ist nichts.

Wohin?

Ich hoffe, es ist nicht zu offensichtlich, dass ich nicht weiß, was er meint. Schwache Schuldgefühle, durchmischt von Panik, durchströmen mich erneut, als ich an Daniel denke, der zu Hause im Bett liegt und beim Aufwachen feststellen muss, dass ich verschwunden bin. Vielleicht bin ich dort ja schon seit ein paar Tagen weg.

Doch ich mache das hier schließlich für uns beide. Ich muss den anderen Daniel finden. Und dafür sorgen, dass wir zusammenkommen, um neu anfangen zu können.

Und was dann? Was wird mit der anderen Version von Daniel geschehen? Ich schließe die Augen und öffne sie wieder, als ich höre, dass Mike geantwortet hat. Beim Lesen fügen sich die Dinge langsam zusammen.

England. Kommst du mit?

Ich antworte, ohne nachzudenken.

Auf jeden Fall.

Anschließend scrolle ich durch die Fotos auf dem Telefon, wobei ich das nagende Gefühl ignorieren muss, etwas zu stehlen. Es gibt ein paar Aufnahmen von Nicholas und mir. Vage Erinnerungen, wann sie entstanden sind, tauchen auf, verschwommen und weit entfernt, als stammten sie aus meiner Kindheit, obwohl die Bilder neueren Datums sind. Auf einigen sind bunte Reisegruppen zu sehen, die meisten zeigen Landschaften. Türkisblaues Meer, orientalische Gebäude, weite grüne Felder. Die neuen Erinnerungen, die sich nach und nach in mir entfalten, sind größer, heller und abenteuerlicher als meine eigenen, doch selbst während ich sie praktisch anstarre, bleiben meine Gefühle seltsam flach.

Das letzte Foto ist von Mike. Er trägt ein strahlend weißes Hemd, das seine Bräune noch dunkler erscheinen lässt, sein Haar ist blonder. Eine neue Folge von Erinnerungen aus der Zeit, in der ich das Foto gemacht habe, blitzt in meinem Kopf auf: süßer Rotwein in einem winzigen Café, heiße Pizza aus einem Karton, lange Küsse auf einer schmucken Brücke. Diese Version von mir mag Mike. Ich merke, dass sich beim Betrachten des Fotos endlich doch etwas in mir rührt. Aber da ist keine Liebe. Das Gefühl ist flach und irgendwie unerfüllt, eine klare Wasserlache ohne Wellen oder Gezeiten.

Ich denke an meinen eigenen Ozean der Emotionen, den ich hinter mir gelassen habe, stelle mir mein eigenes Handy vor, das zu Hause auf dem Nachttisch liegt. Es fällt mir schwer, mich an die Fotos zu erinnern, die darauf gespeichert sind. Ich glaube, die meisten sind von Joshua, aber mein Verstand lässt nicht zu, dass ich an diese Fotos denke, er will sich nur auf jene konzentrieren, die ich gerade anschaue. In mir lodert Angst auf, für einen kurzen Moment überlagern die Empfindungen meiner alten Version die Gefühle der neuen, und plötzlich habe ich das Gefühl, dass ich das hier nicht tun darf.

Tief durchatmend, lege ich den Laptop auf den Steinboden. Ich denke an Daniel, an mein eigenes Bett mit seinen warmen, zerknitterten Decken, an das Kreischen der Möwen, die vor dem Fenster im Wind tänzeln, an den Duft von Kaffee und Regenbogenkuchen, an Phoebes Zeichnung von Joshua, an *zu Hause*. Aber es hilft nicht. Ich schließe die Augen und öffne sie wieder, bin aber noch immer hier. Langsam verflüchtigt sich meine Panik, löst sich irgendwie von mir ab, ist nur noch vage spürbar, ungefähr so, wie man mit einem Filmschauspieler mitfühlt, der auf der Kinoleinwand verfolgt wird. Wie konnte ich mir nur so sicher sein, das Richtige zu tun?

Wieder betrachte ich das Telefon. Könnte ich Daniel anrufen? Erreichen Mobiltelefone alternative Welten? Zumindest könnte ich es versuchen. Aber würde ich den alten Daniel anrufen oder den neuen? Würde er mich kennen? Stirnrunzelnd blicke ich auf das Tastenfeld, doch die Zahlen sind bedeutungslos. Seine Nummer ist in der Unordnung meiner Erinnerungen verloren gegangen, sie fällt mir einfach nicht ein.

Während ich auf das Telefon starre, blinkt eine weitere Nachricht von Mike auf.

Nächste Woche?

Ich tippe hastig. *Nein, diese Woche.*

Ich springe vom Bett und öffne die klobige Schranktür. Leuchtende Farben begrüßen mich, ich sehe rote Strickjacken, rosa Kleider, blaue Röcke, dabei mag ich eigentlich keine bunten Sachen, ich trage immer nur Schwarz. Ich nehme ein kurzes magentafarbenes Kleid mit Spaghettiträgern vom Bügel, ziehe es an und starre mich dann in dem Ganzkörperspiegel der Schranktür an. Ich komme näher, um in meine eigenen Augen zu schauen, die ich so gut kenne und die unverändert sind. Dann trete ich wieder zurück und bemerke die subtilen Unterschiede. Ich stehe aufrechter, und meine Haut ist dunkler. Mein Haar ist länger. Meine Figur ist anders, an einigen Stellen kurviger nach einem Sommer voll italienischem Käse und Wein, an anderen vorteilhafter, weil es keine Schwangerschaft gab. Aber da ist noch ein Unterschied, schwerer fassbar. Ich streiche über das Kleid und wende mich vom Spiegel ab.

Unter dem Bett entdecke ich einen Koffer und schleudere ein Durcheinander von Kleidern hinein. Das Telefon klingelt.

»Wozu die Eile?«, fragt Mike mit träger Stimme.

»Ich will einfach nur wieder zurück. Mehr Olivenöl kann ich unmöglich aushalten.« Ich versuche, unbeschwert zu klingen. Es ist das erste Mal, dass ich als diese Version von mir spreche, und bin überrascht, wie es sich anfühlt. Zwar rede ich lauter, allerdings ohne die selbstbewusste Leichtigkeit, mit der ich eigentlich gerechnet hatte.

Ich schließe die Augen, lasse mich aufs Bett fallen und höre Mike zu, wie er über Flüge und Preise und Tickets und London spricht und dabei auf einer Tastatur herumtippt. Ich wüsste gern, warum er nicht mehr hier im Landhaus wohnt und wo er ist. Wenn er allerdings mitbekommt, dass mir all diese Informationen fehlen, wird aus unserer Rückreise nach England wohl nichts werden.

»Willst du zu mir kommen?«, fragt er. »Oder sollen wir uns am Flughafen treffen?«

»Am Flughafen«, antworte ich, obwohl ich nicht ganz sicher bin, welcher Flughafen sich in meiner Nähe befindet.

»Tust du mir einen Gefallen? Kannst du ein Ticket für mich buchen? Ich, ähm, zahle es dir zurück.« Ich weiß nicht mal, ob ich Geld habe. Aber ich kann doch bestimmt auf ihr Bankkonto zugreifen, das jetzt mein Bankkonto ist?

»Warum denn?«, will Mike wissen.

»Ich habe viel zu erledigen, wenn wir in den nächsten Tagen abreisen, und du würdest mir einen großen Gefallen tun.«

»Du wolltest doch diese Woche schon abreisen. Wir könnten auch noch etwas länger bleiben, wenn es zu schnell für dich geht. Kein Problem. Und Joel interessiert es nicht, wann wir ausziehen, solange wir im Oktober, wenn er das Haus braucht, weg sind.«

»Ich weiß«, behaupte ich, obwohl ich gar nichts weiß. »Vergiss es einfach.« Ich ziehe die Handtasche, die am Ende des Bettes hängt, zu mir, leere den Inhalt neben mir auf der Bettdecke aus und entdecke einen Reisepass und eine Bankkarte. Ich atme auf. »Ich buche selbst.«

»Nein, lass nur. Ich kann genauso gut zwei Mal klicken statt ein Mal. Geht es dir auch wirklich gut? Du scheinst etwas nervös zu sein.«

Während ich erst durch den Pass blättere und dann ein schäbiges Make-up-Täschchen mit einem Lippenbalsam und einer rissigen Puderdose in die Hand nehme, bekomme ich hämmernde Kopfschmerzen, plötzlich tanzen Erinnerungen wie Flammen um mich herum. Ich sehe, wie Mike wegen eines Jobs umzieht. Es hat etwas mit Autos zu tun. Er ist jetzt näher an Rom. Ich öffne die Puderdose, und weitere neue Erinnerungen überspülen mich. Ein befristeter Vertrag, der fast abgelaufen ist.

Ich klappe die Puderdose zu und drehe sie um. Es ist dieselbe Marke, die ich immer benutze, nur eine Nuance dunkler. »Bis wir uns am Flughafen sehen, bin ich wieder in Ordnung.«

»Okay, wenn du es sagst. Also wirst du auch eine Weile in London bleiben?«

»Das glaube ich nicht. Ich will nach Hause.« Noch während ich das sage, fällt mir ein, dass mein Zuhause jetzt Yorkshire ist und dass Daniel wahrscheinlich in Blackpool wohnt. Oder nicht? »Oder vielmehr, ich würde sehr gerne nach Blackpool fahren.«

Mike schnaubt. »Ja klar. Da würdest du es niemals aushalten.«

»Vielleicht nicht«, entgegne ich langsam.

Wir sprechen nicht mehr viel, bevor wir uns ein paar Tage später am Flughafen wiedertreffen. Bis dahin verbringe ich die Zeit damit, durch das italienische Landhaus zu streifen, von meinem Schlafzimmer auf die Terrasse, wo ich mir dabei zusehe, wie ich mit meinen Freunden lache und trinke. Mit ihnen wohne ich zusammen, mit ihnen teile ich Badezimmer und Besteck, und ich kann mich in kurzen Ausbrüchen an sie erinnern. Joel, dem das Haus gehört, der zu unpassenden Zeiten mitten in der Nacht Gitarre spielt und mich immer dazu zwingt, ein Bier mehr zu trinken, als mir guttut. Sophie ist die mit den rosa Haaren, und sie leiht sich immer Kleider von mir aus, ohne vorher zu fragen, um sie nach dem Tragen auf meinem Bett zu drapieren, sie riechen dann nach Pfirsich und Zigaretten. Durch die süße Hitze des Morgens spaziere ich zu dem Café, in dem ich arbeite. Dort angekommen, fällt mir ein, dass ich gekündigt habe, weil Luca, der Besitzer, mich zu küssen versuchte, als wir allein im Lagerraum waren, und mir seitdem immer wieder Nachrichten schickt, obwohl ich ihm gesagt habe, dass ich nicht an ihm interessiert bin. Durchs Fenster schaue ich hinein, und die Erinnerungen – unvollständig und an den Rändern ausgefranst – werden stärker und farbenfroher. Doch die Gefühle, die sie in mir wecken, überraschen mich. Ich hatte angenommen, dieses bunte Leben hier würde ausreichen, um meinen Verstand und mein Herz auszufüllen, doch sobald ich an die Menschen denke, die mich umgeben, empfinde ich eine seltsame Leere, als wartete ich darauf, dass noch etwas anderes geschieht.

Und so fühle ich mich auch, als wir unsere riesigen Koffer durch die Menschenmenge ziehen, den Zoll passieren und im Duty-free-Bereich umherwandern. Die Überraschung über meine Unzufriedenheit schwächt sich ab und verwandelt sich in ein eher ungläubiges Gefühl, das ich nicht richtig zuordnen kann. Neue Erinnerungen aus meiner Kindheit und Jugend strömen auf mich ein, überdecken die alten wie dicker grauer Rauch und lassen sie für immer verblassen.

Kapitel 44

»Du hast mir immer noch nicht gesagt, warum du es so eilig hast, nach Hause zu kommen? Ist etwas passiert?«, fragt Mike.

Wir gehen an einer beeindruckenden Pyramide von Designer-Handtaschen vorbei, und ich schüttle den Kopf. »Nein, nichts dergleichen. Ich …«

Doch die Worte, die ich sagen wollte, fallen mir nicht ein, und ich breche den Satz ab. Wir bleiben stehen. Mike schaut mich erwartungsvoll an. Warum fliege ich zurück nach England? Ich habe das Gefühl, dass es einen Grund dafür gab, einen wichtigen Grund, zurückzukehren und Blackpool zu besuchen. Aber wieso Blackpool? Frustration ergreift mich, kratzt an meinen Sinnen.

»Hatten wir vor, nach Blackpool zu fahren?«, frage ich verwirrt.

Mike runzelt die Stirn. »Du wolltest dahin, nicht ich. Seitdem haben wir nicht mehr darüber gesprochen. Hast du Joels Grasvorrat geplündert? Du warst schon neulich so komisch.«

Ich gehe weiter, zucke die Achseln und versuche, das Gefühl zu ignorieren, dass ich etwas Wichtiges nicht mitbekomme. »Ich weiß es nicht«, gestehe ich. »Ich glaube, ich hatte einfach die Nase voll davon, unterwegs zu sein.«

Mike nickt, zufrieden mit der Antwort, was mich nur noch unruhiger macht. Ich werde das Gefühl nicht los, dass ich mehr von ihm will, weiß aber nicht, was. »Schon gut«, sagt er, nimmt eine Flasche tiefblaues Aftershave vom Regal und sprüht es vor uns in die Luft.

Und als ich es rieche – tintenartig und erdig, eine dunkle, männliche Note –, erinnere ich mich an alles.

An Daniels Gesicht. An das Gefühl, dass ich mit jemandem zusammen bin, der mich kennt und voll und ganz unterstützt. An den Schmerz, das Kostbarste zu verlieren, was wir hatten. An unser Haus, meine Arbeit im Museum. An den Raum, in dem Joshuas Hochstuhl stand. Ich weiß wieder, dass Daniel seine Arbeit verloren hat. Dass er zu einem anderen Menschen wurde, dessen Traurigkeit ich nicht ertragen konnte, weil es zu sehr schmerzte. Ich erinnere mich an den verzweifelten Wunsch, etwas zu verändern. An den Grund, warum ich hier bin.

Die Erinnerungen schrauben sich in die Höhe, bis ich kaum mehr Luft bekomme. Ich atme tief ein, der Geruch von Daniel durchdringt alles um mich herum, und ich blicke Mike an, der nichts davon mitbekommt. Plötzlich geht er mir auf die Nerven. Er ist nicht der Richtige für mich. Ich muss Daniel unbedingt finden, anstatt Zeit mit Mike zu verschwenden. Er ist mir im Weg. »Ja, ich will nach Blackpool«, erkläre ich, und mein bissiger Ton verrät, wie verärgert ich über ihn bin. »Es ist egal, ob du mitkommst oder nicht.«

Ich frage mich, ob ich ihn damit verletze. Doch sein Gesicht verrät nichts, falls es überhaupt etwas zu verraten gibt. »In Ordnung«, sagt er. »Cool.«

Aber ich kann spüren, wie es mir schon wieder entschwindet, wie mein altes Leben verebbt, während das neue darüber hinwegspült. Wieder und wieder sage ich mir die Namen vor, versuche, mich alle paar Sekunden an die Gesichter von Daniel und Joshua zu erinnern. Doch sie sind jedes Mal verschwommener, ihre Augenfarbe verblasst, ihre Gerüche verfliegen. Als wir einen Burger essen, öffne ich hastig die Notizen auf meinem Telefon, um die Namen einzutippen, die ich in der letzten halben Stunde im Kopf rezitiert habe, damit sie nicht ganz verschwinden.

Mike redet über den Preis des Wodkas, den er im Dutyfree gekauft hat. »Er war gar nicht so billig«, sagt er. »Wahrscheinlich wurde ich abgezockt.«

Als ich zu ihm aufschaue, fällt mir ein, was er mir angetan hat. Wie er mich auf einer Party zurückließ, heulend, eiskalt abserviert.

Ich schüttle den Kopf. Hör auf, dich auf Mike zu konzentrieren, ermahne ich mich stumm. Er erzählt jetzt eine Geschichte über eine Nacht, in der er eine ganze Flasche Wodka getrunken hat und sich anschließend nicht mehr erinnern konnte, wo er wohnte.

»Ich musste im Park schlafen. Hörst du mir überhaupt zu?«

»Ja, aber warte mal kurz.« Ich muss diese Namen eintippen, bevor ich sie vergesse. Aber bevor ich mit dem Tippen beginnen kann und noch während Mike seine Geschichte weitererzählt, sind sie wieder aus meinem Gedächtnis gelöscht, als wären sie in Sand geschrieben gewesen.

Kapitel 45

Auf dem Flug falle ich in einen tiefen Schlaf. Als ich aufwache, liegt mein Kopf an Mikes Schulter. Er ist wach und blättert gerade das Bordmagazin durch.

»Bier?« Er hält mir seinen Becher hin.

Schläfrig schüttle ich den Kopf. Ich fühle mich wie unter Drogen gesetzt. Warum sitze ich in einem Flugzeug? Dann fällt mir ein, wie eilig ich es hatte, Joels Haus in Italien zu verlassen, und ich spüre, wie es mich nach Hause zieht, in das Haus meiner Eltern in Yorkshire. Aber ich kann das Dickicht meiner Verwirrung nicht ausreichend durchdringen, um zu verstehen, warum das so ist. Italien war schön. Es gab keinen Grund für eine große Veränderung, oder? Die Arbeit im Café gefiel mir nicht besonders, aber ich wollte versuchen, irgendwo anders einen Job zu ergattern. Geld war kein großes Problem, weil ich Ersparnisse habe und in den letzten Monaten mietfrei in Joels Haus wohnen konnte. Er hatte uns angeboten, bis Oktober zu bleiben, dann wollten Freunde seiner Eltern mit ihren Enkeln Ferien in dem Landhaus machen. Mike wurde bereits ein paar Monate früher ungeduldig, weil er es hasst, zu lange in einem Land zu bleiben, und ging irgendwo anders hin. Aber ich bin nicht so, richtig? Eine vage Angst pulsiert durch mich hindurch. Warum kann ich mich nicht richtig erinnern?

Mike unterbricht meine Gedanken. »Wir landen bald. Du hast die ganze Zeit geschlafen.«

»Tut mir leid«, entgegne ich, obwohl ich nicht weiß, wofür ich mich entschuldige.

Er zuckt mit den Schultern. »Also, wie lautet der Plan? Willst du wirklich nach Blackpool? Ich glaube nicht, dass ich als Erstes ausgerechnet dorthin möchte. Aber vielleicht können wir uns irgendwann da treffen, so für einen Tag.«

»Erst mal gehe ich nach Hause.« Ich kann mich daran erinnern, dass ich auf dem Flughafen seine Heimatstadt Blackpool angesprochen habe, ohne allerdings zu wissen, warum. Vielleicht glaubt er ja, dass ich dorthin will, um seine Familie kennenzulernen, damit die Sache mit uns ernster wird. Ist das vielleicht *tatsächlich* der wahre Grund? Ein anderer fällt mir jedenfalls nicht ein. Ich weiß, dass meine Mum in Blackpool zur Schule ging, und habe meine Oma ein paarmal dort besucht, als ich jung war, aber seither nie mehr den Wunsch verspürt, noch mal hinzufahren.

Falls Mike irgendetwas dahinter vermutet, spricht er es nicht an. »Also treffen wir uns in ein paar Monaten wieder? Und gehen nach Blackpool?« Er dreht sich zu mir, und ich schaue ihm in die Augen. Sie sind schlammbraun – keine besonders schöne Farbe, wie mir schuldbewusst auffällt.

»Einverstanden. In ein paar Monaten.«

Mum hat sich verändert, aber ich weiß nicht genau, in welcher Hinsicht. Die Verwirrung, die ich am Flughafen gespürt habe, ohne zu wissen, was genau sie ausgelöst hat, verfolgt mich wie Nebel.

»Hast du eine andere Frisur oder so?«, frage ich, bemüht, herauszufinden, was fehlt, was anders ist. »Irgendwie hast du dich verändert.« Ich umarme sie, und sie erwidert meine Umarmung. Sie duftet wie immer – nach Honigshampoo und Waschpulver.

»Das liegt wahrscheinlich an dir. Vielleicht siehst du die Dinge jetzt nach all deinen Abenteuern mit anderen Augen.« Lächelnd stellt sie den Wasserkocher an. Wir setzen uns an den Tisch, und ich starre auf die Stelle, an der ich als Kind meine Initialen eingekratzt habe.

»Also, erzähl mir alles. Wie läuft es mit Mike?«

Ich denke an seinen natürlichen Charme und sein lautes Lachen. Die ungezwungene Art, wie er mich kurz auf den Mund küsste, bevor wir nach der Landung in London verschiedene Züge bestiegen. »Ich weiß nicht so genau. Er ist nett, wir haben viel gelacht, und wir verstehen uns gut. Aber er ist jetzt in London. Er mag den Norden nicht so.« Darüber muss sie lachen. »Aber wir werden uns bald wiedersehen«, fahre ich fort. »Irgendwann möchte ich für ein paar Tage nach Blackpool fahren, und da seine Familie dort wohnt, treffen wir uns vielleicht.« Mein Ton ist beiläufig, aber ich kann das darunterliegende Unbehagen spüren, die Befürchtung, dass ich es mir mit Mike zu leicht mache. Er ermutigt mich ständig, mich nicht zu fest zu binden, sondern weiter diesem bequemen Weg zu folgen, den wir schon so lange gehen, dass er ganz breit getreten ist und wir nicht mehr von ihm abweichen können. Was ich auch nie wollte, doch manchmal habe ich das Gefühl, dass mir etwas fehlt, und ich frage mich, ob nicht vielleicht genau das, was ich zu vermeiden versuche, irgendwie wichtiger ist, als ich dachte.

»Was für eine kleine Welt«, unterbricht Mum meine Gedanken. »Vielleicht hast du Mike sogar mal gesehen, wenn wir damals Oma in Blackpool besucht haben.«

»Selbst wenn, hat das wohl eher nichts zu bedeuten. Jedenfalls glaube ich definitiv nicht, dass wir seelenverwandt sind.«

Mum blickt mich scharf an. »Seit wann wünschst du dir einen Seelenverwandten?«

Ich runzelte die Stirn. »Tue ich nicht. Aber ab und zu frage ich mich schon, ob ich nicht doch ein bisschen mehr will«, räume ich ein.

»Die Antwort kennst du doch, Erica. Schon als Mädchen hast du immer gesagt, dass du nie heiraten und ein langweiliges Leben wie ich und dein Dad führen willst.« Mum steht auf, um Tee zu machen. »Vor deiner Reise hast du sogar gesagt, dass wir dir vorgelebt haben, was du nicht willst. Und das ist es doch, was dir an Mike so gefällt. Er reist gern und will seinen Spaß, nicht wahr? Mit ihm wird es nie ernst und langweilig. Du wirst nicht im Elend enden wie wir. Hol die Kekse, ja?«

Nachdenklich gehe ich zum Schrank mit den Keksen. Vielleicht hat sie ja recht, überlege ich. Vielleicht würde mein Wunsch nach mehr letztlich zu weniger führen – ein seelenloses Haus, ein Mann, den ich eigentlich nicht besonders mag, stressige Kinder, die mich nur Zeit und Geld kosten, und ein ramponierter alter Tisch mit eingeritzten Namen. Das alles will ich nicht. Wollte ich nie. Mike ist genug, zumindest versuche ich mir das einzureden.

»Erica«, sagt Mum. »Da sind die Kekse nicht. Du warst doch nicht so lange weg, dass du den wichtigsten Schrank im ganzen Haus vergessen hast, oder?«

Ich starre in den Schrank, den ich gerade geöffnet habe. Ich hätte schwören können, dass darin eine Dose mit Schokoladenkeksen steht, sehe aber stattdessen einen Brotkasten und Müsli. Ich wirble herum.

»Du hast umgeräumt.«

Mum schüttelt den Kopf. »Nein, seit den Neunzigerjahren nicht mehr.« Sie lacht und mustert mich dann mit zusammengekniffenen Augen. »Geht es dir wirklich gut? Du wirkst ein bisschen … daneben.«

»Mir geht's gut«, versichere ich. »Mike hat mich das auch gefragt. Aber wahrscheinlich liegt es nur am Flug.«

»Ich hoffe, dass dein Zimmer noch so ist, wie du es in Erinnerung hast. Zwar habe ich es als Bügelzimmer benutzt, aber alles weggeräumt, als du angekündigt hast, dass du nach Hause kommst. Ziemlich kurzfristig übrigens.«

»Ich weiß.« Ich stibitze ihr einen Schokoladenkeks. »Ich hatte einfach die Nase voll davon, unterwegs zu sein.«

Glaube ich zumindest. Aber genau weiß ich es nicht.

Mein Zimmer ist noch so, wie ich es verlassen habe, was, nachdem ich mich ja offensichtlich aus irgendeinem Grund nicht ganz normal verhalte, erst mal eine Erleichterung ist. An den Wänden hängen Fotos mit gewölbten Rändern, die in der Nähe des Fensters sind durch zu viel Sonnenlicht vergilbt. Ich und Nicholas, ich bei meiner Abschlussfeier und mit meinem Rucksack auf meiner ersten Reise mit Claire, meiner Schulfreundin, die ein paar Jahre später heiratete und einen kleinen Jungen bekam.

Ich setze mich aufs Bett, hole mein Handy hervor und tippe eine Nachricht an Claire.

Bin zurück. Treffen wir uns bald?

Sie antwortet sofort.

Auf jeden Fall! Freddie kann es kaum erwarten, seine Lieblingstante wiederzusehen.

Ich grinse. Ich habe Claire kurz vor meiner Abreise nach Italien getroffen und seitdem etwa einmal pro Woche mit ihr telefoniert. Aber plötzlich kommt es mir so vor, als hätte ich seit Jahren nicht mehr mit ihr gesprochen.

Dann blinkt auf meinem Telefon ein Foto auf, das Claire geschickt hat: ihr kleiner Freddie in seinem Hochstuhl, das pummelige Gesicht von Spaghettisoße orange verfärbt.

Und da ist ein Blitz, ein winziger Lichtblitz in der Dunkelheit dieser seltsamen Verwirrung, die ich in den letzten Tagen gespürt habe. Aber er ist schon verschwunden, bevor ich die Hand ausstrecken, ihn berühren und mich in seine Richtung ziehen lassen kann.

Kapitel 46

Die Tage daheim dehnen sich aus. Ich treffe mich mit Claire und einigen anderen Freunden in der Dorfkneipe, in der ich früher so viele Abende verbracht habe. Ich spaziere durch die gepflasterten Straßen und über die Felder, deren Erde mit dem nahenden Sommer weicher wird. Ich schreibe meinen Blog und suche online nach Jobs. Ab und zu telefoniere ich mit Mike. Es gibt keine Regelmäßigkeit, manchmal unterhalten wir uns eine Stunde lang, manchmal vergehen Tage, an denen wir uns überhaupt nicht melden.

»Wie ist London?«, frage ich ihn eines Tages, ich sitze am Küchentisch.

»Ziemlich cool. Kostet aber ein Vermögen. Ich wünschte, Joel hätte hier auch ein Haus, in dem wir mietfrei wohnen können.« Wir lachen.

»Apropos Joel«, fährt er fort. »Er hat mich gebeten, mich mit dir in Verbindung zu setzen. Er hat dir eine E-Mail geschrieben, aber sie kam zurück.«

Ich runzele die Stirn. »Meine E-Mail-Adresse sollte eigentlich funktionieren.«

»Er sagte, dass sie nicht existiert.«

Ich versuche, das unbehagliche Gefühl abzuschütteln, das mich ergreift. E-Mails funktionieren immer mal wieder nicht. »War bestimmt eine Panne«, sage ich. »Was wollte er?«

»Nun, ein Onkel ist gestorben und hat ihm ein Vermögen hinterlassen. Er ist jetzt noch reicher als zuvor, und er überlegt, ein Hotel zu kaufen, das gerade in Sydney gebaut wird.

Er hat uns allen die Pläne per E-Mail geschickt und geschrieben, wir könnten dort arbeiten und hätten Verpflegung und Unterkunft umsonst. Und wir würden gut verdienen. Es liegt in der Nähe des Opernhauses.«

»Wow. Manchmal kann ich nicht fassen, dass wir Joel getroffen haben«, erwidere ich. »Was für ein Glücksfall. Und machst du es?«

»Nun, wie du gerade so richtig bemerkt hast, haben wir ziemliches Glück. Es ist die Chance unseres Lebens, nehme ich an. Normalerweise kann man sich dort unten nicht mal die Miete leisten, und wir würden sogar noch Geld verdienen. Also ja, wahrscheinlich mache ich es für eine Weile. Natürlich nicht für immer.«

»Und machst du es so lange, bis das Hotel fertiggestellt ist?«

»Keine Ahnung. Ich checke hier gerade den Arbeitsmarkt. Es gibt einen Job in einer Bank, für den ich mich entscheiden könnte.«

»Du in einer Bank? Im Anzug?«

»Ja.« Er klingt defensiv. »Nur, um etwas Geld zu verdienen. Die Bezahlung ist gut. Es würde sich lohnen.«

»Wow. Ich hätte nie gedacht, dass du so einen seriösen Job kriegst.«

»So seriös wird es gar nicht werden. Nicht, solange ich für ausreichend Spaß sorgen kann. Und was ist mit dir? Hast du immer noch diesen komischen Drang, nach Blackpool zu fahren?«

Ich überlege. Die Sehnsucht von vor ein paar Wochen ist verflogen, und wieder einmal frage ich mich, warum ich sie überhaupt jemals verspürt habe. »Weiß ich nicht. Wenn du hinfährst, sag mir Bescheid. Vielleicht komme ich mit.«

»Ja, mache ich. Hängt davon ab, wie es mit diesem Bank-Job weitergeht.«

»Mitkommen wohin?«, fragt Dad, als ich aufgelegt habe. »Was kommt als Nächstes für dich?« Er bestreicht ein Brot mit Butter und Brown Sauce und belegt es mit Speck. »Willst du auch eins?«

Ich schüttle den Kopf. »Nein, danke. Ich fahre gleich zu Claire. Es ging um Blackpool. Da lebt Mikes Familie, und wir wollen uns vielleicht dort treffen. Ich weiß es noch nicht.«

»Ah, Blackpool. Das solltest du machen. Es ist sehr romantisch dort.«

»Wirklich?« Ich hebe eine Augenbraue. »Ich kann mich nicht mehr so richtig erinnern. Aber Mike sagt, es sei auf jeden Fall kein Ort, über den ich gerne bloggen würde. Er verspürt keine große Lust, hinzufahren. Er hat noch nicht mal seiner Mum gesagt, dass er wieder in England ist, weil sie dann natürlich erwartet, dass er sie besucht. Und den Gedanken kann er nicht ertragen.«

»Er hat ja keine Ahnung. Blackpool ist ein besonderer Ort. Immerhin habe ich dort beschlossen, deine Mum für mich zu gewinnen.«

»Wirklich?« Ich lächle. Es fällt mir schwer, mir vorzustellen, wie meine Eltern sich kennenlernten. Aber natürlich ist es nie leicht, sich eine andere Welt auszumalen als die, die man kennt.

»Ja. Damals lebte ich in London. Aber Oma war mal wieder gestürzt, und ich kam für ein paar Tage zurück. Ich war bei einer Feuerwerkparty und traf eine Menge alter Schulfreunde. Eigentlich bin ich nur hingegangen, weil irgendjemand krank geworden war und deine Mum ihren Platz einnahm. Ich war in der Schule ein bisschen in sie verknallt gewesen«, fügt er hinzu, und ich suche nach einem Anflug von Nostalgie in seiner Stimme, aber da ist nichts. Seine ganze Aufmerksamkeit gilt dem Sandwich, das er in zwei Hälften schneidet, wobei er auf der Arbeitsplatte einen Fleck aus

Soße und Fett hinterlässt, den er nicht wegwischt. Meine Mum wird das später erledigen, dabei mit den Augen rollen und etwas vor sich hin murmeln. »Wie auch immer, der Rest ist, wie man sagt, Geschichte. Ich ging zurück nach London, aber es dauerte nicht lange, bis deine Mum mir folgte, und ehe wir uns versahen, waren wir verheiratet und zogen hierher.« Er setzt sich an den Tisch und beißt ein riesiges Stück von seinem Sandwich ab. »Ich bin jedenfalls froh, dass du ein bisschen herumreisen kannst«, versichert er kauend.

Ich mustere ihn mit zusammengekniffenen Augen. »Ja, ja, ich weiß. Aber hast du nie daran gedacht, es auch zu machen? Mit Mum zusammen all die Abenteuer zu erleben, die du dir gewünscht hast?«

»Nein. So läuft das nicht, wenn man erst einmal Haus und Job und Kinder hat«, antwortet er, genau wie ich es erwartet habe. »Diese Sicherheit kann man nicht einfach so aufgeben. Ja, ich sage oft, dass ich wünschte, ich wäre mehr gereist. Aber du musst wissen, dass ich hier bei deiner Mum sein und dich und Nicholas haben wollte. Ich freue mich einfach nur für dich, dass du ein paar Abenteuer erleben und dich deinen Ängsten stellen konntest. Das ist alles, was ich damit sagen will. Ein Leben ist ganz schön lang, wenn man jeden Tag das Gleiche tut.« Er steht auf und streicht sich Krümel von der Brust.

»Manchmal frage ich mich, ob ich mich meinen Ängsten tatsächlich stelle.«

»Natürlich tust du das«, entgegnet mein Dad, ohne zu zögern. »Du genießt es, die Welt zu sehen. Lass nicht zu, dass dir das jemand ausredet. Und lass nicht zu, dass dir jemand deine Freiheit nimmt.«

»Das ist mit Mike gar kein Problem. Er ist geradezu freiheitsbesessen.« Wir lachen beide.

Erst später an diesem Tag finde ich das Buch.

Ich sitze auf dem blassrosa Teppich meines Schlafzimmers und suche in einigen Bücherkisten nach einem Reiseführer für Frankreich, den Dad erwähnt hat, doch jeder Gedanke ans Reisen verschwindet sanft aus meinem Kopf wie ein sterbendes Blatt im Wind, als ich auf das Buch stoße.

Mit den Fingern streiche ich über den Buchrücken. Auf einmal ist da eine merkwürdige Anspannung, als müsste ich eigentlich woanders sein. Ich habe Claire bereits zum Kaffeetrinken getroffen, aber nur kurz, weil Freddie seinen Saft über sich und sie schüttete und sie gehen musste, um sich umzuziehen. Andere gute Freunde habe ich nicht und auch sonst nichts vor, warum also habe ich ständig das Gefühl, etwas zu verpassen oder jemanden im Stich zu lassen?

Ich ziehe das Buch aus dem Karton und starre es an, weil ich nicht verstehe, weshalb ich mich so komisch fühle. Es handelt sich um ein altes Exemplar von *Shining*, das ich mir gekauft habe, als ich eigentlich noch zu jung war, um es zu lesen. Ich versteckte es vor meiner Mum, um es im Bett mit einer Taschenlampe unter der Decke zu lesen. Es hat mir keine Angst gemacht. Das tun Horrorgeschichten nie. Ich lese sie gern. Warum beginnt dann jetzt mein Herz zu rasen?

Langsam blättere ich die Seiten um. Dabei rührt sich mit leisem Flattern eine verborgene Erinnerung. An genau dieses Buch – allerdings in einem anderen Haus, einem Haus, das mir gehört. Ein zersplitterter Fensterrahmen. Jemand, den ich liebe, der durch die vergilbten Seiten blättert und mich dabei angrinst. Der sagt, ich sei furchtlos. Und dann, in einem einzigen Augenblick, fällt mir alles wieder ein.

Daniel.

Ich keuche auf, das Buch fällt mir aus den Händen, der Boden unter mir verschwindet.

Kapitel 47

Es trifft mich sofort. Tiefer Kummer und diese erschöpfende Traurigkeit beginnen an mir zu zerren, kaum dass ich zurück bin.

Ich sitze auf dem Treppenabsatz unseres Hauses. Als ich aufstehe, spüre ich, wie angespannt vor Schmerz mein Körper ist. Ich habe das Gefühl, mich gleich übergeben zu müssen.

»Daniel?«, krächze ich, meine Stimme kaum ein Flüstern.

Unten höre ich ein Geräusch. Er ist hier. Ich stolpere beinahe über meine eigenen Füße, meine Beine sind steif und verkrampft. »Wie lange war ich weg?«, frage ich, meine Stimme ist noch immer ganz schwach.

Er sitzt am Küchentisch, wirbelt herum und eilt auf mich zu, dabei stößt er seinen Stuhl um. Die Farbe seiner Haut schockiert mich. Ich bin an Mike gewöhnt, an meine Freunde in Italien und in Yorkshire, deren Haut vor Glück und der Leichtigkeit des Lebens leuchtet.

Seine Umarmung ist so fest, dass ich kaum Luft bekomme, und doch ist sie nicht fest genug. Bei seinem Geruch schießen mir brennende Tränen in die Augen, ich ziehe ihn noch näher an mich und vergrabe die Finger in der Wolle seiner grauen Strickjacke. Ich wusste nicht, dass er eine Strickjacke besitzt; ich habe vergessen, wie er sich anzieht und riecht und klingt, doch jetzt ist er da, und die Wolle schmiegt sich glatt und warm an meine Finger.

»Es tut mir so leid«, presse ich hervor, lege die Wange an seine Schulter und lasse meine Tränen in seine Strickjacke strömen. »Wie lange?«

Er löst sich etwas zögernd von mir. »Eine Ewigkeit, Erica. Ich wusste nicht, ob ich dich jemals wiedersehe.« Sein Gesicht ist immer noch blutleer, durch den Schock wirken seine Züge scharf und ungewohnt. Er drückt mir Küsse auf die Stirn, auf die Nasenspitze und auf den Hals. »Ich kann nicht glauben, dass du wieder da bist.«

»Wie lang ist eine Ewigkeit?« Mir ist immer noch übel, und meine Glieder schmerzen. Ich möchte am liebsten zu Boden sinken, aber ich darf ihn nicht loslassen. Er zeigt auf den Baum draußen. Als ich ging, begannen gerade zartrosa Knospen aus den Zweigen zu sprießen. Jetzt liegen sie braun im Gras, ersetzt durch sattgrüne Blätter.

»Monate, Erica. Es ist Sommer.«

»Wo ich war, sind keine Monate vergangen«, sage ich nach einer Pause. »Und ich wusste nicht, wie ich zu dir zurückkommen kann.«

Ein Sturm der Emotionen tobt über Daniels Züge, und er weicht einen Schritt zurück. »Nun, dann hättest du eben nicht gehen sollen. Die Leute waren ganz schön misstrauisch. Ich musste ihnen irgendetwas erzählen, damit sie dich nicht als vermisst melden. Ich sagte, du hättest dir eine Auszeit genommen. Um zu heilen.«

»Das war nicht weit von der Wahrheit entfernt. Und sie haben dir nicht geglaubt?«

»Deine Mum und Nicholas haben mir geholfen, die Leute von der Geschichte zu überzeugen. Sie wussten ja, wo du bist. Aber das ist mir eigentlich egal.« Er fuchtelt mit einem dünnen Arm durch die Luft. Hat er abgenommen? Oder war er schon immer so dünn? Er sieht größer aus, aber er kann ja nicht gewachsen sein. »Mich interessiert nur, dass du wieder da bist. Das war es jetzt, ja? Das mit deinem Verschwinden, das muss jetzt vorbei sein.«

Ich muss schlucken und blicke an ihm vorbei in den sattgrünen Garten. Auf einmal scheint es sehr lange her zu sein, dass ich ihn zuletzt gesehen habe.

»Erica? Das kann nicht dein Ernst sein. Weigerst du dich wirklich, zu versprechen, es ab sofort um jeden Preis zu vermeiden? Du weißt doch, wie du es verhindern kannst.« Er wird lauter.

»Ich habe nur versucht, die Dinge zu verbessern.«

»Indem du vor mir wegläufst? Vor Joshua?«

Der Name schneidet so schnell durch mein Herz, dass ich es zuerst nicht bemerke, doch dann ist da der Schmerz, der in hässlichen, scharfen Wellen aufsteigt, und ich muss mich hinsetzen, neben Daniels Stuhl, der umgestürzt auf dem Boden liegt.

»Ich bin nicht vor dir weggelaufen«, erwidere ich nach ein paar Minuten. »Ich bin *zu* dir gelaufen. Zu dem Daniel, der du sein solltest.«

»Man kann Schmerz nicht einfach auslöschen. Wenn du das tust, löschst du Joshua aus. Alles.«

Ich beiße mir auf die Lippen, weil ich daran denken muss, wie leicht meine Erinnerungen weggespült wurden. »Ich weiß.«

»Und angenommen, du findest mein anderes Ich, was wahrscheinlich sowieso nicht funktioniert, und wir sind in diesem Paralleluniversum zusammen, wann hört das auf? Wann würdest du damit aufhören, nach Perfektion zu suchen? Wer sagt denn, dass in dieser neuen Welt nichts Schreckliches mehr passieren wird, dass nicht auch dieser Daniel allein enden wird, weil du schon wieder vor all dem Schmerz davonläufst?«

»Das werde ich nicht«, sage ich nur. Zwar verblassen meine

Erinnerungen bereits, aber in dieser Hinsicht bin ich mir sicher.

»Woher willst du das wissen? Du hast gesagt, du warst nicht sehr lange dort.«

Wir starren uns an wie Katzen, die um ihr Territorium kämpfen. Ich seufze. »Hör zu, mir ist klar, dass das alles für dich keinen Sinn ergibt. Ich verstehe es selbst nicht so richtig«, gebe ich zu. Ich stehe auf, nähere mich ihm, um wieder die Arme um ihn legen und seinen Geruch einatmen zu können.

»Carl hat angerufen. Mehrmals. Und dann nicht mehr. Du musst dich bei ihm melden.«

Carl? Ich denke nach, mein Gehirn schmerzt dumpf vor Anstrengung. Wer ist Carl? Daniel wartet auf eine Antwort, und ich möchte ihm nicht sagen, dass ich mich noch nicht an alles aus diesem Leben hier erinnern kann, dass ich zwischen zwei Welten schwebe und mich so sehr anstrengen muss, nicht zu fallen, dass ich mich auf kaum etwas anderes konzentrieren kann. Wenn ich ihm verrate, wie instabil diese Realität für mich ist, wird er sich nur noch mehr über das ärgern, was ich getan habe. Und noch tun werde.

»Carl? Vom Café?«, versuche ich es, weiß aber sofort, dass es die falsche Frage ist, denn auf einmal kann ich das Café vor mir sehen, getaucht in gleißendes Sonnenlicht. Es befindet sich nicht hier. Sondern dort.

»Café?« Daniel runzelt die Stirn. »Nein. Vom Museum. Deine Stelle. Er will wissen, wann du zurückkommst. Dort haben alle auf dich gewartet, Erica. Allerdings befürchte ich, dass es jetzt zu spät ist.«

Daniel reicht mir mein Telefon, und ich starre die Nachrichten an, die auf dem Display auftauchen. So viele Nachrichten, von Zoe und Amelia, von Katie und Carl und der Agentin, die mich bittet, einen vollständigen Entwurf meines Blackpool-Buchs zu schicken. Ich öffne die Fotos. Eine träumerisch verschwommene Erinnerung gleitet durch meinen Hinterkopf, wie ich die Fotos auf dem Handy der anderen Erica betrachte, ohne mich an diese hier erinnern zu können. Jetzt kann ich mich nicht mehr an die anderen erinnern.

»Ruf ihn an, Erica. Abgesehen davon, dass wir vollkommen pleite sind, darfst du nicht vergessen, wie sehr es dir dort gefallen hat.«

Ich öffne die Kontakte, und mein Finger schwebt über Carls Telefonnummer. Wie sieht er noch mal aus? Habe ich gern mit ihm zusammengearbeitet? Ich schaue Daniel an, weil ich ihm am liebsten all diese Fragen stellen würde, doch sein Gesicht, das gezeichnet ist von der Anspannung monatelanger Ungewissheit, ob ich jemals zurückkomme, lässt mich verstummen. Ich drücke auf Anruf.

Kaum höre ich Carls Stimme, fällt mir alles wieder ein. Seine eng geschnittenen Anzüge und bunten Krawatten, seine forsche Stimme und wie anders das Museum war, als Katie dort arbeitete. Und dass ich Carls Job hätte haben können, wenn ich nicht kurz vor dem Vorstellungsgespräch verschwunden wäre. Ich weiß auch wieder, wie sehr ich mir früher gewünscht habe, hierzubleiben. Diesen Wunsch verspüre ich jetzt nicht mehr. Die andere Erica hat so etwas nie erlebt, da bin ich mir sicher. Soweit ich es jetzt, da ich zurück bin, noch beurteilen kann, hat sie keine Erinnerungen daran, in andere Welten wegzutauchen. Und sie hat niemals eine Gelegenheit versäumt, etwas zu verändern, ganz im Gegenteil: Die andere Erica gehört zu den Menschen, vor denen Chancen, Neues zu probieren, aus dem Boden sprießen wie Blumen.

Mir fällt ein, dass sie für ihren Freund in einem Hotel arbeiten könnte. Wo war das? Vielleicht in China? Oder

Australien? Jedenfalls an einem Ort, den ich in diesem Leben nie zu sehen bekommen werde.

Die Chance meines Lebens, sagte jemand.

»Erica?«, höre ich Carls Stimme. »Sind Sie das?«

Daniel stupst mich sanft an. »Ja«, antworte ich. »Ich bin's.«

Wie sich herausstellt, hat Carl im Museum gekündigt, weil ihm eine Stelle als Verkäufer angeboten wurde, und zwar für das doppelte Gehalt, wie er fröhlich hinzufügt.

»Ich freue mich, dass Sie etwas Zeit für sich hatten«, sagt er unbeholfen. »Ich verstehe natürlich, wie schwierig es für Sie war, und nehme Ihnen diese Pause nicht übel. Aber ich bin auch froh, dass Sie wieder da sind. Wir haben Ihre Stelle zwar ausgeschrieben, als wir nichts von Ihnen hörten, aber es gab keinen geeigneten Kandidaten. Ich gehe nächste Woche, und wir brauchen unbedingt jemanden, der weiß, wie die Dinge hier laufen und so bald wie möglich anfangen kann. Es ist leider nur ein Teilzeitjob. Unsere finanzielle Situation ist ein wenig prekär, und wir haben immer noch eingeschränkte Öffnungszeiten.«

»Das ist schon in Ordnung«, antworte ich. Ich kann jetzt meinen Schreibtisch vor mir sehen, obwohl ich mich nicht erinnern kann, wo genau in der Stadt sich das Museum befindet. Ich gerate in Panik, denn ich muss diese Arbeit annehmen, und ich muss in der Lage sein, sie zu erledigen. Mein dürftiges Mutterschaftsgeld ist vor Monaten ausgelaufen, und obwohl Daniel langsam wieder als Freiberufler Fuß fasst, ist sein Einkommen bei Weitem nicht mehr so hoch wie vor seiner Investition in Palms Architecture, durch die wir all unsere Ersparnisse verloren haben. Doch was wird aus dem Museum, wenn ich in die andere Welt zurückkehre und dort die Dinge so in Ordnung bringe, dass wir zusammen unser bestes Leben führen können? Ich schaue Daniel an, der mich gespannt beobachtet. Er würde es mir niemals verzeihen, wenn ich den Job annehme und dann wieder monatelang verschwinde.

Wenn ich also erneut gehe, kann ich nie wieder zurückkommen.

Kapitel 48

7. September 2017

Ich stehe vor der Wahl.

Jeden einzelnen Tag muss ich mich entscheiden.

Heute ist mein Geburtstag.

Durch das Küchenfenster starre ich in unseren verwilderten Garten. Die Blätter winden sich umeinander, einige von ihnen sind bereits herbstlich golden getönt. Ein kalter Wind weht, obwohl erst September ist. Er fährt heulend durch den Spalt zwischen der Scheibe und dem zersplitterten Holzrahmen. Seufzend stelle ich das Radio neben mir an.

Das Museum ist heute geschlossen. Die letzten Monate habe ich es genossen, wieder dort zu arbeiten, obwohl es sich ohne Katie seltsam anfühlt. Selbst William ist nicht mehr da. Es gibt jetzt eine andere ehrenamtliche Mitarbeiterin namens Sheila, die mich ständig wie eine hungrige Katze anstarrt. »Sie ist eine Nervensäge«, hat Carl mir zugeraunt, bevor er ging. Aber ich bin dankbar für ihre Blicke. Ich brauche jemanden, der mich hier festhält. Ich bin auch dankbar dafür, dass mein Verstand wieder richtig funktioniert. Ich habe sogar endlich die Notizen zu meinem Buch zusammengefasst und der Agentin, die letztes Jahr um einen Entwurf gebeten hatte, eine E-Mail geschickt, um herauszufinden, ob sie noch interessiert ist.

Erinnerungen an das andere Leben, an Mikes Stimme und den rauchigen Geruch seines Atems, die kühlen Kacheln unter meinen nackten Füßen in dem Landhaus, die satte Wärme des italienischen Frühlings, die seltsame Vertrautheit des Hauses in Yorkshire, ruhen meist in dunklen Ecken meines Bewusstseins wie vergessene Träume.

Aber der Hoffnungsschimmer und die Idee, die Dinge wieder in Ordnung zu bringen, bleiben.

Manchmal kaufe ich Blumen und stelle sie in einer Vase auf den Tisch. Ein anderes Mal kocht Daniel das Abendessen und schenkt uns trockenen, dunklen Wein ein. Wir stoßen immer auf die Zukunft an, darauf, uns etwas Neues aufzubauen. Wir waren sogar in dem Café, um lächelnden Baristas, der Normalität anderer Paare und den unvermeidlichen Babyhochstühlen die Stirn zu bieten. Wir haben Joshuas Sachen aus seinem Zimmer geräumt und auf den Dachboden gebracht. Wir haben einige Wände gestrichen und Bilder aufgehängt, um den rissigen Putz darunter zu verbergen.

Irgendwie schaffen wir es, zu funktionieren, zu atmen, einen Fuß vor den anderen zu setzen.

Aber das Haus fliegt uns praktisch um die Ohren. Die Blumen verwelken.

Der Wein bleibt unangetastet.

Und dann die Streitgespräche. Sie scheinen endlos und winden sich in anstrengenden Schleifen umeinander.

Auch die Anspannung des heutigen Streits liegt noch immer in der Luft wie flirrende Hitze.

»Vielleicht finde ich einen Birmingham-Magneten für dich«, hat Daniel am Morgen gesagt, und in diesem Moment gab es so wenig Spannung zwischen uns, dass der Tag fast normal hätte werden können. Daniel aß eine Schüssel Cornflakes, sein Löffel klirrte hell gegen den Schüsselrand. Er roch nach dem Aftershave, das er schon eine Weile nicht mehr benutzt hatte, und trug ein graues Hemd, in dem ich ihn seit Jahren nicht mehr gesehen hatte. Er wollte sich in Birmingham mit einem potenziellen Kunden treffen, weshalb wir früher als sonst aufgestanden waren.

Ich lächelte. »Das ist eine gute Idee.«

»Gehst du zu deiner Mum?«

Ich schüttelte den Kopf. »Nein, ich will lieber am Buch weiterarbeiten.«

»Aber heute ist dein Geburtstag.«

»Das weiß ich.«

Ich sah Panik in seinen Augen aufblitzen. »Dann bist du den ganzen Tag über allein?«

»Ja.«

Er kaute und schluckte. »Erica, mir ist klar, dass die Versuchung groß ist, aber du würdest das nie wieder tun, oder? Die andere werden und ihr Leben führen?«

Ich zögerte einen Moment zu lange. Seine Miene verdüsterte sich.

»Willst du mich verarschen? Wo du doch genau weißt, dass du vielleicht nie wieder zurückkehren kannst? Und dass ich monatelang auf mich allein gestellt wäre und auf dich warten würde?«

»Wenn ich dich finden würde, wäre es vielleicht das letzte Mal. Ich glaube, das würde alles verändern«, argumentierte ich, obwohl ich natürlich keineswegs sicher war, *was* passieren würde, wenn ich die andere Version von ihm fand. Ich wusste nur, dass ich ihm gegenüber ehrlich sein wollte.

»Okay. Im besten Fall findet diese wunderbare andere Version von dir, die angeblich so viel besser zu mir passt, die andere Version von mir. Und was geschieht dann mit alldem hier?« Er gestikulierte wild mit dem Löffel, doch alles, was ich sah, war die Ecke des Tisches, an der Joshuas gelber Hochstuhl gestanden hatte, den gewölbten Fensterrahmen, den wir nie ersetzt hatten, den weichen schwarzen

Schimmel, der wie Efeu an der Wand hinaufkletterte. Daniel sah offenbar etwas anderes als ich, etwas, das ihm fehlen würde.

»Ich glaube, dass die beiden Welten sich irgendwie vermischen würden und du dann genauso wie ich in diese andere Version deiner selbst schlüpfen würdest. Du würdest dich vielleicht für einen Tag etwas seltsam und verwirrt fühlen, es aber einfach auf Müdigkeit zurückführen, weil du ja nicht wüsstest, was ich weiß. Und nach ein oder zwei Tagen würde dir gar nichts mehr auffallen.«

»Und das findest du in Ordnung?«

»Ja. Das finde ich.«

Er knallte seine Müslischale auf den Tisch. »Ich kann es nicht fassen, Erica! Du sagtest doch, dass du alles vergessen hast, als du in diesem anderen Leben warst. Woher wüsstest du dann überhaupt, wo du mich finden kannst? Das ist so ein großes Risiko!«

»Ich würde mir vorher alles aufschreiben.«

»Das geht nicht. Du sagtest, dass du nichts mitnehmen kannst. Also auch kein Papier.«

»Diesmal würde ich es beim Ankommen sofort aufschreiben. Bevor ich alles vergesse.«

»Aber genauso gut könntest beim nächsten Mal sofort alles vergessen. Glaub bloß nicht, dass du diese Sache im Griff hast, Erica. Das ist ein gefährliches Spiel. Viel zu gefährlich, um auch nur darüber nachzudenken.«

»Ich habe nie behauptet, alles im Griff zu haben«, gab ich zurück, inzwischen so angespannt, dass eine gewisse Schärfe in meinem Ton lag. »Ich kann einfach nicht anders, die Vorstellung von einem Leben, in dem wir beide glücklicher sind, in dem wir beide bessere Versionen von uns sein können, ist zu verlockend.« Das hatte ich ihm schon hundert Mal zu erklären versucht, aber er schien mir einfach nicht zuzuhören.

»Aber warum sollten diese anderen Versionen von uns besser sein? Weil wir Joshua nicht verloren hätten?«

»Zum Teil ja. Ist das so schwer zu verstehen? Ich habe die Chance, dir diesen Schmerz zu nehmen, und das kann ich nicht einfach ignorieren.« Dazu sagte er nichts, also redete ich weiter, versuchte verzweifelt, ihn zu überzeugen. »Du würdest einen Neuanfang bekommen! Und dann eine bessere Version von mir kennenlernen, eine, die nicht verschwindet und keine merkwürdigen Probleme mit dem Glück und der Liebe hat ...«

»Natürlich hättest du das! Du hast doch selbst gesagt, dass du mit Mike zusammen bist! Ausgerechnet mit Mike! Diesem Beziehungsphobiker, der nicht das Geringste von dir begriffen hat! Hörst du dir eigentlich selbst zu?«

»Ich bin jetzt mit ihm zusammen, aber das werde ich ändern. Ich werde mich darum kümmern.« Aus irgendeinem Grund begann ich plötzlich *ich* zu sagen statt *Erica*.

»Willst du wissen, was ich denke?« Daniel zog seinen Mantel an. »Ich finde, diese furchtlosere Version von dir ist in Wahrheit wie die ängstlichste Version, die es überhaupt geben kann. Sie riskiert nichts. *Deshalb* ist sie furchtlos. Sie hat absolut nichts zu verlieren.«

Ich senkte den Blick, als Daniels Worte eine Erinnerung an die andere Erica lebendig werden ließ – an dieses Gefühl, dass ihr zwar etwas fehlte, dass sie mehr wollte, als Mike ihr gab, aber zugleich auch wusste, dass mehr zu wollen ein zu großes Risiko bedeutete. »Du hast recht«, räumte ich leise ein. Daniel schaute auf, und der Ärger, der sich zwischen uns aufgebaut hatte, löste sich ein wenig, als sich unsere Blicke trafen.

»Mein anderes Ich hat dieses Problem mit der Ehe«, sagte ich vorsichtig. »Wenn ich dort bin, möchte ich damit nichts zu tun haben. Was vermutlich bedeutet, dass ich in jenem Leben auch Probleme habe.«

Daniel hob die Augenbrauen, und zum ersten Mal seit langer Zeit spürte ich, dass ihn faszinierte und interessierte, was ich zu erzählen hatte. »Dann ist sie also gar nicht so anders?«

»Vielleicht nicht.« Bilder flackerten auf, tanzten in meinem Kopf herum. »Das hatte ich ganz vergessen, aber du hast mich jetzt daran erinnert, dass auch meine Eltern nicht so glücklich miteinander waren, wie ich dachte.« Ich runzelte die Stirn, während die Wahrheit über dieses andere Leben sich dehnte und drehte und dabei ihre Form veränderte. »Ich dachte, sie seien glücklich und dass deshalb aus mir eine bessere Erica wurde, die keine Ängste hatte, weil sie ja nie verschwand. Aber so einfach ist es nicht.«

Daniel ergriff meine Hände, und Hoffnung erhellte seine Züge. »Was willst du damit sagen?«

Verwirrt schüttelte ich den Kopf. »Dass du recht hast. Tatsächlich bin ich gar nicht so anders. Ich habe in dem anderen Leben die gleichen Ängste wie in diesem. Die Eltern meiner anderen Version sind der Grund, warum sie herumreisen will, sie will sich nämlich nicht in einer Ehe verzetteln. Aber ihr unstetes Leben scheint sie nicht besonders glücklich zu machen.«

Daniel räusperte sich. »Die ganze Zeit dachtest du, das Gras auf der anderen Seite sei grüner. Aber das stimmt nicht. Und es klingt auch nicht danach, als hätte die andere Erica ihre Eltern glücklicher machen können. Du hast deswegen schon so lange Schuldgefühle, da muss es doch guttun, das nun zu wissen.« Daniel ließ mich los, legte die Hände um mein Gesicht und küsste mich sanft auf die Lippen. Ich schloss die Augen, um dieses seltene Gefühl von Verbundenheit auszukosten.

Wenn ich es dabei belassen hätte, hätten wir vielleicht die Kurve gekriegt. Hätte ich in diesem Moment aufgehört zu reden, wäre seine Miene hoffnungsvoll und ruhig geblieben. Er wäre nicht vor mir zurückgewichen. Wir hätten ein Teil unseres Puzzles wieder zusammensetzen können.

Doch kaum hatte ich begonnen, meinen Plan zu überdenken, da überkam mich schon wieder das heftige Bedürfnis, Daniels Schmerz zu lindern. Das Glück der anderen Erica und ihrer Eltern war irrelevant. Es ging um Daniel und mich. Immer und immer wieder waren wir an diesen einen Punkt gekommen, wo alle Hoffnungen sich als Illusionen erwiesen, die sich auflösten, sobald wir die Hand danach ausstreckten. Mit der Hoffnung, die er jetzt verspürte, verhielt es sich nicht anders.

»In dem anderen Leben lasse ich mich von Mike einfach mitziehen. Ich *will* kein Risiko eingehen«, begann ich leise. Daniel nickte wieder und küsste mich schnell auf die Lippen. Er dachte wohl, dass wir endlich auf der gleichen Wellenlänge wären, dass ich nach all der Zeit nachgeben würde. Ich schloss kurz die Augen, um die glänzende Seifenblase um uns herum noch einmal zu genießen, bevor ich sie zum Zerplatzen brachte.

»Vielleicht waren meine Eltern nicht zu retten, das kann ich akzeptieren. Was ich aber nicht akzeptieren kann, Daniel, ist das mit uns. Mit dir. Mir ist jetzt klarer denn je, dass ich die Beziehung mit Mike beenden und stattdessen dich kennenlernen muss, so wie in diesem Leben, nur zu einer anderen Zeit und unter anderen Umständen. Denn dann wird mir, genau wie in diesem Leben, klar werden, dass es sich lohnt, etwas zu riskieren. Wenn ich dich in jener Welt treffe, werde ich mich ändern. Wir wären zusammen und könnten noch einmal ganz von vorn anfangen. Es würde so viel besser für dich laufen. Dein Leben wäre anders.« Die Seifenblase platzte, und Daniel trat seufzend einen Schritt zurück.

Ich hatte ihn in diesem Jahr eine Million Mal seufzen hören; scharfe, traurige, erschöpfte Seufzer, den ganzen Tag lang, jeden Tag. »Das ist es nicht, was wir tun sollten, Erica.«

Er führte es nicht weiter aus, und ich bat ihn auch nicht darum, denn welchen Sinn hätte das gehabt? *Was* sollten wir stattdessen tun? Was *sollte* man tun, wenn der Mittelpunkt des Universums nicht mehr da war?

Ich hätte noch viel mehr sagen können. All das, was ich bereits Hunderte Male zuvor gesagt hatte.

Fragst du dich nie, ob du heute ein anderer wärst, wenn das mit Joshua nicht geschehen wäre oder wenn ich eine andere Version von mir gewesen wäre oder wenn ich nicht zu der Party gegangen wäre, auf der wir uns kennenlernten, oder nicht mit dir ausgegangen wäre oder einfach nicht zum Friseur gegangen wäre an dem Tag, als unsere Herzen in Millionen Stücke zerbrachen, glaubst du, dass du dann heute auch um jeden Atemzug kämpfen müsstest? Willst du wirklich nicht, dass ich versuche, all die Momente zu verändern, die zu diesem Augenblick geführt haben, an dem wir so verloren und traurig sind, so gebrochen? Soll ich wirklich nicht versuchen, alles wieder in Ordnung zu bringen? Würdest du es denn nicht tun, wenn du könntest?

Doch da er mir längst nicht mehr zuhörte, sagte ich nichts dergleichen. Die unausgesprochenen Worte schwebten im Raum herum wie kleine Gespenster. »Du musst dich entscheiden«, sagte er, nahm die Brille ab und rieb sich die Augen. »Ich werde dich nicht mehr anflehen, zu bleiben, Erica. Ich habe genug. Ich liebe dich viel zu sehr, um mich ständig fragen zu müssen, ob du wieder verschwinden wirst, ob du mich stunden- oder monatelang auf dich warten lässt, statt das hier mit mir zusammen durchzustehen. Ich möchte heute Abend an deinem Geburtstag mit dir essen gehen, ich will in diesem Leben bleiben. Zusammen mit dir. Sei um acht bei

Luigi's.« Er seufzte. »Oder komm überhaupt nicht mehr zurück.«

Und deshalb kann ich nicht gehen, oder? Zwar möchte ich glauben, dass ich recht habe, dass ich Daniels Welt tatsächlich wieder leichter und weicher machen kann, dass aus dem Schwarz-Grau des Winters frühlingshafte Pastelltöne werden können und schließlich die vibrierenden Farben des Sommers. Ich möchte glauben, dass es ihm dann viel besser ginge, dass seine Trauer und sein Zorn sich in nichts auflösen würden. Doch sicher werde ich das erst dann herausfinden, wenn ich gehe. Und dann ist es zu spät.

Also änderte ich meine Pläne dahingehend, dass ich nicht einen Moment allein war. Statt an meinem Buch zu arbeiten, umgab ich mich erst mit Daniels Habseligkeiten, dann mit Menschen in Cafés und Supermärkten. Ich traf Zoe zum Mittagessen, und Mum kam mit Kuchen, Girlanden und Blumen vorbei, um etwas Farbe in diese Welt zu bringen. Doch jetzt ist es 19 Uhr. Ich habe noch eine Stunde Zeit bis zum Abendessen, und meine Willenskraft lässt nach.

Als ich die Augen schließe, kann ich spüren, dass das andere Leben nach mir ruft, mir Antworten und einen Ausweg aufzeigt. Ich stelle mir vor, wie Daniel im *Luigi's* auf mich wartet. Obwohl wir schon lange nicht mehr dort waren, weiß ich, wo er sitzen wird: am dritten Tisch rechts, an der Wand unter dem Bild von Charlie Chaplin. Mit dem Gesicht zur Tür. Er spielt mit dem Besteck, seine Kiefermuskeln sind angespannt. Falls ich nicht komme, wird er den Kopf in die

Hände stützen, sich mit den Fingern durchs Haar fahren. Dann wird er seufzend aufstehen und dem Personal zum Abschied zunicken. Ohne etwas zu erklären.

Was er danach tun oder was passieren wird, weiß ich nicht, weil ich mir ein Leben ohne ihn nicht vorstellen kann, ein Leben, in dem er mich noch nicht kennengelernt hat und noch nicht grau ist vor Traurigkeit. Doch womöglich ist genau das das Problem. Vielleicht sind wir uns viel zu nahe, und vielleicht lässt uns dieser geteilte Schmerz verwittern, so wie das Meer unser Haus verwittern lässt, bis wir zersplittern, bis die schöne Kraft zerbricht, mit der wir einst begonnen haben.

Meine Sicht verschwimmt, und in meinem Kopf dreht sich alles. Mir ist so schwindlig, dass ich mich an etwas festhalten muss, um aufzustehen. Jetzt geht es nicht mehr um Versuchung oder Vernunft; es dreht sich nur noch um Instinkte.

Kampf oder Flucht.

Immer schon war es genau an diesem Tag am schwierigsten zu bleiben, aus so vielen Gründen. Es ist mein Geburtstag. Der Tag, an dem ich nach Blackpool zog. Der Tag, an dem ich mich in Daniel verliebte. Der Tag, an dem wir unser Haus kauften. Mir wird klar, dass dies der Tag ist, an dem ich es nicht werde aufhalten können. Das konnte ich noch nie.

Es ist ein gefährliches Spiel. Das weiß ich. Natürlich weiß ich das.

Aber mal ehrlich, was kann schon wirklich gefährlich sein, wenn das Schlimmste bereits passiert ist?

Wie kann man fallen, wenn man schon am Boden zerstört ist?

Wie kann man von einer Welle hinuntergezogen werden, wenn man bereits auf dem Meeresgrund liegt?

Kapitel 49

Ich stürze durch Zeit und Raum. Mein Körper wird vollkommen erschüttert, mein Kopf pocht.

Und dann sehe ich mich selbst. Ich sitze in Yorkshire auf dem Bett und lese eine Nachricht von Mike.

Ich fahre morgen nach Blackpool. Bist du dabei?

Ich strecke eine Hand aus. Man kann es kaum eine Berührung nennen, als meine Fingerspitzen ihr Haar streifen. Aber es ist genug.

Kapitel 50

»Ich bin nicht gerade scharf darauf, nach Hause zu fahren«, verkündet Mike, während wir über die Autobahn rasen. »Aber meine Mum nervt mich die ganze Zeit, dass ich sie besuchen soll. Und nachdem du ein paarmal gesagt hast, dass du mitfahren willst, dachte ich, es wäre vielleicht ganz cool, auf diese Party zu gehen. Kev und Sophie waren früher ziemlich witzig. Das letzte Mal habe ich sie auf ihrer Verlobungsparty gesehen. Das ist jetzt schon Jahre her. Im selben Haus. Kannst du dir vorstellen, dass sie die ganze Zeit im selben Haus gewohnt haben?« Er schnaubt leicht angewidert.

Ich verlagere mein Gewicht auf dem Beifahrersitz und wende den Blick vom Fenster ab. Mir ist schwindelig, mein Kopf fühlt sich schwer an. Vielleicht habe ich gestern Abend mit Mum und Dad zu viel Rotwein getrunken. Es ist der Tag nach meinem Geburtstag, den Mike allerdings mit keinem Wort erwähnt hat. Vielleicht hat er ihn vergessen. Er ist nicht der Typ, der sich an Daten erinnert.

»Wie auch immer«, fährt er fort, »heute Abend steigt also diese Party, und wir können bei ihnen übernachten. Früher waren ihre Feste immer legendär, und ich habe es nie nach Hause geschafft. Morgen frühstücken wir dann irgendwo, damit wir wieder einigermaßen fit werden, und dann schauen wir bei Mum vorbei. Sie hat ein Gästezimmer, wir übernachten dort, machen kurz den ganzen Touristenkram, und dann hauen wir wieder ab. Ich bleibe auf keinen Fall länger als einen Tag oder so.«

Ich nicke, da ich wegen der Kopfschmerzen nicht viel

sagen kann. Schon gestern Abend fühlte ich mich komisch, ich ging früh ins Bett und ignorierte die Proteste meines Dads, der unbedingt mehr über Thailand erfahren wollte und darüber, wohin ich als Nächstes reisen würde.

Ich hatte noch nie Migräne, aber genau so stelle ich mir eine vor, mit blinkenden Lichtern und alles verzehrenden Schmerzen.

Als wir bei Mikes Freunden ankommen, fühle ich mich etwas besser. Die Doppelhaushälfte mit ihren offenen, hellen Räumen und der schmalen Treppe kommt mir vage vertraut vor. Die Party ist anders, als Mike erwartet hat, er ist offensichtlich enttäuscht darüber, wie seine Freunde sich verändert haben. Die Gäste – alles Paare – sitzen herum und unterhalten sich über Themen wie Hypothekenzinsen und Supermärkte und ob ihre Kinder schon aufs Töpfchen gehen. Ein Baby krabbelt in der Mitte des Raumes herum, hält hin und wieder inne, um den Inhalt einer Handtasche auszuleeren oder uns zahnlos anzustrahlen.

Meistens schaut Mike mich starr an oder versucht erfolglos, ein Gähnen zu unterdrücken. Ab und zu will er die Party mit Anekdoten von unseren Reisen beleben, die Leute mit Geschichten über Trunkenheit und Freunde und andere Kulturen, die wir nicht verstehen, zum Lachen bringen. Und sie lachen auch, leise und höflich, allerdings wechseln sie dabei Blicke, als dächten sie alle dasselbe – nämlich, dass er sich kein bisschen verändert hat, obwohl er es eigentlich schon längst hätte tun sollen.

»Das ist genau das, was ich vermeiden will«, flüstert er, als wir unsere Taschen aus seinem Auto holen. »Die hatten früher alle jede Menge Spaß, und sieh sie dir jetzt an!«

Er tut so, als würde er einschlafen, und klatscht sich dann frustriert mit einer Hand an die Stirn.

»Ich weiß. Wie langweilig«, entgegne ich und nicke, weil ich diese Ansicht eigentlich teile, aber irgendwie wirken meine Worte leer. Mike erwartet mehr von mir, schließlich ist es das, was wir immer tun: uns gegenseitig dazu beglückwünschen, dass unser Leben nicht so öde verläuft. Doch plötzlich überkommt mich das Gefühl, dass man das wahre Leben auf diese Weise verpasst.

Ich schaue zurück zum Haus. »Na komm.« Ich kann spüren, dass er sich ärgert, weil ich ihn nicht richtig in seiner Meinung bestärkt habe. »Lass uns wieder reingehen.«

Als wir zurückkommen, geht es in dem Gespräch noch immer um Zinssätze und Hausrenovierungen.

»Du weißt also noch nicht, wo du dich gern niederlassen möchtest, Mike?«, fragt jemand, und plötzlich sind alle Augen auf uns gerichtet, wenn auch nicht mit der von Mike erhofften Bewunderung.

Er zupft an dem Etikett seiner Bierflasche. »Nein.« Wie alle anderen warte auch ich darauf, dass er konkreter wird, doch er spricht nicht weiter.

Das sind deine Freunde, denke ich. *Warum kannst du nicht netter zu ihnen sein? Warum bin ich überhaupt mit dir hier?*

»Er sieht gern neue Orte«, sage ich, um Mikes Schroffheit etwas abzumildern. Das wissen sie natürlich bereits, aber ich kann sehen, wie dankbar sie sind, dass wenigstens ich freundlich antworte.

»Und was ist mit dir, Erica? Wirst du bald irgendwo Wurzeln schlagen?«

»Oh, das habe ich schon«, antworte ich, bevor ich überhaupt darüber nachdenken kann. »Ich habe ein Haus in Blackpool.«

Sie starren mich an, und ich starre zurück und frage mich, was ich Falsches gesagt habe.

»Oh«, sagt Sophie, hebt ihren Sohn hoch, der sofort knallrot wird vor Wut und protestierend quengelt, und setzt ihn auf ihr Knie. Aus irgendeinem Grund macht mich das nervös. Ich schaue weg. »In Blackpool? Mike sagte, du seist seit deiner Kindheit nicht mehr hier gewesen.«

»War sie auch nicht.« Mike schaut mich verdutzt an. »Ich glaube, sie hat zu viel Wein getrunken.«

Ich atme tief durch. Keine Ahnung, warum ich behauptet habe, ein Haus in Blackpool zu besitzen, obwohl ich seit etwa zwanzig Jahren nicht ein einziges Mal hier war, oder warum mich plötzlich eine tiefe Sehnsucht nach etwas packt, das ich nicht greifen kann. Alle schauen mich erwartungsvoll an. Mike wirft mir einen bohrenden Blick zu. Du benimmst dich komisch, kann ich ihn fast denken hören. »Ich wollte sagen, dass es in Blackpool ein Haus gibt, das mir *gefällt*. Ich habe es online gesehen. Natürlich habe ich weder hier noch anderswo eins gekauft. Ich war ja in Italien.« Für mich klingen meine Worte unglaubwürdig, so als läse ich laut von einem Spickzettel ab.

Aber es scheint zu reichen. »Ach so«, meint Sophie, »ich dachte schon, du führst ein Doppelleben.« Grinsend legt sie ihr Baby wieder auf den Boden.

Nach einer gefühlten Ewigkeit endet die Party, und wir können nach oben in unser Zimmer gehen.

»Es herrscht leider ein ziemliches Durcheinander«, sagt Sophie, als sie das Licht anschaltet. »Unsere Untermieterin Em ist vor zwei Jahren ausgezogen, aber wir sind immer noch nicht dazu gekommen, hier zu renovieren.«

»Das ist schon okay«, sage ich und starre die violetten Wände und das violette Bett an.

Mike legt sich neben mich und beginnt, an meinem Pyjama zu zupfen, doch ich drehe ihm den Rücken zu.

»Was ist dein Problem?« Er küsst mich auf den Nacken. »Wir sollten noch etwas aus dem heutigen Abend machen.«

Ich setze mich auf und ignoriere sein unwilliges Brummen.

»Findest du wirklich, dass wir zusammen sein sollten?«, frage ich ihn.

In der Dunkelheit sehe ich seine Silhouette mit den Schultern zucken. »Ist es nicht ein bisschen spät für diese Art von Gespräch?«

Ich fühle mich so benommen, dass ich aufstehe und mir die Fingerknöchel gegen die Stirn presse. »Nein, ist es nicht.« Ich setze mich wieder auf die Bettkante. Wie kann ich mir plötzlich so sicher sein? Ich hatte mich doch auf Mike gefreut. Sicher, in letzter Zeit hegte ich so meine Zweifel, ob ich es mir mit ihm nicht zu leicht mache, und ja, ich war irgendwie unzufrieden und fühlte mich einsam. Aber noch nie zuvor war das Gefühl, dass ich nicht mit ihm zusammen sein sollte, dermaßen überwältigend. Bin ich wütend auf ihn, weil er so unhöflich zu seinen Freunden war? Doch wenn das der Grund sein sollte, warum ist es mir dann nicht klarer? Diese Orientierungslosigkeit ist beinahe schmerzhaft. »Ich denke, ich werde deine Eltern morgen nicht treffen und mir stattdessen ein Hotel suchen.«

Statt etwas zu entgegnen, zieht er sich einfach die Bettdecke über den Kopf. Das Bett, dieses Zimmer, das ganze Haus rüttelt mich auf – wie das erste Rauschen eines Sturms, wenn die Luft gelb zu werden scheint und man das Gewicht des schwarzen Himmels zu spüren glaubt, es aber noch nicht regnet oder donnert. Es ist ein unruhiges Gefühl, eine elektrische Vorahnung, doch wovon? *Was?* möchte ich schreien. *Was* habe ich für ein *Problem*? Ich beginne zu zittern, doch meine Worte klingen trotz allem deutlich und überzeugt.

»Lass uns einfach Freunde sein, Mike. Ich glaube, ich brauche jemand anderen.«

Abfällig schnaubt er unter der Decke. »Jemand anderen? Wen denn?«

»Das weiß ich nicht. Es tut mir leid. Aber es ist doch in Ordnung für dich, oder? Aus uns wäre sowieso nie etwas geworden, stimmt's?«

Mike dreht sich laut seufzend um. Der Geruch von Zigaretten, von hastigen Küssen und Bier hüllt mich für das vermutlich letzte Mal ein, und ich frage mich, ob er erschrocken ist, bereit, um mich zu kämpfen. Lass mich gehen, werde ich dann sagen. Doch es kommt nur ein irritiertes Grunzen. »Was weiß ich.«

Als ich am nächsten Morgen aufwache, schläft Mike noch immer. Mein Kopf schmerzt. Vielleicht habe ich zu viel Wein getrunken. Einen Moment lang starre ich ihn an. Seine Haut ist golden und glatt, er atmet tief mit leicht geöffnetem Mund und zeigt dabei seine blitzweißen Zähne. Er sieht gut aus. Er bringt mich zum Lachen, er weiß, wie man Abenteuer erlebt und frei ist, und die ganze Zeit dachte ich, dass mir das sehr viel bedeutet. Zwar ist er nicht unbedingt zu jedem freundlich, doch mich hat er immer nett behandelt. Wie er wohl reagieren würde, wenn ich ihn jetzt wecke und bitte, alles, was ich gestern gesagt habe, zu vergessen?

Aber das werde ich nicht tun, weil es nicht das ist, was ich will. Wieder kann ich diese Gewissheit von gestern Abend spüren, das Gefühl, dass es falsch ist, mit ihm zusammen zu sein.

Ich werde den Tag allein in Blackpool verbringen und abwarten, ob er mich anruft und wie ich mich am Abend fühle.

Leise gleite ich aus dem Bett, und als ich die Jeans von gestern anziehe, höre ich ein leises Knistern in der Gesäßtasche. Ich ziehe einen Zettel heraus und werfe einen Blick auf etwas, das eine Notiz in meiner eigenen Handschrift zu sein scheint, nur dass ich mich nicht erinnern kann, sie jemals geschrieben zu haben.

Du wirst nicht mehr wissen, warum du diese Liste gemacht hast,

Stirnrunzelnd werfe ich einen Blick auf Mike, um mich zu vergewissern, dass er noch schläft.

aber da gibt es ein paar Dinge, die du tun MUSST. Die Reihenfolge spielt keine Rolle, solange du sie ALLE tust.

1. *Mit Mike Schluss machen. (Keine Gewissensbisse, er hat das Gleiche mit dir gemacht.)*
2. *Nach Blackpool gehen.*
3. *Nach Daniel Penn, geboren am 27. Februar 1985, suchen UND IHN NICHT GEHEN LASSEN.*
4. *Bei Problemen mit Nicholas sprechen.*

Keine Ahnung, wer Daniel Penn ist. Und Mike hat schon mal mit mir Schluss gemacht? Auch daran kann ich mich nicht erinnern. Der Grund, aus dem ich mir selbst eine Notiz geschrieben habe, ist unkenntlich wie Asche in einem schwarzen Kamin, und doch muss alles irgendwo in meinem Unterbewusstsein verankert sein, denn schließlich habe ich bereits mit Mike Schluss gemacht – und zwar in Blackpool.

Ein letztes Mal betrachte ich Mike, der engelsgleich wie ein Kind schläft. Dann gehe ich zu dem schmalen Fenster, schiebe die schweren, gemusterten Vorhänge zurück und starre in den Hinterhof des Hauses, über die vielen Reihen identischer Häuser und Mülltonnen und Kinderrutschen und Autos hinweg – und auf einmal flackern die Erinnerungen wie Flammen auf. Vor Erleichterung beginnt mein Gesicht zu glühen.

Alles kann ich jetzt sehen: Daniel, genau in diesem Zimmer während der Verlobungsparty von Sophie und Kevin, auf der Mike, wie er mir erzählte, vor Jahren gewesen war. Daniels ehrliches, breites Lächeln, die Brille mit den dünnen schwarzen Rändern, die Art und Weise, wie er mir erklärte, dass ich seiner Meinung nach einen neuen Plan bräuchte, da Mike unsere Beziehung beendet und mir offenbar das Herz gebrochen hatte.

Ich weiche vom Fenster zurück, suche meine Sachen zusammen und schleiche leise wie eine Katze aus dem Zimmer, aus dem Haus.

Eine Stunde später sitze ich in einem winzigen Café auf der Promenade. Alles um mich herum erscheint mir weit entfernt und verschwommen. Es ist, als würde ich die Vitrine voller Dosen und Schokoriegel, die Kellnerinnen mit den geröteten Gesichtern und meinen weißen Becher durch Zellophan betrachten. Während ich mit einem Plastiklöffel Milch in meinen Tee rühre, denke ich immer wieder daran, wie ich Daniel kennengelernt habe. Jedes Detail stelle ich mir vor, schwindlig vor Erleichterung, mich wieder an ihn erinnern zu können, und voller Angst, dass diese Erinnerungen jeden Moment verschwinden könnten: seine grünen Augen, die langsam grau werdenden Stoppeln an seinem Kinn und wie sie auf meiner Haut kratzen, wie er beim Nachdenken mit den Fingern trommelt, sein Kaffee und seine Spaziergänge und seine Angewohnheit, nach oben auf Gebäude statt geradeaus zu schauen. Und mit all den Dingen, die ich an ihm liebe, fallen mir auch die wieder ein, die mich so sehr verletzt haben. Ich sehe Joshuas Gesicht, wie er mich aus dem altmodischen Kinderwagen heraus anschaut, der jetzt in einem Schuppen in unserem verwilderten Garten weggesperrt ist, sein glückliches Lächeln, immer wenn er mich sah, die Speckröllchen hinter seinen Knien. Ich denke daran, wie herrlich weich sein Kopf sich anfühlte, und an die Leere, die mich immer wieder zerriss, seit er fort war.

Ich weiß jetzt, warum ich hier bin. Ich weiß, dass ich Daniel finden wollte, eine Version von ihm, die nicht zerstört ist, deren Gefühle für mich nicht ausgebrannt sind. Und ich wollte eine Version von mir sein, die nicht darum kämpfen muss, sich irgendwie über Wasser zu halten. Ich weiß auch, dass ich glaubte, das Richtige zu tun, nachdem ich so lange nicht mutig genug gewesen war, irgendetwas zu unternehmen. Doch auf einmal kommt mir das, was mir vorher so einfach erschien, lächerlich und unmöglich vor. Da ich nicht dasselbe Leid wie die andere Version von mir trage, bin ich auch nicht so verzweifelt wie sie. Ich weiß nicht, wo Daniel lebt oder wer er in diesem Leben ist. Er könnte mit einer anderen verheiratet sein – bei dem Gedanken droht mir der Tee wieder hochzukommen – oder irgendwo weit weg wohnen. Vielleicht ist er in Berlin geblieben. Will ich denn wirklich sehen, was Daniel tun würde – und mit wem –, wenn er mich nie kennengelernt hätte?

Mein Daumen verweilt über dem Facebook-Symbol auf meinem Handy, wie schon mehrfach in der letzten Stunde. Ich muss ihn nur ausfindig machen, um alles zu erfahren: ob er der Mensch ist, für den ich ihn halte, ob er Single ist, ob er überhaupt hier wohnt, ob es eine minimale Chance gibt, dass wir irgendwie wieder zusammen sein können.

Nach allem, was passiert ist, bin ich mir auf einmal nicht sicher, ob ich den Mut aufbringe, es herauszufinden. Zugleich habe ich aber nicht genug Zeit, verschiedene Möglichkeiten abzuwägen, denn je länger die Uhr tickt, desto trüber wird die Erinnerung an die andere Welt, die ich hinter mir gelassen habe, und desto klarer wird das Café um mich herum, als ob jemand dabei wäre, es sauber zu wischen. Ich versuche das, woran ich mich gerade erinnert habe, immer und immer wieder in Gedanken abzuspielen, aber schon jetzt sind da Lücken in Daniels Sätzen, in seinen Gesichtszügen.

Und Joshua.

Ich versuche, beide festzuhalten, doch mit jeder Aktion in diesem Leben geht eine Erinnerung an das andere verloren.

Ich nippe an dem Tee, und die Farbe von Daniels Augen ist verschwunden.

Ich stelle die Tasse ab, blicke nach draußen auf die verblassten Fahnen, die traurig im Wind flattern, und Joshuas fröhliches Kichern verstummt.

Ich nehme den Geldbeutel aus meiner Tasche, und das Gefühl, an einem Sonntagmorgen mit Daniel zu Hause zu sein, die Farben unseres Schlafzimmers und die Geräusche unseres Hauses verflüchtigen sich aus meinem Gedächtnis.

Frustriert darüber, wie schnell mir die Zeit davonläuft, schlage ich mit der Hand auf den Tisch.

»Alles in Ordnung, Süße?«, fragt die Kellnerin.

Ich nicke und schlage dann die Hand vor den Mund, denn der Tee steigt mir säuerlich wieder auf. Die Liste, die ich mir selbst geschrieben habe, wirkt so überzeugend, so durchdacht. Doch wieso wollte ich hier sein, wieso wollte ich das hier tun? Wenn ich dadurch doch all die Erinnerungen verliere, die mir jetzt so kostbar vorkommen?

Bei Problemen mit Nicholas sprechen.

Mit zitternden Fingern streiche ich über mein Telefon, bis ich bei Nicholas' Nummer ankomme. Er geht beim dritten Klingeln ran.

»Nicholas!«, rufe ich, erleichtert darüber, wie vertraut seine Stimme klingt. »Ich wusste nicht, ob du gerade Unterricht gibst.«

»Nee. Ferien. Wie war dein Geburtstag?«, fragt er. »Hast du den Gutschein bekommen?«

»Ja, danke«, entgegne ich hastig. »Hör zu, ich muss dich sehen. Geht das?«

»Klar«, sagt er. »Komm einfach später vorbei, wenn du magst.«

»Einfach vorbeikommen? In Oxford?«

Stille herrscht, nur das leise Summen der Telefonleitung und das Besteckklappern hinter mir im Café ist zu hören. Erschrocken wird mir klar, dass ich etwas Falsches gesagt habe, doch leider ist mein Verstand voller Puzzleteile aus zwei verschiedenen Puzzles.

Nicholas bricht schließlich das Schweigen, er klingt amüsiert. »Oxford? Geht's dir gut? Wann habe ich jemals in Oxford gelebt?«

»Vergiss es. Und nein, mir geht's nicht gut. Deshalb muss ich dich sehen. Mir läuft die Zeit davon. Ich weiß nicht einmal, ob du in der Lage bist, mir zu helfen. Aber ich weiß, dass du es versuchen wirst.«

»Erica, du machst mir Angst. Kannst du es mir nicht jetzt sagen?«

Ein schmerzliches Schluchzen entringt sich meiner Kehle, weil mir Erinnerungen entrissen werden, weil mein altes Leben von dem neuen übermalt wird. Es bleibt mir nicht einmal genug Zeit, mit Nicholas zu sprechen. Die Sehnsucht nach Daniel, nach den Erinnerungen, die ich verliere, verschlingt mich. Ich will ihn berühren, ihn sehen und ihm sagen, dass ich mich geirrt habe. Doch mir wird klar, dass ich nur Zeit vergeude, denn dieser Nicholas hier ist durch Tausende Momente ein anderer geworden, der woanders lebt und nichts über mein Verschwinden in andere Welten weiß, von meinem Bedürfnis nach jemandem, der mich versteht und beschützt. Er weiß nicht, wer ich wirklich bin, und die Kluft, die ich plötzlich zwischen uns spüre, erstickt mich fast. Ich muss herausfinden, wie ich wieder nach Hause komme, und dabei kann er mir nicht helfen, weil er nicht genug weiß. »Ich komme von einem anderen Ort«, beginne ich, die Worte überschlagen sich, weil er sie so schnell wie möglich hören – und vor allem glauben – soll. Denn mir bleibt *keine Zeit* mehr.

»Moment«, sagt Nicholas. Ich höre, wie er mit einer Kollegin spricht.

Während ich warte, verschwindet der Name unseres Babys aus meinem Gedächtnis. Ich leere den Inhalt meiner Tasche auf dem Tisch aus, ignoriere die alarmierten Blicke der Bedienung und der anderen Gäste und durchstöbere Lippenbalsam und Taschentücher, Wasserflasche und Unterwäsche und den Gesichtsreiniger. Aber nirgends finde ich ein weiteres Blatt Papier. Ich habe es nicht aufgeschrieben. Tief durchatmend, versuche ich mich daran zu erinnern. Joey? Nein. Der Name begann mit einem J. Ich bin am Ertrinken, gerate in Panik und fuchtele unter tiefem, tiefem Wasser mit den Armen. In einer Minute werde ich nicht einmal mehr wissen, wie er aussah, und ich werde mich nicht mehr daran erinnern, warum ich gerade mit Nicholas spreche. Die Punkte auf der Liste werden keine Bedeutung mehr haben.

»Gut«, sagt Nicholas. »Entschuldige, jetzt bin ich ganz Ohr. Was hast du gesagt?«

Urplötzlich kommt mir etwas in den Sinn und leuchtet wie ein Glühwürmchen auf. Und das muss ich Nicholas als Erstes fragen, bevor es verschwindet. »Wie geht es Phoebe?«

Ich laufe blind los, salziger Wind brennt mir in den Augen. Ich höre Schreie aus dem Café hinter mir, weil ich meinen Tee nicht bezahlt habe, aber ich kann nicht umkehren. Ich *muss* nach Hause.

Immer und immer wieder höre ich Nicholas' Worte, und der Schmerz, von dem ich dachte, ich hätte ihn hinter mir gelassen, zerreißt mich. »Phoebe? Wer ist Phoebe?«

Und jetzt verschwindet Phoebe mit allem anderen in der Dunkelheit, ihre klare Stimme und ihr Gesicht werden mit jeder Sekunde trüber. Ich stolpere die Promenade entlang, ohne zu wissen, warum ich renne oder wohin ich renne, bis ich es sehe.

Kapitel 51

Das Haus wirkt genauso verloren wie ich, seine Fensterläden klappern leise in der Septemberbrise. Ich laufe zur Tür und hämmere dagegen, Tränen laufen über mein Gesicht, und ich beginne laut zu schluchzen.

Nichts rührt sich im Innern, und nichts deutet darauf hin, dass hier einmal jemand gelebt hat. Durchs vordere Fenster kann ich einen verlassenen Raum sehen. Ein Kaleidoskop von Erinnerungen blitzt in meinem Kopf auf: verschütteter Champagner auf dem Teppich, Hunderte Teelichter und ein Ring, der in ihrer Mitte funkelt. Eine Schüssel im Spülbecken, ein Klavier und ein Plattenspieler im Wohnzimmer, ein Buch, das das Fenster im Schlafzimmer geschlossen hält. Ein Kinderbett und ein Kinderwagen und ein gelber Hochstuhl.

Ich zittere so sehr, dass ich mehrere Minuten brauche, bis ich den Zettel und mein Telefon aus der Tasche gezogen habe. Immer wieder rutschen meine Finger ab, als ich die Nummer zu tippen versuche, dann fällt das Telefon auf den Boden. Ich gehe ich die Hocke, um es aufzuheben, und bleibe so, als ich seinen Namen in die Suche eingebe. Ich kann es nicht länger aufschieben, es ist die einzige Möglichkeit, ihn zu finden.

Es gibt über zwanzig Personen, die meiner Suche entsprechen, doch dann sehe ich sein Profilbild. Mein Herz macht einen Sprung. Er grinst sein breites, schönes Grinsen, das von seinen Augen ausgeht und das ich schon so lange nicht mehr gesehen habe. Vielleicht habe ich doch das Richtige getan.

Ich klicke darauf.

Und dann schreie ich auf, und die Welt hört auf, sich zu drehen.

Es gibt keine Geräusche um mich herum, keine Möwen, die über meinem Kopf schreien, kein leises Wellenrauschen, kein Rascheln des Grases um mich herum. Lediglich das Klopfen meines Herzens kann ich hören und meinen keuchenden Atem.

Dann kehren die Geräusche alle auf einmal zurück. Ich sehe, wie ein Mann in einem gelben Mantel von der Promenade aus auf mich zuläuft.

»Ist alles in Ordnung?« Er schnauft leicht von dem unerwarteten Sprint. Ich sehe, dass einige Leute mit klaffenden Mündern von der anderen Straßenseite herüberstarren, Hundebesitzer und Radfahrer.

»Gibt es jemanden, den ich für Sie anrufen soll?«, fragt der Mann im gelben Mantel, als ich nicht antworte. Besorgt kneift er die Augen zusammen, etwas Schweiß schimmert auf seiner Stirn. Ich habe das Gefühl, ihn schon einmal irgendwo gesehen zu haben, aber mein Verstand bewegt sich nicht von einem Gedanken zum anderen. Nichts ergibt einen Sinn, denn alles, was ich fühle, ist diese schwarze Furcht, ein Grauen, das so groß ist, dass es alles andere in den Schatten stellt.

»Kann ich Sie nach Hause bringen?«, fragt der Mann als Nächstes. »Wo wohnen Sie?«

Schluchzend vergrabe ich das Gesicht in meinen Händen. »Hier«, antworte ich, und er betrachtet verwirrt das verwahrloste Haus.

»Ich wohne hier!«, rufe ich, springe schwankend auf und hämmere gegen das weiche, verrottete Holz des Tores, bis es schließlich nachgibt. Der Mann folgt mir, als ich zum Schuppen hinten im Garten taumle.

»Mein Kinderwagen«, sage ich mit tränenerstickter Stimme. »Er ist hier drin. Das ist mein Haus.«

Der Mann schaut mich nur traurig an.

»Sehen Sie nach! Holen Sie meinen Kinderwagen heraus! Ich will meinen Kinderwagen!«, schreie ich ihn an, und er weicht einen Schritt zurück. Ich mache ihm Angst, das ist mir klar. Ich jage mir ja selbst Angst ein. Ich bin eine Verrückte. Meine Hände zittern wie die einer Verrückten. Ich strecke sie vor, und sie kommen mir so nackt vor.

»Da fehlt etwas«, murmele ich, und dann ist da wieder dieses Kaleidoskop, Erinnerungen schieben sich glitzernd ineinander. »Mein Ehering«, erkläre ich ihm. »Ich trage meinen Ehering nicht, weil ich nie geheiratet habe.« Ich ersticke fast, so sehr muss ich jetzt schluchzen, und der Mann tritt wieder auf mich zu und legt mir unbeholfen eine schwere Hand auf den bebenden Rücken. »Ich will diese Hände nicht!«, stoße ich heulend hervor. »Sie haben ihn nie auch nur ein Mal gehalten! Sie haben ihn nie angefasst! Aber ich habe ihn gehalten und ihm seine Milch gegeben, ihn in den Schlaf gestreichelt. Ich habe ihn so sehr geliebt.« Ich schaue zu dem Mann auf, Tränen strömen mir aus den Augen. »Das sind nicht meine Hände!«

Er nickt und klopft mir auf die Schulter. »Ich glaube, ich hole mal Hilfe«, sagt er, den Kopf zur Seite geneigt. Dann zieht er mich zurück zur Vorderseite des Hauses, drückt mich gegen die bröckelnde Wand. »Warten Sie hier.«

Die Hundebesitzer und Radfahrer sind weitergezogen, und sobald der Mann aus meinem Blickfeld verschwindet, ist niemand mehr da, der mich sehen könnte. Das Haus rutscht und verschwimmt, die Wand löst sich auf. Die Zeit schlängelt und windet sich um mich und um sich selbst herum, alles dreht sich so schnell, dass ich überhaupt nichts mehr sehen kann außer blau wirbelnde Lichter.

Jetzt bin ich ganz ruhig, meine lodernden Gefühle sind zu stiller, kühler Asche verbrannt.

Ich sitze neben Daniel im Auto. Seine Silhouette ist etwas verschwommen, aber ich kann sehen, dass er jünger ist. Seine Haare sind an den Seiten schwärzer, seine Haut ist etwas straffer, seine Bewegungen wirken schärfer. Ich kann mich nicht bewegen, nicht sprechen, nicht die Hand nach ihm ausstrecken, und ich weiß, dass er mich nicht sehen kann. Ich sollte außer mir sein vor Erleichterung und vor Verwirrung, aber mein Verstand funktioniert nicht richtig. Ich weiß lediglich, dass ich in diesem Augenblick für niemanden existiere. Ich befinde mich in einem seltsamen Schwebezustand, in dem all meine Erinnerungen an beide Welten zum Greifen nah sind. Ich könnte Daniels Gewohnheiten genauso abspulen wie die von Mike; ich kann mir meine Lehrer aus den Schulen in Yorkshire und Blackpool vorstellen, den lindgrünen Lampenschirm in meinem Schlafzimmer in Blackpool genauso wie den beigefarbenen Steinfußboden in dem italienischen Landhaus. Ich kann mich präzise an jedes Detail meines Lebens mit Daniel und Joshua erinnern; und an jedes Detail meines Lebens ohne sie. Nur eine einzige vage Frage dringt durch diese roboterhafte Gewissheit hindurch: Was ist das?

Als wollte er helfen, dreht Daniel das Radio auf, und der Nachrichtensprecher nennt das Datum.

7. September 2013. Mein achtundzwanzigster Geburtstag. Der Tag, an dem Daniel und ich in den Lake District fuhren.

An diesen Tag in meinem ursprünglichen Leben habe ich mich oft erinnert – an das Eis auf Daniels Lippe, als wir am glitzernden See saßen, wie leicht und glücklich ich mich fühlte, weil ich den ganzen Tag mit ihm verbracht und erkannt hatte, dass die Sache mit Mike gar nicht so schlimm war. Die alternative Erinnerung an denselben Tag im anderen Leben ist dagegen verschwommen und unwichtig. Anscheinend habe ich im Reisebüro gearbeitet und für meine Auslandsreisen gespart. Ich glaube, ich war mit Claire etwas trinken.

Doch welches Leben sehe ich jetzt gerade vor mir? Ich versuche, auf die Straße zu schauen, um herauszufinden, wo wir sind, kann mich aber nicht bewegen. Das hier ist nicht wie das Verschwinden, an das ich mich gewöhnt habe, und bei dem ich schweigend verfolgen kann, wen immer ich beobachte. Ich stecke fest, meine Augen sind auf Daniel gerichtet.

Er blickt neben sich auf die Tasche auf dem Beifahrersitz. Und da bricht mein seltsamer Zustand, in dem ich niemand bin, in sich zusammen und weicht einer Lawine von Emotionen. Ich bin ich. Ich bin die Erica, die alles über Daniel weiß, und die weiß, was jetzt passieren wird.

Aber ich kann mich noch immer nicht bewegen.

Ich versuche zu schreien, doch wie im schlimmsten Albtraum bin ich stumm und gelähmt, habe keine Stimme.

Ich versuche es wieder und wieder, bleibe jedoch still wie eine Leiche. *Schau auf die Straße!*

Er macht immer mehrere Dinge auf einmal. Die Posts auf seiner Facebook-Seite, die ich gerade am Haus gesehen habe, blinken und blitzen blutrot in meinem Kopf auf. Aber meine Gliedmaßen sind tot.

Wir werden dich vermissen.

Zu früh gegangen, Kumpel.

So tragisch.

Ich sehe, wie er an dem Marinerucksack herumfummelt, dessen Reißverschluss nicht zugezogen und voll Kleidung zum Wechseln ist. Es zerreißt mir schier das Herz, zu sehen, dass die Sachen offenbar in Eile hineingestopft wurden, weil er wahrscheinlich wieder zu spät dran war, weil er immer zu beschäftigt ist und zu viel in seine Stunden packt.

Ich versuche, mich zu bewegen, *zu existieren*, aber ich bin machtlos. Alles, was ich tun kann, ist zuschauen.

Das entsetzliche Kreischen der Bremsen.

Das Zersplittern von Glas.

Der Geruch von Blut.

Die frostige, erschütternde Stille.

Kapitel 52

Wie ein Geist beobachte ich alles von oben.

Daniel wird aus dem Auto gezogen, sein bleiches Gesicht fällt zur Seite, das Blut um Nase und Mund ist bereits schwarz geworden und klebt wie Marmelade in seinen Haaren.

Die Polizisten sprechen in ihre Funkgeräte.

Die schrecklich zugerichteten Autos werden von der Straße geschoben.

Immer wieder versuche ich, seinen Namen zu schreien, zu ihm zurückzukehren, in eine Welt, in der er grau und müde und tieftraurig ist, aber wenigstens mir gehört und existiert.

Erinnerungen an tausend Momente, die ich nie zuvor für wichtig gehalten habe, ziehen durch meinen Kopf wie Wolken über die Sonne: Lächeln und Stirnrunzeln und Offenheit und Ablehnung. Ich denke an meine allererste Version dieses Tages, kämpfe mich durch all die anderen Bilder hindurch, um zu dem einen zu gelangen, das wichtig ist.

Ich wollte später eigentlich in Manchester Fußball spielen gehen, aber ich bin furchtbar schlecht. Und ganz unter uns, mir macht es in Wahrheit auch keinen Spaß. Wenn du also Lust hast, etwas mit mir zu unternehmen, jederzeit. Wie du magst.

Ich starre auf das Wrack hinab und kann durch das zertrümmerte Metall und das zerbrochene Glas hindurch die Tasche sehen, die Tasche, in der sich seine Fußballschuhe befanden.

»Bist du sicher?«

»Ja, sehr sicher. Ich habe noch nie ein Tor geschossen.«

»Ich meine, dass wir etwas zusammen unternehmen.«

»Ich bin sicher.«

Erneut versuche ich, die Hand auszustrecken, Daniel irgendwie zu erreichen und ihn zu berühren, aber stattdessen scheine ich mich nur weiter von ihm zu entfernen. Ich schwebe weg wie ein Herbstblatt in einer kühlen Brise.

Dann, ohne Vorwarnung, schleudert es mich so heftig hin und her, dass ich glaube, meine Knochen müssten brechen.

Ich liege auf dem Boden, Kies schneidet wie Glas in die Haut meiner Wange. Autos, Polizisten und der Lärm von Funkgeräten überall. Ich springe hoch und renne auf den Unfallort zu.

»Daniel«, stoße ich hervor, meine Stimme nicht mehr als ein Krächzen. *Daniel, Daniel, Daniel.*

Ich stehe kurz davor, alles zu vergessen, aber diesmal darf ich es nicht. Ich darf nicht wieder die falsche Entscheidung treffen und mich an einen Ort tragen lassen, an den ich nicht gehöre. Ich darf die Trauer nicht vergessen, den Verlust und all die Momente, die diesen einen Moment verhindert hätten.

Ich renne an der Polizei vorbei, an den Sanitätern. Für sie bin ich unsichtbar, während ich zwischen zwei Welten hin- und herschwebe.

Ich streiche mit den Fingern über seine kalte Haut, sein tiefschwarzes Haar, die weichen Stoppeln und das heiße Blut, das ihn bedeckt. Ich presse mich an ihn, mein Schluchzen schüttelt unsere beiden Körper, bis Daniel völlig verblasst und zu einem Nichts wird.

Kapitel 53

Als er weg ist, bin ich es auch. Ich befinde mich an einem anderen Ort und weiß sofort – instinktiv –, wo. Und ich weiß auch, wer ich bin, ohne dafür die Augen öffnen zu müssen.

Die würgende Trauer, die sich immer einstellt, sobald ich zurückkehre, fühlt sich auf einmal so richtig an, dass ich sie am liebsten aus meinem Körper ziehen, in die Hände nehmen und alle Erinnerungen, die sie enthält, küssen möchte.

Ich bin zu Hause.

Es ist nach einundzwanzig Uhr, als ich im *Luigi's* eintreffe. Die Kellner schütteln traurig den Kopf. *Weg*, formen sie lautlos mit den Lippen, die Hände in die Luft gestreckt wie kleine Kinder.

Ich renne aus dem Restaurant und schaue hinaus auf die glitzernde Promenade. Und da entdecke ich Daniel, der am Horizont entlanggeht, wütend, verletzt, von Trauer und Erinnerungen gezeichnet, vom Leben.

Ich jage auf ihn zu, an den blendenden Lichtern der Straßen vorbei, an Straßenbahnen und Menschen, presche durch glühende Farben und laute Rufe hindurch und dann über den feuchten, harten Sand.

Immer und immer wieder schreie ich seinen Namen, die kalte Luft zerreißt mir die Brust, die Freude, dass ich es nie, nie wieder vergessen werde, treibt mich an, fast stürze ich zu Boden.

»Daniel«, rufe ich, als ich ihn erreicht habe. Ich kann nicht aufhören, seinen Namen zu sagen, und ich weine und lache. Ich reiße ihn an mich, seine warme Haut und seine weichen Stoppeln, der Geruch von Tinte und Erde und Zuhause überwältigen mich.

»Du bist gegangen«, sagt er nur. »Ich habe über eine Stunde gewartet. Ich habe dir gesagt, dass ich das nicht mehr aushalte, Erica.«

Ich lege eine Hand an sein Gesicht, das durch den Wind gekühlt ist, aber dennoch warm von dem Blut, das darunter zirkuliert. »Ich war so verzweifelt«, erkläre ich.

»Und?«, fragt er, denn er kann mich nicht einfach aufgeben, egal, was er gesagt hat.

»Ich will nie, nie wieder zurück. Das verspreche ich. Ich schwöre es bei allem, was uns je gehört hat.«

Er mustert mich prüfend. »Was ist geschehen?«

Ich schüttle den Kopf, das Bild von Daniels Kopf, der zur Seite fällt, verklebt mit schwarzem Blut, ist noch immer entsetzlich klar. Ich verrate ihm nicht, dass er, wenn wir uns auf dieser Party nicht begegnet wären, alles verloren hätte. Ohne die Verabredung zum Ausflug in den Lake District wäre er in sein Auto gestiegen und zum Fußballspielen nach Manchester gefahren. Niemals werde ich es ihm verraten, weil er dann glauben würde, ich hätte ihn gerettet. Dabei hat in Wirklichkeit er die ganze Zeit mich gerettet.

»Ich hatte dich nicht«, sage ich nur, denn mehr ist es nicht. Nichts hat mein Leben so sehr verändert wie die Momente, die zu Daniel führten, und alle danach. »Nichts ist es wert, dich nicht zu haben. Nichts. Ich weiß, dass ich viel zu lange gebraucht habe, um das zu kapieren. Aber jetzt bin ich hier.«

»Gutes Timing war noch nie unsere Stärke«, murmelt er und greift nach meiner Hand.

»Oh, da bin ich mir nicht so sicher.«

»Ich habe noch ein Geburtstagsgeschenk für dich.« Er durchwühlt seine Tasche, dann reicht er mir eine kleine Schachtel mit einem Armband darin. Der Buchstabe J baumelt daran und funkelt im Mondlicht.

»Ich habe viel über das nachgedacht, was du gesagt hast, dass wir ein besseres Leben hätten haben können. Und ich habe versucht, es so wie du zu sehen, Erica, das habe ich wirklich. Aber es ging nicht. Ich war so glücklich, als wir das Haus kauften und Joshua hatten und alles vor uns lag.« Er schaut mich an, während wir über den gewellten Sand gehen, und ich nicke ihm lächelnd zu, damit er weiterredet. »Es gibt Menschen, die diese Art von Glück nicht kennen, und ich komme immer wieder zu demselben Schluss. Es war kürzer, als wir erwartet und gehofft haben, und es zu verlieren, hat uns fast vernichtet. Aber zumindest haben wir es einmal gehabt. Und zu diesem Glück gehörte, dass wir einander hatten, und das haben wir immer noch. Wir *hatten* Joshua, er war einfach perfekt, und wir können uns für den Rest unseres Lebens daran erinnern, wie es sich anfühlte, ihn zu haben, wie es sich anfühlte, so glücklich zu sein.« Eine Erinnerung brennt in meinem Kopf und schnürt mir die Luft ab: mein Ringfinger ohne Ring, Hände, die nicht mir gehören.

»Das weiß ich jetzt«, versichere ich. »Jetzt habe ich es wirklich verstanden.« Ich schiebe das Armband über mein Handgelenk, das Silber kühl auf meiner Haut. »Es ist wunderschön. Und ich habe so ein Glück.« Die Erleichterung, mit Daniel in diesem Leben zusammen zu sein, raubt mir fast den Atem.

»Ich habe es für uns beide gekauft, weil wir beide die ganze Zeit versucht haben, nicht an ihn zu denken. Ich genauso wie du. Aber das funktioniert nicht. Denn nicht an ihn zu denken tut genauso weh, und zusätzlich habe ich noch ein schlechtes Gewissen. Denn er hat es verdient, dass wir an ihn denken, oder etwa nicht?«

Ich nicke heftig und wische die Träne weg, die mir über die Wange läuft.

»Aber wenn du es nicht kannst, wenn es noch zu früh ist und zu sehr wehtut«, fährt Daniel fort, und dieser Strom von Worten ist so sehr ein Teil von ihm, dass ich ihn an meine Brust ziehen und fest umarmen möchte, »dann ist das auch in Ordnung. Wir können es in eine Schublade legen oder den Anhänger gegen einen anderen austauschen. Hauptsache, wir tun es gemeinsam.«

»Niemals. Niemals würde ich ihn austauschen.«

Daniel legt einen Arm um mich. »Sollen wir zurückgehen? Es ist spät.«

Ich schüttle den Kopf. »Lass uns spazieren gehen. Wir haben Zeit.«

»Alle Zeit der Welt.« Wir gehen eine Weile, die glitzernde Flut nähert sich uns mit jeder Welle. Daniel wird schneller, zu schnell, und ich strecke eine Hand aus und ziehe ihn zurück.

Epilog

7. September 2018

Ich bin im Garten.

Nichts ist außergewöhnlich, abgesehen von der Tatsache, dass ich hier bin.

Am Septemberhimmel hängen flockige Wolken, eine kühle Brise zerzaust die Servietten, die ich gerade auf den Tisch gelegt habe, lässt sie erst aufsteigen, dann fallen sie ins Gras.

»Sollten wir besser drin essen?«, frage ich Daniel.

Er lächelt. »Nein. Wir werden auch noch das Letzte aus diesem Sommer herausholen, selbst wenn es uns umbringt. Der Garten ist jetzt der schönste Teil des Hauses, und die Leute sollen ihn mit uns zusammen genießen können.«

Da hat er recht. Wir haben in diesem Sommer viele Stunden im Garten verbracht, und wie es aussieht, zahlen sich harte Arbeit und Hingabe aus. Den Schuppen haben wir abgerissen, den hinteren Bereich überdacht, und abgesehen von dem großen Baum wurde alles gestutzt, beschnitten und gejätet.

»Zoe und Ben sind jetzt eher an australische Temperaturen gewöhnt. Nicht dass sie noch erfrieren.«

»Sie werden sich warm trinken. Auch wenn sie ein halbes Jahr dort verbracht haben, sind sie immer noch Briten«, entgegnet Daniel.

»Habe ich da meinen Namen gehört?«, ruft Zoe, die gerade durch das hintere Tor kommt, zu früh wie immer.

Ich helfe ihr dabei, Wein und Bier aus ihrer Tragetasche in den Kühlschrank zu räumen, dabei schaue ich sie von der Seite an. »Hast du heute etwa kein alkoholfreies Bier mitgebracht?«

»Nein!«, kreischt sie, die Augen weit aufgerissen.

»Doch«, bestätige ich.

»Wann?«, bricht es förmlich aus ihr heraus. »Wann ist es …?«

»Februar. Ich hätte es dir schon früher gesagt, wollte aber warten, bis wir uns sehen.«

Sie mustert meinen Bauch. »Wow. Zwar habe ich es nicht bemerkt, aber jetzt, wo ich es weiß, ist es ziemlich offensichtlich.« Als sie wieder aufblickt, sind ihre Augen glasig vor Tränen. Zoe weint nie. Und sie ist stolz darauf. »Also. Junge? Mädchen?«

»Mädchen.« Auch meine Augen füllen sich mit Tränen.

»Mädchen«, sagt Daniel, der mit Ben in die Küche kommt. Ich werfe ihm ein kleines Lächeln zu, weil ich weiß, dass auch er den Tränen nahe ist.

»Junge«, hält Zoe dagegen.

Wir warten alle auf Ben, der Daniel grinsend auf den Rücken klopft. »Junge oder Mädchen.«

Und so geht es weiter.

Die anderen treffen kurz darauf ein, und es entwickelt sich ein heilloses Durcheinander aus Umarmungen und Geschenken und Seidenpapier. Nachdem ich die Pakete – eine schöne Kaschmirdecke, einen Korb mit Badekugeln, ein neues Horrorbuch – geöffnet habe, gehen Nicholas und Daniel nach draußen, um den Grill anzuwerfen. Mum und Diane übernehmen das Aufschneiden der Brötchen und das Waschen von Kopfsalat und Tomaten. Sie arbeiten Schulter an Schulter, wobei sie sich immer wieder konspirativ zu mir umdrehen.

»Mir geht's gut.« Ich sitze am Tisch und lächle ihnen zu. »Und ich kann wirklich helfen.«

Sie winken lediglich ab.

»Du kannst mit mir malen.« Phoebe legt ein flauschiges türkisfarbenes Federmäppchen auf den Tisch und schiebt mir das Bild eines Einhorns zu. »Ich male das mit Rapunzel. Aber du kannst das hier ausmalen, wenn du magst.«

Ich nehme einen Buntstift und beginne, das Einhorn violett auszumalen. Phoebe schaut herüber, um meine Arbeit zu beurteilen. »Oh«, sagt sie anerkennend. »Du bist gut.«

Ich schaue sie zu lange an, und sie lächelt etwas zögerlich, senkt den Blick wieder und malt Rapunzels Haare leuchtend gelb aus. Dann sieht sie zu mir hoch. »Dad hat gesagt, dass du ein Buch schreibst. Kann ich es sehen?«

»Noch sieht es nicht wie ein Buch aus. Aber bald.«

»Also machst du ein Buch daraus?«

»Ich habe alle Worte geschrieben und die Fotos ausgewählt. Aber jemand anderes macht dann daraus ein richtiges Buch. Und zwar schon sehr bald. Und wenn es fertig ist, feiern wir eine Party, dann kannst du es sehen.«

Phoebes Gesicht leuchtet auf. »Ich darf auch zur Buchparty kommen?«

»Natürlich.« Die Buchvorstellung wird im Oktober im Museum stattfinden. Beim Gedanken an mein Buch, an dem ich ein Jahr lang hart gearbeitet habe und das endlich einen Verleger und ein Erscheinungsdatum hat, werde ich ganz aufgeregt. Die Ausstellung, die mir vor so langer Zeit den Anstoß dazu gegeben hat, ist nun wieder im Museum zu sehen, und die Gästeliste für die Buchvorstellung ist länger, als ich gehofft hatte. Katie hat angekündigt, zu kommen. Im Frühjahr haben wir sie in Brighton besucht. Sogar mein Dad, der irgendwann doch noch auf meine E-Mail geantwortet und mich seitdem einige Male besucht hat, will kommen. Die Beziehung zu ihm ist merkwürdig, neu und alt zugleich.

Die Buchvorstellung zu planen und die Ausstellung ein zweites Mal aufzubauen, Foto für Foto, hat mich intensiv an diese andere Zeit erinnert, als ich solche Angst davor hatte, zu verschwinden und einen Teil meines Lebens zu verpassen. Jetzt verschwinde ich nicht mehr. Ich bin fester in meinem Leben verankert als jemals zuvor. Manchmal kann ich mich flüchtig an etwas aus dem Leben der anderen Erica erinnern: an den Duft des italienischen Sommers, an den Stoff eines Oberteils, das sie gern trug, an das eigenartige Gefühl, in den Spiegel zu schauen und etwas zu sehen, das nicht ganz ich bin. Aber diese Bilder sind in Sekundenschnelle verschwunden, aufgelöst durch Millionen andere, wichtigere Momente.

Nach dem Essen reißt der Himmel auf, die brennende Sonne wärmt uns, vergessen ist die kühle Brise von vorhin. Amelia, Zoe und ich sehen Phoebe dabei zu, wie sie mit ihren langen Beinen Räder auf dem Gras schlägt, Daniel unterhält sich lachend mit Ben. Er ist noch immer nicht der Alte, aber er ist hier, und er lacht, und er ist Daniel.

»Hey«, sagt Zoe, als sie sieht, wie ich eine Hand auf meinen runden Bauch lege. »Weißt du noch, wie wir hier gegrillt haben, als du mit Joshua schwanger warst …?« Sie bricht ab. »Entschuldige. Das war dumm von mir. Ich hätte ihn nicht erwähnen sollen.«

»Schon in Ordnung, und ich erinnere mich.« Ich schließe die Augen und spüre die flirrende Hitze der Sonne auf meinem Gesicht und das Kräuseln winziger Gliedmaßen in mir, außerdem diesen leicht pulsierenden Schmerz, der so sehr ein Teil von mir ist wie mein eigener Herzschlag und von einem Hoffnungsschimmer begleitet wird. Die Schallplatte im Haus kratzt, wenn sie von einem Lied zum nächsten stolpert, die Möwen heulen, und die Wellen krachen ans Ufer. »Ich erinnere mich an alles.«

»Hier ist noch ein Geschenk für dich«, sagt Daniel, als alle gegangen sind und wir zwischen dem achtlos auf den Boden geworfenen Geschenkpapier im Wohnzimmer sitzen. »Ich wollte es dir geben, wenn das Baby da ist. Aber ich finde, du solltest es schon heute haben.« Es ist eine Schachtel, sie gleicht derjenigen, die leer auf meinem Schminktisch steht. Darin befindet sich ein Charm-Anhänger, der zu dem *J* passt, das ich bereits habe.

»Natürlich konnte ich keinen Buchstaben nehmen, weil wir nicht wissen, wen wir bekommen oder was geschieht«, sagt er vorsichtig. »Also habe ich das hier ausgesucht.«

Ein winziges silbernes Herz. Lächelnd bringe ich es neben dem *J* an dem Armband an, das ich seit einem Jahr jeden Tag trage – an Tagen, an denen ich endlose Tränen geweint habe und nicht aus dem Bett aufstehen konnte; und an Tagen, an denen ich gelacht und geküsst habe und in die Nähe einer seltsam neuen Art von Glück rückte. »Es ist wunderschön. Ich liebe dich so sehr.«

»Wir haben ein weiteres Jahr überstanden«, sagt Daniel. »Herzlichen Glückwunsch zum Geburtstag.«

»Und alles Gute zum Jahrestag unseres ersten Dates.« Ich beuge mich vor und küsse ihn, während die letzten goldenen Sonnenstrahlen in den Raum fallen.

Danksagung

Vielen Dank meinen brillanten Lektorinnen Charlotte Ledger und Emily Ruston, die mich mehr unterstützt haben, als ich es mir je hätte wünschen können.

Vielen Dank Lucy Bennett für die Gestaltung dieses wunderbaren Covers.

Vielen Dank an alle bei One More Chapter für die großartige Arbeit und die ausgezeichnete Partyplanung.

Vielen Dank an die Mitarbeiterinnen und Mitarbeiter sowie die Studentinnen und Studenten des Lehrgangs kreatives Schreiben an der Manchester Metropolitan University, die mir geholfen haben, mein Schreiben voranzubringen.

Vielen Dank an meine Freundinnen und Freunde und ihre echte Begeisterung für meine Bücher.

Abschließend möchte ich mich bei meiner Familie für so viel bedanken, jeden Tag.